中國新聞史研究輯刊

五 編

主編　方 漢 奇
副主編　王潤澤、程曼麗

第 **4** 冊

報紙上的藏區

鄧　備　著

花木蘭文化事業有限公司

國家圖書館出版品預行編目資料

報紙上的藏區／鄧備 著 -- 初版 -- 新北市：花木蘭文化事業
有限公司，2020〔民 109〕
目 6+248 面；19×26 公分
（中國新聞史研究輯刊 五編；第 4 冊）
ISBN 978-986-518-169-7（精裝）
1. 中國報業史
890.9208   109010536

ISBN-978-986-518-169-7

9 789865 181697

中國新聞史研究輯刊
五 編 第 四 冊   ISBN：978-986-518-169-7

報紙上的藏區

作　　者　鄧備
主　　編　方漢奇
副 主 編　王潤澤、程曼麗
總 編 輯　杜潔祥
副總編輯　楊嘉樂
編　　輯　許郁翎、張雅淋　美術編輯　陳逸婷
出　　版　花木蘭文化事業有限公司
發 行 人　高小娟
聯絡地址　235 新北市中和區中安街七二號十三樓
　　　　　電話：02-2923-1455／傳真：02-2923-1452
網　　址　http://www.huamulan.tw 信箱 hml 810518@gmail.com
印　　刷　普羅文化出版廣告事業
初　　版　2020 年 9 月
全書字數　209159 字
定　　價　五編 4 冊（精裝）台幣 10,000 元　　　　版權所有‧請勿翻印

報紙上的藏區

鄧備 著

作者簡介

鄧備，男，四川省眉山市人。西南民族大學文學與新聞傳播學院副教授、碩士生導師。在四川大學獲理學學士、文學碩士和博士學位。曾在美國北卡羅來納大學教堂山分校、湖南大學訪學。研究興趣為民族新聞傳播、傳播學國際化研究等，在《國際新聞界》《中國科技期刊研究》《西南民族大學學報》《新聞界》《當代傳播》等刊物發表學術論文數十篇。曾在省級衛視從事新聞採訪報導、編輯製作及欄目管理長達 10 餘年。

提　要

　　主流媒體的報導，對政治家和普通公眾都有較大的影響力。本書採用文獻研究、內容分析、框架分析和文本分析等多種方法，以中國、美國、英國、印度各國的權威報紙《人民日報》《紐約時報》《泰晤士報》和《印度教徒報》的涉藏報導為研究對象，探索各自建構的藏區形象，為讀者提供藏區在國際範圍的不同圖景。

　　本書由緒論、主體和結語三部分組成。緒論部分，對研究背景、選題意義、研究綜述、研究思路與主要內容、研究方法、基本概念以及創新點與難點進行了比較詳細的說明。

　　第一章對框架理論的起源與基本概念、框架的作用機制、新聞框架的確定以及框架理論在傳播學中的應用進行了宏觀的梳理和回顧，為研究奠定了理論基礎。第二章是研究設計，主要陳述了研究對象的選擇、研究時間段的確定、分析單位與樣本獲取、分析的框架、類目建構以及具體的研究思路。

　　第三章分析四家報紙涉藏報導的特點，比較各報涉藏報導之間存在的差別，通過建立數理統計模型，分析影響報導傾向的因素。第四章分析幾家報紙的報導傾向、報導框架及報導議題隨著時間發展而發生變化的規律。

　　第五章首先採用定性的框架分析方法，闡明四家報紙如何通過新聞框架來建構藏區的形象；然後採用文本分析方法，總結出四家報紙各自建構的藏區形象。研究發現：《人民日報》呈現的藏區形象極為正面；而《紐約時報》和《泰晤士報》高度一致，呈現了一個非常負面的藏區形象；《印度教徒報》呈現的形象，與其他三家報紙各有相似之處。

　　第六章為涉藏報導的影響因素分析。影響四家報紙涉藏報導框架的主要因素具體分為兩類，一種為外部因素，如國家利益、經濟力量、意識形態、讀者、達賴集團、國際非政府組織；一種為內部因素，諸如職業倫理。第七章基於上述研究，提出了改善藏區國際形象的建議。

　　研究發現及結論總體上有助於增進讀者對框架理論以及藏區形象的瞭解。

目

次

前　言

　　境外藏獨勢力的滲透，為藏區乃至整個中國的穩定埋下了極大的隱患。主流媒體的報導，對政治家和普通公眾都有較大的影響力。掌握中外主流媒體的涉藏報導情況，分析探討其建構的藏區形象，有針對性地提出藏區形象傳播的對策建議，具有極為重要的學術意義和現實意義。

　　本書採用內容分析、框架分析和文本分析等多種方法，以中國、美國、英國、印度各自國內權威報紙《人民日報》《紐約時報》《泰晤士報》和《印度教徒報》2003 年至 2013 年的涉藏報導為研究對象，對其報導的議題、區域、篇幅、傾向、消息來源、報導框架等進行分析，考察這些報紙建構的藏區形象並分析其原因。

　　文章主要分為緒論、主體和結語三部分。

　　緒論部分，對研究背景、選題意義、研究綜述、研究思路與主要內容、研究方法、基本概念以及創新點與難點進行了比較詳細的說明。

　　第一章為理論框架，對框架理論的起源與基本概念、框架的作用機制、新聞框架的確定以及框架理論在傳播學中的應用進行了宏觀的梳理和回顧，為研究奠定了理論基礎。

　　第二章是研究設計，主要陳述了研究對象的選擇、研究時間段的確定、分析單位與樣本獲取、分析的框架、類目建構以及具體的研究思路。

　　第三章為靜態分析，主要分析這四家報紙涉藏報導的特點，如報導數量、報導篇幅、稿件來源、發稿地點、報導區域、報導議題、報導框架、消息來源、報導傾向等方面的特點，比較各報涉藏報導之間存在的差別，並且通過建立數量統計模型，分析影響報導傾向的因素。

　　研究發現：（1）在三家外報中，《紐約時報》最為重視涉藏報導，《印度教徒報》次之，最後為《泰晤士報》。總體上看，四份報紙的涉藏報導相對平穩，一旦遇到突發事件，報導數量則急劇增多。四家報紙的涉藏報導受到焦點事件驅動。從月份分布來看，四家報紙三月和四月的涉藏報導數量明顯高於其他月份。（2）四家報紙在發稿地點方面存在顯著差異。北京是這四家報紙非常重要的發稿地點，三份外國報紙以藏區為發稿地點的稿件比例偏低。（3）四家報紙涉藏報導在報導篇幅上，存在顯著差異。《人民日報》的報導篇幅樣本分布最為均勻，三家外報涉藏報導的篇幅明顯呈現出「金字塔式」的特點。

　　（4）從報導區域總體上看，整個藏區中，西藏自治區最為四家報紙所關注。四家報紙的涉藏報導在區域上存在不平衡。（5）在稿件來源方面，三家國外報紙的涉藏報導絕大多數都是來源於報社自行採集。（6）在四家報紙涉藏報導的眾多議題當中，政治、社會和文化議題在數量上有明顯優勢，是涉藏報導的主流議題。（7）《人民日報》的涉藏報導以和諧框架、發展框架為主，《紐約時報》《泰晤士報》與《印度教徒報》以衝突框架為主。四家報紙涉藏報導中採用的報導框架，體現出中外媒體新聞觀的不同，即：中國媒體更加重視和諧，而國外媒體重視衝突。（8）在涉藏報導的消息來源上，《紐約時報》和《泰晤士報》存在著嚴重的偏向。（9）在四家報紙涉藏報導的報導傾向中，正面、中性和負面，各自占到 1／3 的比例。其中，《人民日報》涉藏報導的傾向明顯偏於正面；《紐約時報》《泰晤士報》在報導傾向方面比較一致，偏於負面；《印度教徒報》比較中立。同時，分析發現，報紙類型、報導框架、稿件來源為中國媒體、消息來源為中國官方、消息來源為達賴集團對報導傾向有影響；報導議題、發稿地點為中國對報導傾向沒有影響。

　　第四章是動態分析，本章加入時間維度，主要分析幾家報紙的報導傾向、報導框架及報導議題隨著時間發展而發生變化的規律。

　　研究發現：（1）2003 至 2013 年，《人民日報》涉藏報導議題有著顯著變化。政治類議題是《人民日報》涉藏報導中最為重要的議題，其所佔比例在上升、下降之間相互交替，文化類議題與社會類議題起伏不大；報導傾向有著顯著變化，正面報導持續上升，中性報導持續下降；涉藏報導框架有著顯著變化。（2）《紐約時報》涉藏報導議題有著顯著變化，社會類議題所佔比例呈現上升趨勢；報導傾向有著顯著的變化，負面傾向報導的比例一直最高，近年有逐漸下降的趨勢；報導框架有著顯著的變化，衝突框架呈現持續上升

的趨勢。（3）《泰晤士報》涉藏報導議題沒有顯著變化，政治類議題是《泰晤士報》涉藏報導中最為重要的議題，整體上長期維持在高位；報導傾向沒有顯著的變化，負面傾向報導的比例一直較高；報導框架沒有顯著的變化。（4）《印度教徒報》涉藏報導議題和報導傾向沒有顯著的變化，中性報導為其涉藏報導的主流；報導框架有顯著的變化，衝突框架是《印度教徒報》涉藏報導中最常用的框架，波動幅度很大。

第五章為從新聞框架到藏區形象，本章首先採用定性的框架分析方法，闡明四家報紙如何通過新聞框架來建構藏區的形象；然後採用文本分析方法，總結出 2003 年至 2013 年四家報紙各自建構的藏區形象。

研究發現：（一）《人民日報》建構了藏區的以下形象：1. 政治形象：黨和政府執政為民，藏族人民當家做主；2. 社會形象：人民生活水平不斷提高，生態環境得到妥善保護；3. 文化形象：藏族傳統文化得到保護和弘揚。（二）《紐約時報》建構了藏區的以下形象：1. 政治形象：政府壓制民主，藏人沒有人權；2. 社會形象──民族衝突熱點地區；3. 文化形象：藏族傳統文化正在面臨滅絕。（三）《泰晤士報》建構了藏區的以下形象：1. 政治形象：政府壓制民主，藏人沒有人權；2. 社會形象──民族衝突熱點地區；3. 文化形象：藏族文化獨特，面臨滅絕風險。（四）《印度教徒報》建構了藏區的以下形象：1. 政治形象：執政為民成績不俗，藏人的權利受到壓制；2. 社會形象：民族衝突熱點地區；3. 文化形象：藏族文化得到較為妥善的保護。在幾家報紙建構的藏區形象中，《人民日報》呈現的藏區形象極為正面；而《紐約時報》和《泰晤士報》高度一致，呈現了一個非常負面的藏區形象；《印度教徒報》呈現的形象，與其他三家報紙各有相似之處。

第六章為涉藏報導的影響因素分析。媒體不能在真空中存在。社會學的觀點認為，要真正瞭解媒體做法背後的原因，必須考慮三種關係：機構之間的關係、機構內部的關係、機構和個體之間的關係。本書認為，影響四家報紙涉藏報導框架的主要因素具體分為兩類，一種為外部因素，如國家利益、經濟力量、意識形態、讀者、達賴集團、國際非政府組織；一種為內部因素，諸如職業倫理。

第七章為改善藏區國際形象的建議。短時間內，難以改善藏區的國際形象。在掌握國際涉藏輿論現狀的基礎上，通過動員各方面力量，採取切實有效的措施，能夠對藏區國際形象的改善起到一定的作用。本書建議如下：一、

維護藏區穩定，減少衝突事件的發生。二、提高中國官方在國外主流媒體涉藏報導消息來源中的比例。三、善用西方主流媒體。四、發揮民間力量對西方主流媒體的影響力。五、提高我國媒體在涉藏對外傳播上的公信力、傳播力。六、加強涉藏智庫的建設。

緒　論

　　幾年前，我和幾個朋友到周莊古鎮旅遊。當地一位中年男子聽說我們來自四川，他脫口而出，四川山多。接著，中年男子又說四川治安不好。這讓我們非常詫異，因為我們都算得上是土生土長的四川人，一直以來，覺得社會治安還是比較好的。在隨後的交談中，我瞭解到他並沒有到過四川，他對四川的印象主要來自於當地電視臺的一個電視欄目，而該欄目播放的節目又大多數來自於四川電視臺某地面頻道的法制欄目。四川電視臺的這檔法制欄目，在全國有一定知名度，其節目內容以各種刑事案件為主。這些案件，大多又發生在四川偏遠山區。由此，從沒有到過四川的周莊中年男子，對四川產生了山多和不安全的印象。

　　如果要以這個小故事來說明乃至證明媒介的「涵化」功能，或者是媒體的強效果，無疑是非常牽強並且也是極不科學的。不過，這個故事至少可以在一定意義上表現出，媒體建構的區域形象並不一定等同於該區域的「現實」（reality），但是，受眾卻把媒介建構的這種形象當成該區域的「現實」來進行認知。在這種情況下，四川的「現實」已經無足輕重了。因為對特定的受眾而言，媒介建構的這種形象才是當地的「現實」。

　　在我從事新聞傳播的工作、學習和研究中，這個故事雖然已經過去幾年，但是還常常會浮現在我面前，並且吸引著我對區域的媒介形象進行持續的關注。區域的形象是怎麼被媒介建構的？媒介在建構區域形象的過程中，會受到哪些因素的影響或制約？這一系列問題激發了我的興趣，成為我確定這個選題的一個重要因素。

　　對於形象的重視，自古有之。但就重視程度而言，也許從來沒有一個時

代如同現在一樣。當人們打開電視、翻開報紙，或者上網的時候，隨處可見美容、整形的廣告。不僅如此，在戶外林立的廣告牌上，美容的廣告也隨處可見。

在就業形勢不樂觀的情況下，很多大學生為了在求職中取得優勢而整容，大學生「整容大軍」日益壯大。有媒體報導，排在學生求職成本第一位的就是「面子工程」。〔註1〕一位四川大學的學生告訴記者：「我讀的是重點大學的熱門專業，有好的基本素質，我要給我看上的單位信任感，如一副窮酸樣誰願意與你打交道？人家是來招聘的，又不是來救濟的，所以只要能找到一份好工作，這點投入不算什麼！」〔註2〕

相比個人而言，企業、機構等組織為了自身形象的塑造和傳播更是不惜血本。比如2013年度央視廣告招標只有四個項目可以投放產品廣告，其餘全天廣告只能播放企業形象廣告。茅臺、五糧液、劍南春之間競爭異常激烈，頻頻出現上百次舉牌的景象。最終在整點新聞報時組合廣告競標中，最終劍南春多次壓倒茅臺，投入了6.09億元，成為所謂的「標王」。〔註3〕

在全球化時代，國家形象的建構和傳播，更是為各個國家所高度重視。2002年英國以「酷不列顛」和「創意英國」為主題，發起國家形象推廣活動；2003年，法國推出國家形象廣告，以十幾名普通法國女子為代表來展示多元文化融合的開放形象；2006年，美國聘請了前花樣滑冰世界冠軍關穎珊出任公共外交大使；〔註4〕為了迎接美國總統奧巴馬2009年7月的來訪，俄羅斯特意在《華盛頓郵報》發布專刊，展示國家形象。在專刊裏的一張廣告圖片中，一隻俄羅斯黑熊擁抱著美國明星瑪麗蓮·夢露，表達出俄羅斯的善意。〔註5〕

我國顯然也意識到國家形象傳播的重要性。為了配合時任國家主席胡錦

〔註1〕《大學生求職花費越來越多》，新浪網，http://news.sina.com.cn/c/edu/2007-01-15/105411004036s.shtml，2013-7-19。

〔註2〕《200萬大學生一擲10億》，新浪網，http://news.sina.com.cn/c/2004-08-03/03553274786s.shtml，2013-7-19。

〔註3〕《央視廣告吸金逾158億企業斥鉅資入場「抄底」》，東方財經，http://finance.eastday.com/Business/m2/20121120/u1a7006554.html，2013-7-19。

〔註4〕沈雅梅：《對西方媒體熱議「中國形象」的思考》，載《國際問題研究》，2011（4），12頁。

〔註5〕《各國宣傳國家形象各有妙招專家稱創新最重要》，華商網，http://news.hsw.cn/system/2011/01/20/050767513.shtml，2013-7-20。

濤 2011 年 1 月的美國之行，國務院新聞辦籌拍的「國家最大的廣告」——《中國國家形象片——人物篇》在「世界十字路口」——美國紐約時報廣場的大型電子顯示屏上播出，試圖向美國觀眾展示一個更直觀更立體的中國國家新形象。〔註 6〕

瑞士國家形象委員會主席尼古拉斯‧比多認為，將良好的國家形象傳播出去，對於一個國家的利益會有至關重要的作用。我國著名傳播學者喻國明提出，一個國家在國際上的良好形象，能為這個國家提供良好的「軟環境」，從而提高該國在國際交往中的信譽以及別國民眾對該國產品的信任度。良好的形象，將給一個國家帶來巨大的經濟回報。〔註 7〕被美國《外交政策》雜誌評選為「2011 年度全球百名頂尖思想家」的中央編譯局副局長俞可平，也贊同這樣的觀點。他說，「國家形象在全球化時代顯得特別重要，已經成為國家利益的重要內容。損害國家形象，實際上就是損害國家利益，反之亦然。由是之故，關心國家利益的人，勢必要關注國家形象。」〔註 8〕

有調查顯示，全世界百分之八十的重大新聞來源於西方幾家主要媒體。〔註 9〕國際傳播中長期存在的「西強我弱」現象，直接導致我國缺乏國際話語權。習近平強調：「要加強國際傳播能力建設，精心構建對外話語體系，發揮好新興媒體作用，增強對外話語的創造力、感召力、公信力，講好中國故事，傳播好中國聲音，闡釋好中國特色。」〔註 10〕

什麼是國家形象？學界觀點不一，主要可以分為兩種，一是本質主義的國家形象，二是建構主義的國家形象。前者認為，國家形象是國內外公眾對一個國家政治、經濟、社會、文化與地理等多方面狀況的認識與評價。國家形象可分為國內形象與國際形象，兩者之間往往存在很大差異。國家形象在根本上取決於國家的綜合國力，但並不能簡單地等同於國家的實際狀況，它在某種程度

〔註 6〕對該片褒貶不一。國際上對該片的批評主要有三點：片面呈現了中國發達的一面；強調中國在財富創造、科技發展方面的成就引發美國人對中國的恐懼以及片中的多數名人並不為美國人所知曉。具體內容可見 Barr, M., Nation Branding as Nation Building: China's Image Campaign. East Asia, 2012. 29（1）：81～94。

〔註 7〕《各國宣傳國家形象各有妙招專家稱創新最重要》，華商網，http://news.hsw.cn/system/2011/01/20/050767513.shtml，2013-7-20。

〔註 8〕吳飛、陳豔：《中國國家形象研究述評》，載《當代傳播》，2013（1），8～11頁。

〔註 9〕牛雨辰等：《西方媒體如何寫中國經濟類話題明顯增多》，中國經濟網，http://www.ce.cn/xwzx/gnsz/gdxw/200606/30/t20060630_7570372_1.shtml，2013-8-30。

〔註 10〕習近平：《習近平談治國理政》，162 頁，北京：外文出版社，2015。

上是可以被塑造的。〔註11〕建構主義理論觀點下的國家形象定義為：國家在國際社會中通過交往互動而被對象國賦予的一種身份表達、折射。〔註12〕

習近平從戰略高度明晰了我國國家形象的獨特內涵，即：「要注重塑造我國的國家形象，重點展示中國歷史底蘊深厚、各民族多元一體、文化多樣和諧的文明大國形象，政治清明、經濟發展、文化繁榮、社會穩定、人民團結、山河秀美的東方大國形象，堅持和平發展、促進共同發展、維護國際公平正義、為人類作出貢獻的負責任大國形象，對外更加開放、更加具有親和力、充滿希望、充滿活力的社會主義大國形象。」〔註13〕

區域形象是國家形象不可缺少的重要組成部分，同時也是國家形象的基礎。曾經擔任國務院新聞辦公室主任的趙啟正認為，區域形象的對外傳播，對樹立國家形象具有不可替代的作用和極其重要的意義。〔註14〕

良好的區域形象，是可以持續發展的寶貴資源，能夠提升區域內民眾的自豪感，有助於區域凝聚力和向心力的形成。在吸引資金、技術、人才，拓展發展空間、提升綜合實力等方面發揮越來越重要的作用。〔註15〕

但遺憾的是，與在國家形象方面的研究熱度相比，區域形象的研究明顯就冷了很多。

一、涉藏問題與區域形象

第一，人們對外界的認識是通過直接經驗和間接經驗，而對於異國他鄉的認識，則主要通過間接經驗，由此，大眾媒體具有非常重要的作用。主流媒體的報導，對政治家和普通公眾都有較大的影響力。各國的政治家們往往依靠這些報導來迅速瞭解各方新聞。這些主流媒體的報導，甚至會對國家的內政、外交政策的制定產生極大影響。因此，研究主流媒體的報導，具有極為重要的現實意義。

〔註11〕孫有中：《國家形象的內涵及其功能》，載《國際論壇》，2002（3），16 頁。

〔註12〕李智：《中國國家形象：全球傳播時代建構主義的解讀》，25 頁，北京：新華出版社，2011。

〔註13〕習近平：《習近平談治國理政》，162 頁，北京：外文出版社，2015。

〔註14〕趙啟正：《要高度重視區域形象報導在樹立國家形象中的作用》，載《中國記者》，2000（10），16～18 頁。

〔註15〕鄧備：《新時期我國主流媒體中的四川藏區形象——基於〈人民日報〉1978～2013 年有關四川藏區報導的內容分析》，載《西南民族大學學報（人文社會科學版）》，2014（11），148～153 頁。

在當下的國際關係中，中國和美國的關係是世界上最為重要的雙邊關係之一。亨廷頓甚至認為，中美關係就是當今世界上最為重要的雙邊關係。這種最發達國家與最大的發展中國家之間關係的好壞，不僅是對這兩個國家自身，而是對整個世界都有重大的影響。而在中國與美國構建的新型大國關係中，橫亙著四個「T」的問題，即我國臺灣（Taiwan）、貿易（Trade）、人權（Tyranny）和西藏（Tibet）。〔註16〕「西藏問題」是中美兩國關係正常發展的主要障礙之一。

英國是歐洲大陸的重要國家，也是聯合國安理會的五大常任理事國之一。歷史上英國曾經兩次侵略西藏，並且曾經長期謀求把西藏從我國分裂出去。出於自身利益的考慮，近年來，英國高度重視發展對華關係，公開承認中國對於西藏的主權，並且聲稱要做「中國在西方的最堅強的支持者」。〔註17〕不過，首相如果不會見達賴喇嘛，往往會招致國內精英階層的批評。從1991年時任首相梅傑開始，英國歷任首相都要會見達賴喇嘛。〔註18〕因此，「西藏問題」不時成為阻礙兩國關係友好發展的障礙。

中國和印度既是近鄰，也是世界上最大的兩個發展中國家。中國與印度是世界多極化進程中不斷上升的兩支重要力量，中印關係是21世紀最具活力和潛力的雙邊關係。〔註19〕兩國關係，直接影響著亞洲大陸的安全與穩定。達賴集團所謂的「西藏流亡政府」就位於印度境內。「西藏問題」一直是兩國交往之中無法迴避的核心議題。目前在「西藏問題」上，已形成以美國為主帥，位於達蘭薩拉的達賴集團為工具，印度為基地，西方所謂的「民主」國家為幫手的國際反華格局。因此，印度在「西藏問題」上的態度如何至關重要。〔註20〕

自從新中國成立以來，特別是西藏自治區民主改革以來，為了藏區的穩

〔註16〕張植榮：《中國對外關係新論：地緣政治與睦鄰外交研究（修訂版）》，145頁，香港，勵志出版社，2008。

〔註17〕〔英〕卡梅倫：《英國將做中國在西方最強支持者》，網易新聞，http://news.163.com/13/1202/13/9F3GV4VT00014JB6.html，2015/2/24。

〔註18〕江時學：《中英關係的回顧與展望》，載《中國社會科學院研究生院學報》，2014（2），121頁。

〔註19〕外交部：《中印關係是21世紀最具活力和潛力的雙邊關係》，國際在線，http://gb.cri.cn/42071/2014/06/09/6891s4570249.htm，20150227。

〔註20〕李濤，王新有：《20世紀中葉以來印度對華政策中涉藏行為分析》，載《南亞研究季刊》，2009（4），13頁。

定、繁榮和發展，黨和國家投入大量的人力、物力和財力，藏區的發展很快。改革開放以後，在全國各族人民的支持下，藏區人民努力奮鬥，經濟社會各項事業全面發展，藏區人民群眾的生產生活發生了翻天覆地的變化。

但是，現有的研究表明，西方一些媒體對於我國藏區取得的成績和進步視而不見聽而不聞。美國傳媒，美化達賴，「妖魔化」中國，對美國的西藏政策有著重要的影響，給中美關係的發展帶來了嚴重的負面影響。〔註21〕英國主流媒體的涉藏報導，也給中英關係的發展造成了不利影響。總之，西方主流媒體的涉藏報導，加深了西方與中國之間的隔膜，成為西方與中國發展友好關係的一大障礙。

因此，研究中外主流媒體，尤其是境外主流媒體的涉藏報導，探究其涉藏話語的重點、立場、動機及規律，有利於為藏區對外傳播奠定紮實的學術基礎，具有極為重要的現實意義。

第二，從區域形象的角度來看，拓寬形象學的研究視野和學理深度。

國家形象是國家軟實力與競爭力的重要組成部分，是國家利益的重要體現。國家形象影響著該國在國際舞臺上的發言權，在吸引外資、遊客、開拓外貿等方面有著顯著作用。因此，國家形象，是一個國家最大的無形資產。〔註22〕世界各國因此越來越重視塑造和提升自身國家形象。改革開放以來，中國發展勢頭迅猛，綜合國力不斷增強，國際地位和影響力不斷提升。不過，中國的國家形象並沒有因此得到顯著改善。在國際上，「中國崩潰論」、「中國危險論」此起彼伏，中國的國家形象在不同程度上被誤讀、歪曲甚至醜化。因此，塑造和展示良好的國家形象，是中國實現中華民族偉大復興的進程中面臨的重大戰略課題。

良好的區域形象，對樹立國家形象具有不可替代的作用和極其重要的意義。在歷史、政治、文化、宗教等多方面因素的共同作用下，西方習慣把中國的民族問題作為評估中國國家形象的重要尺度。少數民族及少數民族地區形象，是構成中國國家形象非常重要的指標之一。因此，我們在高度重視國家形象建設的同時，尤其不能忽略民族地區形象的建構。

2008年西藏拉薩「3.14」事件再次表明，西藏的形象不僅影響西藏的發

〔註21〕張植榮：《中國對外關係新論：地緣政治與睦鄰外交研究（修訂版）》，142頁，香港，勵志出版社，2008。

〔註22〕吳征：《中國的大國地位與國際傳播戰略》，6頁，北京，長征出版社，2001。

展與穩定，也影響著中國國家形象，影響著中國發展穩定大局。〔註 23〕由於歷史和現實的原因，藏區當前已成為境外藏獨勢力的重要滲透地，這種局面為藏區乃至整個中國的穩定埋下極大隱患。有學者明確指出，西藏是中國 21 世紀發展過程中的軟肋。〔註 24〕

目前，我國對於區域形象的傳播研究嚴重不足。本書綜合運用新聞學、傳播學、國際關係學、民族學等學科知識，剖析藏區在海內外媒體上呈現的形象，希望在理論上能夠對區域形象傳播有所貢獻，拓寬這一領域的研究視野及學理深度。

第三，從傳播學研究的角度來看，關注尚未被人充分覺察的領域，深化中國傳播學研究。

我國是一個有著 56 個民族的多民族國家。55 個少數民族，1 億多人口，民族自治區域占國土面積的 64%左右。這些數據，充分體現了民族問題的重要性。毫不誇張地說，我們的新聞傳播學研究，忽視了少數民族，就等於忽視了大半個中國。〔註 25〕

我國的傳播學研究萌芽於 20 世紀 40 年代初，在 20 世紀 80 年代以後，發展速度很快。〔註 26〕從 20 世紀 90 年代開始，中國少數民族新聞傳播研究逐漸嶄露頭角。隨著民族問題對國家發展和形象建構重要性的凸顯，少數民族新聞傳播研究逐漸成為熱點。但是，少數民族新聞傳播研究的重要性，卻始終受到傳統的挑戰，被「阻隔於主流研究的大門之外」。〔註 27〕

由於我國的傳播學研究基本上是簡單照搬西方傳播理論，偏好「宏大敘事」的研究，這種研究取向也就造就了傳播學「上不及哲學之深刻，下不如新聞學之實用」的尷尬境地。因此，中國的傳播研究應該從「放之四海而皆準」的宏大敘事轉向更富信息量的小型敘事，從對傳統的「主流——中心」研究走向天地更為廣闊的「邊緣」研究，用新型傳播學的理論之光照亮那些

〔註 23〕肖濤：《自塑與他塑：從〈人民日報海外版〉和〈紐約時報〉看西藏形象建構》，中國人民大學碩士論文，2012 年。
〔註 24〕王力雄：《西藏：二十一世紀中國的軟肋》，載《戰略與管理》，1999（1），21～33 頁。
〔註 25〕李春霞：《電視與中國彝民生活》，26 頁，四川大學博士論文，2005。
〔註 26〕夏雨禾：《改革開放以來〈人民日報〉「三農」問題議程設置研究》，北京，新華出版社，2008，總序：1。
〔註 27〕周德倉：《構建「少數民族新聞學」的學科高地》，59 頁，北京，光明日報出版社，2010。

尚未被人充分覺察的領域。〔註28〕蔡尚偉、何晶認為,引入區域分析的方法,發展區域傳播學,是實現傳播學的「後現代化」,深化中國傳播學研究的一條重要路徑。〔註29〕

第四,直面民族新聞傳播中面臨的難點和熱點問題,為維護國家主權以及藏區社會的和諧、穩定做出貢獻。

多年以來,在我國藏學研究者的不懈努力下,藏學研究成果豐碩。進入新世紀以來,國際形勢更加錯綜複雜,藏區的經濟社會發展中又出現了許多新情況、新問題和新挑戰,涉藏問題對整個中國的負面影響不斷沒有減弱,反而呈現出增強的趨勢。在已有的藏學研究中,還缺乏與藏區形象有關的研究。

長期從事民族新聞傳播研究的學者周德倉認為,民族地區新聞傳播的特殊性,使得這裡的新聞傳播面臨更為複雜的問題。少數民族新聞傳播研究者應該直面民族新聞傳播的難題,在民族地區新聞傳播的重大挑戰面前,提出有效對策。〔註30〕因此,急需高水平的學術研究和應用研究成果來予以解答和應對。〔註31〕

綜上所述,本書具備較大的理論和應用價值。本研究試圖通過實證分析,揭示幾份主流報紙建構的藏區媒介形象,在此基礎上,有針對性地提出改善藏區國際形象的意見和建議,為國家和地方相關部門決策提供理論依據,進一步營造良好的國際國內輿論環境,助推民族地區的穩定和快速發展,同時,本課題也將有助於豐富和完善我國關於媒介形象、區域傳播學和藏學的理論體系。

二、國內外研究現狀

(一)國內研究綜述

筆者多種途徑檢索,發現直接相關的先行研究不多。國內涉及本選題的研究散見於期刊、學位論文和著作中,內容大致可以分為以下三類:

〔註28〕 蔡尚偉:《百年「雙城記」:成都.重慶的城市文化與傳媒》,前言:29～30頁,成都,四川大學出版社,2005。

〔註29〕 蔡尚偉,何晶:《區域傳播學:一種後現代姿態的傳播研究》,人民網,http://media.people.com.cn/GB/22100/54430/54431/3796158.html,2014-08-12。

〔註30〕 周德倉:《構建「少數民族新聞學」的學科高地》,63頁,見:中國少數民族地區信息傳播與社會發展論壇編委會:中國少數民族地區信息傳播與社會發展論叢(第2輯),北京,光明日報出版社,2011。

〔註31〕 杜永彬:《中國藏學研究對西藏發展的獨特貢獻》,載《西藏大學學報(社會科學版)》,2012(2),70～78頁。

1. 媒介形象與媒介再現研究

（1）媒介形象（media image or media portrayal）研究

媒介形象研究成果豐碩，研究熱點集中在國家形象、農民工、女性以及區域的媒介形象方面。

媒介形象有兩個含義，一個是「媒介的形象」，指的是大眾傳播媒介組織本身的形象；另外一個含義是人或事物「在媒介上的形象」，也就是人或事物在大眾傳播媒介上被再現的形象。〔註 32〕相對而言，針對人或事物「在媒介上的形象」的研究更為豐富。

媒介形象是認識外部世界的重要橋樑和參照。在客觀存在的事物和人的認知結果之間，媒介形象是一個重要的路徑，而且這種重要性隨著人們對媒介的依賴度提高而呈現出上升的趨勢。〔註 33〕

我國第一部系統闡述媒介形象問題的理論專著——《媒介形象學導論》出版與 2007 年。該書作者是欒軼玫，她借助形象學的研究成果，對大眾傳播媒介組織本身的形象進行了分析和探討。〔註 34〕

關於國家、政府、特定人群以及其他一些事物在媒介上的形象的研究，完全可以用「海量」來形容。在區域媒介形象研究上，也有不少成果。

江根源、季靖發現地區媒介形象的形成與「成見」或「刻板印象」有關，「傳統」與「權威」在地區刻板印象的建構過程中起到了關鍵作用。〔註 35〕此外，多篇論文採用內容分析法，對新疆、安徽、遼寧、內蒙古、廣西等地區的媒介形象展開了研究。

（2）媒介再現（media representation）研究

形象與再現緊密相連。再現即一種符號選擇與建構，是創造所關注對象或觀念的意義與結果的過程。換句話說，就是將不同的符號組合起來，表達複雜而抽象的概念，是製造意義的一種實踐活動，也是一個基本的認知過程；〔註 36〕「媒體再現」是指傳媒通過文字或音像，描繪現實世界的人和事，使

〔註32〕宣寶劍：《媒介形象系統論》，30 頁，中國傳媒大學博士論文，2008。

〔註33〕王朋進：《「媒介形象」研究的理論背景、歷史脈絡和發展趨勢》，載《國際新聞界》，2010（6），123～128 頁。

〔註34〕欒軼玫：《媒介形象學導論》，北京：人民大學出版社，2007。

〔註35〕江根源，季靖：《地區媒介形象：傳統、權威與刻板印象》，載《新聞與傳播研究》，2006（4），61～68，95 頁。

〔註36〕張鵬：《農民工形象再現與傳媒建構》，蘇州大學碩士論文，2006。

這些事物在傳媒世界中重現,但在重現的過程中注入了觀點,並建構意義,令讀者及觀眾不知不覺從特定的角度去理解這些事物。〔註37〕

近年來,國內有關再現的研究嶄露頭角。較有影響力的研究有:

張媛通過隨機抽樣抽取《北京日報》近三十年來關於少數民族報導進行內容分析和文本分析,考察非民族地區的媒體如何再現少數民族形象;〔註38〕張寧以中國轉型時期大眾傳播媒介對於政府形象的再現為主要研究對象,考察了新聞生產與社會因素——尤其是政治、經濟與社會權力——之間的互動關係。〔註39〕

對於媒介再現與社會現實的關係,總的說來,學術界的觀點比較一致,認為媒介再現並不等同於社會現實,再現受到政治、經濟、文化等多重因素的制約。

2. 區域形象(Regional image)研究

區域形象是以區域為研究對象的跨學科研究領域,涉及經濟學、地理學、管理學、營銷學、規劃學、社會學、心理學、傳播學、公共關係等多門學科。對區域形象的重視和研究開始於 20 世紀 60 年代,到目前為止,研究內容主要集中在四個方面:區域形象與區域可持續發展、區域形象設計、區域形象的評價和區域形象的管理。〔註40〕

為了便於不同學科對區域形象的概念界定實現對接,有學者提出將區域形象分為實體形象、投射形象與感知形象三個層面。〔註41〕但是,對於形象究竟是一種主觀感知還是客觀存在,學界還沒有達成共識。對於區域的內涵和外延,學界也看法不一。儘管如此,學術界對區域形象重要性的認識卻相當一致,比如,董雪旺等指出在注意力經濟的時代背景下,塑造良好的區域形象是欠發達地區實現跨越式發展的重要途徑;〔註42〕王黎明認為,區域形

〔註37〕 李月蓮:《外來媒體再現激發文化認同危機——加拿大傳媒教育運動的啟示》,載《新聞與傳播研究》,1998(4),49~57,92 頁。

〔註38〕 張媛:《模糊的「他者」:非民族地區的少數民族媒介形象再現——基於〈北京日報〉少數民族報導的分析(1979~2010)》,載《浙江傳媒學院學報》,2013(1),17~23 頁。

〔註39〕 張寧:《中國轉型時期政府形象的媒介再現》,復旦大學博士論文,2007。

〔註40〕 王飛,馮年華,曾剛:《區域形象研究的回顧與展望》,載《經濟師》,2006(3),259~260 頁。

〔註41〕 王龍,劉夢琳:《區域形象測量內容的研究綜述》,載《城市發展研究》,2012(1),24~28,46 頁。

〔註42〕 董雪旺,智瑞芝,江波:《區域經濟發展中的形象塑造:以山西省為例》,載《經濟地理》,2007(3),353~356,361 頁。

象的塑造對區域的發展有著重大的意義，它是一件低投入、高產出的事業，是經濟建設與社會發展的助推器。〔註43〕

　　值得指出的是，從 20 世紀 90 年代中期開始，國內學者開始關注區域形象的評價工作，並取得了一定的成果。近年來，傳播學界也開始運用傳播學理論來分析地區形象，並且逐漸成為一個新的熱點。

3. 涉藏報導（the news on Tibet）研究

　　「西藏問題」是橫亙在中國與其他國家，尤其是與美國、英國和印度之間的一個複雜而敏感的問題，也是實現「兩個一百年」奮鬥目標、實現中華民族偉大復興的中國夢中不可迴避的問題。長期以來，我國關於西藏問題的研究一直集中於歷史、政治、宗教、文化方面，成果豐碩。〔註44〕此外，還有一批學者從傳播學的角度切入研究，也取得了一些成果。

　　國家社科基金項目中與涉藏報導相關的有 4 項，分別是程早霞主持的國家社科基金項目「美國傳統主流媒體與中國西藏」（09BGJ005）及國家社科基金重點項目「勞威爾・托馬斯西藏之旅與美國西藏話語研究」（14AGJ002）、黃敏主持的國家社科基金青年項目「外媒涉藏報導與我國對外傳播策略：一個框架分析的路徑」（09CXW011）和韓青玉主持的國家社科基金青年項目「美國媒體對西藏的誤讀及其成因和對策研究」（11CXW028）。

　　國內涉藏報導的研究重點可以分為三個方面，分別為西方主流媒體中的涉藏報導、國內主流媒體中的涉藏報導以及中西方主流媒體中涉藏報導的對比研究。

（1）西方主流媒體的涉藏報導研究

　　國內學界比較重視西方媒體，尤其是美國主流新聞媒體如何報導西藏和「西藏問題」。

　　范士明通過對 20 世紀 90 年代《紐約時報》有關中國西藏報導的定量分析，揭示了美國人眼中的「西藏問題」的由來。〔註45〕劉穎、〔註46〕張植榮、

〔註43〕 王黎明：《區域形象設計——區域發展戰略研究的新課題》，載《經濟地理》，1997（4），1～7 頁。
〔註44〕 張植榮：《探索西藏問題研究的新思路——國際關係與西藏問題研討會述評》，載《中國西藏（中文版）》，2001（1），57 頁。
〔註45〕 范士明：《政治的新聞——美國媒體上的西藏和「西藏問題」》，載《太平洋學報》，2000（4），45～61 頁。
〔註46〕 劉穎：《法國媒體報導中的西藏印象——以法國〈世界報〉為例》，載《中國藏學》，2006（4），67～73 頁。

李昀〔註47〕分別選取法國最有影響的媒體——《世界報》和美國最有影響的媒體《紐約時報》為分析對象，考察其關於「西藏」的報導，研究發現，報導內容想像成分較多，和事實存在相當大的差異，甚至成為「妖魔化中國」的工具。

2008 年，西藏拉薩「3.14」事件發生。從新聞傳播學角度科學分析少數民族地區突發事件，找出恰當的應對之策，有助於及時化解矛盾，保證社會穩定，樹立我國良好的國際形象。我國的新聞傳播學者擔負起了這一使命。〔註48〕以 2008 年為分界點，傳播學界對涉藏報導的關注度顯著提升。

郭永虎以近代《泰晤士報》涉藏報導文本為依據，探討該報與英國西藏政策的互動關係及其影響。〔註49〕郭永虎還分析了 1949～1959 年美國《紐約時報》對西藏的報導，得到的結果與劉穎以及張植榮、李昀 2006 年的研究相似，發現《紐約時報》涉藏報導的基調是以負面消息為主，歪曲了中國的西藏政策和西藏的本來面目，也在一定程度上誤導了西方公眾對西藏的認知。〔註50〕

王異虹等人對幾家德國媒體的涉藏報導進行內容分析，探討了德國主流媒體重構的「西藏問題」。〔註51〕黃敏、〔註52〕劉瑞生〔註53〕考察了美國主流媒體對西藏暴力事件的報導，揭示了美國主流媒體在報導中的意識形態傾向。劉天驕運用內容分析和框架分析兩種傳播學研究方法，對《紐約時報》1989 年 1 月 1 日至 2011 年 12 月 31 日 23 年間所有標題中含有「Tibet」的報導進行了分析。〔註54〕張素姍、程早霞發現，在 20 世紀 80 年代末和 90 年代初期，《紐約時報》對中國西藏作了大量歪曲和不實報導，對美國民眾乃至國際輿

〔註47〕 張植榮，李昀：《美國主流媒體〈紐約時報〉涉藏報導分析》，載《對外大傳播》，2006（12），43～45 頁。

〔註48〕 鄧備：《我國少數民族新聞傳播研究狀況分析》，載《西南民族大學學報（人文社會科學版）》，2013（11），146～150 頁。

〔註49〕 郭永虎：《近代〈泰晤士報〉涉藏報導初探》，載《西藏研究》，2010（6），91～100 頁。

〔註50〕 郭永虎：《1949～1959 年美國〈紐約時報〉涉藏報導初探》，載《當代中國史研究》，2011（2），113～118，128 頁。

〔註51〕 王異虹等：《德國主流媒體重構的「西藏問題」——德國媒體涉藏報導內容分析》，載《新聞與傳播研究》，2010（2），31～40，109 頁。

〔註52〕 黃敏：《再現的政治：CNN 關於西藏暴力事件報導的話語分析》，載《新聞與傳播研究》，2008（3），23～32，94 頁。

〔註53〕 劉瑞生：《涉藏報導與美國主流媒體的意識形態性》，載《新聞與傳播研究》，2008（3），17～22 頁。

〔註54〕 劉天驕：《〈紐約時報〉西藏報導研究及對外傳播策略分析：以 1989～2011〈紐約時報〉的西藏報導為例》，中國人民大學碩士論文，2012。

論產生了嚴重的負面影響。〔註55〕

這些研究，以西方主流媒體，尤其是報紙的涉藏報導為研究對象，時間點較為分散，但結論比較一致，即這些媒體的涉藏報導誤導了西方公眾對西藏的認知。

（2）國內主流媒體的涉藏報導研究

針對國內媒體的涉藏報導研究，數量不多。王軍君對國內西藏題材電影中西藏形象塑造和傳播的歷史和現狀進行梳理和考察，認為這些國內西藏題材電影塑造和傳播的不是西方式的虛擬的、想像的「香格里拉」，而是立足歷史和現實基礎上的真實而又完整的西藏形象。〔註56〕

侯姍姍在碩士論文中以《人民日報》2000～2010年的涉藏報導為研究對象，使用定性和定量兩種方法，探討國內主流媒體建構的西藏形象，認為《人民日報》塑造的西藏形象是以藏民族、藏族地區、藏區民眾等為主，各民族大融合的政治景觀。〔註57〕

劉海韻在碩士論文中，通過對2012年3月《人民日報》《西藏日報》《西藏商報》進行定量研究，發現這三種媒體儘管媒體屬性和媒體定位上存在不同，但是呈現出來的西藏媒介形象都以正面形象為主。〔註58〕

從以上研究結果可見，我國媒體建構的西藏形象是以正面為主，符合黨和政府的要求。

（3）中西方主流媒體的涉藏報導對比研究

中西方主流媒體中的涉藏報導對比研究主要有以下幾篇：

蔣曉麗選擇中國、新加坡和美國的三家主流報紙即《人民日報》《聯合早報》《紐約時報》作為研究對象，對這幾家報紙近五年的涉藏報導進行了內容分析，研究發現，隨著傳播距離的增加，媒體所建構的認同關係逐漸疏離。〔註59〕

〔註55〕張素姍，程早霞：《20世紀80年代末90年代初〈紐約時報〉涉藏報導剖析》，載《黨的文獻》，2014（6），54～62頁。

〔註56〕王軍君：《以電影的方式塑造和傳播真實的西藏形象》，載《西藏民族學院學報（哲學社會科學版）》，2011（S1），96～100頁。

〔註57〕侯姍姍：《主流媒體構建的政治景觀》，陝西師範大學碩士論文，2011。

〔註58〕劉海韻：《當前紙媒中的西藏形象研究》，南昌大學碩士論文，2013。

〔註59〕蔣曉麗：《認同的距離——基於三家報紙近五年來涉藏報導的內容分析》，載《西藏大學學報（社會科學版）》，2013（3），82～89，103頁。

　　周勇等以《人民日報》和《紐約時報》為樣本，研究證明了一個基本的假設：兩家媒體進行西藏議題報導時在信源選擇上有著明顯的路徑依賴，而信源對兩家媒體涉藏報導的態度有明顯的潛在影響。〔註60〕

　　弋睿仙以曾經擔任美國駐華大使的駱家輝到西藏自治區進行探訪這一具體新聞事件為例，採用批評性語篇分析的方法，對《洛杉磯時報》和《南華早報》涉藏報導進行了對比。〔註61〕

　　肖濤運用內容分析法、文本分析法和文獻分析法，對《人民日報海外版》和《紐約時報》兩份報紙2008年1月1日至2011年12月30日間的涉藏報導進行抽樣調查，研究結果表明：《人民日報海外版》和《紐約時報》的涉藏報導框架都很明顯，從而呈現出兩個完全不同的西藏形象。〔註62〕

　　古俊偉通過定量分析，發現《中國日報》和《紐約時報》構建了不同的西藏和藏人形象，並進一步探究這些形象的異同及其背後的構建動機。〔註63〕

　　上述研究，在報紙的選擇上，國內的報紙主要是《人民日報》，而國外的報紙，則以《紐約時報》為主；研究方法上，以內容分析法、文本分析法為主；從研究結果上看，中西方建構的西藏形象截然不同。

（二）國外涉藏報導與西藏形象研究

　　西方的「西藏問題」研究主要涉及人類學、歷史學、政治學、語言學等諸領域。〔註64〕對於西藏形象的研究，國外主要是從文學、藝術等角度來展開，成果頗豐。與新聞媒體涉藏報導相關的研究基本上還是空白。

　　西藏在西方的形象常常被描繪為「香格里拉」。在其被神話的過程中，西方的西藏遊記和旅行文學起著重要影響。〔註65〕

〔註60〕周勇，胡瑋，陳慧茹：《誰在控制西藏問題的話語：涉藏報導的路徑依賴與效果生成》，載《國際新聞界》，2014（4），68～81頁。

〔註61〕弋睿仙：《〈洛杉磯時報〉和〈南華早報〉涉藏報導比較》，載《青年記者》，2014（11），89～90頁。

〔註62〕肖濤：自塑與他塑：從〈人民日報海外版〉和〈紐約時報〉看西藏形象建構，中國人民大學碩士論文，2012。

〔註63〕古俊偉：《〈中國日報〉和〈紐約時報〉構建的西藏和藏人形象》，424～432頁，《全國第二屆對外傳播理論研討會論文集》，2011。

〔註64〕程早霞：《美國對中美關係中「西藏問題」的研究評介》，載《中國藏學》，2003（2），94～96頁。

〔註65〕甘露，盧天玲，石應平：《西方和中國學者對西方西藏形象認識的批評》，載《西南民族大學學報（人文社會科學版）》，2014（4），26～32頁。

彼得・畢肖普對西方與西藏有關的遊記以及文學作品進行了分析，探討了這些作品將西藏建構為「聖地」形象的方式。他提出一個觀點：西藏之所以在西方人的心目中呈現出各種「幻象」，是與英國在這裡的殖民活動密不可分。〔註66〕

克萊爾・哈里斯研究了中外現代繪畫藝術中展現的西藏形象，認為西藏自治區居民的西藏形象、流亡藏人的西藏形象、中國人的西藏形象、西方人的西藏形象這四種形象不是孤立存在，而是相互影響的。〔註67〕

莫妮卡編輯出版了《十九和二十世紀的西藏形象》，試圖從西方和東方這兩個不同的視角來認識西藏，探討這些不同的西藏形象是怎樣產生的，這些形象與「真實的西藏」有什麼樣的關係，等等。〔註68〕

（三）研究成果總結

國內外的有關研究，豐富了學界對媒介形象、區域形象以及涉藏報導的認知，研究方法和思路在一定程度上為本研究提供了借鑒。同時，總體來看，這些研究還存在以下不足：

第一，在涉藏報導媒體的選擇上，過於偏重西方發達國家，尤其是美國的主流媒體，忽略了對「西藏問題」同樣很重視的其他國家的媒體。事實上，英國早期曾經試圖把西藏從我國分割出去，英國主流媒體的涉藏報導也為數不少，但是相關研究還比較缺乏。此外，以筆者的檢索來看，對印度媒體涉藏報導的研究還是空缺。這與印度在解決「西藏問題」上的重要地位極不相稱。

第二，從形象研究的角度而言，針對國家、特定人群（如農民工、女性等）等的媒介形象研究已經取得了較為豐碩的成果，而區域媒介形象的研究相對薄弱。目前的涉藏報導研究，也是單純分析主流媒體涉藏報導特點的比較多，涉及藏區國際形象的研究極為罕見。

第三，從研究方法上看，採用內容分析法單一方法進行實證研究的較多。一方面，相對我國新聞傳播學研究長期忽視研究方法的傳統而言值得肯定，但是，每一種研究方法都有一定的適用範圍。因此，有必要綜合運用多種方

〔註66〕Bishop P. The myth of Shangri-La: Tibet, travel writing, and the western creation of sacred landscape. University of California Press, 1989, 74.

〔註67〕Harris C. In the image of Tibet: Tibetan painting after 1959. Reaktion Books, 1999, 10 頁。

〔註68〕趙光銳：《西方學人反思西藏認知的研究述評》，載《民族研究》，2011（6），95 頁。

法，揚長避短，發揮綜合優勢，高質量地進行研究。同時，已有的研究中，極少有理論框架作為支撐。沒有理論作為支點，使得論文的學理性不足。

第四，從研究對象的範圍上看，此前的涉藏報導研究，多聚焦於西藏自治區，對於其他四省藏區少有涉及。

第五，從研究時間段來看，少有時間跨度長的歷時性分析。進入新世紀以後，藏區出現了不少新情況、新問題，而學術界對這一時間段內各主流媒體涉藏報導的歷時性研究還不多。

通過對相關研究的回顧可見，西方主流媒體的涉藏報導，嚴重影響了我國在國際上的良好形象，但是，目前藏區媒介形象方面的研究成果還不多，尤其是對比性、歷時性的研究偏少。因而，有必要通過實證研究，去揭示中外主流媒體上究竟建構了何種藏區形象以及該如何提升藏區的形象。

值得指出的是，西方學者的研究，尤其是以社會學的實證研究方法來考察大眾媒體，往往是思想深刻、考證精當，其研究方法和主要觀點對本書有較大的啟發。

三、研究內容與研究思路

1974 年，戈夫曼出版了《框架分析》。在這本書中，戈夫曼首次將框架這個概念應用到傳播情景當中。從此以後，框架這個概念得到了眾多傳播學者的高度重視。〔註 69〕儘管對於框架理論的定義，目前仍是眾說紛紜，但是進入 21 世紀以來，框架理論已經超越議程設置、使用與滿足理論，成為西方傳播學中使用範圍最廣的理論和研究範式。〔註 70〕

框架理論引入我國傳播學後，傳播學者對該理論的關注熱情一直沒有消退。本書第一章，將對框架理論的起源、框架的作用機制以及框架理論在傳播學中的運用進行回顧，一方面便於更好地認識該理論，同時，也為本研究的實施奠定必要的理論基礎。

本書主要基於框架理論，探討國內外主流媒體各自建構的藏區媒介形象，著重探討以下問題：（1）從 2003 年至 2013 年，中西方主流報紙涉藏報導整體上有何特點；（2）中西方主流報紙塑造了怎樣的藏區形象；（3）這些不同

〔註69〕孫彩芹：《框架理論發展 35 年文獻綜述——兼述內地框架理論發展 11 年的問題和建議》，載《國際新聞界》，2010（9），18 頁。

〔註70〕Bryant J, Miron D. Theory and research in mass communication. Journal of communication, 2004, 54（4）：695.

的形象是如何產生的；（4）如何改善藏區的國際形象。

四、研究方法

　　《傳播學內容分析研究與應用》一書的作者、武漢大學教授周翔博士認為，研究方法非常重要，但是這些方法各有優劣，應該根據研究需要，選擇合適的方法。〔註71〕媒介社會學大師紐曼指出，每一種研究方法的適用範圍都不盡相同，因此，這些研究方法就形成了互補關係。通過系統整合多種方法，能夠更加利於捕捉系統的意義建構行為。〔註72〕

　　根據研究目標，本書採取量化研究與質化研究相結合的方法，包括內容分析法、框架分析法、文本分析法。

（一）內容分析法

　　1952年，貝雷爾森（Berelson）出版了《傳播學研究中的內容分析》（Content analysis in communications research）。這本書的出版確立了內容分析方法在傳播學研究中的地位，也標誌著該方法作為一種研究工具得到了廣大傳播學者的認同。貝雷爾森指出，「內容分析法是客觀地、系統地、定量地描述顯性傳播內容的一種研究方法」。〔註73〕

　　彭增軍認為，內容分析法是「從某個理論或者現實問題出發，通過一定的規範方法，將內容類化，發現和揭示內容變量之間的關係、模式或者特點，並在此基礎上解釋所分析內容同社會、政治、文化等外部環境的關係」。〔註74〕目前，內容分析法已經成為社會科學尤其是傳播學的主要研究方法之一。

　　內容分析研究的目的有五種：描述傳播內容、檢驗對信息特徵的假設、把媒介內容與現實世界相比較、評估社會中特定群體的形象以及作為媒介效果研究的組成部分。〔註75〕

　　內容分析法是本書的主要研究方法之一，用於描述傳播內容。本書採用內容分析法，以中外四家主流報紙的涉藏報導為研究對象，分析其在報導議

〔註71〕周翔教授2014年5月在重慶大學舉辦的研究方法班上的講話。

〔註72〕江根源：《媒介建構現實：理論溯源、建構模式及相關機制》，27頁，浙江大學博士論文，2013。

〔註73〕周翔：《傳播學內容分析研究與應用》，8～9頁，重慶，重慶大學出版社，2014。

〔註74〕彭增軍：《媒介內容分析法》，12頁，北京，中國人民大學出版社，2012。

〔註75〕〔美〕維曼，多米尼克：《大眾媒介研究導論》，金兼斌等譯，152～153頁，北京，清華大學出版社，2005。

題、消息來源、報導區域、報導傾向以及報導篇幅等方面呈現哪些特徵，各報之間存在哪些差異。此外，還將時間維度納入研究設計當中，考察在 2003 至 2013 這十年間，幾家報紙涉藏報導傾向、框架和議題的動態變化，從而使得對其涉藏報導的分析描述具有一定的歷史價值。第二章將對內容分析法在本書中的具體應用進行詳細介紹。

（二）框架分析法

內容分析針對顯性的內容比較有效。而針對媒介文本中的一些隱含的內容，內容分析法力不能及。

框架分析是基於框架理論（framing theory）的一種研究方法，近年來在傳播學研究中應用越來越廣泛。恩特曼（Entman）認為，框架本質上涉及到選擇（selection）和凸顯（salience）。框架是選擇被感知的現實（reality）的某些方面，使其在傳播文本中更加凸顯，用這種方式來促成特定問題的界定、因果解釋、道德評價和處理的建議。〔註76〕恩特曼指出，沒有框架範式（framing paradigm）的指引，內容分析往往產生歪曲媒介信息的數據。〔註77〕與內容分析法相比，框架分析法有三方面的優勢，即「有助於提高媒介內容研究的效度；有助於實證瞭解媒介內容產生的原因及後果；有助於創建更符合經驗事實的新聞傳播理論。」〔註78〕

因此，為了克服內容分析法的一些侷限，本書綜合採用了框架分析方法。第二章將對框架分析法在本書中的具體應用進行介紹。此外，在第五章，將對四家主流報紙涉藏報導中的新聞框架進行具體分析。

（三）文本分析法

文本分析法是根據課題需要，對一系列相關文本進行比較、分析、綜合，從中提煉出評述性說明的方法。〔註79〕使用文本分析法的目的，在於分析媒介文本製作者的動機和意圖，去解釋作者想說或者不想說的內容。與內容分

〔註76〕Entman R M. Framing: Toward clarification of a fractured paradigm.Journal of communication, 1993, 43（4）：52.

〔註77〕Entman R M. Framing: Toward clarification of a fractured paradigm.Journal of communication, 1993, 43（4）：57.

〔註78〕萬小廣：《論架構分析在新聞傳播學研究中的應用》，載《國際新聞界》，2010（9），6～12頁。

〔註79〕謝冬慧：《中國刑事審判制度的近代嬗變：基於南京國民政府時期的考察》，15頁，北京，北京大學出版社，2012。

析法相比，文本分析法很少用統計手段來呈現研究結果，其優勢在於獲得媒介內容深入、隱含的意義。〔註80〕

在第五章，主要通過文本分析法來解讀四家主流報紙建構的藏區形象。

五、基本概念

（一）藏區

區域是一個相對的概念，既可小至一街一區一鎮一縣，也可廣至一市一省一國甚至國家聯盟。〔註81〕除了地理、行政區劃的角度之外，還可以從歷史文化、經濟空間等多種角度來進行劃分。〔註82〕

本書的藏區是從行政區劃的角度來切入，具體指西藏自治區及青海省、甘肅省、四川省、雲南省四個省區內的藏族自治地方。〔註83〕

（二）區域形象

「區域形象就是某一區域在社會公眾心目中的總體印象和綜合評價。它不是簡單的視覺形象，而是包括政治、經濟、文化、科教、生態環境等在內的主要特徵的集合，是具有豐富精神文化內涵的社會形象。」〔註84〕借鑒這一觀點，藏區的形象，也就是指藏區這個區域在公眾心目中的印象和評價。

（三）媒介形象

就目前來看，對媒介形象的認識主要有兩種觀點：第一種觀點認為，媒介形象即社會中的公眾人物、社會團體、國家機構或者個體等等通過媒介傳播衍生出來的公開形象，在某種意義上等同於這些機構或者個體的公眾形象；第二種觀點認為，媒介形象即媒介機構自身個體或整體的形象。〔註85〕

〔註80〕陳陽：《大眾傳播學研究方法導論》，294～295頁，北京，中國人民大學出版社，2007。

〔註81〕楊傑：《區域形象量表的研製與效度檢驗：以安徽為例》，載《華東經濟管理》，2008（12），33頁。

〔註82〕王龍，劉夢琳：《區域形象測量內容的研究綜述》，載《城市發展研究》，2012（1），24頁。

〔註83〕劉卉：《五省藏區政務微博運用現狀及發展策略研究》，載《民族學刊》，2013（2），53～58、114～115頁。

〔註84〕趙定濤：《區域形象設計的原則與方法》，載《科學學與科學技術管理》，2000（6），45頁。

〔註85〕欒軼玫：《媒介形象的研究現狀及重新定義》，載《今傳媒》，2006（9），16～19頁。

本書採用第一種觀點，「藏區的媒介形象」具體是指五省藏區在媒介上呈現出來的形象或者說是媒體建構的藏區形象。

（四）「西藏問題」

對於「西藏問題」，目前爭議較大，甚至有一種觀點認為，並不存在所謂的「西藏問題」。西方認為「西藏問題」是人權問題、民族問題、宗教問題，而我國官方認為，「西藏問題」的實質是主權問題。〔註86〕

郭永虎認為，「西藏問題」包括西藏的地位、人權、生態環境、傳統文化保護、移民等多項內容。〔註87〕實際上，由於國際上流行的西藏（Tibet）概念，其範圍也就是本書所指的藏區。因此，從廣義上講，「西藏問題」也就是涉藏問題，即與藏族、藏區有關的各種問題。

（五）涉藏報導

本書所指的涉藏報導，指的是媒體中以五省藏區或者藏族人（包括國內的藏人和國外的藏人）為主要內容的報導。

六、創新點與難點

（一）創新點

1. 研究選題新

著名主流媒體的報導，對政治家和普通公眾都有較大的影響力，但是傳播學界對主流媒體涉藏報導的研究並不多見。已有的一些研究，重視分析西方主流媒體，尤其是美國主流新聞媒體如何報導西藏和「西藏問題」。不足之處在於，這些成果在研究上忽視了英國、印度等其他國家主流媒體的涉藏報導。本書對中、美、英、印四個國家主流報紙的涉藏報導進行分析和探討，一定程度上避免了先前研究中僅僅重視美國而忽視其他國家主流媒體的問題。

2. 研究方法新

基於研究目的，本書將定性研究與定量研究綜合起來。

〔註86〕何振華：《「西藏問題」是什麼問題》，載《人民日報》，2008-04-16004。
〔註87〕郭永虎：《美國國會與中美關係中的「西藏問題」研究（1987~2007）》，東北師範大學博士論文，2007。

　　首先，採用定量研究，分析這四家報紙（2003～2013 年）涉藏報導的特點，如報導數量、報導篇幅、稿件來源、發稿地點、報導區域、報導議題、報導框架、消息來源、報導傾向等方面，然後，通過建立數理統計模型，對影響報紙涉藏報導傾向的因素以及各報涉藏報導議題、傾向和報導框架的發展變化進行分析研究，比較科學地揭示了四家主流報紙在涉藏報導上的一些特點和規律。

　　其次，採用定性研究，對中外四份主流報紙如何通過新聞框架建構藏區的形象進行分析，並且，將新聞媒體置於大的社會背景下，從媒介社會學的角度，對同一個藏區在不同報紙上呈現出完全不同的形象之原因進行了探討。

　　第三，本書為對比性和歷時性研究，從橫向、縱向這兩個角度考察了中外四家主流報紙涉藏報導的異同及其變遷。

3. 研究視角新

　　之前的研究，多為分析國外主流媒體涉藏報導的特點和存在的問題，很少涉及藏區的具體形象。本書從區域媒介形象的角度來研究中外主流報紙的涉藏報導，有一定新意。

4. 研究結論新

　　本書在定量研究和定性研究的基礎上，對於中外四家主流報紙（2003～2013）涉藏報導進行了分析，得出的結論有一定創新：

　　首先，從時間維度上看，在 2003 年到 2013 年，四家報紙的涉藏報導議題有一定的變化規律：第一，政治類、文化類議題和社會類議題一直是四家報紙涉藏報導的主要議題。2008 年以來，這幾類議題所佔比例波動較大。近年來，政治類、文化類議題比重有所下降，社會類議題比重上升，並逐漸佔據主導地位，成為最重要的議題；第二，經濟、科技和軍事議題長期都是四家報紙涉藏報導的次要議題，所佔比例波動很小，一直維持在較低的水平。

　　四家報紙報導三種傾向的分布比較均勻，基本上各自占到 1／3。整體上看，四家報紙報導傾向的變化規律為：三種傾向波動都比較大；近年正面報導比重有所下降，中性和負面報導出現上升趨勢。幾家報紙傾向的具體變化情況如下：《紐約時報》涉藏報導的傾向有著顯著的變化，負面傾向報導近年有逐漸下降的趨勢；《泰晤士報》《印度教徒報》涉藏報導傾向分別以負面和中性為主，十年間沒有顯著的變化；《人民日報》涉藏報導的傾向為正面報導

持續上升。整體上看，《紐約時報》和《泰晤士報》這兩份西方主流媒體的涉藏報導立場高度一致，其涉藏報導確實存在一定程度的「妖魔化」現象。

四家報紙涉藏報導框架的分布與變化有以下規律：第一，衝突框架、發展發展框架和人類興趣框架是四家報紙涉藏報導的主要框架；第二，衝突框架一直在四家報紙的涉藏報導中佔有重要地位，並且比重呈現上升趨勢；第三，發展框架波動幅度較小，近年有下降趨勢；第四，人類興趣框架下降趨勢明顯。

其次，研究證實，報紙類型、報導框架、稿件來源為中國媒體、消息來源為中國官方、消息來源為達賴集團對報導傾向有影響，而報導議題、發稿地點為中國對報導傾向沒有影響。

第三，同樣的藏區，在幾家報紙上呈現出完全不同的形象，這是由於幾家報紙採取了不同的新聞框架，而之所以會如此，是因為這些報紙受到了國家利益、經濟力量、職業倫理、意識形態、達賴集團與讀者等多種因素的影響。

（二）難點

1. 樣本獲取難

本書選擇《人民日報》《紐約時報》《泰晤士報》以及《印度教徒報》等媒體十年的涉藏報導作為內容分析的對象，報導跨度時間長、數量多，研究樣本的獲取有相當的難度。為了獲取樣本，筆者查遍了四川地區各大高校的圖書館，並且多次到國家圖書館檢索相關數據庫。

2. 內容分析難

本書的樣本超過一千條，而內容分析是一個很耗時耗力的工作。縱向看，本書研究內容跨度 10 多年，涉及報導資料多；橫向上看，媒體的藏區報導，涉及社會、政治、經濟、文化等諸多領域。如何在如此龐雜的資料中發現四家報紙涉藏報導的特點和規律，進而解讀各家報紙建構的藏區形象，是本書需要著力解決的問題。此外，對國外報紙涉藏報導的傾向分析也有一定的困難，主觀性難以避免。國外媒體自認為是客觀的報導，以中國讀者的眼光來看，或許就會偏向負面。

3. 框架理論駕馭難

框架理論被中外學術界認為是一個理論混沌的研究領域。因此，如何運用框架理論來進行本研究將是較大的挑戰。

小結

　　良好的國家形象，將給一個國家帶來巨大的經濟回報。區域形象是國家形象不可缺少的重要組成部分，同時也是國家形象的基礎。區域形象的對外傳播，對樹立國家形象具有不可替代的作用和極其重要的意義。

　　良好的區域形象，是可以持續發展的寶貴資源，能夠提升區域內民眾的自豪感，有助於區域凝聚力和向心力的形成。在吸引資金、技術、人才，拓展發展空間、提升綜合實力等方面發揮越來越重要的作用。遺憾的是，與在國家形象方面的研究熱度相比，區域形象的研究明顯就冷了很多，針對藏區媒介形象的研究尤其缺乏。

　　當下，與美國、英國和印度的關係是我國外交格局中的重中之重。目前，「西藏問題」是我國與這幾個國家關係發展的主要障礙之一，而國外主流媒體的涉藏報導，起到了推波助瀾的負面作用。

　　進入新世紀以來，藏區的經濟社會發展中又出現了許多新情況、新問題和新挑戰，涉藏問題對整個中國的負面影響不斷沒有減弱，反而呈現出增強的趨勢。因此，急需高水平的學術研究和應用研究成果來予以解答和應對。

　　之前的研究，豐富了學界對媒介形象、區域形象以及涉藏報導的認知，研究方法和思路在一定程度上為本研究提供了借鑒。但是，這些研究，在媒體的選擇、研究視角、研究方法、研究範圍等多方面還存在一些不足。

　　因此，本書選題具備較大的理論和應用價值。本書試圖通過實證分析，揭示幾份主流報紙建構的藏區媒介形象，在此基礎上，有針對性地提出改善藏區國際形象的意見和建議，為國家和地方相關部門決策提供理論依據，進一步營造良好的國際國內輿論環境，助推民族地區的穩定和快速發展，同時，本課題也將有助於豐富和完善我國關於媒介形象、區域傳播學和藏學的理論體系。

第一章　理論基礎——框架理論

　　多年前，網絡上有個帖子《一位老大娘摔倒了——中國（大陸、臺灣、香港）及美國的不同態度》受到網友的追捧。帖子的核心內容是講一個老大娘摔掉了牙齒的故事，然後把場景分別設置為中國（大陸、臺灣、香港）及美國，媒體基於同樣的故事內容，進行了完全不同的報導。

　　大陸的報導為，老大娘摔掉了牙齒，媒體報導該大娘被路人救助，大娘感謝社會感謝黨；香港媒體則問責政府部門辦事不力，以致大娘摔倒；臺灣的媒體則報導在野黨與執政黨為此事展開黨派鬥爭；美國媒體報導大娘拿起法律武器維護自己權益，狀告白宮。

　　這些報導的背後隱藏了不同的報導框架。美國媒體的報導框架可以稱為「法律框架」，臺灣為「黨爭框架」，香港為「問責框架」，而大陸媒體的報導框架可以稱為「道德框架」。〔註 1〕不同的媒體框架，影響了人們對同一事件不同的關注重心。已有的研究表明，新聞媒體不僅有能力去告訴公眾思考什麼問題，而且有能力告訴公眾如何去思考。〔註 2〕

　　2005 年，傅立司在《新聞框架：理論與類型》一文中提到，數以百萬計的公民每天接觸新聞媒體，媒體可能影響輿論的一個方法是用特別的方式來框架（framing）事件和問題。〔註 3〕

〔註 1〕李海波，郭建斌：《事實陳述 vs 道德評判：中國大陸報紙對「老人摔倒」報導的框架分析》，載《新聞與傳播研究》，2013（1），51～66 頁。

〔註 2〕Valkenburg P M, Semetko H A, De Vreese C H. The effects of news frames on readers' thoughts and recall. Communication research, 1999, 26（5）：550～569.

〔註 3〕De Vreese C H. News framing: Theory and typology. Information design journal document design, 2005, 13（1）：51.

有學者對西方頂級傳播刊物進行了內容分析，研究發現，進入 21 世紀以來，框架理論已經超越議程設置、使用與滿足理論，成為傳播學中使用範圍最廣的理論和研究範式。〔註 4〕

一、框架理論的起源

通常認為，框架理論有兩個理論源頭，即社會學和心理學。

（一）源自社會學的框架理論

這方面的代表性人物有戈夫曼、吉特林、甘姆森、恩特曼等人。

戈夫曼（1974）對我們怎樣運用自己的期望來理解日常生活情景和其中的人提供了系統性闡述。〔註 5〕在《框架分析》一書中，他就人們如何構建社會現實進行解答。他提出框架是人們對外在世界的「解釋的圖式」或「基模」（schemata of interpretation）。〔註 6〕

戈夫曼以框架為工具，清晰展示了日常生活中人際交往和傳播是如何建構社會的這一重要命題。該書出版後，框架理論開始受到學術界的廣泛關注，並應用到了多學科領域。

以戈夫曼的框架概念為起點，對新聞媒體抱有興趣的社會學者吉特林、甘姆森、恩特曼等人繼續展開研究，討論媒體如何經由框架來呈現社會現實。

從社會學的角度來說，框架理論研究更多的是媒介框架或者稱為新聞框架（media frame or news frame）。「新聞框架組織日常現實，是日常生活的一部分。它是新聞的基本特徵。」〔註 7〕

在綜合分析了多人提出的概念後，傳立司認為，媒介框架（新聞框架）與議題的呈現方式密切相關。媒介框架（新聞框架）就是新聞媒體對一個話題的不同方面有選擇性地進行重點強調。〔註 8〕

〔註 4〕Bryant J, Miron D. Theory and research in mass communication. Journal of communication, 2004, 54（4）：695.

〔註 5〕〔美〕巴蘭，戴維斯：《大眾傳播理論：基礎、爭鳴與未來（第三版）》，曹書樂譯，272 頁，北京，清華大學出版社，2004。

〔註 6〕Pan, Z, Kosicki, G M. Framing analysis: An approach to news discourse, Political Communication, 1993, 10: 55～75.

〔註 7〕Tuchman G. Making news: A study in the construction of reality〔M〕. New York, 1978: 193.

〔註 8〕De Vreese C H. News framing: Theory and typology, Information design journal + document design, 2005, 13（1）：53.

對於何為個體框架，恩特曼有著前後不同但意思大致一致的表述。1991年，他定義個體框架為個體的信息處理基模（Information-processing schemata）。〔註 9〕1993 年，他提出個體框架是「思想上存儲的引導個體進行處理信息的觀念集群」。〔註 10〕

坎培拉和詹姆森提出框架必須滿足四個條件。第一，新聞框架必須具有可識別的概念和語言特徵。第二，它應在新聞實踐中被普遍遵守。第三，能夠可靠地與其他框架區分開來。四、框架必須有代表性的有效性（由他人認可的），而並不是一個研究者的空想。〔註 11〕

（二）源自心理學的框架理論

從心理學的角度來看，研究者們以極大的熱情研究受眾框架（audience frame）的形成過程以及框架對人們決策過程的影響。

凱尼曼和特威爾斯基最早展示了本質上相同的信息的不同呈現（presentation）給人們的決策造成的影響。1984 年，他們做過一個後來廣為人知的實驗：〔註 12〕

假設美國面臨一種病毒的影響，可能會導致 600 人死亡。可以採用 4 種方案來進行應對。

採用第一種方案，將有 1／3 的人獲救；採用第二種方案，有 1／3 的可能性，600 人將全部獲救；採用第三種方案，將有 2／3 的人死亡；採用第四種方案，有 1／3 的可能性是無人死亡。

第一個實驗中，提供的選項為第一和第二種方案，結果，72%的人選擇了方案一；28%的人選擇了方案二。

在下一個實驗中，提供的選項為第三和第四種方案，選擇方案三的人為22%，選擇方案四的人為 78%。

雖然方案一、三的後果相同；二、四的後果也一致，但是，不同的框架

〔註 9〕Entman R M. Symposium framing US coverage of international news: Contrasts in narratives of the KAL and Iran air incidents. Journal of communication, 1991, 41（4）：7.

〔註 10〕Entman R M. Framing: Toward clarification of a fractured paradigm. Journal of communication, 1993, 43（4）：53.

〔註 11〕Cappella J N, Jamieson K H. Spiral of cynicism: The press and the public good. New York: Oxford University Press, 1997: 47.

〔註 12〕Kahneman D, Tversky A. Choices, values, and frames. American psychologist, 1984, 39（4）：343.

導致了不同的選擇。

　　這個例子生動地說明了，框架決定了大多數人是否注意以及如何理解和記住問題，並且怎樣對問題進行評估和選擇採取行動。

　　隨後，不少學者，如艾英格（Iyengar）、尼爾森（Nelson）、克勞森（Clawson）也進行了類似的研究。〔註13〕這些研究，在一定程度上證明了框架效果（framing effect）的存在。

二、框架的作用機制

　　框架的作用機制，特別是媒介如何運用框架來影響受眾是學者們特別關注的問題。戈夫曼曾經指出，「看不見的手」經常選取真實的部分片段加以排列組合，以達成「再現」或「轉換真實」的目的。這裡的選取和排列組合，就是框架的機制。〔註14〕

　　吉特林認為框架的作用機制為選擇、強調和遺漏。〔註15〕

　　甘姆森把框架的作用機制分為「框限」（boundary）和「架構」（building frame）。前者也就是指人們觀察世界的「取景框」，沒有進入「取景框」的事物將不被人覺察到；後者指一種觀察事物的世界觀。〔註16〕

　　臧國仁認為，框架的機制在於選擇與重組。〔註17〕

　　眾說紛紜當中，恩特曼的觀點得到了較為廣泛的認同。恩特曼（1993）認為，框架（Framing）本質上涉及到選擇（selection）和凸顯（salience）。框架（To frame）是選擇被感知的現實（reality）的某些方面，使其在傳播文本中更加凸顯，用這種方式來促成特定問題的界定、因果解釋、道德評價和處理的建議。〔註18〕

〔註13〕Borah P. Conceptual issues in framing theory: A systematic examination of a decade's literature. Journal of communication, 2011, 61（2）: 251.

〔註14〕臧國仁：《新聞媒體與消息來源——媒介框架與真實建構之論述》，45頁，臺北，三民書局，1999。

〔註15〕黃旦：《傳者圖像：新聞專業主義的建構與消解》，231頁，上海，復旦大學出版社，2005。

〔註16〕臧國仁：《新聞媒體與消息來源——媒介框架與真實建構之論述》，33頁，臺北，三民書局，1999。

〔註17〕臧國仁：《新聞媒體與消息來源——媒介框架與真實建構之論述》，51頁，臺北，三民書局，1999。

〔註18〕Entman R M. Framing: Toward clarification of a fractured paradigm. Journal of communication, 1993, 43（4）: 52.

三、新聞框架的確定

由於框架是一個相當模糊的概念，之前的新聞框架研究往往根據各自特定的研究目的採用了框架的操作性定義。因此，在怎樣確定新聞報導中的框架上，少有共識。

新聞報導中的框架如何確定？恩特曼認為，可以通過關鍵詞、隱喻、概念、符號和強調新聞敘事的視覺圖像來確定新聞框架。〔註 19〕

夏等人認為，可以通過語言的選擇、引用語和相關信息來判斷。〔註 20〕

而甘姆森等人的判斷依據則是隱喻、原型、流行語、描寫，視覺圖像。〔註 21〕

坦卡德則提供了迄今為止最為詳細的清單來確認新聞框架，包括：新聞來源、新聞標題、導語、引用語的強調、統計數據與圖標、文章的結論等等共 11 項指標。〔註 22〕

總的來說，西方學者在新聞框架是特定的文本和視覺元素上達成了共識。

臧國仁認為，框架分為三個層次：高層次指的是事件的抽象意義或者主旨；中層次則由主要事件、歷史、先前事件、結果、影響、歸因以及評估等幾個環節組成；低層次指的是框架的具體表現形式，包括字、詞、句以及由這些基礎語言所形成的修辭或比喻。〔註 23〕通過由低到高層次命題的分析，可以確定框架。〔註 24〕

陳陽從適合大陸學界的角度，對臧國仁提出的框架三個層次進行了轉化，

〔註 19〕 Entman R M. Symposium framing US coverage of international news: Contrasts in narratives of the KAL and Iran air incidents. Journal of communication, 1991, 41（4）: 7.

〔註 20〕 Shah D V, Watts M D, Domke D, et al. News framing and cueing of issue regimes: Explaining Clinton's public approval in spite of scandal. Public Opinion Quarterly, 2002, 66（3）: 367.

〔註 21〕 Gamson W A, Modigliani A. Media discourse and public opinion on nuclear power: A constructionist approach. American journal of sociology, 1989: 1～37.

〔註 22〕 Tankard J W. The empirical approach to the study of media framing. Framing public life: Perspectives on media and our understanding of the social world, 2001: 95～106.

〔註 23〕 臧國仁：《新聞媒體與消息來源——媒介框架與真實建構之論述》，51 頁，臺北，三民書局，1999。

〔註 24〕 臧國仁：《新聞媒體與消息來源——媒介框架與真實建構之論述》，59 頁，臺北，三民書局，1999。

將框架分為宏觀、中觀和微觀三個層面。〔註 25〕第五章將對此進行較為詳細的說明。

四、框架理論在傳播學中的應用

進入 21 世紀以來，框架理論在西方傳播學界最受關注。框架理論研究大致可以分為三個環節的研究，分別對應新聞的生產、新聞文本和受眾接收，即新聞生產中的框架研究、新聞文本中的框架研究和作為傳播效果的框架研究。

（一）國外研究

由於資料收集難度以及時間、精力、自身能力等多方面因素，因此，筆者這裡對收集到的國外研究做一簡要的綜述。

1. 新聞文本中的框架研究

西方學者在對文本中的框架研究方面著力最多，發表論文數量占框架研究總量的 61.5%。〔註 26〕

甘姆森和莫迪利亞尼分析了媒介話語和大眾關於原子能的意見之間的關係，認為在大眾對原子能意見形成的理解上，媒介話語是一個關鍵文本。研究發現媒介的核電報導框架從最初的「進步」框架，變化到後來的「核能失控」框架。〔註 27〕

伯恩斯基和雷特科對 2011 年澳大利亞布里斯班洪災的新聞報導進行了分析，發現媒體框架有兩個：洪災與氣候變化的框架、政府應對洪災的框架。〔註 28〕

瑟曼特克和沃肯伯格對 1997 年阿姆斯特丹舉行歐洲國家元首會議期間，2601 篇報紙新聞和 1522 條電視新聞進行了內容分析，研究結果表明，總體而言，最常用的新聞框架是責任框架，跟隨其後的是衝突框架、經濟框架、興趣框架和道德框架。〔註 29〕

〔註 25〕陳陽：《大眾傳播學研究方法導論》，317 頁，北京，中國人民大學出版社，2007。

〔註 26〕Borah P. Conceptual issues in framing theory: A systematic examination of a decade's literature. Journal of communication, 2011, 61（2）: 254.

〔註 27〕Gamson W A, Modigliani A. Media discourse and public opinion on nuclear power: A constructionist approach. American journal of sociology, 1989: 1～37.

〔註 28〕Bohensky E L, Leitch A M. Framing the flood: a media analysis of themes of resilience in the 2011 Brisbane flood. Regional Environmental Change, 1～14.

〔註 29〕Semetko H A, Valkenburg P M. Framing European politics: A content analysis of press and television news. Journal of communication, 2000, 50（2）: 93～109.

在對 1981～1986 年期間，美國電視網對貧困、犯罪和失業等社會問題的新聞報導進行分析後，艾英格發現，日常新聞報導強烈偏向於使用情節框架，新聞媒體對社會問題的報導侷限於事件本身，而不是將事件放在更廣泛的背景下進行解釋（即採用主題框架）。〔註30〕

傅立司將新聞框架分為通用框架（Generic news frames）和特定議題框架（Issue-specific news frames）。〔註31〕

2. 新聞生產中的框架研究

如果缺乏了對框架生產（frame production）的研究，顯然無法全面理解框架理論。就目前而言，對框架生產環節的研究還是框架理論研究中相當薄弱的環節。

恩特曼認為至少在外交政策問題上，源自行政當局的框架可以影響到媒體、國會議員、或公眾所使用的框架。此外，公眾對初始框架的反應可以影響到當局的修正框架。〔註32〕

甘姆森和莫迪利亞尼提出了框架生產中的三大決定因素：文化共鳴（cultural resonances）、贊助活動（sponsor activities）和媒體實踐（media practices）。他們認為，一般情況下，當文化的共鳴、贊助商的活動與媒體常規（media routines）相適應時，對一個話題的框架成為可能。〔註33〕

潘忠黨與考斯基認為，「社會制度、新聞常規、新聞從業者個人的意識形態等制約了新聞框架」。〔註34〕

甘斯（Gans）、休梅克（Shoemaker）和瑞斯（Reese）同樣認為至少有三方面因素影響到框架的形成：一是意識形態、態度和職業規範；二是組織常規；三為外部因素如權威、利益集團和其他精英等。〔註35〕

〔註30〕Iyengar S. Is anyone responsible? How television frames political issues. University of Chicago Press, 1994.

〔註31〕De Vreese C H. News framing: Theory and typology.Information design journal + document design, 2005, 13（1）: 55.

〔註32〕Borah P. Conceptual issues in framing theory: A systematic examination of a decade's literature. Journal of communication, 2011, 61（2）: 250.

〔註33〕Gamson W A, Modigliani A. Media discourse and public opinion on nuclear power: A constructionist approach. American journal of sociology, 1989: 1～37.

〔註34〕Pan, Z, Kosicki, G M. Framing analysis: An approach to news discourse. Political Communication,1993, 10: 55～75.

〔註35〕Scheufele D A. Framing as a theory of media effects. Journal of communication, 1999, 49（1）: 115.

其他學者對這種總是由精英驅動的框架生產觀點並不贊同，認為公民可以通過公共討論參與到框架生產中。總之，框架生產是一個多方面的進程，受到不同方向的影響。〔註 36〕

3. 受眾研究中的框架研究

框架效果（Framing effect）研究是傳播學者們關注的又一個焦點，這方面的研究成果較多。

傅立司分析了使用衝突框架、經濟後果框架的電視新聞，研究發現兩種框架在影響實驗參與者的認知方面差別很大。〔註 37〕

米勒與法格利（1991 年）發現框架對受眾的決策有顯著影響，但是框架效果受到一些變量的節制，遠非「魔彈」效果。〔註 38〕

依迪和梅里科通過內容分析，發現美國電視媒體對「9.11」事件有著「戰爭」和「犯罪」的框架，觀眾以不同的方式組合這些媒體框架，由此產生對「9.11」事件的認知，影響到他們對阿富汗戰爭的支持。〔註 39〕

博拉發現，框架效果新的研究焦點在於關注框架作為「仲裁者」和「調解員」的作用。〔註 40〕

（二）國內研究

王培培〔註 41〕、鄧惟佳〔註 42〕、王玲寧〔註 43〕的研究一致發現，國內框

〔註 36〕 Pan Z, Kosicki G M. Framing as a strategic action in public deliberation. Framing public life: Perspectives on media and our understanding of the social world, 2001: 47.

〔註 37〕 De Vreese C H. The effects of frames in political television news on issue interpretation and frame salience. Journalism & Mass Communication Quarterly, 2004, 81（1）：36～52.

〔註 38〕 Miller P M, Fagley N S. The effects of framing, problem variations, and providing rationale on choice. Personality and Social Psychology Bulletin, 1991, 17(5)：517 ～522.

〔註 39〕 Edy J A, Meirick P C. Wanted, dead or alive: Media frames, frame adoption, and support for the war in Afghanistan. Journal of Communication, 2007, 57（1）：119 ～141.

〔註 40〕 Borah P. Conceptual issues in framing theory: A systematic examination of a decade's literature, 載 Journal of communication, 2011, 61（2）：257.

〔註 41〕 王培培：《近年新聞傳播領域框架理論研究綜述》，載《青年記者》，2009（21），53～54 頁。

〔註 42〕 鄧惟佳：《試論架構理論在新聞傳播學的運用》，載《國際新聞界》，2008（3），16 頁。

〔註 43〕 王玲寧：《國內新聞框架研究現狀述評》，載《中州學刊》，2009（6），253～255 頁。

架理論研究主要集中在研究新聞文本的框架，而框架效果研究和新聞框架的生產研究非常缺乏。因此，這裡著重回顧國內對新聞文本框架進行的研究。

對新聞文本進行框架分析的具體方法或者稱為分析取向有四種，即：「框架清單」分析取向、「論述結構」分析取向、「詮釋包裹」分析取向和「批判論述」分析取向。〔註44〕國內學者採用較多的主要是前兩種分析取向。

1.「框架清單」分析取向

這種分析取向，國外以坦卡德為代表。他提出，先為發生的新聞事件設置好框架目錄，再對目錄上的每一種框架進行定義和給出指針。〔註45〕以下為國內採取此研究取向的部分文章：

清華大學課題組探討了《人民日報》和《紐約時報》在報導北約轟炸我國駐南使館以及隨後的學生抗議中所使用的新聞構架。通過分析兩家報紙的主要話題、關鍵詞、語氣、圖片、新聞來源以及社論，發現兩家報紙的新聞框架尖銳地相互衝突，對方國家都以負面形象出現。〔註46〕

張寧、梅瓊林通過對主題、關鍵詞以及新聞論調的分析，發現20世紀90年代日本媒介的中國框架有兩種，即：威脅框架和微笑框架。〔註47〕

劉迅、張金璽通過關鍵詞分析，發現《人民日報》艾滋病報導的主題框架主要是預防與治療框架和醫學框架。〔註48〕

金苗、熊永新通過對主題設置、版面地位、通欄標題與圖片、關鍵詞與基調等要素的分析，確定美國25家日報對伊拉克戰爭的新聞框架，並把它與美國政府意圖的契合度進行了考察。〔註49〕

謝曦從報導數量、報導形態、版面位置、版面大小、消息來源、報導領域、編輯立場方面進行分析，研究發現，《人民日報》反映中印兩國關係的相

〔註44〕王培培：《近年新聞傳播領域框架理論研究綜述》，載《青年記者》，2009（21），54頁。

〔註45〕孫彩芹：《框架理論發展35年文獻綜述──兼述內地框架理論發展11年的問題和建議》，載《國際新聞界》，2010（9），20頁。

〔註46〕清華大學課題組：《新聞構架與國家利益──中美媒體關於中國駐南使館被炸和學生示威報導的比較分析》，載《國際新聞界》，2000（1），15～25頁。

〔註47〕張寧，梅瓊林：《試論20世紀90年代日本媒介的中國框架》，載《學海》，2006（5），60～64頁。

〔註48〕《從角落到頭版：1985～2003人民日報艾滋報導的框架研究》，中國論文下載中心，http://www.studa.net/xinwen/060513/14565641.html，2013-8-21。

〔註49〕金苗，熊永新：《美國25家日報要聞版伊拉克戰爭報導新聞構架分析》，載《新聞與傳播研究》，2003（3），70～82，96頁。

關新聞在不同時期呈現出不同的框架，如「中印友好框架」、「鬥爭框架」、「修復框架」、「回暖框架」、「本位框架」和「友好框架」。〔註50〕

張明新以「框架分析」視野中的一個多維框架研究架構為理論基礎，通過關鍵詞分析，發現我國主流報紙媒體的艾滋病議題報導，在概念系統層次主要採用事件框架，在議題層次主要採用防治框架和政治框架，在文本結構層次注重採用片段框架。〔註51〕

2.「論述結構」分析取向

該方法由潘忠黨和考斯基所提出。他們採用建構論者的取向來檢驗新聞話語的觀點，引用梵・迪克（Van Dijk）的新聞話語分析，對新聞文本進行由基本微觀命題到宏觀命題的拆解，利用話語分析來研究新聞框架。〔註52〕

譚夢玲在其碩士論文《美國媒體如何建構中國形象》中，針對「painting the Town Red」（「赤化香港」）這一新聞文本，分別從宏觀層面的主題，到中觀層面的新聞圖示結構，最後到微觀層面的關鍵詞，進行個案研究。譚夢玲發現，美國媒體的議題框架有 6 個：人權框架、香港框架、經貿框架、美中外交框架、國內政治框架和臺灣框架。譚夢玲認為，媒體是在「為美國報導中國」，因此，更多地選擇了美國人感興趣的議題框架。〔註53〕

李瑞芳在其碩士論文中，同樣借鑒了臧國仁的框架三個層次的觀點，對新聞框架的宏觀及中觀層面進行了分析。〔註54〕

3.「詮釋包裹」分析取向

甘姆森認為媒介框架由詮釋包裹和框架裝置構成，詮釋包裹就是新聞故事中的主要框架或故事結構。〔註55〕國內採用這種方法研究的文章不多。

李惠明和羅穎風采用這種方法分析《中國青年報》的醫療體制改革報導，

〔註50〕謝曦：《〈人民日報〉有關中印新聞的框架建構研究》，廈門，廈門大學碩士論文，2008。

〔註51〕張明新：《後 SARS 時代中國大陸艾滋病議題的媒體呈現：框架理論的觀點》，載《開放時代》，2009（2），131～151 頁。

〔註52〕孫彩芹：《框架理論發展 35 年文獻綜述——兼述內地框架理論發展 11 年的問題和建議》，載《國際新聞界》，2010（9），20 頁。

〔註53〕譚夢玲：《美國媒體如何建構中國形象——從框架理論看 Newsweek 的涉華報導》，暨南大學碩士論文，2004。

〔註54〕李瑞芳：《框架與新聞文本之建構》，南昌，江西師範大學碩士論文，2007。

〔註55〕孫彩芹：《框架理論發展 35 年文獻綜述——兼述內地框架理論發展 11 年的問題和建議》，載《國際新聞界》，2010（9），20 頁。

發現《中國青年報》在報導中確實存在新聞來源偏向，報導的主題框架類型比較單一，面對不同人群使用了不同的關聯性框架。〔註56〕

邵靜以2009年《紐約時報》中的62篇涉華國際關係類新聞報導為樣本，採用「詮釋包裹」分析取向，歸納出了六類「政治類」涉華報導的新聞框架，並由此總結出了「迅速崛起」、「引發憂慮」、「利益獨大」、「專橫獨斷」等四類中國政治形象。〔註57〕

在《新生代農民工報導的媒介框架分析——以〈中國青年報〉相關報導為例》一文中，路淼、但棣瑤用框架分析法中的「詮釋包裹」方式，將《中國青年報》對農民工的相關報導歸納為三類報導框架：群體命運框架、政府關懷框架以及新工人框架。〔註58〕

4.「批判論述」分析取向

荷蘭學者梵・迪克以認知心理學為取向，以基模為新聞的文本敘事體，拆解新聞的意義，這就是話語分析取向。〔註59〕

唐聞佳以國際媒體對西藏拉薩「3.14」事件的報導為研究對象，分析國際媒體表現出的分化現象。〔註60〕

在對框架理論的文獻綜述中，孫彩芹認為國內的研究主要存在以下問題：沒有形成經典專著、理論探討不足以及缺乏創造性研究。建議今後的研究中注意多學科研究手段的交叉使用、注重質化內容分析以及更多地關注新媒體等。〔註61〕

小結

進入21世紀以來，框架理論已經超越議程設置、使用與滿足理論，成為

〔註56〕李惠民，羅穎鳳：《〈中國青年報〉醫療體制改革報導的框架分析》，載《科學經濟社會》，2008（3），124～128頁。

〔註57〕邵靜：《〈紐約時報〉中的中國政治形象研究》，載《浙江傳媒學院學報》，2011（6），8～17頁。

〔註58〕路淼，但棣瑤：《新生代農民工報導的媒介框架分析——以〈中國青年報〉相關報導為例》，載《華中人文論叢》，2012（1），128～131頁。

〔註59〕孫彩芹：《框架理論發展35年文獻綜述——兼述內地框架理論發展11年的問題和建議》，載《國際新聞界》，2010（9），19頁。

〔註60〕唐聞佳：《3.14西藏報導中的國際媒體分化現象分析》，載《國際新聞界》，2008（5），38～42頁。

〔註61〕孫彩芹：《框架理論發展35年文獻綜述——兼述內地框架理論發展11年的問題和建議》，載《國際新聞界》，2010（9），18～24，62頁。

傳播學中使用範圍最廣的理論和研究範式。

框架理論有兩個理論源頭，即社會學和心理學。

框架的作用機制，特別是媒介如何運用框架來影響受眾是學者們特別關注的問題。甘姆森把框架的作用機制分為「框限」和「架構」。我國臺灣地區的學者臧國仁的觀點為選擇與重組。恩特曼（1993）認為，框架本質上涉及到選擇和凸顯。

在怎樣確定新聞報導中的框架上，學界少有共識。陳陽從適合大陸學界的角度，對臧國仁的框架三個層次進行了轉化，即從宏觀、中觀和微觀層面對框架進行了區分。

框架理論研究大致可以分為三個環節的研究，即新聞文本中的框架研究、新聞生產中的框架研究和傳播效果的框架研究。

國內框架理論研究主要集中在對新聞文本的框架進行分析，對新聞框架的生產及框架效果研究非常缺乏。同時，國內的研究主要存在以下問題：沒有形成經典專著、理論探討不足以及缺乏創造性研究。

第二章　研究設計

本章主要陳述研究對象的選擇、研究時間段的確定、分析單位與樣本獲取、分析的框架、類目建構以及具體研究思路。

一、關於調查對象的說明

（一）研究對象

正如前文所述，目前在「西藏問題」上，已形成以美國為主帥，達蘭薩拉集團為工具，印度為基地，西方所謂的「民主」國家為幫手的國際反華格局。〔註 1〕基於這個考慮，除了我國的《人民日報》，本書在美國、英國和印度的主流報紙中各選擇一種作為研究對象。

何為主流媒體？目前仍是眾說紛紜。喻國明認為，主流傳媒是以吸聚最具社會影響力的受眾，實際上也就是以精英群體（比如政治精英、知識精英和商業精英）為自己傳播對象的傳媒。〔註 2〕周勝林認為，主流媒體必須符合三項條件：較大的發行量、收視率；較多的廣告營業額；很大的影響力和權威性。〔註 3〕劉繼南、何輝綜合了各家觀點，總結出主流媒體的特點：實力雄厚、引導輿論、面向中高端人群、內容嚴謹莊重、影響力巨大深遠等。〔註 4〕

〔註 1〕李濤，王新有：《20 世紀中葉以來印度對華政策中涉藏行為分析》，載《南亞研究季刊》，2009（4），13 頁。

〔註 2〕喻國明：《一個主流媒體的百年文本》，載《中國圖書商報》，2002 年 3 月 14 日第 15 版。

〔註 3〕周勝林：《論主流媒體》，載《新聞知識》，2001（12），4～5 頁。

〔註 4〕劉繼南，何輝：《中國形象：中國國家形象的國家傳播現狀與對策》，59 頁，北京，中國傳媒大學出版社，2006。

　　雖然「主流媒體」並沒有一個得到廣泛認可的定義，但是，不管從哪個標準或者角度而言，本書選取的研究對象——《人民日報》《紐約時報》《泰晤士報》和《印度教徒報》可以說都是大家公認的、當之無愧的主流媒體。由於歷史、現實尤其是報紙自身定位等多種原因，這幾家報紙都比較重視涉藏報導。

　　從使用的語言上看，除了《人民日報》，其他三份報紙都是英文媒體。由於《紐約時報》《泰晤士報》在國際上具備廣泛的影響力，其涉藏報導對於涉藏國際輿論有著重要的導向作用。可以說，藏區的國際形象，主要是由《紐約時報》《泰晤士報》這種西方主流媒體建構的，這也正是選擇這兩家報紙作為研究對象的主要原因。

　　選擇《印度教徒報》的原因在於，印度在「西藏問題」上具有關鍵性的作用，同時，該報對於印度的精英階層具有重要影響力，有時候甚至可以影響到該國的外交政策。

　　《人民日報》是漢語媒體，其傳播對象主要是國內精英群體。由於該報在我國具有非常特殊的地位，其涉藏報導實質上代表了中國官方在涉藏問題上的態度和立場。可以這樣認為，《人民日報》建構的藏區形象也就是我國官方認可和主張的藏區形象。因此，將國外三家報紙建構的藏區形象與《人民日報》的相對比，可以清晰地反映出「認同的距離」。

1. 《人民日報》簡介

　　《人民日報》是中共中央機關報，創刊於 1948 年 6 月 15 日。

　　《人民日報》是中國第一大報，1992 年被聯合國教科文組織評為世界十大報紙之一。《人民日報》發行至全國及世界 100 多個國家和地區。報紙發行量在國內一直位居前列。2013 年 1 月 1 日，《人民日報》發行量突破 300 萬份，實現連續 11 年穩定增長。〔註 5〕

　　《人民日報》是我國最具政治權威的報紙。《人民日報》社社長張研農對它在我國媒體中的地位給與了如下評價：《人民日報》是黨和人民的「發言人」，是中國主流輿論的「首席代表」。紛繁複雜的輿論格局中，她是一面旗幟；解讀中央政策，她是一個標準；進行輿論引導，她是一座航標；開展輿論鬥爭，她是一道防線。每遇重要事件節點、重大事件發生，社會各界和

〔註 5〕《人民日報社簡介》，人民網，http://www.people.com.cn/GB/50142/104580/index.html，2013-10-28。

媒體同行首先要「看《人民日報》怎麼說」。〔註6〕

簡單地說，《人民日報》是我國主流媒體的典型代表，屬於設置報導議程的媒體。

2. 《紐約時報》簡介

在黃色新聞大行其道的背景下，《紐約時報》於1851年9月18日創辦。《紐約時報》沒有走煽情主義的老路，提出了「本報不會污染早餐桌布」的口號，以後，其從業理念發展為「刊載一切適合刊載的新聞」。該報非常重視國際新聞的報導，其報導的完整性和全面性，在國際上可謂首屈一指。

美國著名新聞學者約翰・麥禮爾在《世界報紙精華》一書中，對《紐約時報》做了這樣的評價，「論編排，它不像《真理報》那樣精益求精；論文辭，它不及《泰晤士報》那樣自然優美；論報導，它不如《費加羅報》那麼豐富詳盡；論風格，它不似瑞士《新蘇黎世報》或德國《法蘭克福彙報》那樣嚴肅莊重。但是，《紐約時報》在兼具這些優點方面，遠遠超過世上任何一家報紙。換句話說，《紐約時報》是『全能冠軍』」。〔註7〕

美國著名政治傳播學者戴維.L.帕雷茲把不同的新聞提供者分為精英、權威、大眾和小報。他認為，精英媒體以《紐約時報》為代表。《紐約時報》充當著指導者的角色，可以說是其他媒體的領袖。它的新聞報導設置議程；它的新聞框架經常被其他媒體採用。〔註8〕

發展到今天，《紐約時報》早已成為各國尤其是美國的精英階層手頭必備的報紙，是全世界最具影響力的報紙之一。其新聞報導，往往成為其他媒體報導的來源，因而也被稱為「報紙中的報紙」。〔註9〕

3. 《泰晤士報》簡介

就對國際輿論的影響力而言，《泰晤士報》或許是唯一可以與《紐約時報》相提並論的報紙。《泰晤士報》創刊於1785年，是世界上仍然在正常發行的、歷史最悠久的報紙。報紙主要面向以政府官員、企業界、上層知識界

〔註6〕張研農：《中國主流輿論的「首席代表」》，載《新聞戰線》，2013（7），1頁。
〔註7〕喻國明：《一個主流媒體的百年文本》，載《中國圖書商報》，2002年3月14日第15版。
〔註8〕〔美〕戴維.帕雷茲：《美國政治中的媒體：內容和影響》，宋韻雅，王璐非譯，79頁，南京，南京大學出版社，2010。
〔註9〕馬洪喜：《美國主流媒體視野中的中日領土爭端問題研究——以〈紐約時報〉（1980～2010年）為例》，載《當代亞太》，2012（3），134頁。

為核心的精英群體，直至今天，它仍被認為是英國最有影響、最具權威的一份報紙。〔註10〕

　　儘管其發行量不及英國其他大眾化報紙，但是，由於《泰晤士報》能夠大體上保持相對獨立的觀點，力求準確，仍以英國「幕後統治集團」的喉舌而聞名於世。〔註11〕

　　尤其值得指出的是，自鴉片戰爭爆發以來，《泰晤士報》對我國西藏進行了全方位的報導，其相關報導對近代英國的西藏政策有著重要的影響。〔註12〕

4.《印度教徒報》簡介

　　印度媒體採用的語言主要是印地語、英語以及其他語種。儘管英語讀者在人數上並沒有優勢，但印度的精英階層都講英語，印度精英們更為重視英文媒體，〔註13〕印度英文媒體對印度的外交決策具有很重要的輿論影響力。〔註14〕

　　《印度教徒報》是印度排名前三的英文大報，也是一份全國性報紙。該報創刊於1878年，從創刊起就重視國際新聞。〔註15〕在印度精英看來，《印度教徒報》是一份反映左派思想的報紙，被譽為「印度的《人民日報》」。〔註16〕

　　《印度教徒報》在印度獨立前，持民族主義立場，支持獨立運動。獨立後支持國大黨政府。該報在對華報導上一向較為客觀中立。〔註17〕

　　目前，《印度教徒報》的日發行量在百萬份以上。因為其在印度國內的巨大影響力，習近平（2014年）和李克強（2013年）在訪問印度期間，分別在上面發表過署名文章。

〔註10〕徐琴媛等：《世界一流媒體研究》，北京，中國廣播電視出版社，2011，176頁。

〔註11〕劉繼南，何輝：《鏡象中國：世界幾家主流印刷媒體中的中國形象》，77頁，北京，中國傳媒大學出版社，2006。

〔註12〕郭永虎：《近代〈泰晤士報〉涉藏報導初探》，載《西藏研究》，2010（6），91～100頁。

〔註13〕唐璐：《印度主流英文媒體報導與公眾輿論對華認知》，載《南亞研究》，2010（1），3頁。

〔註14〕Smruti S. Pattanaik. Elite Perceptions in Foreign Policy: Role of PrintMedia in Influencing India-Pakistan Relations 1989～1999. New Delhi: Manohar, 2004: 18～21.

〔註15〕王泰玄：《外國著名報紙概略》，30頁，北京，新華出版社，1985。

〔註16〕周宏剛：《印度英文主流報紙的中國形象研究》，12頁，華中科技大學博士論文，2013。

〔註17〕常寧：《印度主流英文報紙對中國形象建構研究》，上海交通大學碩士論文，2011。

（二）研究時間段

本書的研究時間段為 2003 年到 2013 年。選擇 2003 年為研究起點的原因基於如下考慮：

其一，2003 年是一個比較特殊的年份，在經歷了眾多風波之後，從這一年起，中國與美國的關係逐漸步入正常軌道。〔註 18〕與此同時，印度政府在「西藏問題」上的立場和態度有著顯著的變化。2003 年 6 月，印度總理瓦傑帕伊訪華。印度重申不允許流亡藏人在印度境內從事反對中國的政治活動，首次明確承認西藏是中國領土不可分割的一部分。〔註 19〕同時，2003 年 5 月 30 日以後，印度實際上已經停止接收藏人，此後進入印度的藏人不再具有官方承認的難民身份。〔註 20〕此後，中印關係飛速發展，在各個領域的合作不斷加強。同時，印度媒體對中國的報導開始增多。〔註 21〕

其二，之前與涉藏報導相關的歷時性研究，其研究時間段，多數為 20 世紀末期。進入新世紀後，藏區出現了不少新情況、新問題，而學術界對這一時間段內各主流媒體涉藏報導的歷時性研究還不多。

其三，世界各國報紙全文庫（Access World News）收錄《印度教徒報》的數據是從 2002 年 12 月 24 日開始的。中國重要報紙全文數據庫收錄《人民日報》的數據始於 2000 年。從資料的可獲得性來看，選擇 2003 年為起點具有可操作性。

因此，綜合以上因素，本書將研究時段確定為 2003 年至 2013 年。

（三）分析單位與樣本獲取

本書的分析單位為各份報紙涉及藏區的報導，具體包括消息、評論、讀者來信等類型。分析單位為抽取的每篇報導。

由於沒有一個數據庫可以同時囊括這四份報紙的報導，因此，為獲取樣本，本書利用了多個數據庫。

〔註 18〕 李智：《中國國家形象：全球傳播時代建構主義的解讀》，89 頁，北京，新華出版社，2011。
〔註 19〕 李濤，王新有：《20 世紀中葉以來印度對華政策中涉藏行為分析》，載《南亞研究季刊》，2009（4），10 頁。
〔註 20〕 黃雲松：《從在印藏人身份的法律爭議看印度的涉藏行為》，載《南亞研究季刊》，2011（4），100 頁。
〔註 21〕 周宏剛：《印度英文主流報紙的中國形象研究》，13 頁，華中科技大學博士論文，2013。

1. 中國重要報紙全文數據庫與《人民日報》涉藏報導樣本的獲取

中國重要報紙全文數據庫是連續動態更新的全文數據庫，收錄了 2000 年以來國內公開發行的 500 多種重要報紙刊載的海量文獻。至今，累積報紙全文文獻 1000 多萬篇。對《人民日報》涉藏報導的獲取，通過此數據庫來進行。

具體檢索為：在該數據庫中，報紙來源選擇為《人民日報》，時間段為 2003 年 1 月 1 日到 2013 年 12 月 31 日，篇名為西藏、藏區、藏族、拉薩、玉樹、阿壩、甘孜、日喀則、林芝、昌都等詞匯，同時，檢索方式限定為精確。檢索後，樣本總量為 1056 篇。

選擇以「篇名」為檢索途徑的原因在於，這樣查出的新聞文本與藏區的相關度更加緊密。

2. LexisNexis Academic 學術大全數據庫與《紐約時報》涉藏報導樣本的獲取

LexisNexis Academic 學術大全是由美國圖書館界專家委員會設計，並由專業圖書館員進行資源收錄評估和篩選的、專為學術圖書館提供服務的專業信息資源系統。

通過 LexisNexis 提供的實時更新的報導，可隨時掌握最新的時事動態。其數據庫包括美國和全球各地出版的 350 多種報紙，許多報紙在出版當天即可提供。數據庫收錄的《紐約時報》可以回溯至 1980 年。

本書利用 LexisNexis Academic 學術大全數據庫來對《紐約時報》涉藏報導進行檢索。

在該數據庫中，報紙來源選擇為《紐約時報》（the New York Times），時間段為 2003 年 1 月 1 日到 2013 年 12 月 31 日，篇名為西藏、藏區、藏族、拉薩、玉樹、阿壩、甘孜、日喀則、林芝、昌都等的英文單詞。最終獲取樣本 332 篇。去掉重複以及實際與藏區無關的報導後，得到樣本 330 篇。

3. EBSCO Newspaper Source 與《泰晤士報》涉藏報導樣本的獲取

EBSCO Newspaper Source 完整收錄了 40 多種美國和國際報紙以及精選的 389 種美國地方性報紙全文，此外，還提供電視和廣播新聞腳本。《泰晤士報》的涉藏報導樣本通過此數據庫獲得。具體檢索方式同上，最終獲取樣本 125 篇。

4. 世界各國報紙全文庫與《印度教徒報》涉藏報導樣本的獲取

世界各國報紙全文庫（Access World News）目前提供 6300 餘種世界各地最受歡迎和普遍閱讀的報紙，同時提供報紙豐富的回溯信息，最早可到 20 世

紀 70 年代。〔註 22〕具體檢索方式同上，獲取樣本 179 篇。去掉重複以及實際與藏區無關的報導後，得到樣本 171 篇。

二、抽樣設計

四份報紙樣本的數量分別為：《人民日報》1056 篇；《紐約時報》330 篇；《泰晤士報》125 篇；《印度教徒報》171 篇。樣本的獲取時間為 2014 年 1 月。

如果總體的異質性程度高，說明總體的分布越分散，其波動性越大，同樣規模的樣本可能會遺漏某些類別和特徵的個體。〔註 23〕在通讀《人民日報》這 1056 篇報導之後，筆者發現這些報導的異質性程度低。也就是說，考察整體的情況並不需要分析全體樣本量就可以進行。同時，為了便於與其他三家報紙的樣本對比分析，本研究在《人民日報》1056 篇報導的基礎上進行了隨機抽樣，選取 400 篇報導作為樣本。〔註 24〕三家國外報紙的涉藏報導數量相對較少，因此採取了整體樣本。最終樣本總量為 1026 篇。

三、內容分析的框架及類目建構

（一）內容分析法及分析框架

本書將從報導時間、發稿地點、報導區域、消息來源、報導傾向以及報導字數（篇幅）等方面揭示中外四家主流報紙涉藏報導的特點。

1. **報導時間**。本研究內容分析的樣本，是 2003 到 2013 年之間中外四家主流報紙的涉藏報導。報導時間是內容分析中的重要變量之一。將時間維度納入研究設計之中，梳理傳播內容的變化，通過內容的發展變化來折射社會的歷史變遷，能夠使內容描述具有一定的歷史價值。〔註 25〕因此，本研究將報導的具體時間：年、月，作為重要的指標納入分析框架。

2. **報導篇幅**。新聞框架機制發揮作用的一個重要方面就是凸顯。就報紙而言，新聞報導的凸顯往往由報導數量、版面位置、報導篇幅、字體大小、配圖與否等等版面語言所決定。比如《紐約時報》自行規定，前總統去世應有 4 個版的篇幅，外國名人最多可以有 3 個版。〔註 26〕

〔註 22〕昭：《世界各國報紙全文庫簡介》，載《國外社會科學》，2012（1），52 頁。
〔註 23〕陳陽：《大眾傳播學研究方法導論》，114 頁，北京，中國人民大學出版社，2007。
〔註 24〕隨機數在隨機數生成網站 www.randomizer.org/form.htm 上獲取。
〔註 25〕周翔：《傳播學內容分析研究與應用》，27 頁，重慶，重慶大學出版社，2014。
〔註 26〕安珍：《美國報紙訃聞報導的特色》，載《今傳媒》，2006（6），25 頁。

　　由於各個報紙的版面設置不同，版面位置、字體大小等相互之間難以進行比較。因此，本書將各報涉藏報導的篇幅納入分析框架，結合報導數量，可以判斷四家報紙對涉藏事件的重視程度以及在報導中更為強調藏區的某個方面。

　　3. **發稿地點**。設置此變量的目的，主要是考察各個報紙的報導有多大比例到了新聞事件現場進行採訪報導，以及實地採訪最終是否會影響到報導的傾向。

　　4. **稿件來源**。稿件來源分為直接來源和間接來源。直接來源以報社記者採訪報導為主，此外還包括領導講話、政府文件、讀者來信、專家評論，等等。間接來源指直接採用其他新聞機構，比如通訊社的新聞報導。

　　5. **消息來源**。消息來源「是一些在新聞引述中提及且可確認的個人、組織或實體」。〔註27〕本書的消息來源具體指新聞內容來自於某個人、某個組織，比如中國官方、普通藏族人。

　　在一定程度上講，新聞報導是記者與消息來源互動的產物。本研究將從消息來源的角度探討中西方主流報紙在涉藏報導上的差異，進而探討這些差異是否會影響報導本身的傾向。

　　這裡需要特別指明的是精英的概念。精英，是指「社會上具有卓越才能或身居上層地位並有影響作用的傑出人物。」〔註28〕

　　精英是西方政治學和社會學的術語，指由社會的少數人組成的群體或階層，由於他們具有公認的特殊才能、顯赫的地位和身份，一定的權力等，能夠影響或控制大部分其他社會成員。

　　最早提出精英理論的學者認為，精英基本上是一種統治精英或寡頭政治集團，他們掌握了一定的權力，也叫做權力精英。後來的學者認為，精英可指任何社會知名人物，他們具有特殊的智力、較高的職位、較大的權力或較高的道德威信，因而具有高度的聲望和廣泛的影響。〔註29〕本書所指的精英，是廣泛意義上的概念，包括政治精英、經濟精英、文化精英等群體。

　　6. **報導區域**。報導區域主要是指新聞報導中涉及的具體區域，如西藏、四川、北京或者國外某地。

〔註27〕劉勇，汪禮亮：《作為一種「策略性儀式」的信源——基於對〈中國新聞週刊〉社會治安報導的考察》，載《新聞記者》，2014（6），43～47頁。

〔註28〕鄧偉志：《社會學辭典》，346頁，上海，上海辭書出版社，2009。

〔註29〕李鑫生，蔣寶德：《對外交流大百科》，506頁，北京，華藝出版社，1991。

7. **報導議題**。根據本書的研究目的，在借鑒前人研究的基礎上，將報導議題分為六種：政治類報導包括黨和政府的方針政策、外交關係、高層官員活動以及所謂「西藏流亡政府」的活動等；經濟類報導包括投資融資、基礎設施建設、企業經營管理、經濟發展等；文化類可細分為文藝表演、文化展覽、學校教育、體育賽事、醫療衛生事業等；科技報導包括科學研究、科研成果的推廣與應用、科技服務等；軍事報導包括國防建設、軍隊及準軍事部隊的調遣、演習等活動；社會類報導細分為群眾的日常生產生活、社會治安狀況、生態環境保護等。

8. **報導傾向**。周慶安認為，將西方的涉華報導分為客觀、平衡、偏見更為準確。〔註 30〕一篇報導是否為平衡報導相對容易取得共識，但是，至於其是否客觀或者偏見，往往是仁者見仁智者見智。因此，在類似的研究時，更多的學者，如柯惠新、〔註 31〕郭可〔註 32〕，等等，採用的是正面、負面、中性的分析框架。

本書的報導傾向是以國人的視角，在借鑒前人研究的基礎上，將報導傾向分為正面、負面和中性。正面傾向是指肯定、讚揚藏區的發展、現狀，或者對於中國黨和政府涉藏政策、做法予以肯定；負面傾向則是否定、批評藏區的現狀、發展或者黨和政府的政策、做法；中性傾向是指對藏區的現狀、發展或者黨和政府的政策、做法不做褒貶。

（二）框架分析法

新聞框架的確定，一般認為有兩種路徑：歸納和演繹。演繹是在前人研究或者相關理論的基礎上，預先設置一些通用框架，以此來分析研究樣本中是否出現了這些框架。歸納是指在對新聞報導的具體解讀中提煉各種新聞框架的關鍵詞，在詞語共現和搭配組合的基礎上建立概念關係，由此發現各種新聞框架。〔註 33〕

〔註 30〕牛雨辰等：《西方媒體如何寫中國經濟類話題明顯增多（圖）》，中國經濟網，
　　　　http://www.ce.cn/xwzx/gnsz/gdxw/200606/30/t20060630_7570372_1.shtml ，
　　　　2013-8-30。
〔註 31〕柯惠新，鄭春麗，吳彥：《中國媒體中的俄羅斯國家形象——以對〈中國青年報〉的內容分析為例》，載《現代傳播》，2007（5），31～34 頁。
〔註 32〕郭可：《西方三報涉華國際輿情研究（1992～2010 年）（上）》，載《新聞大學》，2013（6），16～33 頁。
〔註 33〕周翔：《傳播學內容分析研究與應用》，194 頁，重慶，重慶大學出版社，2014。

　　張明新認為，兩者的區別主要在於分析前有沒有已經明確定義的框架。〔註34〕

　　國外學者的研究發現，演繹的分析取向正越來越多地受到國外框架研究者的重視。〔註35〕目前，國內學者採用較多的是歸納的方法。

　　框架分析法最為人詬病的地方就是新聞框架確定的主觀隨意性。由於缺乏共識，研究者們對新聞框架的辨識方法可謂五花八門。這也就直接導致之前的研究中，一共出現了561種「特定議題框架」，29種「通用框架」。〔註36〕

　　目前為止，在人工內容分析中使用問題作為人工識別新聞框架的檢測指標是最廣泛使用的方法。這些指標問題被添加到編碼本，然後由編碼員在分析文本單元時回答。每個問題的設計需要能夠抓住既定文本框架的語義。一般來說，常常是幾個問題結合成為同一框架的判斷指標。〔註37〕

　　在眾多的通用框架中，以瑟曼特克和沃肯伯格提出的五種框架（衝突框架、人類興趣框架、經濟後果框架、道德框架和責任框架）最為有名。瑟曼特克和沃肯伯格認為，這些框架可以在不同議題、不同媒介形態以及不同國家和地區的新聞報導中廣泛存在。〔註38〕相關研究表明，這些框架可以跨越主題和空間的侷限，成為大部分新聞報導的通用框架。〔註39〕

　　在筆者前期的研究中，發現這幾種框架比較適合西方國家的新聞報導，並不完全適用於《人民日報》報導時採用的框架。如果直接採用他們歸納的這幾種框架，會導致多數報導無法歸類。〔註40〕

〔註34〕張明新：《後 SARS 時代中國大陸艾滋病議題的媒體呈現：框架理論的觀點》，載《開放時代》，2009（2），134頁。

〔註35〕邵靜：《〈紐約時報〉和〈華盛頓郵報〉的涉華報導研究》，18～19頁，上海大學博士論文，2011。

〔註36〕Matthes J. What's in a frame? A content analysis of media framing studies in the world's leading communication journals, 1990～2005. Journalism & Mass Communication Quarterly, 2009, 86 (2): 349～367.轉引自李海波：《揪出幽靈：新聞文本框架之概念及辨識方法》，38頁，雲南大學碩士論文，2013。

〔註37〕Odijk D, Burscher B, Vliegenthart R, et al. Automatic thematic content analysis: Finding frames in news. Social Informatics. Springer International Publishing, 2013: 333～345.

〔註38〕Semetko H A, Valkenburg P M. Framing European politics: A content analysis of press and television news. Journal of communication, 2000, 50 (2): 93～109.

〔註39〕Luther C A, Zhou X. Within the boundaries of politics: News framing of SARS in China and the United States. Journalism & Mass Communication Quarterly, 2005, 82 (4): 857～872.

〔註40〕鄧備：《新時期我國主流媒體中的四川藏區形象——基於〈人民日報〉1978～

　　因此，根據研究需要，在前人以及筆者前期研究的基礎上，本書採取演繹與歸納相結合的途徑。首先，採用演繹法，直接選擇瑟曼特克和沃肯伯格提出的五種框架作為預設通用框架；然後，在通讀《人民日報》涉藏報導的基礎上，採用歸納法，提煉出一些新的框架：發展框架、和諧框架。

　　具體操作方式為：

　　（1）選擇《人民日報》涉藏報導的新聞文本；（2）在細讀文本的基礎上，給出判斷框架的操作化定義；（3）根據操作化定義，對新聞文本進行分析，提煉出框架；（4）結合相關背景，對框架做進一步分析討論。

　　各種框架的含義及判斷標準為：〔註41〕

　　1. 衝突框架：強調個人、組織或者機構之間的衝突。

　　用來判定新聞文本中是否呈現衝突框架的問題：

　　（1）報導是否反映了黨派、個人、集體或者國家間的不同意見？

　　（2）是否一個黨派、個人、集體或者國家在斥責另一方？

　　（3）報導是否呈現了戰爭、對抗、混戰、衝突、論戰？

　　對這三個問題中的任何一個回答是肯定的，則呈現衝突框架。

　　2. 人類興趣框架：從人類興趣的角度來呈現新聞事件或者問題。

　　用來判定是否呈現人類興趣框架的問題：

　　（1）報導是否提供或者呈現了一個有關人的例子、一張臉、一段個人經歷或一種情感角度？

　　（2）報導是否強調個人與群體扮演了被議題、事件、問題所影響的角色？

　　（3）報導是否包含了憤怒、移情或者關心、同情、悲憫的情感？

　　對以上三個問題中的任何一個回答是肯定的，則呈現了人類興趣框架。

　　3. 經濟後果框架：著眼於從新聞事件、問題對個人、團體、機構、區域或國家造成經濟後果的角度來報導新聞。

　　判斷經濟後果框架的問題：

　　　2013 年有關四川藏區報導的內容分析》，載《西南民族大學學報（人文社會科學版）》，2014（11），148～153 頁。

〔註41〕各種框架的含義及判斷標準借鑒了瑟曼特克、沃肯伯格以及周翔的觀點。具體參見 Semetko H A, Valkenburg P M. Framing European politics: A content analysis of press and television news. Journal of communication, 2000. 50（2）: 93～109.以及周翔:《傳播學內容分析研究與應用》，重慶，重慶大學出版社，2014。

（1）是否提及一系列行動而產生的經濟結果？

（2）是否提到成本或者涉及的代價程度？

對兩個問題中的任何一個回答是肯定的，則呈現了經濟後果框架。

4. 道德框架：將新聞事件置於宗教信條或道德規範之下。

判斷道德框架的問題：

（1）報導是否依據道德傳統來說明解釋議題、事件、問題，如針對如何行動提供社會藥方？

（2）報導是否因關心社會道德現狀或在社會推行倫理教育而呈現某個議題、事件、問題？

對兩個問題中的任何一個回答是肯定的，則呈現了道德框架。

5. 責任框架：將造成某新聞事件、問題的原因或解決方案歸結給個人、團體或者政府。

判斷責任框架的問題：

（1）報導是否表明任何個人、組織、機構、政府部門或者社會對這些問題、不幸、災難負責？

（2）報導是否表明任何個人、組織、機構、政府部門或者社會會有能力避免這些問題、不幸、災難？或者這些報導是否讚揚了個人、組織、機構、政府部門或者社會？

（3）報導是否表明這些問題、不幸、災難需要個人、組織、機構、政府部門或者社會的緊急行動？

對以上三個問題中的任何一個回答是肯定的，則呈現了責任框架。

6. 和諧框架：強調人與自然以及個人、民族、幹部與群眾之間關係的和諧。

判斷和諧框架的問題：

報導中是否出現了人與自然之間的和諧？

報導中是否體現了幹部與群眾、民族之間的團結？

對這兩個問題中的任何一個回答是肯定的，則呈現了和諧框架。

7. 發展框架：強調經濟、社會的發展和進步。

判斷發展框架的問題：

報導中是否強調了人民生活的改善？

報導中是否了出現了經濟增長、新建基礎設施等關鍵詞？

在一篇報導中，有可能出現一種以上的框架，只選擇記錄其中最主要的框架。

四、編碼表與編碼信度測試

類目建構是內容分析法中最關鍵的一個環節。因此，在相關理論和前人研究的基礎上，結合具體研究目標，準確地建構類目非常重要。

（一）編碼表

藏區的媒介形象——基於中外四家主流報紙（2003～2013）的內容分析編碼表

報紙編號

　　1：《人民日報》；2：《紐約時報》；3：《泰晤士報》；4：《印度教徒報》

發表年份

　　1：2003；2：2004；3：2005；4：2006；5：2007；6：2008；7：2009；
8：2010；9：2011；10：2012；11：2013

發表月份

　　1：1月；2：2月；3：3月；4：4月；5：5月；6：6月；

　　7：7月；8：8月；9：9月；10：10月；11：11月；12：12月

報導字數

　　1：400字以下；2：401至800字；3：801至1200字；4：1201字以上

發稿地點

　　1 ：北京；2：西藏；3：四川；4：青海；5：甘肅；6：雲南；

　　7：上海；8：印度；9：美國；10：英國；11：其他；12：未標明

稿件來源

　　1：自採（本報採訪）；2：中國媒體；3：印度媒體；4：美國媒體；

　　5：英國媒體；6：其他媒體；7：沒有標明

消息來源

　　1：中國官方（黨、政、軍、警等權力機關）；2：達賴集團；

　　3：美國官方；4：英國官方；5：印度官方；6：其他國家官方；

　　7：中國非政府組織（學校、醫院等事業單位、社會團體等）；

　　8：國外非政府組織（如國際紅十字會、人權觀察組織等）；

　　9：中國媒體；10：美國媒體；11：英國媒體；

　　12：印度媒體；13：其他國家媒體；

　　14：中國精英；15：美國精英；16：英國精英；

17：印度精英；18：其他國家精英

19：國內普通藏族人；20：國外普通藏族人；

21：國內普通漢族人；22：國外普通漢族人

23：匿名或無消息來源

報導區域

1：北京；2：西藏；3：四川；4：青海；5：甘肅；6：雲南；7：印度；

8：美國；9：英國；10：綜合（報導兩個以上地區）；11：其他

報導議題

1：政治；2：經濟；3：文教；4：社會；5：軍事；6：科技

報導傾向

1：正面；2：中性；3：負面

新聞框架

1：衝突框架；2：人類興趣框架；3：經濟後果框架；4：道德框架；

5：責任框架；6：和諧框架；7：發展框架；8：其他（或者無法辨識）

（二）編碼及信度測試

所有的編碼由作者和兩名新聞學專業的學生完成。確定分析類目後，從樣本總數中抽取 100 個樣本，對這 100 個樣本進行編碼。採用霍爾斯蒂系數（Holsti）分析編碼員間信度，發現報導議題、報導框架的信度不太高。在經過充分討論後，再次抽取 100 個樣本編碼，三個編碼員之間各個變量的平均信度均在 0.90 以上，達到研究的要求。

五、研究思路

針對緒論部分提出的幾個研究問題，本書具體的研究思路如下：

首先，通過對中外四家主流報紙涉藏報導的報導時間、發稿地點、報導區域、報導框架、消息來源、報導傾向以及篇幅等方面進行量化研究，探究不同國家的主流報紙各自在涉藏報導上的特點。

其次，通過建立數理統計模型，採用量化的方式，分析影響這幾家報紙涉藏報導傾向的具體因素。

第三，加入時間維度，考察幾家報紙的報導議題、報導傾向、報導框架隨著時間發展而產生變化的規律。

第四，綜合考察中外四家主流報紙的新聞框架，進行文本細讀，探尋中

外主流報紙塑造了怎樣的藏區形象。

第五，將傳媒組織納入整個社會大系統中來考察，分析不同性質的傳媒與其他權力體系的互動關係，對影響、制約四家報紙涉藏報導的因素進行定性分析。

最後，在以上研究的基礎上，提出改善藏區媒介形象的具體意見與建議。

小結

《人民日報》《紐約時報》《泰晤士報》和《印度教徒報》在各自所佔國家以及全球新聞界都具有重要的影響力。本書選取這四份報紙為研究對象，通過研究這四份報紙的涉藏報導，分析這幾家主流報紙建構的藏區形象。

2003 年，印度在「西藏問題」上的態度和立場有顯著的變化。中國與印度的關係改善，印度首次明確承認西藏是中國不可分割的一部分。同時，從資料收集的便利性上看，2003 年起的數據相對容易獲得。因此，本研究的起止時段為 2003 年 1 月 1 日至 2013 年 12 月 31 日。

本書的分析單位為各份報紙涉及藏區的報導，包括消息、評論、讀者來信等類型。分析單位為抽取的每篇報導。

四份報紙樣本的數量分別為：《人民日報》1056 篇；《紐約時報》330 篇；《泰晤士報》125 篇；《印度教徒報》171 篇。為了便於與三家外國報紙的樣本對比分析，本研究在《人民日報》1056 篇報導的基礎上進行了隨機抽樣，選取 400 篇報導作為樣本。三家外國報紙的涉藏報導數量相對較少，因此採取了整體樣本。最終樣本總量為 1026 篇。

本書的類目建構為：報導時間、發稿地點、報導區域、稿件來源、消息來源、報導傾向、報導議題、報導篇幅和報導框架。

第三章 靜態分析：四家主流報紙涉藏報導的特點

本章主要分析這四家報紙（2003～2013 年）涉藏報導的特點，如報導數量、報導篇幅、稿件來源、發稿地點、報導區域、報導議題、報導框架、消息來源、報導傾向等方面的特點，影響報導傾向的因素以及各報涉藏報導之間存在的差別。

一、涉藏報導年度與月份分布

（一）涉藏報導年度分布

從 2003 年到 2013 年，抽取《人民日報》涉藏報導 400 篇，《紐約時報》330 篇，《泰晤士報》125 篇，《印度教徒報》171 篇，總樣本量為 1026 篇，具體分布見表 3-1：（其中，報紙 1 為《人民日報》，2 為《紐約時報》，3 為《泰晤士報》，4 為《印度教徒報》，以下同。）

表 3-1　報紙編號與發表年份交叉製表

報紙編號	發表年份											合計
	2003	2004	2005	2006	2007	2008	2009	2010	2011	2012	2013	
1	22	11	22	34	30	112	58	32	58	12	9	400
2	8	13	7	8	11	83	44	33	28	56	39	330
3	9	6	1	10	7	45	11	12	5	14	5	125
4	13	15	21	11	9	23	11	11	12	27	18	171
合計	52	45	51	63	57	263	124	88	103	109	71	1026

　　黃敏對《紐約時報》1980 年 6 月 1 日至 2010 年 5 月 31 日，共 30 年的涉藏報導進行了研究，發現從 20 世紀 80 年代後期到 90 年代末，《紐約時報》基本上每隔兩到四年就會炒作「西藏問題」。進入 21 世紀後，《紐約時報》對「西藏問題」的關注度逐漸降低，直至 2008 年又開始新一輪炒作。黃敏認為，雖然「西藏問題」被反覆炒作，但《紐約時報》的涉藏報導仍是事件驅動性的。這些事件主要有發生在拉薩地區的騷亂、達賴喇嘛訪問美國、中國領導人訪問美國和好萊塢出品涉藏電影這四種類型。〔註 1〕

　　從 2003～2013 年四家報紙涉藏報導的數量來看，這四家報紙的涉藏報導同樣表現出受到焦點事件驅動的特點。

　　從上表（3-1）可見，除個別年度（比如 2008 年）之外，四家報紙涉藏報導的數量比較均勻，沒有明顯的大起大落。2008 年，各報涉藏報導數量都有大幅度增加，原因在於 2008 年是中國藏區以及整個中國大事頻發的一年。〔註 2〕

　　1 月 13 日至 15 日，印度總理曼莫漢‧辛格對中國進行了正式訪問。

　　3 月 10 日至 14 日，拉薩市發生了極少數人打、砸、搶、燒等破壞活動，共有 13 名無辜群眾死亡。

　　5 月 4 日，應達賴方面多次請求，中央有關部門負責人朱維群、斯塔在深圳與達賴喇嘛的私人代表甲日‧洛迪、格桑堅贊進行了接觸。

　　5 月 12 日，四川省汶川縣發生 8.0 級地震，造成 69227 人遇難，17923 人失蹤，受災群眾 1510 萬人。

　　7 月 1 日、2 日，中央統戰部負責人同達賴的私人代表甲日‧洛迪、格桑堅贊一行 5 人在北京進行了接觸。

　　8 月 8 日至 24 日，第二十九屆奧林匹克運動會在北京舉行。中國體育代表團取得了 51 枚金牌、100 枚獎牌的優異成績，第一次名列奧運會金牌榜首位。

　　10 月 6 日，拉薩市當雄縣發生 6.6 級地震。截至 10 月 10 日，地震已造成拉薩市 6 萬多人受災，10 人死亡。

　　10 月 26 日，西藏山南地區遭遇歷史罕見大暴雪災害。截至 10 月 30 日 16 時，西藏林芝、那曲、山南等 19 個縣因雪災已死亡 7 人、1 人失蹤。

〔註 1〕黃敏：《擴散與激活：〈紐約時報〉涉藏報導的議題發展（1980～2010）》，載《新聞與傳播研究》，2013（9），21～32 頁。

〔註 2〕2008 年中國大事記，網易新聞，http://news.163.com/09/0928/16/5KAHALFQ000 13PMJ.html，20150301。

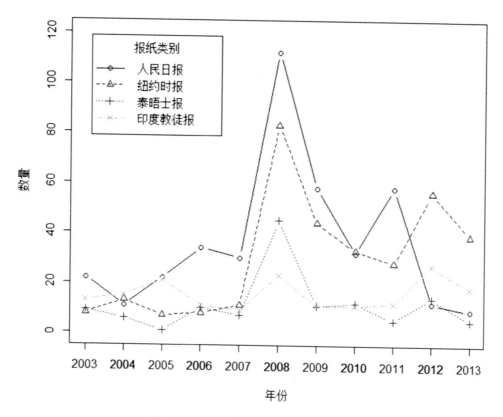

圖 3-1 涉藏報導樣本年度分布

正是由於 2008 年涉藏大事件頻發，四份報紙涉藏報導力度大為加強，數量基本上均顯著高於其他年度，並且，這種熱度還在隨後幾年得以一定程度的維持。這種趨勢在圖 3-1 中表現得更加直觀。

不過，雖然整體上四家報紙的涉藏報導都受到焦點事件或者關鍵事件的驅動，但是四家報紙之間仍然有較為明顯的區別。比較突出的是，《紐約時報》和《泰晤士報》更加容易受到衝突性焦點事件的影響。

除開 2008 年，《人民日報》《紐約時報》的涉藏報導在數量上有逐年緩步上升的趨勢，《泰晤士報》和《印度教徒報》相對平穩。總體上看，四份報紙的涉藏報導相對平穩，不過，一旦遇到突發事件，報導數量則急劇增多。

（二）涉藏報導月份分布

從表 3-2 及圖 3-2 可見，就這幾種報紙各個月份涉藏報導數量而言，3 月和 4 月的報導數量明顯高於其他月份。

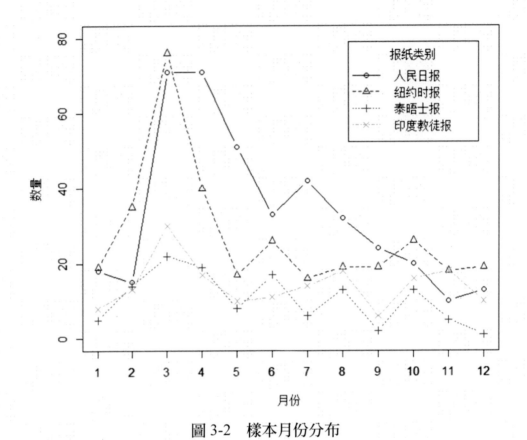

圖 3-2　樣本月份分布

　　在西藏乃至中國整個藏區，三月是一個特殊的月份。1959 年 3 月 10 日，西藏上層統治集團的一些人發動武裝叛亂。失敗後，達賴逃到印度。當年 3 月 28 日，國務院決定解散西藏地方政府，開啟了西藏民主改革的新篇章。這兩個日子，成為了對立鬥爭的「政治符號」，雙方歷年都會採取相應的紀念活動。〔註 3〕正如上文所述，四家報紙的涉藏報導，總體上仍是受到事件驅動。因此，雙方分別紀念這兩個特殊日子的活動或者事件，相對更加容易引起媒體的關注和報導。或許是由於報紙的報導具有一定的滯後性，導致一些報導在 4 月份才出現，因此，4 月的報導數量也高於 3 月之外的其他月份。

　　總的看來，四種報紙的報導數量，除了三月和四月之外，分布比較均衡。這個特點，在圖 3-2 中表現得比較直觀和清晰。

〔註 3〕王希恩：《三月西藏的兩個政治符號》，載《南風窗》，2009（7），52～53 頁。

表 3-2　報紙編號與發表月份交叉製表

報紙編號	發表年份												合計
	1月	2月	3月	4月	5月	6月	7月	8月	9月	10月	11月	12月	
1	18	15	71	71	51	33	42	32	24	20	10	13	400
2	19	35	76	40	17	26	16	19	19	26	18	19	330
3	5	14	22	19	8	17	6	13	2	13	5	1	125
4	8	13	30	17	10	11	14	18	6	16	18	10	171
合計	50	77	199	147	86	87	78	82	51	75	51	43	1026

二、發稿地點

對於那些投入重金進行國際新聞報導的新聞機構來說，在重大事件中刊發或是播發以事發現場作為發稿地的新聞是它們在激烈的競爭中獲得先手的重要手段。因此，這些國際新聞機構願意將大量人力、物力、財力投入到重大國際新聞事件的報導中，以期發回第一手的現場報導。[註4]

用 KS 交叉檢驗後發現，在發稿地點方面，四家報紙兩兩之間，存在顯著差異。具體數據如下：《人民日報》與《紐約時報》：$D = 0.1731$，p-value = 3.932e-05（P 值小於 0.05，拒絕原假設，以下同）；《人民日報》與《泰晤士報》：$D = 0.2235$，p-value = 0.0001475；《人民日報》與《印度教徒報》：$D = 0.4433$，p-value < 2.2e-16；《紐約時報》與《泰晤士報》：$D = 0.2932$，p-value = 3.396e-07；《紐約時報》與《印度教徒報》：$D = 0.4889$，p-value < 2.2e-16；《泰晤士報》與《印度教徒報》：$D = 0.6428$，p-value < 2.2e-16。

儘管四家報紙兩兩之間在發稿地點方面存在顯著差異。但從表 3-3 看，幾家報紙在發稿地點上有幾個共同特點。

首先，北京是這四家報紙非常重要的發稿地點。首都北京，是我國的政治、文化中心。一些非常重要的信息往往通過這裡的官方機構發布出來，通過媒體傳播到全國乃至全球。隨著中國影響力的不斷提升，北京逐漸成為全球矚目的焦點，越來越多的國際性主流媒體在這裡開設了辦事機構。根據外交部新聞司的統計，目前在中國的常駐外國記者分布在北京、上海、廣州、重慶、瀋陽、深圳和大連等地，而其中以在北京的最多，占到總人數的 80%。[註5]

〔註4〕錢進：《作為流動的職業共同體：駐華外國記者研究》，117～118 頁，復旦大學博士論文，2012。

〔註5〕錢進：《作為流動的職業共同體：駐華外國記者研究》，36 頁，復旦大學博士論文，2012。

表 3-3　報紙編號與稿源地交叉製表

報紙編號		稿源地												合計
		北京	西藏	四川	青海	甘肅	雲南	上海	印度	美國	英國	其他	未標明	
1	計數	70	118	5	12	3	2	1	0	5	0	22	162	400
	占比	17.5%	29.5%	1.3%	3.0%	0.8%	0.5%	0.3%	0.0%	1.3%	0.0%	5.5%	40.5%	100.0%
2	計數	91	15	2	4	5	0	12	30	46	1	16	108	330
	占比	27.6%	4.5%	0.6%	1.2%	1.5%	.0%	3.6%	9.1%	13.9%	0.3%	4.8%	32.7%	100.0%
3	計數	35	1	0	1	1	0	0	3	0	13	3	68	125
	占比	28.0%	0.8%	0.0%	0.8%	0.8%	0.0%	0.0%	2.4%	0.0%	10.4%	2.4%	54.4%	100.0%
4	計數	39	4	0	0	1	0	1	121	0	0	5	0	171
	占比	22.8%	2.3%	0.0%	0.0%	.6%	0.0%	0.6%	70.8%	0.0%	0.0%	2.9%	0.0%	100.0%
合計	計數	235	138	7	17	10	2	14	154	51	14	46	338	1026
	占比	22.9%	13.5%	0.7%	1.7%	1.0%	0.2%	1.4%	15.0%	5.0%	1.4%	4.5%	32.9%	100.0%

　　近水樓臺先得月，北京也就順理成章成為這四家報紙涉藏報導非常重要的發稿地點。《印度教徒報》涉藏報導以北京為發稿地點的數量，僅次於其以印度國內為發稿地點的數量。除開沒有標明發稿地點的稿件之外，北京位於《紐約時報》和《泰晤士報》發稿地點的首位，位於《人民日報》發稿地點的第二位（僅次於其在西藏的發稿數量）。

　　其次，除了《印度教徒報》，沒有標明發稿地點居於三家報紙發稿地點的首位。其中，《泰晤士報》這種情況超過一半以上。

　　第三，四家報紙以各自國內為發稿地的稿件數量都占到了較為顯著的比例，不過，各報之間的比例懸殊較大。最為突出的是《印度教徒報》，發自印度的稿件數量超過七成。《人民日報》以國內為發稿地點的稿件比例超過四成。《紐約時報》和《泰晤士報》相對一致，發自各自國內的稿件數量超過一成。

　　最後，除了《人民日報》以藏區為發稿地點的稿件數量較多之外，三份外國報紙，以藏區為發稿地點的稿件數量比例都比較偏低。部分原因或許在於事件突發後，外報記者無法及時趕到現場，或者由於採訪受到限制，無法進入藏區。

值得一提的是，《紐約時報》的發稿地點非常廣泛，既有美國、英國、印度，也包括中國境內的非中心城市。有學者認為，從國外的非中心城市發回報導的數量在某種程度上反映出該報紙對這個國家的熟悉程度。〔註 6〕從這個角度來說，相對而言，《紐約時報》比其他兩份國外報紙更加熟悉中國。

三、報導篇幅

和報導數量一樣，報導篇幅也是新聞框架機制中的一個重要方面。報導篇幅的大小，體現出媒體對新聞事件賦予不同的顯著性和重要性。媒體對一個新聞事件採用鴻篇巨製式的報導或者是「豆腐乾」式的報導，最終也在一定程度上會影響到讀者的判斷。

四家報紙涉藏報導在報導篇幅上，存在顯著差異（$X^2 = 194.789$，$df = 9$，$p < 0.05$）。從樣本的分布來看，《人民日報》的報導篇幅樣本分布最為均勻，400 字以下的樣本及 401 到 800 字的樣本占到了 47.3%，801 字到 1200 字、1201 字以上的樣本占總量的 53.8%。

三家外報涉藏報導的篇幅明顯呈現出「金字塔式」的特點，即將報導樣本分為四層，層級越往上數量越小。其中，《紐約時報》400 字以下的樣本及 401 到 800 字的樣本，佔了總量的七成；《泰晤士報》和《印度教徒報》400 字以下的樣本及 401 到 800 字的樣本，佔了總量近九成。

用 KS 進一步交叉檢驗，在報導篇幅方面，《泰晤士報》和《印度教徒報》之間（$D = 0.078$，p-value = 0.7714，P 值大於 0.05，支持原假設，以下同），沒有顯著差異；此外的報紙兩兩之間，存在顯著差異，具體數據為：《人民日報》與《紐約時報》（$D = 0.2284$，p-value = 1.28e-08）、《人民日報》與《泰晤士報》（$D = 0.4175$，p-value = 7.661e-15）、《人民日報》與《印度教徒報》（$D = 0.4515$，p-value < 2.2e-16）、《紐約時報》與《泰晤士報》（$D = 0.1982$，p-value = 0.001615）、《紐約時報》與《印度教徒報》（$D = 0.2231$，p-value = 2.694e-05）。

〔註 6〕趙泓：《〈每日電訊報〉中的中國形象研究——基於 2003～2013 年對華報導的內容分析》，載《新聞大學》，2014（4），38 頁。

表 3-4　報紙編號與字數交叉製表

<table>
<tr><td colspan="7" align="center">報紙編號與字數交叉製表</td></tr>
<tr><td rowspan="2" colspan="2" align="center">報紙
編號</td><td colspan="4" align="center">字數</td><td rowspan="2">合計</td></tr>
<tr><td>400 字以下</td><td>401 至 800 字</td><td>801 至 1200 字</td><td>1201 字以上</td></tr>
<tr><td rowspan="2">1</td><td>計數</td><td>65</td><td>120</td><td>85</td><td>130</td><td>400</td></tr>
<tr><td>占比</td><td>16.3%</td><td>30.0%</td><td>21.3%</td><td>32.5%</td><td>100.0%</td></tr>
<tr><td rowspan="2">2</td><td>計數</td><td>129</td><td>96</td><td>64</td><td>41</td><td>330</td></tr>
<tr><td>占比</td><td>39.1%</td><td>29.1%</td><td>19.4%</td><td>12.4%</td><td>100.0%</td></tr>
<tr><td rowspan="2">3</td><td>計數</td><td>67</td><td>43</td><td>11</td><td>4</td><td>125</td></tr>
<tr><td>占比</td><td>53.6%</td><td>34.4%</td><td>8.8%</td><td>3.2%</td><td>100.0%</td></tr>
<tr><td rowspan="2">4</td><td>計數</td><td>105</td><td>47</td><td>11</td><td>8</td><td>171</td></tr>
<tr><td>占比</td><td>61.4%</td><td>27.5%</td><td>6.4%</td><td>4.7%</td><td>100.0%</td></tr>
<tr><td rowspan="2">合計</td><td>計數</td><td>366</td><td>306</td><td>171</td><td>183</td><td>1026</td></tr>
<tr><td>占比</td><td>35.7%</td><td>29.8%</td><td>16.7%</td><td>17.8%</td><td>100.0%</td></tr>
</table>

<table>
<tr><td colspan="4" align="center">卡方檢驗</td></tr>
<tr><td></td><td>值</td><td>df</td><td>漸進 Sig.（雙側）</td></tr>
<tr><td>Pearson 卡方</td><td>194.789a</td><td>9</td><td>.000</td></tr>
<tr><td>似然比</td><td>208.122</td><td>9</td><td>.000</td></tr>
<tr><td>線性和線性組合</td><td>168.181</td><td>1</td><td>.000</td></tr>
<tr><td>有效案例中的 N</td><td>1026</td><td></td><td></td></tr>
<tr><td colspan="4">0 單元格（.0%）的期望計數少於 5。最小期望計數為 20.83。</td></tr>
</table>

　　400 字以下的樣本，通常是動態消息，而 1201 字以上的樣本，往往是深度報導或者評論。從報導篇幅可以看出，《人民日報》既有大量的動態消息報導，也有深入的分析、評論，涉藏報導更為深入，體現出其對涉藏報導的重視。當然，這與《人民日報》身居「主場」，具備便利的採訪條件有一定關係。另一方面，也體現出《人民日報》的涉藏報導中，「常態報導」佔據了比較重要的位置，而三份外報的涉藏報導短小精悍，以「應急報導」為主流。這種應急報導，通常是突發事件發生之後，媒體才進行採訪報導。報導數量的多少，往往取決於當年有多少突發事件。這一特點，在幾家報紙涉藏報導數量的年度和月份分布上，都體現得比較明顯。

從三家外國報紙涉藏報導的數量來看，《紐約時報》330 篇，《泰晤士報》125 篇，《印度教徒報》171 篇，《紐約時報》是《泰晤士報》的 2.64 倍，是《印度教徒報》的 1.93 倍。綜合報導數量和篇幅來考慮，三家外國報紙中，《紐約時報》對涉藏報導的重視程度最高。

四、報導區域

用 KS 交叉檢驗後發現，在報導區域方面，報紙兩兩之間，存在顯著差異。具體數據如下：《人民日報》與《紐約時報》：$D = 0.381$，p-value < 2.2e-16；《人民日報》與《泰晤士報》：$D = 0.2717$，p-value = 1.578e-06；《人民日報》與《印度教徒報》：$D = 0.731$，p-value < 2.2e-16；《紐約時報》與《泰晤士報》：$D = 0.1451$，p-value = 0.04399；《紐約時報》與《印度教徒報》：$D = 0.3878$，p-value = 3.886e-15；《泰晤士報》與《印度教徒報》：$D = 0.4683$，p-value = 3.531e-14。

表 3-5　報紙編號與報導區域交叉製表

報紙編號		報導區域											合計
		北京	西藏	四川	青海	甘肅	雲南	印度	美國	英國	綜合	其他	合計
1	計數	3	306	13	30	2	4	0	0	0	38	4	400
	比例	0.8%	76.5%	3.3%	7.5%	0.5%	1.0%	0.0%	0.0%	0.0%	9.5%	1.0%	100.0%
2	計數	7	122	31	13	9	0	18	18	0	86	26	330
	比例	2.1%	37.0%	9.4%	3.9%	2.7%	0.0%	5.5%	5.5%	0.0%	26.1%	7.9%	100.0%
3	計數	5	62	4	5	3	0	1	1	10	27	7	125
	比例	4.0%	49.6%	3.2%	4.0%	2.4%	0.0%	0.8%	0.8%	8.0%	21.6%	5.6%	100.0%
4	計數	1	23	4	0	0	0	55	0	0	85	3	171
	比例	0.6%	13.5%	2.3%	0.0%	0.0%	0.0%	32.2%	0.0%	0.0%	49.7%	1.8%	100.0%
合計	計數	16	513	52	48	14	4	74	19	10	236	40	1026
	比例	1.6%	50.0%	5.1%	4.7%	1.4%	.4%	7.2%	1.9%	1.0%	23.0%	3.9%	100.0%

從報導區域總體上看，整個藏區中，西藏自治區是四家報紙最為關注的區域。對西藏自治區的報導數量，剛好占到四家報紙涉藏報導的一半（50.0%）。

就具體報紙而言，西藏是《人民日報》《紐約時報》和《泰晤士報》最為關注的區域。尤其是對於《人民日報》的涉藏報導而言，西藏可謂重中之重，涉及西藏自治區的報導占總量的 76.5%，對其他四省藏區的報導總量僅僅超過 1 成；《泰晤士報》對西藏自治區的報導（49.6%）占其涉藏報導總量的一半；《紐約時報》對西藏自治區的報導數量（37.0%）占總量的近四成。

此外，綜合兩個以上地區的報導（23.0%），也在四家報紙的涉藏報導中佔有相當比例。最為突出的是《印度教徒報》，其綜合報導（49.7%）幾乎占到報導總量的一半。《紐約時報》（26.1%）和《泰晤士報》（21.6%）的綜合報導分別佔了總量的四分之一左右和五分之一左右。《人民日報》的綜合報導（9.5%）占總量近一成。

值得一提的是，《印度教徒報》的涉藏報導，比較關注流亡到印度的藏人群體，報導數量（32.2%）接近 1／3。

在國家統計局網站上發現，第六次人口普查的數據為：藏人總人口為 6,282,187 人，其中，西藏為 2,716,388 人，四川為 1,496,524 人，青海為 1,375,059 人，甘肅為 488,359 人，雲南為 142,257 人。西藏藏族人口占全國藏族人口總數的 43.2%。

從五省藏區人口數量的角度來看，四家報紙的涉藏報導在報導區域上存在不平衡。不算綜合報導，西藏自治區被報導的比例占到總量的 50%，而其他四省藏區合計起來，被報導的比例才為 11.6%。

五、稿件來源

通過 KS 交叉檢驗後發現，在報導來源方面，三家國外報紙兩兩之間，沒有顯著差異，而《人民日報》與其他國外三家報紙兩兩之間，都存在顯著差異。主要原因在於，《人民日報》有近三成的報導，直接採用國內其他媒體（主要是新華社）的報導，使得自己的自行採訪報導比例與其他三家報紙差距偏大。具體數據如下：《人民日報》與《紐約時報》：D = 0.1542，p-value = 0.0003699；《人民日報》與《泰晤士報》：D = 0.2155，p-value = 0.000288；《人民日報》與《印度教徒報》：D = 0.2232，p-value = 1.315e-05；《紐約時報》與《泰晤士報》：D = 0.0613，p-value = 0.8847；《紐約時報》與《印度教徒報》：D = 0.0892，p-value = 0.3322；《泰晤士報》與《印度教徒報》：D = 0.0369，p-value = 1。

在稿件來源方面，三家國外報紙的涉藏報導絕大多數都是來源於報社自

行採集。其中，《泰晤士報》和《印度教徒報》涉藏報導由本報社自行採集的比例最為接近，分別為 92.8% 和 93.6%，相差不到 1 個百分點。自行採集比例高，在一定程度上體現了媒體自身的綜合實力。

表 3-6　報紙編號與稿件來源交叉製表

報紙編號		稿件來源							合計
		自採	中國媒體	印度媒體	美國媒體	英國媒體	其他媒體	未標明	
1	計數	285	115	0	0	0	0	0	400
	比例	71.3%	28.8%	0.0%	0.0%	0.0%	0.0%	0.0%	100.0%
2	計數	286	0	3	22	5	1	13	330
	比例	86.7%	0.0%	0.9%	6.7%	1.5%	0.3%	3.9%	100.0%
3	計數	116	0	0	4	5	0	0	125
	比例	92.8%	0.0%	0.0%	3.2%	4.0%	0.0%	0.0%	100.0%
4	計數	160	1	4	0	0	0	6	171
	比例	93.6%	0.6%	2.3%	0.0%	0.0%	0.0%	3.5%	100.0%
合計	計數	847	116	7	26	10	1	19	1026
	比例	82.6%	11.3%	0.7%	2.5%	1.0%	0.1%	1.9%	100.0%

　　《人民日報》涉藏報導中來自「中國媒體」（新華社）的比例（28.8%）很高，幾乎占到涉藏報導總量的三成。這個比例顯著高於其他三家報紙各自採用其本國媒體稿件的比例。這充分體現了我國媒體的一大特色，即在重大、突發事件當中，往往要採用新華社發的通稿。原因在於新華社在我國擁有相當特殊的地位，新華社對於一些國家大事擁有優先報導權，甚至是獨家報導權，其他媒體必須統一使用新華社的通稿。〔註 7〕比如拉薩「3.14」事件，也是新聞社最早發布消息。用《人民日報》高級編輯錢江的話來說，「《人民日報》仍然是新華社記者最為關注的報導『落腳點』；人民日報編輯部的各個新聞版，也總是將新華社稿件作為版面的首選稿。他們特別注意傾聽來自新華社同行的意見。」〔註 8〕

〔註 7〕談悠：《主流媒體在危機傳播中的輿論緩釋作用》，載《南京理工大學學報（社會科學版）》，2004（2），34 頁。

〔註 8〕錢江：《新華社、人民日報「一統兩合」體制始末辨析》，載《新聞與傳播研究》，2013（1），94～104，128 頁。

　　《人民日報》在涉藏報導中大量採用新華社的報導，這也從一個側面反映出涉藏事件在我國具有重要的地位。

　　《人民日報》從不採用其他國家新聞媒體的涉藏報導，《紐約時報》和《泰晤士報》也從不採用來自中國媒體的涉藏報導。這在一定程度上反映出中西方主流媒體在涉藏報導的立場上有較大差異。《印度教徒報》的涉藏報導，除了 1 篇來自中國媒體外，也不採用其他國家新聞媒體的報導。

六、報導議題

（一）報導議題概況

　　在四家報紙涉藏報導的眾多議題當中，政治、社會和文化議題在數量上有明顯優勢，是涉藏報導的主流議題。這實際上就向讀者傳達了明確的信息，政治、社會和文化議題是涉藏議題中更有價值、更加值得關注的議題。同時，這也就意味著，四家報紙認為，相對而言，藏區的經濟、軍事和科技方面議題並不重要。媒體少量的報導，無法建構出一個區域的媒介形象。由於報導數量過少，顯然，藏區的經濟形象、軍事形象和科技形象，在這四家報紙中，是模糊不清的。

　　從表 3-7 可見，政治議題是《人民日報》《泰晤士報》和《印度教徒報》最為關注的議題，報導數量分別占到各自涉藏報導總量的 46.5%、40.0% 和 43.3%。同時，政治議題在《紐約時報》的涉藏報導中，也具有重要地位，以 28.5% 的比例排在第二位。

　　政治議題成為四家報紙關注焦點的主要原因，或許首先在於這四家媒體自身的精英媒體屬性。相對大眾媒體而言，精英媒體更加關注那些關係國計民生的時政活動，因此，有關藏區的政治議題更受這四家報紙的關注在情理之中。

　　在四家報紙的涉藏報導中，社會類議題（34.3%）佔了樣本總量的 1／3 以上，僅次於政治類議題（39.4%），排在第二位。其中，《紐約時報》的社會類議題是其涉藏報導的重中之重，比例（56.7%）超過了一半。這也印證了《紐約時報》北京分社社長康銳在一次座談會中的觀點：我們更多地關注社會，關注人民生活的變化，變好還是變壞，為什麼會有這樣的變化，等等。〔註 9〕

───────────

〔註 9〕肖欣欣，劉樂耕：《世紀末的一場對話──中美主流媒體記者、專家、學者座談紀要》，載《國際新聞界》，2001（1），6 頁。

《泰晤士報》和《印度教徒報》的社會類議題在其各自的諸多議題中，排名第 2 位。三家外國報紙的社會類議題，大多數情況下是關於藏區社會衝突的報導。

表 3-7　報紙編號與報導議題交叉製表

報紙編號		報導議題						合計
		政治	經濟	文化	社會	軍事	科技	
人民日報	計數	186	38	88	77	5	6	400
	比例	46.5%	9.5%	22.0%	19.3%	1.3%	1.5%	100.0%
紐約時報	計數	94	5	43	187	0	1	330
	比例	28.5%	1.5%	13.0%	56.7%	0.0%	.3%	100.0%
泰晤士報	計數	50	4	25	42	2	2	125
	比例	40.0%	3.2%	20.0%	33.6%	1.6%	1.6%	100.0%
印度教徒報	計數	74	10	31	46	9	1	171
	比例	43.3%	5.8%	18.1%	26.9%	5.3%	0.6%	100.0%
合計	計數	404	57	187	352	16	10	1026
	比例	39.4%	5.6%	18.2%	34.3%	1.6%	1.0%	100.0%

$X2 = 147.311$，$df=15$，$p < 0.05$

在千百年來漫長的發展過程中，藏區產生了歷史悠久、絢麗多姿的藏族傳統文化，藏區因此成為了許多人，尤其是西方人精神上的「香格里拉」。在現代化的衝擊下，藏族傳統文化能否得到妥善保護、繼續發展，是中外公眾比較關心的問題。西方國家以及達賴集團從 20 世紀 80 年代以來，一直指責中國政府在「滅絕西藏文化」。對於這種指責，中國官方多次通過各種形式予以駁斥。因而，藏區的文化類議題，也為四家報紙所格外關注。在四家報紙的涉藏報導中，文化類議題（18.2%）佔了樣本總量的近五分之一。

由於印度與我國是鄰國，中印雙方還沒有完全解決領土爭端。我國在邊境的軍事活動，會引起印度的高度警覺和重視。《印度教徒報》有 9 篇（5.3%）的報導為軍事議題。

進一步對報紙類型與報導議題用 KS 交叉檢驗後發現，在報導議題方面，《印度教徒報》與《泰晤士報》（$D = 0.0592$，p-value = 0.9618）、《印度教徒報》與《人民日報》之間（$D = 0.1133$，p-value = 0.09216），沒有顯著差異。其他

報紙之間，具有顯著差異。具體數據為：《人民日報》與《紐約時報》：D = 0.3497，p-value < 2.2e-16；《人民日報》與《泰晤士報》：D = 0.148，p-value = 0.03084；《紐約時報》與《泰晤士報》：D = 0.2017，p-value = 0.001252；《紐約時報》與《印度教徒報》：D = 0.2364，p-value = 6.844e-06。

其中尤其值得一提的是，《紐約時報》與其他三家報紙，在報導議題方面都存在著顯著差異，這應該是與其特別關注社會方面議題（56.7%）有關。

（二）報導議題與篇幅

政治、社會和文化類議題是幾家報紙報導數量最多的議題。從表 3-19 可見（本章後面，第 90 頁），《紐約時報》的政治類和社會類議題，七成左右篇幅在 800 字以下。《泰晤士報》的政治類和社會類議題，八成以上篇幅在 800 字以下。《印度教徒報》政治類報導，八成以上篇幅在 800 字以下，社會類報導，接近九成的篇幅在 800 字以下。

在文化類議題的報導篇幅上，《紐約時報》有 53.5% 的篇幅在 800 字以下，《泰晤士報》的比例高達 96.0%，《印度教徒報》的比例高達 96.8%。

《人民日報》政治類、社會類和文化類議題，報導篇幅在 800 字以下的比例分別為 43.6%、39.0% 和 55.7%。

可以看出，在幾家報紙共同關注較多的幾個議題中，《人民日報》不管是數量上還是在報導篇幅上，都明顯體現出對藏區報導最為重視。

《紐約時報》800 字以下報導數量的比例，明顯低於另外兩家國外報紙。綜合報導篇幅與數量來看，在三家外國報紙中，《紐約時報》對藏區政治類、社會類和文化類幾個議題的重視程度最高。

（三）報導議題與報導傾向

四家報紙涉藏報導傾向的分布相對比較均勻，正面、中性和負面各自占到 1／3 左右。

政治類議題在報導傾向上的分布，接近議題整體上的分布，正面、中性和負面基本上也是各占 1／3。

經濟類議題則是以正面為主（64.9%），其比例接近 2／3。此外，中性報導的比例是負面報導的兩倍以上。

文化類報導則是以正面（41.2%）和中性（40.6%）為主，正面和中性二者合計占到文化類報導的八成以上。

社會類報導是以負面（46.3%）和中性（31.3%）為主，二者合計接近社會類報導的八成。

軍事類議題以中性和正面報導為主，其中，中性報導占到一半，排在首位；正面報導比例為 37.5%，排在第二位；負面報導比例為 12.5%。

表 3-8　報導議題與報導傾向交叉製表

報導議題		報導傾向			合計
		正面	中性	負面	
政治	計數	144	128	132	404
	占比	35.6%	31.7%	32.7%	100.0%
經濟	計數	37	14	6	57
	占比	64.9%	24.6%	10.5%	100.0%
文化	計數	77	76	34	187
	占比	41.2%	40.6%	18.2%	100.0%
社會	計數	79	110	163	352
	占比	22.4%	31.3%	46.3%	100.0%
軍事	計數	6	8	2	16
	占比	37.5%	50.0%	12.5%	100.0%
科技	計數	4	5	1	10
	占比	40.0%	50.0%	10.0%	100.0%
合計	計數	347	341	338	1026
	占比	33.8%	33.2%	32.9%	100.0%

科技類議題中，報導傾向的分布與軍事類議題報導傾向分布相似，也是以中性和正面報導為主，中性報導占五成，排在首位；正面報導比例為四成，排在第二位；負面報導為 10%。

總的說來，與涉藏議題整體報導傾向的分布相比，經濟類議題、文化類議題的報導傾向相對偏向正面；軍事和科技類議題的報導傾向偏向中性；社會類議題的報導傾向偏向於負面；政治類議題的報導傾向分布比較均勻。

七、報導框架

《人民日報》採用和諧框架（11.0%）與發展框架（49.3%）的樣本，佔了總量的六成；《紐約時報》與《泰晤士報》採用衝突框架的樣本也分別占其

涉藏報導總量的六成左右；《印度教徒報》採用衝突框架的樣本（42.7%）占其涉藏報導總量的四成左右。

表 3-9　報紙編號與新聞框架交叉製表

報紙編號		新聞框架								合計
		衝突	興趣	經濟	道德	責任	和諧	發展	其他	
1	計數	60	19	1	27	10	44	197	42	400
	比例	15.0%	4.8%	0.3%	6.8%	2.5%	11.0%	49.3%	10.5%	100.0%
2	計數	215	55	6	1	34	3	8	8	330
	比例	65.2%	16.7%	1.8%	0.3%	10.3%	0.9%	2.4%	2.4%	100.0%
3	計數	83	21	5	0	5	0	1	10	125
	比例	66.4%	16.8%	4.0%	0.0%	4.0%	0.0%	0.8%	8.0%	100.0%
4	計數	73	28	1	0	7	13	22	27	171
	比例	42.7%	16.4%	0.6%	0.0%	4.1%	7.6%	12.9%	15.8%	100.0%
合計	計數	431	123	13	28	56	60	228	87	1026
	比例	42.0%	12.0%	1.3%	2.7%	5.5%	5.8%	22.2%	8.5%	100.0%

KS 檢驗發現《紐約時報》與《泰晤士報》涉藏報導採用的報導框架高度一致。此外，四家報紙兩兩之間，都有顯著差異。具體數據如下：《人民日報》與《紐約時報》：$D = 0.6499$，p-value $< 2.2e-16$；《人民日報》與《泰晤士報》：$D = 0.672$，p-value $< 2.2e-16$；《人民日報》與《印度教徒報》：$D = 0.3965$，p-value $< 2.2e-16$；《紐約時報》與《泰晤士報》：$D = 0.0558$，p-value $= 0.9407$；《紐約時報》與《印度教徒報》：$D = 0.305$，p-value $= 1.586e-09$；《泰晤士報》與《印度教徒報》：$D = 0.2755$，p-value $= 3.467e-05$。

不同的報導框架，將讀者的注意力導向了不同的關注點，最終，往往影響到讀者對藏區形象感知。

四家報紙涉藏報導中採用的報導框架，在一定程度上以小見大，體現出中外媒體新聞觀的不同，即：中國媒體更加重視和諧，而國外媒體重視衝突。

八、消息來源

新聞媒介具有「賦權」功能，經常性地使用某個消息來源，有助於提升該消息來源的社會地位和影響力。因此，事件中的利益相關者一般都會希望使自

己成為消息來源，通過獲取話語權使得對新聞的解讀符合自己的利益。〔註10〕因此，長期以來，消息來源都是對新聞文本進行內容分析時的重要組成部分。

　　中國官方在四家報紙涉藏報導的消息來源中，具有舉足輕重的地位。從表 3-20（本章後面，第 92 頁）可見，中國官方（43.31%）排在《人民日報》所有消息來源之首；《紐約時報》《泰晤士報》和《印度教徒報》消息來源選擇中國官方的比例分別為 9.85%、17.48%和 20.45%，分別排在各自消息來源的第 3 位、第 2 位和第 1 位。《人民日報》消息來源中，中國官方所佔比例顯著高於其他三家報紙。我國的黨報是黨和政府的「喉舌」，因此，這種情況並不令人意外，完全符合《人民日報》作為黨中央機關報的定位。

　　達賴集團在《紐約時報》（14.34%）、《泰晤士報》（16.50%）和《印度教徒報》（18.22%）三家報紙的消息來源中，佔據了顯要的位置。達賴集團在《紐約時報》的消息來源中排名第 1 位，在《印度教徒報》消息來源中排名第 2 位，排除匿名或無消息來源的情況後，達賴集團在《泰晤士報》消息來源中排名第 2 位。《人民日報》消息來源選擇達賴集團非常少見，僅為 1.30%。究其原因，在於《人民日報》的涉藏議題主要關注藏區經濟水平的提高，人民生活的改善和藏區文化得到妥善保護，很少涉及衝突事件。

　　中國媒體是《紐約時報》（12.72%）、《泰晤士報》（6.80%）和《印度教徒報》（8.18%）重要的信息來源，分別排在各自報紙消息來源的第 2 位、第 6 位和第 7 位。

　　在涉藏事件中，國內普通藏族人無疑最有發言權。四家報紙都比較重視選擇國內普通藏族人作為消息來源。國內普通藏族人在《人民日報》（13.01%）、《紐約時報》（8.85%）、《泰晤士報》（9.71%）和《印度教徒報》（4.83%）中，分列消息來源的第 2 位、5 位、4 位和 6 位。

　　非政府組織是《人民日報》（7.43%）和《紐約時報》（6.23%）比較常用的消息來源，只不過，前者選擇的是中國非政府組織，後者是國外非政府組織。

　　本國精英也在《人民日報》（6.69%）、《紐約時報》（7.48%）、《泰晤士報》（7.28%）的消息來源中佔有一席之地。

〔註10〕黃敏：《再現的政治：CNN 關於西藏暴力事件報導的話語分析》，載《新聞與傳播研究》，2008（3），29～30 頁。

匿名或無消息來源的情況，在《泰晤士報》（22.33%）出現得最多，排在其消息來源的第 1 位；在《人民日報》（14.50%）和《印度教徒報》（12.27%）中的比較接近，分列各自消息來源的第 2 位和第 4 位；相對而言，在《紐約時報》（5.24%）中出現的比例較低，排在其消息來源的第 8 位。

此外，國外普通藏族人在《印度教徒報》（4.46%）的消息來源中具有一定份量，這與所謂的「西藏流亡政府」位於印度的達蘭薩拉，印度境內有 10 多萬藏人有關。

新聞講究用事實說話，但事實本身並不開口說話。新聞專業主義理念要求記者一般情況下只能通過消息來源之口表達觀點、立場。消息來源的身份往往已經決定了其看待新聞事件的立場。因此，對於是否作為消息來源出現、出現頻率如何等進行分析，在一定程度上可以判斷媒體是否為新聞事件涉入方公平地提供了公開表達意見的平臺。

在涉藏報導中，中國官方和達賴集團常常是衝突的對立方。范士明對 1998 年 7 月 1 日至 2000 年 7 月 1 日《紐約時報》的西藏報導進行了定量分析，發現達賴集團作為消息來源的次數比中國官員多出一倍左右，認為《紐約時報》沒有為中國政府和達賴集團雙方提供一個公平的講壇。〔註11〕

在這十年來《泰晤士報》和《印度教徒報》的涉藏報導中，雙方作為消息來源所佔的比例極其接近，相差不到 2 個百分點，中國官方在《泰晤士報》消息來源中占的比例比達賴集團多 1 個百分點，在《印度教徒報》中比達賴集團多 1.6 個百分點。

中國官方與達賴集團在《紐約時報》消息來源中所佔的比例差異較大，中國官方比達賴集團少 4.5 個百分點左右。原因或許主要在於，中國官方的說辭不易獲得。《紐約時報》北京分社記者傑安迪在談到涉華報導時，認為常常遇到的問題是難以採訪到中國官方。

「不是說我們要做不客觀的報導，而是根本無法獲得官方的說辭，我們只能有時引用下《人民日報》的社論來平衡信息源。」〔註12〕

從表 3-20 中也可以看到，三家國外報紙都把中國媒體作為重要的消息來

〔註11〕范士明：《政治的新聞——美國媒體上的西藏和「西藏問題」》，載《太平洋學報》，2000（4），45～61 頁。

〔註12〕周衛：《〈紐約時報〉如何報導十八大》，南都週刊網，http://www.nbweekly.com/news/special/201301/32261.aspx，2015/1/23。

源。考慮到中國媒體主要是反映中國官方的觀點和態度，因此，單從中國官方、中國媒體和達賴集團這幾個數據上看，這幾家報紙似乎相對公平地為雙方提供了一個話語平臺。

　　莊曦和方曉紅研究了《紐約時報》對拉薩「3‧14」事件的報導，發現表面上看，《紐約時報》的信源分布較為平衡，兼顧了中國官方與達賴集團，然而，對報導的內容進行深入和具體分析之後，發現這種表面上的平衡並不代表其報導具有客觀性。〔註13〕

　　通讀《紐約時報》（2003～2013 年）的涉藏報導之後，發現可以把其消息來源分成兩類：一是達賴集團或者其支持者的消息來源，包括達賴集團（14.34%）、美國媒體（9.73%）、國內普通藏族人（8.85%）、美國精英（7.48%）、國外非政府組織（6.23%）、匿名或無消息來源（5.24%）；〔註14〕二是中國官方（9.85%）和中國媒體（12.72%）。前者的比例合計達到51.87%，超出後者（22.57%）接近三成（29.30%）。

　　這也驗證了先前學者們的研究，即在涉藏報導的消息來源上，《紐約時報》存在著嚴重的偏向。

　　《泰晤士報》與《紐約時報》一樣，在消息來源上同樣存在嚴重的偏向。《泰晤士報》的消息來源中，達賴集團或者支持達賴集團的消息來源有：匿名或無消息來源（22.33%）、達賴集團（16.50%）、國內普通藏族人（9.71%）和英國精英（7.28%），合計比例為55.82%，超出支持中國官方的消息來源（中國官方17.48%，中國媒體6.80%，合計24.28%）達三成以上（31.54%）。

　　值得注意的是，通過 KS 檢驗發現，《人民日報》《泰晤士報》《印度教徒報》三家報紙兩兩之間，消息來源都不存在顯著差異，而《紐約時報》與這三家報紙均存在顯著差異，具體如下：《人民日報》《紐約時報》的新聞來源之間有顯著差異，D = 0.4348，p-value = 0.02587；《人民日報》《泰晤士報》的新聞來源之間沒有顯著差異，D = 0.2174，p-value = 0.6487；《人民日報》《印度教徒報》的新聞來源之間沒有顯著差異，D = 0.1304，p-value = 0.9897；

〔註13〕莊曦，方曉紅：《全球傳播場域中的認同壁壘——從〈紐約時報〉西藏「3‧14」報導透視西方媒體「他者化」新聞框架》，載《新聞與傳播研究》，2008（3），6～10 頁。

〔註14〕《紐約時報》選擇國內普通藏族人以及匿名或無消息來源時，觀點幾乎都是支持達賴集團的。

《紐約時報》《泰晤士報》的新聞來源之間有顯著差異，D = 0.5217，p-value = 0.003819；《紐約時報》《印度教徒報》的新聞來源之間有顯著差異，D = 0.4783，p-value = 0.01038；《泰晤士報》《印度教徒報》的新聞來源之間沒有顯著差異，D = 0.1739，p-value = 0.8775。

從表 3-20 中可見，《紐約時報》的信息來源最為廣泛，是四家報紙中，唯一全部具備 23 個消息來源的報紙。其他三家報紙，各有 5 個消息來源的選擇次數為 0。儘管如上文所述，《紐約時報》支持達賴的消息來源比例遠遠超過支持中國官方的比例，但至少在消息來源分布的廣泛性這一點上，可以看出有「世界上最好報紙」之稱的《紐約時報》確有突出之處。

九、報導傾向

（一）報導傾向概況

從整體上看，在四家報紙涉藏報導的報導傾向中，正面、中性和負面，各自占到 1／3 的比例。其中，《人民日報》的傾向以正面為主（75.8%），比例高達 3／4，傾向為中性的比例（24.3%）接近 1／4，沒有負面傾向的報導。

《紐約時報》與《泰晤士報》涉藏報導的傾向則以負面為主，比例超過六成，中性報導在三成左右，正面報導分別為 3.9%和 2.4%，幾乎忽略不計。《印度教徒報》以中性報導為主（60.8%），比例超過六成，正面和負面報導分別為 16.4%和 22.8%。

值得一提的是，在四家報紙涉藏報導整體傾向上，《人民日報》（87.3%）與《紐約時報》（63.6%）分別是正面傾向和負面傾向的「貢獻大戶」。

統計顯示，《人民日報》《紐約時報》《泰晤士報》和《印度教徒報》涉藏報導的總體傾向均值分別為 1.24、2.61、2.64 和 2.06。根據原來編碼的賦值，1 代表涉藏報導的傾向為正面，2 為中立，3 為負面。為了更加便於觀察，將正面、中性和負面分別賦值為 1、0 和-1，計算出各報的總體傾向均值分別為 0.76，-0.61，-0.64 和-0.06。顯然，《人民日報》涉藏報導的傾向明顯偏於正面，《紐約時報》《泰晤士報》偏於負面，《印度教徒報》比較中立。同時，通過 SPSS 進行的獨立樣本 t 檢驗顯示，《紐約時報》與《泰晤士報》的涉藏報導傾向沒有顯著差異（sig=0.632）。

表 3-10　報紙編號與報導傾向交叉製表

報紙編號		報導傾向			合計
		正面	中性	負面	
人民日報	計數	303	97	0	400
	報紙編號中的%	75.8%	24.3%	0.0%	100.0%
	報導傾向中的%	87.3%	28.4%	0.0%	39.0%
紐約時報	計數	13	102	215	330
	報紙編號中的%	3.9%	30.9%	65.2%	100.0%
	報導傾向中的%	3.7%	29.9%	63.6%	32.2%
泰晤士報	計數	3	39	83	125
	報紙編號中的%	2.4%	31.2%	66.4%	100.0%
	報導傾向中的%	0.9%	11.4%	24.6%	12.2%
印度教徒報	計數	28	103	40	171
	報紙編號中的%	16.4%	60.2%	23.4%	100.0%
	報導傾向中的%	8.1%	30.2%	11.8%	16.7%
合計	計數	347	341	338	1026
	報紙編號中的%	33.8%	33.2%	32.9%	100.0%
	報導傾向中的%	100.0%	100.0%	100.0%	100.0%

對四家報紙涉藏報導的傾向進行 KS 檢驗，發現《紐約時報》與《泰晤士報》高度一致，再次證實了 t 檢驗的結果。此外，四家報紙兩兩之間，傾向差異巨大。具體數據如下：《人民日報》與《紐約時報》：$D = 0.7181$，p-value < 2.2e-16；《人民日報》與《泰晤士報》：$D = 0.7335$，p-value < 2.2e-16；《人民日報》與《印度教徒報》：$D = 0.5938$，p-value < 2.2e-16；《紐約時報》與《泰晤士報》：$D = 0.0154$，p-value = 1；《紐約時報》與《印度教徒報》：$D = 0.4176$，p-value < 2.2e-16；《泰晤士報》與《印度教徒報》：$D = 0.4301$，p-value = 5.001e-12。

（二）涉藏報導傾向的影響因素

以往對於媒體報導傾向的研究，多是理論的推演，缺乏實證研究。本研究通過建立次序 Logit 模型，分析各種可能因素對報紙涉藏報導傾向產生的影響。

1. 研究假設

基於以往的研究成果以及對媒體報導傾向影響因素的預分析，本書提出以下假設：

假設 1：報紙類型對報導傾向有影響。

假設 2：報導框架對報導傾向有影響。

假設 3：報導議題對報導傾向有影響。

假設 4：發稿地點為中國對報導傾向有影響。

假設 5：稿件來源為中國媒體對報導傾向有影響

假設 6：消息來源為中國官方對報導傾向有影響。

假設 7：消息來源為達賴集團對報導傾向有影響。

2. 研究模型

（1）模型原理

假設某種影響 D 是 K 個決定變量的一個線性函數，這 K 個因素的取值對於第個體 i 來說為 $X_{ik}, k = 1, ..., K$，意味著這種影響可以表示為：

$$D_i = \sum_{k=1}^{K} \beta_k X_{it} + \varepsilon_i = Z_i + \varepsilon_i$$

$\beta_k > 0$，對特定的某個個體第 k 個因素取值的增加，會使得這種影響上升，反之則會下降。ε_i 表示未觀測到的其他因素，第 i 個人受到的真實影響 D_i 是不能直接觀測到的，如我們只能觀測到輕度影響、中度影響、嚴重影響，分別表示為 $Y_i = 1, 2, 3$，個體樣本中這種影響存在「臨界」值 δ_1, δ_2，系數 β_k 不包含截距項，因為截距項已經包含在了 δ_1, δ_2 中。如下表示為

$Y_i = 1$，如果 $D_i \leq \delta_1$

$Y_i = 2$，如果 $\delta_1 \leq D_i \leq \delta_2$

$Y_i = 3$，如果 $D_i \geq \delta_2$

Y_i 取值為 1，2 和 3 的概率表示如下

$$\Pr(Y_i = 1) = \Pr(Z_i + \varepsilon_i \leq \delta_1) = \Pr(\varepsilon_i \leq \delta_1 - Z_i)$$

$$\Pr(Y_i = 2) = \Pr(\delta_1 \leq Z_i + \varepsilon_i \leq \delta_2) = \Pr(\delta_1 - Z_i \leq \varepsilon_i \leq \delta_2 - Z_i)$$

$$\Pr(Y_i = 3) = \Pr(Z_i + \varepsilon_i \geq \delta_2) = \Pr(\varepsilon_i \geq \delta_2 - Z_i)$$

$F(x) = \Pr(\varepsilon_i < x)$ 表示誤差項的累計概率分布函數，如果為邏輯分布，該模型就是 order logit 模型，如果為正態分布就是 order probit 模型，兩者在實際應

用中沒有明顯的區別。可以使用極大似然的方法估計系數 β_k 和「臨界」值 $\delta_1 \cdot \delta_2$，
得出系數估計值後，合體 i 影響 $y_i = 1,2,3$ 的概率估計 $\hat{P}_{i1}, \hat{P}_{i2}, \hat{P}_{i3}$ 可以表示為

$$\hat{P}_{i1} = \Pr(\varepsilon_i \leq \hat{\delta}_1 - \hat{Z}_i) = F(\hat{\delta}_1 - \hat{Z}_i)$$

$$\hat{P}_{i2} = \Pr(\hat{\delta}_1 - \hat{Z}_i \leq \varepsilon_i \leq \hat{\delta}_2 - \hat{Z}_i) = F(\hat{\delta}_2 - \hat{Z}_i) - F(\hat{\delta}_1 - \hat{Z}_i)$$

$$\hat{P}_{i3} = \Pr(\varepsilon_i \geq \hat{\delta}_2 - \hat{Z}_i) = 1 - F(\hat{\delta}_2 - \hat{Z}_i)$$

如果影響有多個類別，同理，需要估計多個「臨界」值。

（2）變量與模型

根據研究需要，選取的變量有：

被解釋變量：

報導傾向：取值 1 為正面傾向，2 為中性傾向，3 為負面傾向。

解釋變量：

Paper（報紙類型），取值 1 至 4；

Frame（報導框架），取值 1 至 8；

Topic（報導議題），取值 1 至 6；

Fromchina，發稿地是中國時取值為 1，其他為 0；

Chinamedia，稿件來源為中國媒體時取值為 1，其他為 0；

Chinaofficial，消息來源為中國官方時取值為 1，其他為 0；

Dalai，消息來源為達賴集團時取值為 1，其他為 0。

模型為：

$$Z_i = \beta_1 paper_i + \beta_2 frame_i + \beta_3 topic_i + \beta_4 fromchina_i + \beta_5 chinamedia_i + \beta_6 chinaofficial_i + \beta_7 dalai_i$$

模型中不含參數項目，因為它們包含在 δ_1 和 δ_2 中，則：

$$P(y_i = 1) = F(\delta_1 - Z_i)$$

$$P(y_i = 2) = F(\delta_2 - Z_i) - F(\delta_1 - Z_i)$$

$$P(y_i = 3) = 1 - F(\delta_2 - Z_i)$$

（3）邊際效應

連續變量的邊際效應可以直接由估計得到的概率函數求導得到，而虛擬
變量的邊際作用可以通過比較虛擬變量取各值時的概率得到，且這種比較要
在其他變量的值保持不變的情況下進行。

（4）模型檢驗

可以使用似然比指數對多類別選擇模型的擬合優度進行檢驗。

似然比指標的計算公式如下：

$$R^2_{Pseudo} = 1 - \frac{\ln L}{\ln L_0}$$

3. 實證結果與分析

在 STATA 軟件中進行次序 Logit 模型分析，結果如下表：

表 3-11　模型結果

變量名	系數	方差	P 值
報紙類型	0.5724	0.0672	0.000
報導框架	-0.3484	0.0265	0.000
報導議題	0.0352	0.0481	0.465
發稿地（中國）	0.7482	0.1453	0.000
稿件來源（中國媒體）	-0.6087	0.2372	0.010
消息來源（中國官方）	-0.8149	0.1469	0.000
消息來源（達賴集團）	0.9976	0.1784	0.000

R^2_{Pseudo} =0.2490 δ_1=-.9533822、δ_2=1.27703

R^2_{Pseudo} =0.2490。根據以往的研究，這個數字在合理的範圍，說明模型有效。

（1）假設 1 認為，報紙的類型對報導傾向有影響。模型結果顯示，P 值 < 0.05，表明報紙的類型確實對報導傾向有影響。

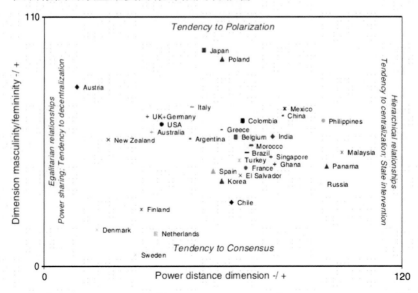

圖 3-3　國家文化差異圖

　　社會結構的方式是以文化價值觀為基礎的。許多持久的社會差異影響了傳媒體制，這可以用荷蘭社會心理學家霍夫斯泰德的兩個維度來解釋，如圖3-3。一個維度是權力距離，用以區分等級關係和平等關係，其中包括集權傾向和分權傾向。另一個維度是文化的陽剛化和陰柔化，用以區分極化傾向和一致傾向。並非所有的國家都完全適合這個模型，因為每個國家都有自己獨特的歷史背景。不過，這個定位圖可以幫助我們看清楚許多國家的差異性和相似性。〔註15〕

　　根據這個定位圖，可以看出，英國和美國這兩個國家在權力距離度、陽剛文化／陰柔文化兩個維度中高度一致，與中國和印度有著較大的區別。

表 3-12　阿特休爾關於新聞媒介的「三種理論」

	市場經濟世界	馬克思主義世界	進步中世界
新聞事業的目的	追求真理；盡社會責任；以非政治方式進行告知（或教育）；公正地為人民服務，並擁護資本主義學說；作為監督政府的工具。	尋求真理；盡社會責任；（以政治方式）教育人民並爭取盟友；通過要求維護社會學說而為人民服務；統一觀點，改變行為。	服務於真理；盡社會責任；（以政治方式）進行教育；通過尋求與政府合作為人民服務，為各種有益的目的進行變革；作為爭取和平的工具。
新聞事業的信條	新聞媒介不受外界干涉；為人民的知曉權服務；力求獲得真理並反映真理；公正、客觀地進行報導。	新聞媒介改變錯誤的意識，並教育工人使之具有階級覺悟；滿足人民的客觀需求；促進實際變革；客觀報導事物的現實。	新聞媒介是一支聯合力量，而不是一支破壞力量；是有益於社會變革的工具；是社會公正的工具；旨在用來溝通記者與讀者之間的雙向交流。
新聞自由的不同觀點	新聞自由意味著新聞記者不受外界控制；是指新聞媒介不屈從於權力，不受權力操縱；不需要國家新	新聞自由意味著全體人民的意見得以發表，不僅僅是富者的意見；必須反對壓迫；需要一項國家性的新聞政策，以便保證新聞自	新聞自由意味著新聞工作者的心靈自由；其重要性次於國家存亡之重要性；需要一項國家性的新聞政策來對自由提供合法保障。

〔註15〕de Mooij M. Mass Media, Journalism, Society, and Culture. Human and Mediated Communication around the World. Springer International Publishing, 2014: 309～353.

	聞政策來保證。	由採取正確的形式。	

　　因此，整體上看，英國媒體與美國媒體受到相同的影響，媒體可以歸為一種類型。而印度和中國的媒體由於自身所處社會大環境不同，媒體類型有著一定差別。

　　三名美國新聞傳播學者的著作《報刊的四種理論》，將不同國家的大眾傳媒模式歸納為四種。《報刊的四種理論》討論了不同的社會政治制度對新聞媒介的控制和新聞自由的問題，在全球範圍內引起了熱烈討論和爭議。

　　在此基礎上，1984 年，美國傳播批判學者阿特休爾提出「三種理論」：馬克思主義計劃經濟模式、資本主義市場經濟模式和第三世界國家模式。具體見表 3-14。〔註 16〕

　　根據阿特休爾提出的「三種理論」來看，這四種報紙，正好涵蓋了三種類型，其中，《紐約時報》和《泰晤士報》為市場經濟世界的媒體，《人民日報》為馬克思主義世界的媒體，《印度教徒報》為第三世界的媒體。

　　如上文所述，四家報紙中，除了《紐約時報》和《泰晤士報》兩家報紙涉藏報導的傾向高度一致之外，四家報紙兩兩之間，在報導傾向上都有顯著差異。這說明報紙不同的類型，的確對於報導的傾向有影響。同時，也在一定程度上印證了霍夫斯泰德兩個維度模型的可靠性和阿特休爾「三種理論」的實用性。

　　值得注意的是，從報紙類型對報導傾向的邊際影響來看（見表 3-15），《人民日報》的涉藏報導更加傾向於正面和中性報導，《紐約時報》傾向於中性報導，而《泰晤士報》和《印度教徒報》更加傾向於中性和負面報導。

表 3-13　報紙類型對報導傾向的邊際影響

邊際取值	模型中各報紙正面傾向概率的均值	模型中各報紙中性傾向概率的均值	模型中各報紙負面傾向概率的均值
原始數據	0.3349	0.3384	0.3267
假設報紙全為《人民日報》	0.4175	0.3701	0.2125
假設報紙全為《紐約時報》	0.3221	0.3814	0.2965
假設報紙全為《泰晤士報》	0.2364	0.3717	0.3919

〔註 16〕展江，王曉笛：《從「四種理論」到「去西方化理論」——比較媒介研究的演進》，載《上海大學學報（社會科學版）》，2008（4），58～73 頁。

假設報紙全為《印度教徒報》	0.1642	0.3432	0.4926

　　至於為什麼報紙的類型不同，會影響到其涉藏報導的傾向，後文將展開進一步分析。

　　（2）假設 2 認為，報導框架對報導傾向有影響。模型結果顯示，P 值 < 0.05，表明假設成立，報導框架對報導傾向有影響。在之前有關媒介框架的研究中，直接對於報導框架與報導傾向二者關係開展的研究不多。事實上，對於一個事件，是否報導，採用何種框架報導，往往背後就隱藏了媒體的傾向。

　　比如，恩特曼曾經對兩起空難報導進行了框架分析。造成這兩起空難的「元兇」分別是前蘇聯和美國；發生時間一個在 1983 年，另外一個在 1988 年；事件分別為前蘇聯擊落一架韓國客機，美國擊落一架伊朗客機；前者 296 人遇難，後者 290 人遇難。

表 3-14　報導框架對報導傾向的邊際影響

邊際取值	模型中各報紙正向報導概率的均值	模型中各報紙中性報導概率的均值	模型中各報紙負向報導概率的均值
原始數據	0.3349	0.3384	0.3267
假設框架全部等於 1	0.1585	0.3893	0.4522
假設框架全部等於 2	0.2035	0.4131	0.3834
假設框架全部等於 3	0.2562	0.4255	0.3183
假設框架全部等於 4	0.3156	0.4257	0.2587
假設框架全部等於 5	0.3806	0.4135	0.2060
假設框架全部等於 6	0.4493	0.3900	0.1608
假設框架全部等於 7	0.5196	0.3572	0.1232
假設框架全部等於 8	0.5893	0.3178	0.0923

　　恩特曼對美國主要報紙的報導進行了分析，發現對這兩次事件的報導有完全不同的新聞框架。前者突出韓國人的無辜受難和前蘇聯在道義上應承擔的責任，後者則強調地區的複雜局勢和無法克服的技術「瓶頸」，淡化了伊朗民眾的反應，並且在美國應承擔的道義責任上含糊其辭。〔註16〕

〔註16〕史安斌，周慶安：《新聞構架、符碼與製造同意的藝術──美國媒體「十六大」報導綜合分析》，載《國際新聞界》，2003（2），13 頁。

　　儘管兩起空難極其相似，但是，美國媒體通過不同的框架，對前蘇聯進行了指責，而對美國的行為進行了開脫。不同的框架，影響到了不同的報導傾向。

　　對於發生在藏區的系列自焚事件，四家報紙進行了數量不一的報導。《紐約時報》和《泰晤士報》的報導數量很多，往往傾向於採用衝突框架，強調藏族人與漢族人、藏族人與中國官方之間的衝突，衝突的原因是藏族人對中國「統治」以及漢族人移民到藏區「搶走」了就業、商業機會不滿意，為了爭取宗教自由，保護自己的文化而進行抗爭。《人民日報》對於自焚事件的報導數量很少，一旦報導則往往採用責任框架，指出這些事件背後受到達賴集團的支持和煽動，目的是追求「西藏獨立」，將造成自焚的原因歸責為達賴集團。

　　顯然，《紐約時報》和《泰晤士報》的衝突框架，使得中國政府的形象比較負面。而《人民日報》的責任框架，為自己做了辯護，使得達賴集團的形象比較負面。

　　從表 3-16 可見，如果報紙在報導中採取衝突框架或者人類興趣框架，則報導傾向偏於中性和負面；採取經濟後果框架或者道德框架，則報導傾向偏於中性；採取責任框架、和諧框架或者發展框架，報導傾向偏於正面和中性；採取框架為其他（或者無法辨識），報導傾向偏於正面。

　　（3）假設 3，報導議題對報導傾向有影響。模型結果顯示，P 值 ＞ 0.05，假設不成立。這或許是因為，如果媒體自身的傾向足夠強的話，不管是什麼樣的議題，都難以影響其固有的傾向。以《人民日報》的涉藏報導為例，不管任何議題，其報導傾向都始終為正面或者中性，沒有負面傾向的報導。而對於《紐約時報》和《泰晤士報》，涉藏的各類議題，都多採用負面傾向。

　　（4）假設 4，發稿地點為中國對報導傾向有影響。模型結果顯示，P 值 ＜ 0.05，表明假設成立，發稿地點為中國對報導傾向有影響。

　　一般情況，大家認為記者越深入現場，越能瞭解到真實情況，有助於克服刻板印象，報導也就更加客觀。〔註17〕從表 3-17 來看，當發稿地點位於中國時，正面傾向的比例 36.4%，大於發稿地點不在中國的比例 32.0%。也就是說，當發稿地點在中國境內時，報導立場更加傾向於正面。

　　不過，皮爾遜卡方檢驗發現，Pearson chi2（2）＝ 2.5579，Pr ＝ 0.278 ＞ 0.05，

〔註17〕周宏剛：《印度英文主流報紙的中國形象研究》，31 頁，華中科技大學博士論文，2013。

說明發稿地點是否在中國境內，報導傾向上並沒有顯著差別。

　　出現這種情況的原因，可能主要在於有 32.9% 的報導，即 338 篇報導沒有標明發稿地點，其中，《人民日報》就有 162 篇。在進行統計分析時，只是把地點明確在中國境內的報導確定為「中國」，而把在其他所有報導，包括發稿地點在英國、美國和印度以及沒有標出發稿地點的報導（至少近一半應該為中國）都確定為「非中國」，因此，最終統計結果顯示不顯著。

表 3-15　報導傾向與發稿地點交叉表

傾向	非中國		中國		總計	
正面	193	32.0%	154	36.4%	347	33.8%
中性	210	34.8%	131	31.0%	341	33.2%
負面	200	33.1%	138	32.6%	338	32.9%
合計	603	100%	423	100%	1026	100%

　　假設 5：稿件來源為中國媒體對報導傾向有影響。模型結果顯示，P 值 < 0.05，表明假設成立，稿件來源為中國媒體對報導傾向有影響。四家報紙採用中國媒體的報導數量為 116 篇，其中《人民日報》就有 115 篇，這些稿件實際上都是出自新華社。

　　從表 3-18 可見，當《人民日報》採用中國媒體（新華社）稿件時，報導傾向為正面的比例比《人民日報》自己採訪報導時正面傾向比例低了近 20%，中性傾向則高出了 20%。皮爾遜卡方檢驗發現，Pearson chi2（1）= 17.2484，Pr = 0.000，表明《人民日報》自己採訪報導和採用中國媒體（新華社）報導時，在報導傾向上有顯著的差別。

表 3-16　傾向與稿件來源為中國媒體交叉表（《人民日報》）

傾向	自行採訪		中國媒體		總計	
正面	232	81.4%	71	61.7%	303	75.8%
中性	53	18.6%	44	38.3%	97	24.2%
合計	285	100%	115	100%	400	100%

　　這或許是因為，新華社作為國家級通訊社，其稿件的「落腳點」是面向全國各種類型的媒體，因此在進行涉藏報導時，其傾向相對《人民日報》而言更加中立。

　　假設 6：消息來源為中國官方對報導傾向有影響。模型結果顯示，P 值 < 0.05，表明假設成立，消息來源為中國官方對報導傾向有影響。從表 3-19 可見，當消息來源為中國官方時，報導傾向集中在正向和中性，與消息來源為非中國官方時，報導傾向相對均勻分布相比較，直觀上存在差別，經皮爾遜卡方檢驗時發現，Pearson chi2（2）= 79.722，Pr = 0.000，表明在統計學上具有顯著差別。

表 3-17　報導傾向與消息來源（中國官方）交叉表

報導傾向		中國官方		合計
		0	1	
正面	計數	145	202	347
	報導傾向中的%	41.8%	58.2%	100.0%
	信源 1 中的%	23.3%	50.1%	33.8%
中性	計數	234	107	341
	報導傾向中的%	68.6%	31.4%	100.0%
	信源 1 中的%	37.6%	26.6%	33.2%
負面	計數	244	94	338
	報導傾向中的%	72.2%	27.8%	100.0%
	信源 1 中的%	39.2%	23.3%	32.9%
合計	計數	623	623	403
	報導傾向中的%	60.7%	60.7%	39.3%
	信源 1 中的%	100.0%	100.0%	100.0%

　　正如前文所述，新聞媒介具有「賦權」功能，事件中的利益相關者一般都會希望使自己成為消息來源，通過獲取話語權使得對新聞的解讀符合自己的利益。在涉藏事件中，中國官方的表態，毫無疑問會出於官方利益的考慮，呈現出正面或者至少是中性的傾向。

　　假設 7：消息來源為達賴集團對報導傾向有影響。模型結果顯示，P 值 < 0.05，表明假設成立，消息來源為達賴集團對報導傾向有影響。從表 3-20 可見，當消息來源為達賴集團時，報導傾向以負面為主的比例（64.9%）高達六成以上，直觀感覺與消息來源為非達賴集團時的報導傾向迥異。經皮爾遜卡方檢驗時發現，Pearson chi2（2）= 147.423，Pr = 0.000，這種差異的確具有統

計學意義。

表 3-18　報導傾向與消息來源（達賴集團）交叉表

報導傾向		達賴集團		合計
		0	1	
正面	計數	339	8	347
	報導傾向中的%	97.7%	2.3%	100.0%
	信源 2 中的%	41.3%	3.9%	33.8%
中性	計數	277	64	341
	報導傾向中的%	81.2%	18.8%	100.0%
	信源 2 中的%	33.7%	31.2%	33.2%
負面	計數	205	133	338
	報導傾向中的%	60.7%	39.3%	100.0%
	信源 2 中的%	25.0%	64.9%	32.9%
合計	計數	821	205	1026
	報導傾向中的%	80.0%	20.0%	100.0%
	信源 2 中的%	100.0%	100.0%	100.0%

卡方檢驗			
	值	df	漸進 sig.（雙側）
Pearson 卡方	147.423a	2	.000
似然比	167.726	2	.000
有效案例中的 N	1026		
a. 0 單元格（.0%）的期望計數少於 5。最小期望計數為 67.53。			

　　在諸多藏區突發事件中，達賴集團與中國官方為對立的雙方。突發事件之後，達賴集團往往指責，中國官方不是在「壓制」藏人，就是在「滅絕」藏族文化，破壞藏區生態環境。即便不是突發事件，從達賴集團的角度來看，往往也是「罪」在中國官方。以達賴集團為消息來源，媒體的報導傾向必然

會以負面為主。

小結

報導數量是反映媒體對某一話題或者事件重視程度的一個關鍵性指標。在三家外報中，《紐約時報》最為重視涉藏報導，《印度教徒報》次之，最後為《泰晤士報》。

《人民日報》《紐約時報》的涉藏報導在數量上有逐年緩步上升的趨勢，《泰晤士報》和《印度教徒報》相對平穩。總體上看，四份報紙的涉藏報導相對平穩，一旦遇到突發事件，報導數量則急劇增多。四家報紙的涉藏報導受到焦點事件驅動，其中《紐約時報》和《泰晤士報》更加容易受到衝突性焦點事件的影響。

從月份分布來看，四種報紙的報導數量，除了三月和四月之外，分布比較均衡。四家報紙三月和四月的涉藏報導數量明顯高於其他月份。這是由於在三月份，中國官方、達賴集團及其支持者歷年都會採取相應的紀念活動。這些活動或者事件，相對更加容易引起媒體的關注和報導。由於報紙具有一定的滯後性，其中一些報導在四月份才見報。

四家報紙兩兩之間在發稿地點方面存在顯著差異。共同特點為：首先，北京是這四家報紙非常重要的發稿地點。其次，除了《印度教徒報》，沒有標明發稿地點的情況居於三家報紙發稿地點的首位。其中，《泰晤士報》這種情況超過一半以上。第三，四家報紙以各自國內為發稿地的稿件數量都占到了較為顯著的比例。最後，除了《人民日報》以藏區為發稿地點的稿件數量較多之外，三份外國報紙，以藏區為發稿地點的稿件數量比例都比較偏低。部分原因或許在於事件突發後，外報記者無法及時趕到現場，或者由於採訪受到限制，無法進入藏區。

和報導數量一樣，報導篇幅也是新聞框架機制中的一個重要方面。報導篇幅的大小，體現出媒體對新聞事件賦予不同的顯著性和重要性。四家報紙涉藏報導在報導篇幅上，存在顯著差異。從樣本的分布來看，《人民日報》的報導篇幅樣本分布最為均勻，三家外報涉藏報導的篇幅明顯呈現出「金字塔式」的特點，即將報導樣本分為四層，層級越往上數量越小。綜合報導數量和篇幅來考慮，三家外國報紙中，《紐約時報》對涉藏報導的重視程度最

高。

　　從報導區域總體上看，整個藏區中，西藏自治區是四家報紙最為關注的區域。對西藏自治區的報導數量，占到四家報紙涉藏報導的一半。從五省藏區人口數量的角度來看，四家報紙的涉藏報導在報導區域上存在不平衡。

　　在稿件來源方面，三家國外報紙的涉藏報導絕大多數都是來源於報社自行採集。《人民日報》涉藏報導中來自「中國媒體」（新華社）的比例（28.8%）很高，幾乎占到涉藏報導總量的三成。這充分體現了我國媒體的一大特色，即在重大、突發事件當中，往往要採用新華社發的通稿。同時，這也在一個側面反映出涉藏事件在我國具有重要的地位。

　　在眾多議題當中，政治、社會和文化議題在數量上有明顯優勢，是涉藏報導的主流議題。總的說來，與涉藏議題報導傾向的分布相比，經濟類議題、文化類議題的報導傾向相對偏向正面；軍事和科技類議題的報導傾向偏向中性；社會類議題的報導傾向偏向於負面；政治類議題的報導傾向分布比較均勻。

　　不同的報導框架，將讀者的注意力導向了不同的關注點，最終，往往影響到讀者對藏區形象感知。《人民日報》採用和諧框架（11.0%）與發展框架（49.3%）的樣本，佔了總量的六成；《紐約時報》與《泰晤士報》採用衝突框架的樣本也分別占其涉藏報導總量的六成左右；《印度教徒報》採用衝突框架的樣本（42.7%）占其涉藏報導總量的四成左右。四家報紙涉藏報導中採用的報導框架，在一定程度上以小見大，體現出中外媒體新聞觀的不同，即：中國媒體更加重視和諧，而國外媒體重視衝突。

　　消息來源也是建構新聞框架的重要因素。中國官方在四家報紙涉藏報導的消息來源中，具有舉足輕重的地位。達賴集團在三家外國報紙的消息來源中，佔據了顯要的位置。在涉藏報導的消息來源上，《紐約時報》和《泰晤士報》存在著嚴重的偏向。

　　在四家報紙涉藏報導的報導傾向中，正面、中性和負面，各自占到1／3的比例。其中，《人民日報》涉藏報導的傾向明顯偏於正面；《紐約時報》《泰晤士報》在報導傾向方面比較一致，偏於負面；《印度教徒報》比較中立。

　　分析發現，報紙類型、報導框架、稿件來源為中國媒體、消息來源為中

國官方、消息來源為達賴集團對報導傾向有影響；報導議題、發稿地點為中國對報導傾向沒有影響。

表 3-19　字數、報導議題與報紙編號交叉製表

報紙字數			報導議題						合計
			政治	經濟	文化	社會	軍事	科技	
1	1	計數	26	4	24	11	0	0	65
		字數中的%	40.0%	6.2%	36.9%	16.9%	0.0%	0.0%	100.0%
		比例	14.0%	10.5%	27.3%	14.3%	0.0%	0.0%	16.3%
	2	計數	55	19	25	19	0	2	120
		字數中的%	45.8%	15.8%	20.8%	15.8%	0.0%	1.7%	100.0%
		比例	29.6%	50.0%	28.4%	24.7%	0.0%	33.3%	30.0%
	3	計數	41	8	18	17	0	1	85
		字數中的%	48.2%	9.4%	21.2%	20.0%	0.0%	1.2%	100.0%
		比例	22.0%	21.1%	20.5%	22.1%	0.0%	16.7%	21.3%
	4	計數	64	7	21	30	5	3	130
		字數中的%	49.2%	5.4%	16.2%	23.1%	3.8%	2.3%	100.0%
		比例	34.4%	18.4%	23.9%	39.0%	100.0%	50.0%	32.5%
	合計	計數	186	38	88	77	5	6	400
		字數中的%	46.5%	9.5%	22.0%	19.3%	1.3%	1.5%	100.0%
		比例	100.0%	100.0%	100.0%	100.0%	100.0%	100.0%	100.0%
2	1	計數	33	1	15	79	0	1	129
		字數中的%	25.6%	0.8%	11.6%	61.2%	0.0%	.8%	100.0%
		比例	35.1%	20.0%	34.9%	42.2%	0.0%	100.0%	39.1%
	2	計數	33	2	8	53	0	0	96
		字數中的%	34.4%	2.1%	8.3%	55.2%	0.0%	0.0%	100.0%
		比例	35.1%	40.0%	18.6%	28.3%	0.0%	0.0%	29.1%
	3	計數	12	1	16	35	0	0	64
		字數中的%	18.8%	1.6%	25.0%	54.7%	0.0%	0.0%	100.0%
		比例	12.8%	20.0%	37.2%	18.7%	0.0%	0.0%	19.4%
	4	計數	16	1	4	20	0	0	41
		字數中的%	39.0%	2.4%	9.8%	48.8%	0.0%	0.0%	100.0%
		比例	17.0%	20.0%	9.3%	10.7%	0.0%	0.0%	12.4%

合計		計數	94	5	43	187	0	1	330
		字數中的%	28.5%	1.5%	13.0%	56.7%	0.0%	0.3%	100.0%
		比例	100.0%	100.0%	100.0%	100.0%	0.0%	100.0%	100.0%
3	1	計數	22	4	16	24	1	0	67
		字數中的%	32.8%	6.0%	23.9%	35.8%	1.5%	.0%	100.0%
		比例	44.0%	100.0%	64.0%	57.1%	50.0%	.0%	53.6%
	2	計數	20	0	8	12	1	2	43
		字數中的%	46.5%	.0%	18.6%	27.9%	2.3%	4.7%	100.0%
		比例	40.0%	.0%	32.0%	28.6%	50.0%	100.0%	34.4%
	3	計數	6	0	0	5	0	0	11
		字數中的%	54.5%	.0%	.0%	45.5%	0.0%	0.0%	100.0%
		比例	12.0%	.0%	.0%	11.9%	0.0%	0.0%	8.8%
	4	計數	2	0	1	1	0	0	4
		字數中的%	50.0%	.0%	25.0%	25.0%	0.0%	0.0%	100.0%
		比例	4.0%	.0%	4.0%	2.4%	0.0%	0.0%	3.2%
合計		計數	50	4	25	42	2	2	125
		字數中的%	40.0%	3.2%	20.0%	33.6%	1.6%	1.6%	100.0%
		比例	100.0%	100.0%	100.0%	100.0%	100.0%	100.0%	100.0%
4	1	計數	46	5	18	28	8	0	105
		字數中的%	43.8%	4.8%	17.1%	26.7%	7.6%	0.0%	100.0%
		比例	62.2%	50.0%	58.1%	60.9%	88.9%	0.0%	61.4%
	2	計數	16	4	12	13	1	1	47
		字數中的%	34.0%	8.5%	25.5%	27.7%	2.1%	2.1%	100.0%
		比例	21.6%	40.0%	38.7%	28.3%	11.1%	100.0%	27.5%
	3	計數	4	1	1	5	0	0	11
		字數中的%	36.4%	9.1%	9.1%	45.5%	0.0%	0.0%	100.0%
		比例	5.4%	10.0%	3.2%	10.9%	0.0%	0.0%	6.4%
	4	計數	8	0	0	0	0	0	8
		字數中的%	100.0%	0.0%	0.0%	0.0%	0.0%	0.0%	100.0%
		比例	10.8%	0.0%	0.0%	0.0%	0.0%	0.0%	4.7%
合計		計數	74	10	31	46	9	1	171

字數中的% 比例	43.3% 100.0%	5.8% 100.0%	18.1% 100.0%	26.9% 100.0%	5.3% 100.0%	0.6% 100.0%	100.0% 100.0%

表3-20　報紙與消息來源交叉表

	信源 1	信源 2	信源 3	信源 4	信源 5	信源 6	信源 7	信源 8
人民日報	233	7	3	0	0	15	40	2
百分比	43.31%	1.30%	0.56%	0.00%	0.00%	2.79%	7.43%	0.37%
紐約時報	79	115	19	2	12	14	18	50
百分比	9.85%	14.34%	2.37%	0.25%	1.50%	1.75%	2.24%	6.23%
泰晤士報	36	34	5	6	0	1	1	6
百分比	17.48%	16.50%	2.43%	2.91%	0.00%	0.49%	0.49%	2.91%
印度教徒報	55	49	5	1	41	9	4	4
百分比	20.45%	18.22%	1.86%	0.37%	15.24%	3.35%	1.49%	1.49%

	信源 9	信源 10	信源 11	信源 12	信源 13	信源 14	信源 15	信源 16
人民日報	10	2	2	1	8	36	7	0
百分比	1.86%	0.37%	0.37%	0.19%	1.49%	6.69%	1.30%	0.00%
紐約時報	102	78	11	7	6	40	60	2
百分比	12.72%	9.73%	1.37%	0.87%	0.75%	4.99%	7.48%	0.25%
泰晤士報	14	6	1	0	0	2	4	15
百分比	6.80%	2.91%	0.49%	0.00%	0.00%	0.97%	1.94%	7.28%
印度教徒報	22	1	0	1	0	7	1	0
百分比	8.18%	0.37%	0.00%	0.37%	0.00%	2.60%	0.37%	0.00%

	信源17	信源 18	信源 19	信源 20	信源 21	信源 22	信源 23	總和
人民日報	0	3	70	1	20	0	78	538
百分比	0.00%	0.56%	13.01%	0.19%	3.72%	0.00%	14.50%	100.00%
紐約時報	6	6	71	29	25	8	42	802
百分比	0.75%	0.75%	8.85%	3.62%	3.12%	1.00%	5.24%	100.00%
泰晤士報	1	0	20	3	5	0	46	206
百分比	0.49%	0.00%	9.71%	1.46%	2.43%	0.00%	22.33%	100.00%
印度教徒報	9	0	13	12	2	0	33	269
百分比	3.35%	0.00%	4.83%	4.46%	0.74%	0.00%	12.27%	100.00%

第四章　動態分析：涉藏報導議題、傾向和框架的變化

　　本章加入時間維度，主要分析幾家報紙的報導議題、報導傾向及報導框架隨著時間發展而發生變化的規律。

　　對於計量資料不滿足正態分布要求或方差不齊性，但樣本資料之間是獨立抽取的，可以應用秩和檢驗方法，檢驗兩組資料是否來自同一總體。本書將報導議題、報導傾向與報導框架每年的數據看成一次抽樣，考察它們的分布在年度之間是否變化。如果變化，則說明報導議題、報導傾向、報導框架隨時間變化。

　　秩和檢驗對資料分布沒有特殊要求，即不考慮總體分布類型是否已知，不用比較總體參數，可用於對樣本數據的等級程度、大小順序等進行比較。

　　根本研究需要，本書採用用於兩樣本比較的 Wilcoxon 秩和檢驗以及用於多樣本比較的 Kruskal-Wallis 檢驗（以下簡稱 KW 檢驗）。

一、四家報紙涉藏報導議題、報導傾向和報導框架的變化

表 4-1　四家報紙（2003～2013）涉藏報導議題、報導傾向、報導框架變化表

	Wilcoxon 秩和檢驗										KW 檢驗
	2003 2004	2004 2005	2005 2006	2006 2007	2007 2008	2008 2009	2009 2010	2010 2011	2011 2012	2012 2013	整體
1	0.5792	0.8209	0.3997	0.3285	0.0011	0.7173	0.2125	0.2290	0.0005	0.4981	0.0001
2	0.0509	0.0006	0.8528	0.3882	0.0158	0.0713	0.2271	0.0034	0.0000	0.1968	0.0001
3	0.0790	0.0687	0.7715	0.3679	0.0000	0.0010	0.7569	0.0545	0.0000	0.0012	0.0001

（1 為報導議題；2 為報導傾向；3 為報導框架。以下同。）

　　從上表（4-1）可見，KW 檢驗發現，整體上看，四家報紙在 2003～2013 年期間，報導議題、報導傾向與報導框架都有顯著變化（P 值小於 0.05）。

　　Wilcoxon 秩和檢驗發現，2007 與 2008 年、2011 年與 2012 年，四家報紙在報導議題、報導傾向與報導框架上有顯著變化。此外，個別年份之間在報導傾向、報導框架上也存在顯著變化。

（一）四家報紙涉藏報導議題的分布與變化

1. 報導議題分布及整體變化概況

　　從表 4-2 及圖 4-1 可見，在 2003 年到 2013 年，四家報紙的涉藏報導議題有一定的變化規律：

　　第一，政治類、文化類議題和社會類議題一直是四家報紙涉藏報導的主要議題。2008 年以來，這幾類議題所佔比例波動較大。近年來，政治類、文化類議題比重有所下降，社會類議題比重上升，並逐漸佔據主導地位，成為最重要的議題；

　　第二，經濟、科技和軍事議題長期都是四家報紙涉藏報導的次要議題，所佔比例波動很小，一直維持在較低的水平。

（1）政治類議題

　　整體上看，政治類議題所佔比例（39.4%）接近四成，為四家報紙最為關注的議題。不過，近年來，其重要性逐漸有所降低。

　　從 2003 年到 2005 年，政治類議題一直是四家報紙整體上最為重要的議題，所佔比例在 1／3 以上。

　　2006 和 2007 年，其所佔比重有所下降，尤其是在 2007 年，比例為 22.8%，首次在各項議題中，不再排名第一。

　　2008 年，這一狀況得到轉變。其所佔比例大幅度上升，達到 47.9%，再次成為最重要的議題。政治類議題保持第一的局面，一直持續到 2011 年。

　　從 2012 年起到 2013 年，政治類議題所佔比例連續較大幅度下降。2011 年，政治類議題占各議題的比例接近五成，2012 年這一比例下降到 1／3 左右，2013 年則跌到兩成以下。

　　政治類議題的報導數量逐漸減少，原因或許有兩點：一是「3.14」事件過去幾年後，藏區能引起媒體關注的各種官方活動有所減少；二是媒體更加關注藏區人民群眾的生活狀況。

（2）社會類議題

社會類議題（34.3%）以超過 1／3 的比例，僅次於政治類議題，排在第二位。近年來，其地位顯著上升，成為四家報紙最為關注的議題。

2003 年和 2004 年，社會類議題都排在第二位。2005 年和 2006 年，其所佔比例有所下降，排在了第三位。

從 2007 年起，社會類議題的比例上升到 36.8%，排名第一位。此後連續幾年（2008～2011），都排名第二位。2012 年起，社會類議題顯著增多，比例上升到五成以上，成為四家報紙整體上最關注的議題。

表 4-2　發表年份與報導議題交叉製表

發表年份		報導議題						合計
		政治	經濟	文化	社會	軍事	科技	
2003	計數	18	8	13	13	0	0	52
	比例	34.6%	15.4%	25.0%	25.0%	0.0%	0.0%	100.0%
2004	計數	16	3	12	13	0	1	45
	比例	35.6%	6.7%	26.7%	28.9%	0.0%	2.2%	100.0%
2005	計數	19	4	14	11	0	3	51
	比例	37.3%	7.8%	27.5%	21.6%	0.0%	5.9%	100.0%
2006	計數	17	9	17	14	2	4	63
	比例	27.0%	14.3%	27.0%	22.2%	3.2%	6.3%	100.0%
2007	計數	13	2	19	21	2	0	57
	比例	22.8%	3.5%	33.3%	36.8%	3.5%	0.0%	100.0%
2008	計數	126	14	47	76	0	0	263
	比例	47.9%	5.3%	17.9%	28.9%	0.0%	0.0%	100.0%
2009	計數	61	5	16	40	2	0	124
	比例	49.2%	4.0%	12.9%	32.3%	1.6%	0.0%	100.0%
2010	計數	36	3	13	34	2	0	88
	比例	40.9%	3.4%	14.8%	38.6%	2.3%	0.0%	100.0%
2011	計數	48	4	19	31	1	0	103
	比例	46.6%	3.9%	18.4%	30.1%	1.0%	0.0%	100.0%
2012	計數	36	2	6	59	6	0	109
	比例	33.0%	1.8%	5.5%	54.1%	5.5%	0.0%	100.0%
2013	計數	14	3	11	40	1	2	71
	比例	19.7%	4.2%	15.5%	56.3%	1.4%	2.8%	100.0%
合計	計數	404	57	187	352	16	10	1026
	比例	39.4%	5.6%	18.2%	34.3%	1.6%	1.0%	100.0%

社會類議題主要包括社會治安、群眾生產生活、生態環境等方面，與藏區群眾的生活有著最為直接的關聯。自從 2009 年 2 月，四川藏區發生第一起藏人自焚事件之後，國內外頻繁發生的社會治安事件——藏人自焚事件長期以來受到國外報紙，尤其是《紐約時報》和《泰晤士報》的關注。同時，「3.14」事件之後，藏族人民群眾的生產生活狀況如何，也是大家關注的焦點。此外，由於青藏高原海拔高，植被生長週期長，再生能力差，藏區的生態環境十分脆弱。〔註 1〕藏區的生態環境也一直為這幾家報紙所重點關注。

政治類議題與社會類議題此消彼長。因此，社會類議題從 2012 年起，取代政治類議題，成為四家報紙最為關注的議題。如前文所述，四家報紙（實際上主要是三家國外報紙）在社會類議題的報導傾向上，整體上更加偏向負面。因此，社會類議題數量的持續上升，會導致涉藏輿論出現惡化的狀況。

（3）文化類議題

文化類議題所佔比例為 18.2%，在四家報紙涉藏議題中排名第三。從 2008 年開始，其所佔比例不斷降低，整體上表現為地位不斷下降的趨勢。

從 2003 年到 2007 年，文化類議題所佔比例都在 1／4 以上，排名在第一到第三之間波動。從 2008 年開始，其比例長期在兩成以下，最低時僅為 5.5%，所佔比例持續下降趨勢明顯。

文化是「人類群體或社會的共享成果，這些共有產物不僅僅包括價值觀、語言、知識，而且包括物質對象。」〔註 2〕藏族的文化，既包括藏民族的生活習慣、宗教信仰、思維方式、價值觀念和世界觀，也包括藏民的飲食、服飾、建築以及他們特有的語言、文字、藝術等。〔註 3〕

歷史悠久的藏文化是人類文化中的一枚奇葩，同時也是中華文化的重要組成部分。在全球化、工業化和商業化的衝擊下，人類社會面臨著各種問題，人們產生了很多困惑。在這種大背景下，大家開始注重尋求精神的歸宿。藏族傳統文化中的和諧色彩與溫馨的氣氛，佛教中提倡的清心寡欲，與世無爭，知足常樂的文化氛圍，無疑對世人來說有很大的吸引力，藏文化由此成了人

〔註 1〕劉峰貴：《中國藏區區域劃分的若干問題》，載《青海民族學院學報》，2000（3），122 頁。
〔註 2〕〔美〕波普諾：《我們身處的世界：波普諾社會學》，李強等譯，58 頁，北京，中國人民大學出版社，2014。
〔註 3〕徐世芳：《略談對藏族文化、傳統及藏族傳統文化的認識》，載《西藏研究》，2004（3），118 頁。

們精神上的避風港灣。〔註4〕因此，四家報紙在涉藏報導中，也比較重視文化類議題。

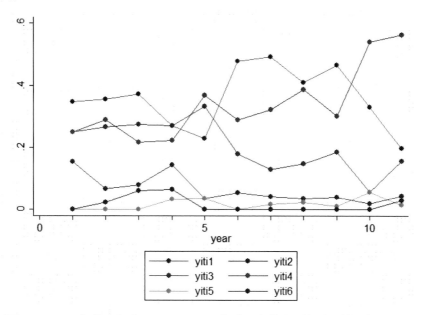

圖4-1　四家報紙（2003～2013年）涉藏報導議題年度變化圖

《紐約時報》在2012年12月30日發表的長篇報導——《隱匿在時光之外的四川藏區》，就是反映西方人推崇藏文化的一個典型例子。

　　在塔公寺的深處，你能夠看到忠於自己信仰的僧人表現出來的淡定與從容；鎮旁流淌著一條寬闊的河流，年輕的僧人就在河對岸的僧侶學校中學習佛法；在附近的一座山上，有少數隱居僧人安靜地修行著。

　　……

　　當我回到鎮裏時，夜幕開始降臨，大街上開始變得空空蕩蕩；很快，僧人們——必須在早上6點起來誦經——以及當地的居民都回家了。除了幾家旅館開著燈之外，這個棲息在世界屋脊上的小鎮幾乎沒有受到多少光污染，因此從這裡望出去，寺院上閃爍的群星顯得異常雄偉。那天晚上，我思索著僧人們看似簡單的生活：他們的信仰，他們的熱情以及他們不受21世紀侵擾的存在。他們給我留

〔註4〕徐世芳：《略談對藏族文化、傳統及藏族傳統文化的認識》，載《西藏研究》，2004（3），120頁。

下了一個很難動搖的印象，那就是我遇到的這群人，他們隱匿於時間之外，很早之前就已經發現了關於美滿生活的一些秘密。〔註 4〕

最近幾年，文化類議題所佔比例有所下降，究其原因，主要還是在於能夠吸引媒體關注的文化活動有所減少。

2. 相鄰年份之間報導議題的變化

2007 年與 2008 年、2011 年與 2012 年，四家報紙涉藏報導議題有著顯著區別。

相鄰年份之間報導議題發生變化，主要原因是由於政治類議題所佔比例的劇烈變化。在 2007 年，政治類議題所佔總議題的比例為 22.8%，而在 2008 年，這一比例上升至 47.9%。此後連續幾年，政治類議題的比例都保持在四成以上。直到 2012 年，這一比例才跌下四成，下降到 33.0%。

政治類議題比例劇烈變化的原因，主要還是類似拉薩「3.14」這種焦點事件的影響。研究表明，有三類焦點事件容易引起社會關注：一是存在巨大風險的事件，如核電站建設等重大的社會工程；二是涉及人群廣泛的事件，如重大的自然災害；三是容易引起利益集團或政治精英關注的事件。〔註 5〕

不管是從涉及人群數量，還是從對社會的威脅程度以及政治精英的關注程度來看，「3.14」事件無疑都屬於這樣的焦點事件。因此，當拉薩「3.14」事件發生之後，西藏為全球媒體所矚目，四家報紙都對中國官方的政策及具體作為進行了大量的、持續的報導。即使過了幾年之後，幾家媒體的涉藏報導，往往還與此事件有直接或者間接的聯繫。

隨著「3.14」等焦點事件熱度逐漸消退，四家報紙在涉藏報導總量下降的同時，也減少了政治類議題的報導。因此，表現出來就是 2007 年與 2008 年、2011 年與 2012 年，四家報紙涉藏報導議題有著顯著區別。

（二）四家報紙涉藏報導傾向的分布與變化

1. 報導傾向的分布與整體變化

四家報紙報導三種傾向的分布比較均勻，基本上各自占到 1／3。整體上看，四家報紙報導傾向的變化規律為：三種傾向波動都比較大；近年正面報導比重有所下降，中性和負面報導出現上升趨勢。

〔註 4〕Sichuan's Tibetan Corner, Outside of Time，載《紐約時報》，2012 年 12 月 30 日。
〔註 5〕王雄軍：《焦點事件與政策間斷——以〈人民日報〉的公共衛生政策議題變遷為例》，載《社會科學》，2009（1）：45～50，189 頁。

表 4-3　發表年份與報導傾向交叉製表

發表年份		報導傾向			合計
		正面	中性	負面	
2003	計數	21	11	20	52
	發表年份中的%	40.4%	21.2%	38.5%	100.0%
2004	計數	4	22	19	45
	發表年份中的%	8.9%	48.9%	42.2%	100.0%
2005	計數	14	30	7	51
	發表年份中的%	27.5%	58.8%	13.7%	100.0%
2006	計數	24	24	15	63
	發表年份中的%	38.1%	38.1%	23.8%	100.0%
2007	計數	26	20	11	57
	發表年份中的%	45.6%	35.1%	19.3%	100.0%
2008	計數	92	69	102	263
	發表年份中的%	35.0%	26.2%	38.8%	100.0%
2009	計數	49	42	33	124
	發表年份中的%	39.5%	33.9%	26.6%	100.0%
2010	計數	35	16	37	88
	發表年份中的%	39.8%	18.2%	42.0%	100.0%
2011	計數	58	24	21	103
	發表年份中的%	56.3%	23.3%	20.4%	100.0%
2012	計數	14	46	49	109
	發表年份中的%	12.8%	42.2%	45.0%	100.0%
2013	計數	10	37	24	71
	發表年份中的%	14.1%	52.1%	33.8%	100.0%
合計	計數	347	341	338	1026
	發表年份中的%	33.8%	33.2%	32.9%	100.0%

　　從表 4-3 可見，正面傾向的報導數量起伏很大。2003 年，正面傾向的報導（40.4%）占到總量的四成左右，而在 2004 年，這個比例（8.9%）猛跌到不足一成。隨後幾年，正面傾向報導的比例逐漸上升，基本上維持在四成左右。到 2011 年，正面傾向報導的比例占當年報導總量的 56.3%，達到歷史最

高點。不過，隨後兩年，其比例又迅猛下跌，所佔比例不足二成。

中性報導的比例也有起落，整體上看有一個上升的趨勢。2003 年，中性報導的比例占到當年報導總量的兩成，隨後連續兩年迅速上升，比例分別達到近五成和六成。之後，中性報導的比例有所回落，在 2010 年達到歷史最低點 18.2%。之後的紀念，其比例又持續上升，在 2013 年，所佔比例超過五成。

負面傾向的報導在數量上也有較大波動。其中，所佔比例最低的年份為 2005 年，比例為 13.7%。比例最高的年份為 2012 年，比例為 45%。整體上看，負面傾向同中性報導一樣，比例呈現上升趨勢。具體可見下圖（圖 4-2）。

三種傾向波動比較大，正面報導比重有所下降，中性和負面報導出現上升趨勢的原因，主要在於《人民日報》涉藏報導數量上的變化。幾家報紙當中，唯有《人民日報》是以正面報導為主，其比例為 75.8%。因此，一旦《人民日報》涉藏報導數量下滑，正面報導在整個報導中的比例就顯著下降。

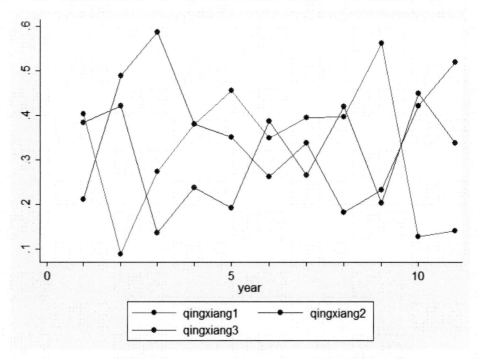

圖 4-2　四家報紙（2003～2013 年）涉藏報導傾向變化

（傾向 1 為正面，2 為中性，3 為負面。）

2. 相鄰年份之間涉藏報導傾向的變化

Wilcoxon 秩和檢驗發現（表 4-1 可見），在報導傾向上，2004 年與 2005 年、2007 與 2008 年、2010 與 2011 年、2011 年與 2012 年，有顯著差別。

從上表（表 4-3）可見，2004 年，四家報紙整體上的報導傾向是以中性（48.9%）和負面（42.2%）為主，兩者合計比例為 91.1%；2005 年，中性（58.8%）和正面傾向（27.5%）都有所提高，兩者合計比例為 86.3%。顯而易見，兩相比較，2005 年的涉藏輿論更加正面。主要原因在於，2005 年，《泰晤士報》和《紐約時報》兩家報紙總共才有 8 篇報導，而《人民日報》和《印度教徒報》分別有 22 和 21 篇報導，這兩份報紙的報導，傾向以中性和正面為主。因此，在 2005 年四家報紙的涉藏輿論中，中性和正面報導數量佔據了主導地位。

2007 年，四家報紙整體上的報導傾向是以中性（35.1%）和正面（45.6%）為主，兩者合計比例（80.7%）超過八成，而 2008 年，負面傾向的報導比例（38.8%）接近四成。

2008 年負面傾向報導比例較高的主要原因在於拉薩發生的「3.14」事件。「3.14」事件吸引了國際主流媒體的關注，三家外國報紙都有大量相關報導。其中，《紐約時報》和《泰晤士報》負面傾向的報導比例很高。

2010 年，在四家報紙整體的報導傾向中，中性和負面占到六成的比例，其中，負面傾向的比例為 42%。而 2011 年，正面傾向的報導（56.3%）數量大增，負面傾向的比例（20.4%）顯著下降，涉藏輿論傾向整體出現好轉。不過，2011 年涉藏輿論的好轉只是曇花一現。2012 年，中性和負面傾向的報導再次佔據了四家報紙報導傾向的主流，二者合計（87.2%）接近九成。

1951 年 5 月 23 日，西藏實現和平解放。〔註 6〕2011 年是西藏和平解放 60 週年。《人民日報》推出了大量報導，系統展現了在全國各族人民的支持下，西藏現代化建設事業中取得的成就，社會面貌發生的變化，以及藏族人民群眾命運發生的深刻改變。這一系列報導，使得 2011 年四家報紙整體上涉藏報導正面傾向數量激增，與前後兩年的涉藏輿論有顯著差別。

〔註 6〕中華人民共和國國務院新聞辦公室：《西藏和平解放 60 年》，載《人民日報》，2011-07-12015。

（三）四家報紙涉藏報導框架的分布與變化

1．涉藏報導框架的分布與整體變化

整體上看，四家報紙涉藏報導框架的分布與變化有以下規律：

第一，衝突（42.0%）、發展（22.2%）和人類興趣框架（12.0%）是四家報紙涉藏報導的主要框架；

第二，衝突框架一直在四家報紙的涉藏報導中佔有重要地位，並且比重呈現上升趨勢；

第三，發展框架波動幅度較小，近年有下降趨勢；

第四，人類興趣框架下降趨勢明顯。

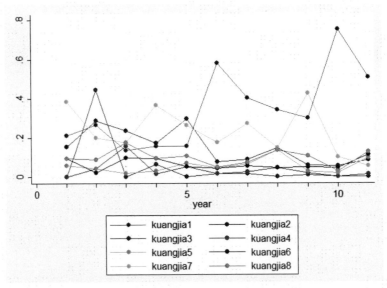

圖 4-3　四家報紙涉藏報導（2003～2013 年）框架年度變化

（1）衝突框架

衝突框架是四家報紙涉藏報導中最為常用的框架。從 2003 年到 2007 年，其比例在 20%上下波動。2008 年，所佔比例（58.2%）飆升到接近六成。隨後幾年，一直維持在 30%以上。2012 年，衝突框架比例（75.2%）超過 3／4，達到歷史最高點。

衝突框架在四家報紙的涉藏報導中佔據主導地位，並且比重呈現上升趨勢，原因有三點：一是三家國外報紙，尤其是《紐約時報》和《泰晤士報》在其報導中採取衝突框架較多是其傳統做法；二是涉藏衝突事件頻發，為媒體提供了大量的報導機會；三是《人民日報》近年來的涉藏報導數量下滑，

導致衝突框架比例上升。

（2）發展框架

發展框架在四家報紙涉藏報導中，所佔比例為第二位，是《人民日報》最常用的框架，也是《印度教徒報》較常使用的報導框架。《人民日報》與《印度教徒報》採用發展框架，展現我國實施的西藏政策取得了實效，藏族人民享受到了發展的成果。

發展框架所佔比例最高為 42.7%，最低為 5.6%。2008 年之後，所佔比例有下降趨勢，原因在於《人民日報》涉藏報導數量逐漸減少。

表 4-4　四家報紙（2003～2013 年）涉藏報導框架在時間上的分布

年份	新聞框架								合計
	衝突	興趣	經濟	道德	責任	和諧	發展	其他	
2003	11 21.2%	8 15.4%	0 0.0%	0 0.0%	3 5.8%	5 9.6%	20 38.5%	5 9.6%	52 100.0%
2004	12 26.7%	13 28.9%	2 4.4%	2 4.4%	2 4.4%	1 2.2%	9 20.0%	4 8.9%	45 100.0%
2005	7 13.7%	12 23.5%	0 0.0%	8 15.7%	1 2.0%	5 9.8%	9 17.6%	9 17.6%	51 100.0%
2006	10 15.9%	11 17.5%	4 6.3%	1 1.6%	2 3.2%	6 9.5%	23 36.5%	6 9.5%	63 100.0%
2007	9 15.8%	17 29.8%	0 0.0%	3 5.3%	4 7.0%	3 5.3%	15 26.3%	6 10.5%	57 100.0%
2008	153 58.2%	20 7.6%	4 1.5%	4 1.5%	12 4.6%	11 4.2%	46 17.5%	13 4.9%	263 100.0%
2009	50 40.3%	11 8.9%	2 1.6%	3 2.4%	8 6.5%	7 5.6%	34 27.4%	9 7.3%	124 100.0%
2010	30 34.1%	13 14.8%	0 0.0%	4 4.5%	12 13.6%	4 4.5%	13 14.8%	12 13.6%	88 100.0%
2011	31 30.1%	6 5.8%	1 1.0%	2 1.9%	3 2.9%	5 4.9%	44 42.7%	11 10.7%	103 100.0%
2012	82 75.2%	6 5.5%	0 0.0%	0 0.0%	2 1.8%	5 4.6%	11 10.1%	3 2.8%	109 100.0%
2013	36 50.7%	6 8.5%	0 0.0%	1 1.4%	7 9.9%	8 11.3%	4 5.6%	9 12.7%	71 100.0%
合計	431 42.0%	123 12.0%	13 1.3%	28 2.7%	56 5.5%	60 5.8%	228 22.2%	87 8.5%	1026 100.0%

（3）人類興趣框架

人類興趣框架最高比例為 29.8%，最低為 5.5%。從 2003 到 2007 年，所佔比例在一到三成之間。而從 2008 年開始，除了 2010 年之外，其所佔比例都不足一成。整體上看，其下降趨勢很明顯。

2. 相鄰年份之間涉藏報導框架的變化

Wilcoxon 秩和檢驗發現（表 4-1），2008 年、2012 年各自與其相鄰年份之間，在報導框架上存在顯著差別。

在這兩年當中，所佔比例在一成以上的報導框架只有兩個，衝突框架和發展框架。其中，衝突框架在 2008 年和 2012 年分別為 58.2% 和 75.2%，是歷史上的兩個最高點。與相鄰年份相比，衝突框架比例明顯偏高，是造成年度之間框架存在顯著差別的主要原因。

2008 年，四家報紙涉藏報導大量採用衝突框架，原因是發生了拉薩「3.14」事件、達賴集團衝擊我國駐外使館以及抵制北京奧運會等系列焦點事件。

二、《人民日報》涉藏報導議題、報導傾向與報導框架的變化

（一）《人民日報》涉藏報導議題的分布與變化

1. 《人民日報》涉藏報導議題的分布與整體變化

KW 檢驗發現（見表 4-5），P = 0.0457 < 0.05，整體上看，2003 至 2013 年，《人民日報》涉藏報導議題有著顯著變化。卡方檢驗結果為，X2 = 122.644，DF = 50，P = 0.000，顯示結果相同。

表 4-5　《人民日報》涉藏報導議題、報導傾向和報導框架的年度變化表

	Wilcoxon 秩和檢驗										KW 檢驗
	2003 2004	2004 2005	2005 2006	2006 2007	2007 2008	2008 2009	2009 2010	2010 2011	2011 2012	2012 2013	整體
1	0.7345	0.9660	0.3576	0.0729	0.0023	0.1708	0.8108	0.6215	0.3422	0.9106	0.0457
2	0.0000	0.0131	0.5951	0.4922	0.6529	0.9965	0.0072	0.9352	0.0088	0.8852	0.0001
3	0.7494	0.2973	0.0419	0.0832	0.0137	0.0129	0.2029	0.3615	0.0163	0.1734	0.0001

政治類議題（46.5%）、文化類議題（22.0%）和社會類議題（19.3%）是《人民日報》涉藏報導的主導議題。經濟類議題（9.5%）、科技類議題（1.5%）

和軍事類議題（1.3%）所佔比重較小。

表 4-6　發表年份、報導議題與人民日報交叉製表

人民日報 發表年份		報導議題						合計
		政治	經濟	文化	社會	軍事	科技	
2003	計數	7	8	3	4	0	0	22
	比例	31.8%	36.4%	13.6%	18.2%	0.0%	0.0%	100.0%
2004	計數	6	0	3	1	0	1	11
	比例	54.5%	0.0%	27.3%	9.1%	0.0%	9.1%	100.0%
2005	計數	13	1	2	3	0	3	22
	比例	59.1%	4.5%	9.1%	13.6%	0.0%	13.6%	100.0%
2006	計數	12	7	6	7	0	2	34
	比例	35.3%	20.6%	17.6%	20.6%	0.0%	5.9%	100.0%
2007	計數	6	2	9	12	1	0	30
	比例	20.0%	6.7%	30.0%	40.0%	3.3%	0.0%	100.0%
2008	計數	48	12	31	21	0	0	112
	比例	42.9%	10.7%	27.7%	18.8%	0.0%	0.0%	100.0%
2009	計數	34	3	10	10	1	0	58
	比例	58.6%	5.2%	17.2%	17.2%	1.7%	0.0%	100.0%
2010	計數	20	1	5	5	1	0	32
	比例	62.5%	3.1%	15.6%	15.6%	3.1%	0.0%	100.0%
2011	計數	31	3	15	9	0	0	58
	比例	53.4%	5.2%	25.9%	15.5%	0.0%	0.0%	100.0%
2012	計數	5	1	3	1	2	0	12
	比例	41.7%	8.3%	25.0%	8.3%	16.7%	0.0%	100.0%
2013	計數	4	0	1	4	0	0	9
	比例	44.4%	0.0%	11.1%	44.4%	0.0%	0.0%	100.0%
合計	計數	186	38	88	77	5	6	400
	比例+	46.5%	9.5%	22.0%	19.3%	1.3%	1.5%	100.0%

　　政治類議題是《人民日報》涉藏報導中最為重要的議題，所佔比例最低時為 20%，最高時為 62.5%，大多數時候，其比例維持在四到五成。雖然在個別年份之間有較大的起伏，但是整體上看，其所佔比例在上升、下降之間相互交替。

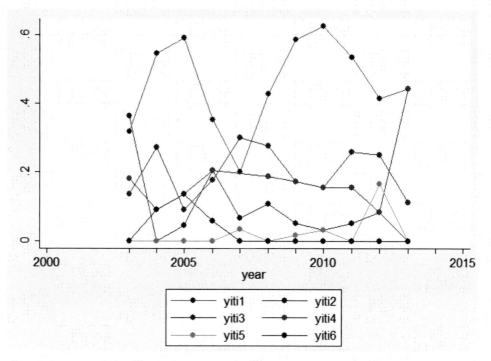

圖 4-4　《人民日報》（2003～2013 年）涉藏報導議題變化圖

　　中國的媒體是黨和政府的喉舌，是進行政治宣傳與動員的工具。黨的機關報更需要「講政治」。《人民日報》是中共中央機關報。這一特徵，決定了其首先要服務大局，圍繞黨和國家的中心工作來把握宣傳報導的方向和步驟，強調權威性和指導性。〔註 7〕因此，《人民日報》格外重視宣傳黨和政府的政策、活動，進行涉藏報導時也不例外，政治類議題的比例在各項涉藏議題中長期位於首位。

　　文化類議題所佔比例最低的時候為 9.1%，最高的時候為 30.0%，大多數時候，其比例在 20%左右徘徊，相對而言，起伏不大。文化類議題之所以能夠在《人民日報》的涉藏報導中，熱度長期不減，始終保持重要地位，一方面是因為國內主流媒體歷來有重視展示少數民族文化形象的傳統，另一方面，恐怕也是更為重要的原因，即為了反擊達賴集團宣揚的藏族「文化滅絕」謬論。

〔註 7〕王武錄：《與黨中央機關報的性質地位相稱──十四大以來人民日報版面內容特點試析》，載《新聞與寫作》，2006（9），10～13 頁。

　　《人民日報》的社會類報導，主要著力於展現藏區生態環境的改善和人民生活水平的提高。社會類議題所佔比例最低的時候為 9.1%，最高的時候為 44.4%，如同文化類報導，整體上看，起伏不大。

　　2. 《人民日報》相鄰年份涉藏報導議題的變化

　　分年度來看，2007 年與 2008 年之間的報導議題有顯著差別，原因是由於政治類議題和社會類議題的比例此消彼長，幾乎發生對調。

　　（二）《人民日報》涉藏報導傾向的分布與變化

　　1. 《人民日報》涉藏報導傾向的分布與整體變化

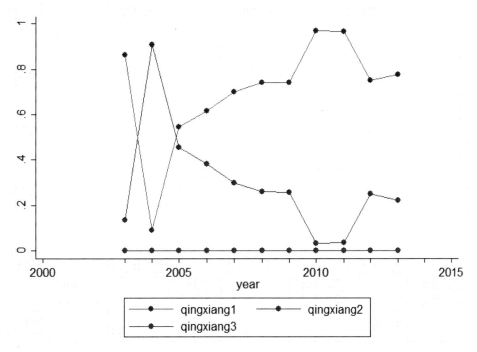

圖 4-5　《人民日報》（2003～2013 年）涉藏報導傾向變化圖

　　KW 檢驗發現（見表 4-5），P = 0.0001 < 0.05，整體上看，《人民日報》（2003～2013 年）報導傾向有著顯著變化。除了 2004 年之外，正面報導始終佔據主導地位。

　　《人民日報》涉藏報導的傾向變化很有規律，表現為：正面報導持續上升，中性報導持續下降。（見圖 4-5）

表 4-7　發表年份、報導傾向與人民日報交叉製表

人民日報 發表年份		報導傾向			合計
		正面	中性	負面	
2003	計數	19	3		22
	發表年份中的%	86.4%	13.6%		100.0%
2004	計數	1	10		11
	發表年份中的%	9.1%	90.9%		100.0%
2005	計數	12	10		22
	發表年份中的%	54.5%	45.5%		100.0%
2006	計數	21	13		34
	發表年份中的%	61.8%	38.2%		100.0%
2007	計數	21	9		30
	發表年份中的%	70.0%	30.0%		100.0%
2008	計數	83	29		112
	發表年份中的%	74.1%	25.9%		100.0%
2009	計數	43	15		58
	發表年份中的%	74.1%	25.9%		100.0%
2010	計數	31	1		32
	發表年份中的%	96.9%	3.1%		100.0%
2011	計數	56	2		58
	發表年份中的%	96.6%	3.4%		100.0%
2012	計數	9	3		12
	發表年份中的%	75.0%	25.0%		100.0%
2013	計數	7	2		9
	發表年份中的%	77.8%	22.2%		100.0%
合計	計數	303	97		400
	發表年份中的%	75.8%	24.3%		100.0%

2. 《人民日報》相鄰年份之間涉藏報導傾向的變化

　　表 4-5 可見,《人民日報》報導傾向不同的相鄰年份,分別為 2003 與 2004,

2004 與 2005，2009 與 2010，2011 與 2012 年。

　　《人民日報》報導傾向的變化，主要在於正面報導的比例是否發生顯著變化。從表 4-7 可見，正面報導占《人民日報》總量的 3／4。2004 年，正面報導的比例不足一成，與相鄰的 2003 和 2005 年相比，都有顯著差異。2010 年與 2011 年，《人民日報》的報導傾向非常相似，正面報導的比例接近 97%，與這兩年前後，即 2009 與 2012 年，有著顯著差異。

　　2010 年 4 月 14 日，青海省玉樹縣發生地震。截至 2010 年 5 月 30 日，經有關部門按相關程序規定核准，玉樹地震已造成 2698 人遇難。一方有難，八方支持。地震發生後，《人民日報》推出了抗震救災特刊，在客觀、及時、公開發布災情和救災進展情況的同時，熱情謳歌抗震救災中湧現的動人事蹟。對於玉樹地震的災後重建工作，《人民日報》也進行了重點關注。因此，在 2010 和 2011 年，正是由於《人民日報》對於玉樹地震以及災後重建的大量報導，使得這兩年該報正面報導的比例顯著上升。

　　2004 年，《人民日報》涉藏報導中，中性報導佔了極大比例，屬於偶然情況。

（三）《人民日報》涉藏報導框架的分布與變化

1. 《人民日報》涉藏報導框架的分布與整體變化

　　KW 檢驗發現（見表 4-5），P = 0.0001 ＜ 0.05，整體上看，《人民日報》（2003 ～ 2013 年）涉藏報導框架有著顯著變化。卡方檢驗發現，X^2 = 196.676，DF = 70，P = 0.000，結果相同。

　　《人民日報》前三位框架分別為發展（49.3%）、衝突（15.0%）以及和諧框架（11.0%）。除此之外都是次要的框架，比例幾乎都在 10% 以下。

　　發展框架所佔比例最高時為 75.9%，最低時為 22.2%，整體上在下降、上升之間交替，波動比較有規律。

　　衝突框架在《人民日報》涉藏報導各框架中，所佔比例排在第二位。在 2007 年之前，其所佔比例一直為 0%。在 2008 年和 2012 年時，所佔比例較高。其他年份的比例都較低。總的看來，衝突框架在《人民日報》涉藏報導中的比例變化具有突然性，關鍵要看當年達賴集團是否有反華活動。

表 4-8　發表年份、新聞框架與報紙編號交叉製表

人民日報 發表年份		新聞框架								合計
		衝突	興趣	經濟	道德	責任	和諧	發展	其他	
2003	計數	0	0	0	0	0	4	16	2	22
	比例	0.0%	0.0%	0.0%	0.0%	0.0%	18.2%	72.7%	9.1%	100.0%
2004	計數	0	1	0	2	0	0	6	2	11
	比例	0.0%	9.1%	0.0%	18.2%	0.0%	0.0%	54.5%	18.2%	100.0%
2005	計數	0	2	0	8	0	2	7	3	22
	比例	0.0%	9.1%	0.0%	36.4%	0.0%	9.1%	31.8%	13.6%	100.0%
2006	計數	0	2	0	1	0	5	22	4	34
	比例	0.0%	5.9%	0.0%	2.9%	0.0%	14.7%	64.7%	11.8%	100.0%
2007	計數	1	4	0	3	3	2	14	3	30
	比例	3.3%	13.3%	0.0%	10.0%	10.0%	6.7%	46.7%	10.0%	100.0%
2008	計數	41	8	1	3	2	10	40	7	112
	比例	36.6%	7.1%	0.9%	2.7%	1.8%	8.9%	35.7%	6.3%	100.0%
2009	計數	12	2	0	3	0	6	29	6	58
	比例	20.7%	3.4%	0.0%	5.2%	0.0%	10.3%	50.0%	10.3%	100.0%
2010	計數	2	0	0	4	4	3	10	9	32
	比例	6.3%	0.0%	0.0%	12.5%	12.5%	9.4%	31.3%	28.1%	100.0%
2011	計數	1	0	0	2	0	5	44	6	58
	比例	1.7%	0.0%	0.0%	3.4%	0.0%	8.6%	75.9%	10.3%	100.0%
2012	計數	2	0	0	0	0	3	7	0	12
	比例	16.7%	0.0%	0.0%	0.0%	0.0%	25.0%	58.3%	0.0%	100.0%
2013	計數	1	0	0	1	1	4	2	0	9
	比例	11.1%	0.0%	0.0%	11.1%	11.1%	44.4%	22.2%	0.0%	100.0%
合計	計數	60	19	1	27	10	44	197	42	400
	比例	15.0%	4.8%	0.3%	6.8%	2.5%	11.0%	49.3%	10.5%	100.0%

　　和諧框架在很長時間內所佔比例不到一成,屬於《人民日報》涉藏報導中不溫不火的框架。最近兩年,和諧框架上漲較快。總的來看,和諧框架呈現上升趨勢。

　　另外值得一提的是,有 10.5%的報導是前面七種框架無法包括進去的,這說明西方學者總結歸納出來的「通用框架」在我國還存在一定程度上的「水土不服」。

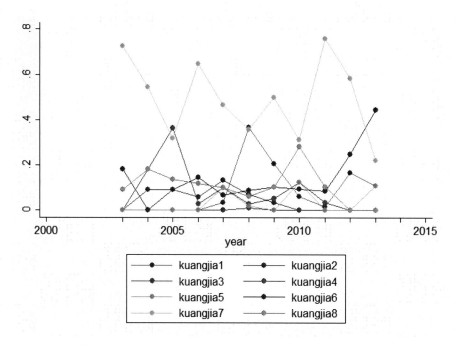

圖 4-6　《人民日報》（2003～2013 年）涉藏報導框架年度變化

2.《人民日報》相鄰年份之間涉藏報導框架的變化

　　其中，2005 與 2006、2007 與 2008、2008 年 2009、2011 與 2012，存在報導框架的顯著變化，造成這種變化的重要原因是《人民日報》根據當年藏區面臨的實際情況，在發展框架和衝突框架的採用上有較大的變化。

三、《紐約時報》涉藏報導議題、報導傾向和報導框架的變化

（一）《紐約時報》涉藏報導議題的分布與變化

1.《紐約時報》涉藏報導議題的分布與整體變化

表 4-9　《紐約時報》涉藏報導議題、報導傾向和報導框架的年度變化表

	Wilcoxon 秩和檢驗										KW 檢驗
	2003 2004	2004 2005	2005 2006	2006 2007	2007 2008	2008 2009	2009 2010	2010 2011	2011 2012	2012 2013	整體
1	0.5888	0.7056	0.9477	0.1893	0.0814	0.1774	0.0301	0.0497	0.0011	0.7856	0.0001
2	0.0265	0.8923	0.1787	0.2378	0.1055	0.0001	0.0077	0.0628	0.6160	0.8814	0.0001
3	0.9052	0.7261	0.6256	0.7429	0.0213	0.2600	0.2619	0.0125	0.8320	0.0106	0.0003

　　KW 檢驗發現（見表 4-9），P = 0.0001 < 0.05，整體上看，《紐約時報》（2003
～2013 年）涉藏報導議題有著顯著變化。卡方檢驗結果為，X^2 = 149.119，DF
= 40，P = 0.000，結果與 KW 檢驗一致。

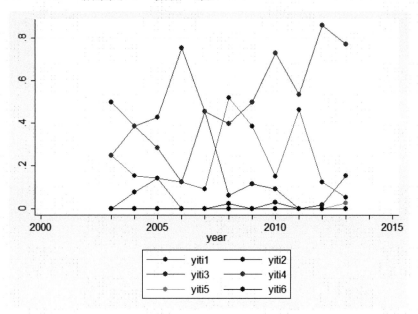

圖 4-7　《紐約時報》（2003～2013 年）涉藏報導議題變化圖

　　社會類議題（56.7%）、政治類議題（28.5%）和文化類議題（13.0%）是
《紐約時報》涉藏報導的主導議題。

　　在《紐約時報》的涉藏報導中，社會類議題所佔比例最低的時候為 12.5%，
最高時為 85.7%，年度之間差異較大，總體上看，所佔比例呈現上升趨勢。

　　如前文所述，《紐約時報》比較關注人民生活的變化，變好還是變壞，為
什麼會有這樣的變化等等。與中國婚禮習俗、胡同裏的日常生活、老年人在
公園組織合唱團這樣的日常活動相比，出於對報紙銷量的考慮，《紐約時報》
的編輯和記者更加傾向於報導那些有爭議的新聞。〔註 8〕

　　在涉藏社會類議題的報導中，《紐約時報》同樣偏愛報導那些有爭議的新
聞。拉薩「3.14」事件、藏人自焚等，無疑正是這種具有轟動性的爭議性事件。
中國官方將「3.14」事件定義為：「這一事件是達賴集團有組織、有預謀、精
心策劃的，其險惡用心，就是企圖在敏感時期挑起事端，蓄意把事情搞大甚

〔註 8〕肖欣欣，劉樂耕：《世紀末的一場對話——中美主流媒體記者、專家、學者座
　　　　談紀要》，載《國際新聞界》，2001（1），5～12 頁。

至造成流血事件，破壞北京奧運會，破壞我區安定和諧的政治局面。達賴集團一切活動的目的，就是企圖在西藏推翻中國共產黨的領導，顛覆社會主義制度，否定民族區域自治制度，恢復其野蠻殘暴的封建農奴制，進而破壞我國其他邊疆民族地區的穩定，分裂社會主義中國。」〔註 9〕

而達賴喇嘛則稱此事件是由於藏人對中國政府實施「文化滅絕」政策懷恨在心而進行的正當抗議活動。對於中國當局說的拉薩藏民攻擊漢人的事件，達賴喇嘛說西藏人有權以和平方式表達不滿。「抗議——表達他們深深怨恨的和平方式——是一項權利。」〔註 10〕

對於藏人自焚事件，中國官方認為，「自焚事件是企圖分裂中國，實現『西藏獨立』夢想的人玩弄的一場政治陰謀。分裂勢力不惜以年輕人的生命為代價，製造出『宗教迫害』這樣一個對中國政府殺傷力極大的話題，其目的就是企圖引發國際輿論的關注，繼續炒熱所謂『西藏問題』，推動『西藏問題國際化』，同時攻擊和抹黑中國政府民族宗教和西藏政策，為所謂『西藏獨立』製造依據。」〔註 11〕

而達賴集團及其支持者、同情者則稱，「西藏發生自焚的主要原因在於（中國）對西藏的佔領和鎮壓。」；〔註 12〕「我不認為這（指自焚——譯者注）與是對還是錯有關。這是我們唯一能做的不傷害其他人的事情。這是吸引全世界目光的最好方法。」〔註 13〕

對於藏區近年來比較頻繁發生的這些衝突事件，中國官方與達賴集團、中國與西方有著完全不同的解讀。這些事件，對於西方的讀者有較大的吸引力，因此，《紐約時報》可謂不遺餘力，給予了大量報導。在幾家報紙當中，《紐約時報》有關藏區社會衝突事件的報導數量最多、篇幅最長。社會類議題因此長期在《紐約時報》涉藏報導中佔據著最為重要的位置，並且在數量和比例上都呈現出上升的趨勢。

在《紐約時報》的涉藏報導中，政治類議題表現出「下降—上升—再下

〔註 9〕高玉潔：《萬眾一心眾志成城　打一場反對分裂維護穩定的人民戰爭》，載《西藏日報》，2008-03-19001。

〔註 10〕Dalai Lama Condemns China For Suppressing Uprising in Tibet，載《紐約時報》，2008 年 3 月 17 日。

〔註 11〕華子：《也談四川藏區年輕僧人自焚事件》. 載《人民日報海外版》，2011-11-25004。

〔註 12〕Tibetan Monk Immolates Himself in Nepal，載《紐約時報》，2013 年 2 月 14 日。

〔註 13〕As Self-Immolations Approach 100, Some Tibetans Are Asking, Is It Worth It? 載《紐約時報》，2013 年 2 月 3 日。

降—再上升—再下降」的特點。具體為：在 2003 年，政治類議題所佔比例為
25.0%，隨後，連續幾年下降。到 2007 年時，所佔比例為 9.1%。2008 年，其
比例猛增至 51.8%，達到歷史最高點。隨後，其比例又連續下降。到 2011 年
時，其比例再次反彈到 46.4%。此後，其比例再次逐年走低。2013 年，其比
例為 5.1%，是 2003 年到 2013 年期間的最低點。總體上看，政治類議題所佔
比例呈現下降趨勢。

表 4-10　發表年份、報導議題與紐約時報交叉製表

紐約時報 發表年份		報導議題						合計
		政治	經濟	文化	社會	軍事	科技	
2003	計數	2	0	4	2		0	8
	年份中的%	25.0%	0.0%	50.0%	25.0%		0.0%	100.0%
2004	計數	2	1	5	5		0	13
	年份中的%	15.4%	7.7%	38.5%	38.5%		0.0%	100.0%
2005	計數	1	1	3	2		0	7
	年份中的%	14.3%	14.3%	42.9%	28.6%		0.0%	100.0%
2006	計數	1	0	6	1		0	8
	年份中的%	12.5%	0.0%	75.0%	12.5%		0.0%	100.0%
2007	計數	1	0	5	5		0	11
	年份中的%	9.1%	0.0%	45.5%	45.5%		0.0%	100.0%
2008	計數	43	2	5	33		0	83
	年份中的%	51.8%	2.4%	6.0%	39.8%		0.0%	100.0%
2009	計數	17	0	5	22		0	44
	年份中的%	38.6%	0.0%	11.4%	50.0%		0.0%	100.0%
2010	計數	5	1	3	24		0	33
	年份中的%	15.2%	3.0%	9.1%	72.7%		0.0%	100.0%
2011	計數	13	0	0	15		0	28
	年份中的%	46.4%	0.0%	0.0%	53.6%		0.0%	100.0%
2012	計數	7	0	1	48		0	56
	年份中的%	12.5%	0.0%	1.8%	85.7%		0.0%	100.0%
2013	計數	2	0	6	30		1	39
	年份中的%	5.1%	0.0%	15.4%	76.9%		2.6%	100.0%
合計	計數	94	5	43	187		1	330
	年份中的%	28.5%	1.5%	13.0%	56.7%		0.3%	100.0%

政治類議題比例的變化，再一次印證了《紐約時報》的涉藏報導屬於焦點事件驅動。從 2003 年起，我國在藏區實施的能夠引起媒體關注的新政策不多，官方的日常活動由於缺乏衝突性，對於媒體的吸引力不強。同時，「西藏流亡政府」的活動也不多。因此，《紐約時報》涉藏政治類報導數量連年下滑。這一局面，到了 2008 年，因拉薩「3.14」事件發生才得以改變。《紐約時報》涉藏政治類報導的數量和比例，在 2008 年達到歷史最高點。此後，政治類報導數量又開始下降。2011 年，政治類報導數量再次反彈。這一年政治類報導數量增多的原因，同樣是由於與藏族有關的多件大事發生，比如第十七世噶瑪巴面臨非法持有外國貨幣的指控、被懷疑為中國的間諜，中國任命西藏自治區的領導人，「西藏流亡政府」選出新的領導人、達賴喇嘛會見奧巴馬、外國人三月禁止入藏，等等。

在《紐約時報》的涉藏報導中，文化類議題所佔比例最高時為 75.0%，最低時為 0%，整體看來下降趨勢明顯。《紐約時報》喜好報導衝突事件的做法，在文化類議題中也時常得到反映。例如對個別地方一些藏族學生因為反對在學校推廣普通話而進行的抗議活動，《紐約時報》就不吝篇幅予以了報導。

2. 《紐約時報》相鄰年份之間涉藏報導議題的變化

Wilcoxon 秩和檢驗發現，2010 年和 2011 年，《紐約時報》的涉藏報導議題都與其相鄰年份有顯著差別。

社會類議題和政治類議題是《紐約時報》涉藏報導中最重要的兩類議題，其比例在 2009 到 2012 年之間有較大的變化，這是造成 2010 和 2011 年與相鄰年份在報導議題上有顯著差別的直接原因。

（二）《紐約時報》涉藏報導傾向的分布與變化

1. 《紐約時報》涉藏報導傾向的分布與整體變化

KW 檢驗發現（見表 4-9），P = 0.0001 < 0.05，整體上看，《紐約時報》（2003～2013 年）涉藏報導傾向有著顯著的變化。

《紐約時報》（2003～2013 年）的涉藏報導是以負面報導為主（65.2%），比例超過六成；中性報導比例（30.9%）也比較高，超過三成；正面報導微不足道，比例僅為 3.9%。

從表 4-11 及圖 4-8 可見，《紐約時報》涉藏報導負面傾向報導的比例一直最高，不過，有逐漸下降的趨勢。同時，中性傾向報導和正面傾向報導都有逐漸上升的趨勢。

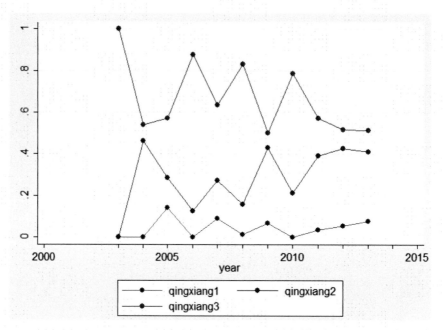

圖 4-8　《紐約時報》（2003～2013 年）涉藏報導傾向圖

2. 《紐約時報》相鄰年份之間涉藏報導傾向的變化

表 4-9 可見，《紐約時報》報導傾向不同的相鄰年份，分別為 2003 與 2004，2008 與 2009，2009 與 2010 年。

2003 年，《紐約時報》的涉藏報導有 8 篇，立場全部為負面，與其 2004 年負面傾向報導比例（53.8%）存在顯著差別。不過，在 2003～2007 年，《紐約時報》每年涉藏報導的數量都不多，其中，2003、2005 和 2006 的數量都在 10 篇以內。由於數量過少，因此，報導傾向發生突變具有一定的偶然性。

2009 年，《紐約時報》中性傾向的報導比例為 43.2%，此外還有 6.8% 的報導為正面傾向，中性和正面報導的比例顯著高於相鄰兩年。

2008 年，拉薩發生「3.14」事件。這個事件具備轟動效應，直接導致《紐約時報》負面報導比例顯著上升，與 2007 年相比，負面傾向比例上升了 20 個百分點，達到 83.1%，成為十年來第二位的高點（僅次於 2006 的 87.5%）。

從兩國關係來看，2009 年 1 月，美國國務院高級官員在訪華期間聲明，中美關係處於歷史最高點。2009 年 11 月，美國駐華大使在總統奧巴馬訪華期間，對媒體重申中美關係處於歷史最佳時期。〔註14〕

〔註14〕閻學通：《對中美關係不穩定性的分析》，載《世界經濟與政治》，2010（12），
　　　　10 頁。

表 4-11 發表年份、報導傾向與紐約時報交叉製表

紐約時報 發表年份		報導傾向			合計
		正面	中性	負面	
2003	計數	0	0	8	22
	發表年份中的%	0.0%	0.0%	100.0%	100.0%
2004	計數	0	6	7	11
	發表年份中的%	0.0%	46.2%	53.8%	100.0%
2005	計數	1	2	4	22
	發表年份中的%	14.3%	28.6%	57.1%	100.0%
2006	計數	0	1	7	34
	發表年份中的%	0.0%	12.5%	87.5%	100.0%
2007	計數	1	3	7	30
	發表年份中的%	9.1%	27.3%	63.6%	100.0%
2008	計數	1	13	69	112
	發表年份中的%	1.2%	15.7%	83.1%	100.0%
2009	計數	3	19	22	58
	發表年份中的%	6.8%	43.2%	50.0%	100.0%
2010	計數	0	7	26	32
	發表年份中的%	0.0%	21.2%	78.8%	100.0%
2011	計數	1	11	16	58
	發表年份中的%	3.6%	39.3%	57.1%	100.0%
2012	計數	3	24	29	12
	發表年份中的%	5.4%	42.9%	51.8%	100.0%
2013	計數	3	16	20	9
	發表年份中的%	7.7%	41.0%	51.3%	100.0%
合計	計數	13	102	215	330
	發表年份中的%	3.9%	30.9%	65.2%	100.0%

　　不過，2010 年，美國對其全球戰略進行了重大調整，提出了回歸亞太的戰略。並且，就在 2010 年的第一季度，美國對華無縫鋼管實施貿易制裁、國務卿希拉里‧克林頓批評中國網絡缺少自由、美國對中國臺灣出售武器、總

統奧巴馬在白宮接見達賴喇嘛等一系列事件導致中美關係不斷惡化。〔註15〕

2008 年和 2010 年，在《紐約時報》的涉藏報導中，負面報導數量很多，比例也很高。這兩年的報導傾向與其十年來的總體傾向相比，更加偏於負面。中美兩國關係的變化，以及當年發生的涉藏「焦點事件」，對《紐約時報》涉藏報導傾向的改變會有一定影響。

（三）《紐約時報》涉藏報導框架的分布與變化

1. 《紐約時報》涉藏報導框架的分布與整體變化

KW 檢驗發現（見表 4-9），P = 0.0003 ＜ 0.05，整體上看，《紐約時報》（2003～2013 年）涉藏報導框架有著顯著的變化。卡方檢驗（X^2 = 127.371，DF = 70，P = 0.000）得出的結論相同。

衝突框架（65.2%）、人類興趣框架（16.7%）和責任框架（10.3%）是《紐約時報》涉藏報導的主要框架。其中，衝突框架呈現持續上升的趨勢，而人類興趣框架則呈現明顯下降趨勢。

衝突框架是《紐約時報》涉藏報導中最為主要的框架。2003 到 2007 年，衝突框架所佔的比例並不高，通常在百分之三十上下搖擺；2008 年，衝突框架所佔比例飆升至 75.9%；隨後連續下降兩年；2011 年其比例上升到 82.1%；2012 年為 83.9%，達到歷史最高點；2013 年，衝突框架所佔比例回歸正常，下降到 61.5%。

衝突是歐美文化的顯著特徵。歐美國家在新聞傳播理念上深受這種衝突思維的影響，〔註16〕因此，西方國家的新聞價值觀鼓勵編輯和記者去尋找麻煩、尋找失敗、尋找醜聞，最重要的是尋找矛盾和衝突。〔註17〕

達賴集團對歐美媒體的特性非常清楚。為了獲得「高曝光率」，吸引全球的注意，爭取對他提出的所謂「大藏區」、「高度自治」等的支持，達賴集團先後策劃和煽動了拉薩「3.14」、衝擊我國駐外使館、抵制北京奧運會、自焚等一系列轟動性的事件。在達賴集團與《紐約時報》等西方媒體的共同作用下，中國的國家形象受到了嚴重損害。

〔註15〕閻學通：《對中美關係不穩定性的分析》，載《世界經濟與政治》，2010（12），5 頁。

〔註16〕周建明：《歐美媒介涉藏涉疆報導偏見的成因分析》，載《中國少數民族地區信息傳播與社會發展論叢（2009 年刊）》，2010（11），228～229 頁。

〔註17〕嚴怡寧：《媒介事件化的中國民族問題——對〈紐約時報〉2000 年以來中國民族問題報導的研究》，載《外交評論（外交學院學報）》，2013（5），52 頁。

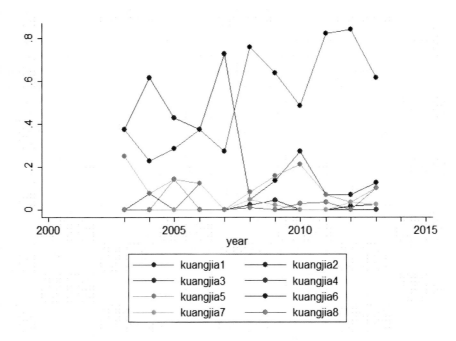

圖 4-9　《紐約時報》（2003～2013 年）涉藏報導框架

　　人類興趣框架是《紐約時報》（2003～2013 年）涉藏報導中第二常用的框架。儘管人類興趣框架和「人情味新聞」不是一回事，但是二者有相通的地方：為了吸引讀者的注意力，高度重視寫作的方式和技巧。100 萬人的死亡只是一個數字，而一個人的死亡才是悲劇。《紐約時報》在涉藏報導中，注重以小見大，通過對平常藏人日常生活細節的描述，去反映社會大環境。這種做法，既增強了涉藏報導對讀者的吸引力，同時，也使得其報導在讀者心中具有較高的可信度。

　　2008 年以前，人類興趣框架在《紐約時報》涉藏報導中所佔比例較高，此後，其比例下降較大。原因還是在於發生的一系列焦點涉藏事件，使得《紐約時報》更加傾向於使用衝突框架。

　　責任框架在《紐約時報》（2003～2013 年）涉藏報導中排在第三位，其所佔比例波動幅度不大。同樣是責任框架，在不同的媒體裏面，有著不同的含義。以藏區自焚事件為例，《人民日報》採用責任框架時，一般將問題或者災難歸責為達賴集團的煽動和支持，指出達賴集團需要為此負責。而《紐約時報》則歸責為中國實施的西藏政策有問題，是因為中國官方的「壓制」才導致類似事件的不斷發生。

表 4-12　發表年份、新聞框架與《紐約時報》交叉製表

紐約時報 發表年份		新聞框架								合計
		衝突	興趣	經濟	道德	責任	和諧	發展	其他	
2003	計數	3	3	0	0	2	0	0	0	8
	比例	37.5%	37.5%	0.0%	0.0%	25.0%	0.0%	0.0%	0.0%	100.0%
2004	計數	3	8	1	0	1	0	0	0	13
	比例	23.1%	61.5%	7.7%	0.0%	7.7%	0.0%	0.0%	0.0%	100.0%
2005	計數	2	3	0	0	1	0	0	1	7
	比例	28.6%	42.9%	0.0%	0.0%	14.3%	0.0%	0.0%	14.3%	100.0%
2006	計數	3	3	1	0	1	0	0	0	8
	比例	37.5%	37.5%	12.5%	0.0%	12.5%	0.0%	0.0%	0.0%	100.0%
2007	計數	3	8	0	0	0	0	0	0	11
	比例	27.3%	72.7%	0.0%	0.0%	0.0%	0.0%	0.0%	0.0%	100.0%
2008	計數	63	4	2	1	7	1	4	1	83
	比例	75.9%	4.8%	2.4%	1.2%	8.4%	1.2%	4.8%	1.2%	100.0%
2009	計數	28	6	2	0	7	0	1	0	44
	比例	63.6%	13.6%	4.5%	0.0%	15.9%	0.0%	2.3%	0.0%	100.0%
2010	計數	16	9	0	0	7	0	0	1	33
	比例	48.5%	27.3%	0.0%	0.0%	21.2%	0.0%	0.0%	3.0%	100.0%
2011	計數	23	2	0	0	2	0	0	1	28
	比例	82.1%	7.1%	0.0%	0.0%	7.1%	0.0%	0.0%	3.6%	100.0%
2012	計數	47	4	0	0	2	1	2	0	56
	比例	83.9%	7.1%	0.0%	0.0%	3.6%	1.8%	3.6%	0.0%	100.0%
2013	計數	24	5	0	0	4	1	1	4	39
	比例	61.5%	12.8%	0.0%	0.0%	10.3%	2.6%	2.6%	10.3%	100.0%
合計	計數	215	55	6	1	34	3	8	8	330
	比例	65.2%	16.7%	1.8%	0.3%	10.3%	0.9%	2.4%	2.4%	100.0%

2. 《紐約時報》相鄰年份涉藏報導框架的變化

檢驗發現，2007 與 2008、2010 與 2011、2012 與 2013 年度之間，報導框架存在顯著差別。

在《紐約時報》涉藏報導的框架當中，衝突框架（65.2%）所佔比例最大。在 2007、2008、2010、2011、2012 和 2013 年時，衝突框架所佔比例分別為 27.3%，75.9%，48.5%、82.1%、83.9%和 61.5%。衝突框架所佔比例的顯著變化直接導致了年度之間報導框架的顯著變化。如前所述，《紐約時報》衝突框架比例顯著變化的主要原因在於當年涉藏衝突事件是否多發。

四、《泰晤士報》涉藏報導議題、報導傾向與報導框架的變化

（一）《泰晤士報》涉藏報導議題的分布與變化

1. 《泰晤士報》涉藏報導議題的分布與整體變化

KW 檢驗發現（見表 4-13），P = 0.0998 > 0.05，整體上看，《泰晤士報》（2003～2013 年）涉藏報導議題沒有顯著變化。

在《泰晤士報》的涉藏報導中，政治類議題（40.0%）、社會類議題（33.6%）和文化類議題（20.0%）是其主導議題。經濟類議題（3.2%）、科技類議題（1.6%）和軍事類議題（1.6%）所佔比重較小。

表 4-13　《泰晤士報》報導議題、報導傾向與報導框架的年度變化表

	Wilcoxon 秩和檢驗										KW 檢驗
	2003 2004	2004 2005	2005 2006	2006 2007	2007 2008	2008 2009	2009 2010	2010 2011	2011 2012	2012 2013	整體
1	1.000	0.7972	0.4151	0.0126	0.1954	0.8577	0.8108	0.9096	0.2363	0.3334	0.0998
2	0.0654	0.0143	0.3613	0.7782	0.9251	0.4195	0.9044	0.2340	0.2723	0.4307	0.3590
3	0.4011	0.4028	1.000	0.2096	0.7049	0.3623	0.4452	0.7767	0.4873	0.1085	0.3683

政治類議題是《泰晤士報》涉藏報導中最為重要的議題，其所佔比例最低時為 0%，最高時為 71.4%，雖然波動很大，但是整體上仍然長期維持在高位。

社會類議題所佔比例最低時為 0%，最高時為 54.5%，整體上有較大起伏，

呈現下降—上升—下降的特點。具體表現在從 2004 年起，所佔比例一直下降，直到 2008 年，比例從上年的 14.3% 上升至 42.2%，連續幾年，其比例都維持在 40% 以上。從 2012 年起，其所佔比例又顯著下降。

那些有關嚴肅的政治事件和社會事務報導的新聞被稱為「硬新聞」（hard news）。〔註18〕《泰晤士報》涉藏報導中的政治類議題和社會類議題，屬於典型的「硬新聞」。對將讀者群體定位為精英人群的《泰晤士報》而言，在涉藏報導中，更多關注這樣的「硬新聞」是很正常的做法。

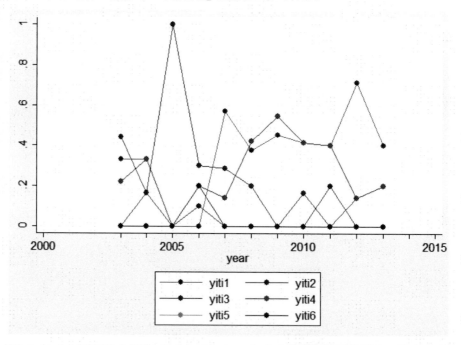

圖 4-10　《泰晤士報》（2003～2013 年）涉藏報導議題年度變化圖

文化類議題一度是《泰晤士報》最為重要的議題，所佔比例最高時為 100%，最低時為 0%，波動很大。不過，整體上看，其下降趨勢非常明顯。英國人對藏族傳統的藝術品，比如唐卡、漆器、書的封皮甚至茶壺等等，有著較為濃厚的收藏興趣，因此，《泰晤士報》多次對在英國境內舉辦的畫展、拍賣會等藏文化活動進行相關報導。文化類議題下降趨勢非常明顯的原因，或許主要是近年來在英國境內舉辦的與藏文化相關的活動日益減少。

〔註18〕〔英〕伯頓：《媒體與社會──批判的視角》，史安斌譯，299 頁，北京，清華大學出版社，2007。

表 4-14　發表年份、報導議題與《泰晤士報》交叉製表

泰晤士報發表年份		報導議題						合計
		政治	經濟	文化	社會	軍事	科技	
2003	計數	3	0	4	2	0	0	9
	比例	33.3%	0.0%	44.4%	22.2%	0.0%	0.0%	100.0%
2004	計數	2	1	1	2	0	0	6
	比例	33.3%	16.7%	16.7%	33.3%	0.0%	0.0%	100.0%
2005	計數	0	0	1	0	0	0	1
	比例	0.0%	0.0%	100.0%	0.0%	0.0%	0.0%	100.0%
2006	計數	0	1	3	2	2	2	10
	比例	0.0%	10.0%	30.0%	20.0%	20.0%	20.0%	100.0%
2007	計數	4	0	2	1	0	0	7
	比例	57.1%	0.0%	28.6%	14.3%	0.0%	0.0%	100.0%
2008	計數	17	0	9	19	0	0	45
	比例	37.8%	0.0%	20.0%	42.2%	0.0%	0.0%	100.0%
2009	計數	5	0	0	6	0	0	11
	比例	45.5%	0.0%	0.0%	54.5%	0.0%	0.0%	100.0%
2010	計數	5	0	2	5	0	0	12
	比例	41.7%	0.0%	16.7%	41.7%	0.0%	0.0%	100.0%
2011	計數	2	1	0	2	0	0	5
	比例	40.0%	20.0%	0.0%	40.0%	0.0%	0.0%	100.0%
2012	計數	10	0	2	2	0	0	14
	年份中的%	71.4%	0.0%	14.3%	14.3%	0.0%	0.0%	100.0%
2013	計數	2	1	1	1	0	0	5
	比例	40.0%	20.0%	20.0%	20.0%	0.0%	0.0%	100.0%
合計	計數	50	4	25	42	2	2	125
	比例	40.0%	3.2%	20.0%	33.6%	1.6%	1.6%	100.0%

2. 《泰晤士報》相鄰年份涉藏報導議題的變化

Wilcoxon 秩和檢驗發現，2006 與 2007 年，《泰晤士報》在涉藏報導議題上有顯著的變化。

2006 年，政治議題的比例為 0%，而 2007 年，其比例達到 57.1%。由於

《泰晤士報》這兩年涉藏報導數量較少，因此，因為偶然因素導致議題發生顯著變化的可能性較大。

（二）《泰晤士報》涉藏報導傾向的分布與變化

1. 《泰晤士報》涉藏報導傾向的分布與整體變化

KW 檢驗發現（見表 4-13），P = 0.3590 > 0.05，整體上看，《泰晤士報》（2003～2013 年）涉藏報導傾向沒有顯著的變化。

《泰晤士報》（2003～2013 年）的涉藏報導是以負面報導（66.4%）為主，比例超過六成；中性報導比例（31.2%）也比較高，超過三成；正面報導比例僅為 2.4%。

從表 4-15 和圖 4-11 可見，《泰晤士報》涉藏報導中，負面和中性傾向的波動都很大，負面傾向報導的比例逐漸上升的趨勢比較明顯，中性報導在下降、上升之間波動，近年來出現了上升趨勢。只不過，或許主要是由於報導數量相對較少，這種趨勢在統計學上來看並不明顯。

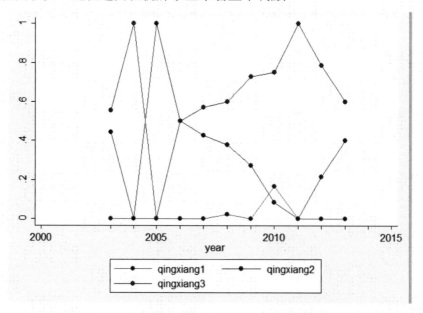

圖 4-11　《泰晤士報》（2003～2013 年）涉藏報導傾向

英國是首先承認新中國的西方大國。1997 年，香港回歸中國之後，中英之間不再存在根本性的利益衝突，雙邊關係步入良性發展軌道。進入新世紀以後，在全球經濟不景氣的大背景下，中國經濟持續強勁增長。為了挽救英

國的經濟，英國政府希望能搭上中國經濟發展的「快車」，為此，英國高度重視英中兩國關係，並把發展經濟關係放在了首要位置。在 2013 年底訪問中國之際，首相卡梅倫提出英國要成為「中國在西方最堅強的支持者」。〔註 19〕

對於首相卡梅倫的對華政策，英國國內並非沒有爭議。英國內閣一些成員認為，不能單純為了發展經濟而在人權問題、「西藏問題」上遷就中國。2013年年初，英國副首相剋萊格、外交大臣黑格認為，英國必須在人權問題和「西藏問題」上保持原則，不能向北京彎腰。〔註 20〕

儘管在 2008 年，英國外交部發表外交大臣米利班德的聲明，表示「西藏是中國的一部分，英國不支持西藏獨立」。這是英國首次公開承認中國對西藏擁有主權（sovereignty）而非宗主權（suzerainty）。但是，事實上，「西藏問題」長期以後都是中英兩國關係發展中最大的障礙。從 1991 年時任首相梅傑開始，英國歷任首相都要會見達賴喇嘛。〔註 21〕首相如果不會見達賴喇嘛，往往會招致國內精英階層的批評。精英階層認為，英國在西藏的確擁有戰略利益，原因在於一旦「中國」與「西藏」之間的衝突演變為暴力，英國政府迫於國內的政治壓力，必須介入「西藏問題」，而這種做法會惡化兩國之間原本脆弱的國家關係。〔註 22〕因此，英國精英階層建議政府在「西藏問題」上採取積極行動，並且在「西藏問題」的立場上要反映英國的人權標準，甚至建議派出人權小組前往西藏調查。〔註 23〕

從《泰晤士報》涉藏報導的傾向上，可以看出英國官方及各類精英群體對於「西藏問題」存在根深蒂固的偏見。由於雙方在社會制度、意識形態等方面的較大差異，在可以預見的較長時間內，《泰晤士報》涉藏報導以負面傾向為主的局面不大可能發生較大的改觀。

從報導數量的角度來看，在 11 年裏，《泰晤士報》涉藏報導數量為 125條，年均 11.36 條，也就是說，每個月才接近 1 條報導，數量在四家報紙當中最少。因此，相比而言，《泰晤士報》對「西藏問題」的關注程度並不算高。

〔註 19〕〔英〕卡梅倫：《英國將做中國在西方最強支持者》，網易新聞，
　　　　http://news.163.com/13/1202/13/9F3GV4VT00014JB6.html，2015/2/24。
〔註 20〕江時學：《中英關係的回顧與展望》，載《中國社會科學院研究生院學報》，2014
　　　　（2），122 頁。
〔註 21〕江時學：《中英關係的回顧與展望》，載《中國社會科學院研究生院學報》，2014
　　　　（2），121 頁。
〔註 22〕Britain's interest in Tibet's plight，載《泰晤士報》，2004 年 5 月 18 日。
〔註 23〕Tibet and China，載《泰晤士報》，2013 年 2 月 20 日。

這是由於在英國編輯、記者的眼中，一個歐洲人死亡的影響等值於 28 個中國人死亡帶來的影響。〔註24〕因此，《泰晤士報》對「西藏問題」的關注程度不高也在情理之中。

表 4-15　發表年份、報導傾向與《泰晤士報》交叉製表

泰晤士報 發表年份		報導傾向			合計
		正面	中性	負面	
2003	計數	0	4	5	9
	比例	0.0%	44.4%	55.6%	100.0%
2004	計數	0	0	6	6
	比例	0.0%	0.0%	100.0%	100.0%
2005	計數	0	1	0	1
	比例	0.0%	100.0%	0.0%	100.0%
2006	計數	0	5	5	10
	比例	0.0%	50.0%	50.0%	100.0%
2007	計數	0	3	4	7
	比例	0.0%	42.9%	57.1%	100.0%
2008	計數	1	17	27	45
	比例	2.2%	37.8%	60.0%	100.0%
2009	計數	0	3	8	11
	比例	0.0%	27.3%	72.7%	100.0%
2010	計數	2	1	9	12
	比例	16.7%	8.3%	75.0%	100.0%
2011	計數	0	0	5	5
	比例	0.0%	0.0%	100.0%	100.0%
2012	計數	0	3	11	14
	比例	0.0%	21.4%	78.6%	100.0%
2013	計數	0	2	3	5
	比例	0.0%	40.0%	60.0%	100.0%
合計	計數	3	39	83	125
	比例	2.4%	31.2%	66.4%	100.0%

　　由於《泰晤士報》的涉藏報導傾向以負面為主，從這個角度來看，其報導數量較少，對於中國而言，反而是一件好事。

〔註24〕劉康：《國家形象與政治傳播（第一輯）》，148 頁，上海，上海交通大學出版社，2010。

2. 《泰晤士報》相鄰年份之間涉藏報導傾向的變化

從表 4-13 看到，2004 年《泰晤士報》涉藏報導傾向和 2005 年有顯著區別。不過，從表 4-15 可見，由於 2004 年只有 6 篇報導，2005 年僅有 1 篇，由於報導數量過少，因為偶然因素導致報導傾向出現顯著變化的可能性很大。

（三）《泰晤士報》涉藏報導框架的分布與變化

KW 檢驗發現（見表 4-13），P = 0.3683 > 0.05，整體上看，《泰晤士報》（2003～2013 年）報導框架沒有顯著的變化。同時，各個相鄰年份之間，P > 0.05，表明《泰晤士報》的報導框架比較穩定。卡方檢驗（X^2 = 54.644，DF = 50，P = 0.303）得出的結論相同。

表 4-16　發表年份、新聞框架與《泰晤士報》交叉製表

泰晤士報 發表年份		新聞框架								合計
		衝突	興趣	經濟	道德	責任	和諧	發展	其他	
2003	計數	4	3	0		1		1	0	9
	年份中的%	44.4%	33.3%	0.0%		11.1%		11.1%	0.0%	100.0%
2004	計數	4	1	1		0		0	0	6
	年份中的%	66.7%	16.7%	16.7%		0.0%		0.0%	0.0%	100.0%
2005	計數	0	1	0		0		0	0	1
	年份中的%	0.0%	100.0%	0.0%		0.0%		0.0%	0.0%	100.0%
2006	計數	4	2	2		1		0	1	10
	年份中的%	40.0%	20.0%	20.0%		10.0%		0.0%	10.0%	100.0%
2007	計數	4	3	0		0		0	0	7
	年份中的%	57.1%	42.9%	0.0%		0.0%		0.0%	.0%	100.0%
2008	計數	32	6	1		2		0	4	45
	年份中的%	71.1%	13.3%	2.2%		4.4%		0.0%	8.9%	100.0%
2009	計數	6	3	0		1		0	1	11
	年份中的%	54.5%	27.3%	0.0%		9.1%		0.0%	9.1%	100.0%
2010	計數	9	1	0		0		0	2	12
	年份中的%	75.0%	8.3%	0.0%		0.0%		0.0%	16.7%	100.0%
2011	計數	4	0	1		0		0	0	5
	年份中的%	80.0%	0.0%	20.0%		0.0%		0.0%	.0%	100.0%
2012	計數	13	0	0		0		0	1	14
	年份中的%	92.9%	0.0%	0.0%		0.0%		0.0%	7.1%	100.0%
2013	計數	3	1	0		0		0	1	5
	年份中的%	60.0%	20.0%	0.0%		0.0%		0.0%	20.0%	100.0%
合計	計數	83	21	5		5		1	10	125
	年份中的%	66.4%	16.8%	4.0%		4.0%		0.8%	8.0%	100.0%

衝突框架（66.4%）和人類興趣框架（16.8%）是《泰晤士報》（2003～2013年）涉藏報導的主要框架，這與《紐約時報》2003～2013）涉藏報導的主要框架驚人的相似，從一個側面反映出這兩份報紙在涉藏報導上存在的共性。

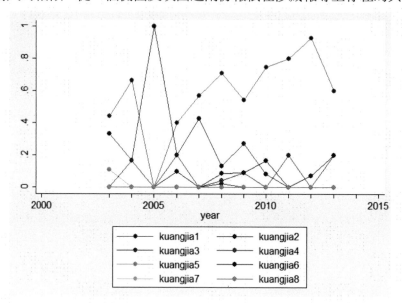

圖 4-12　《泰晤士報》（2003～2013 年）涉藏報導框架變化

衝突框架是《泰晤士報》（2003～2013 年）涉藏報導時最主要的框架，比例最高時達到 92.9%，總體上呈現上升趨勢。這在一定程度上反映出西方國家主流新聞媒體固有的新聞價值觀。

與《紐約時報》一樣，人類興趣框架是《泰晤士報》（2003～2013 年）涉藏報導中第二常用的框架，所佔比例近年來有所降低，整體上呈現下降趨勢。

五、《印度教徒報》涉藏報導議題、報導傾向與報導框架的變化

（一）《印度教徒報》涉藏報導議題的分布與變化

表 4-17　《印度教徒報》涉藏報導議題、報導傾向、報導框架的年度變化表

	Wilcoxon 秩和檢驗										KW 檢驗
	2003 2004	2004 2005	2005 2006	2006 2007	2007 2008	2008 2009	2009 2010	2010 2011	2011 2012	2012 2013	整體
1	1.0000	0.6506	0.8197	0.4047	0.0042	0.0794	0.6466	0.0269	0.3024	0.6226	0.0661
2	0.4999	0.4969	0.6976	0.1823	0.1800	0.8746	1.0000	0.7006	0.0553	0.1293	0.1525
3	0.5861	0.6103	0.4382	0.1300	0.0014	0.0169	0.3769	0.6581	0.0075	0.0415	0.0037

1. 《印度教徒報》涉藏報導議題的分布與整體變化

KW 檢驗發現（見表 4-17），P = 0.0661 > 0.05，整體上看，《印度教徒報》（2003～2013 年）涉藏報導議題沒有顯著的變化。

卡方檢驗結果為：X^2 = 61.533，DF = 50，P = 0.127，P > 0.05，同樣顯示《印度教徒報》（2003～2013 年）涉藏報導議題整體上沒有顯著的變化。

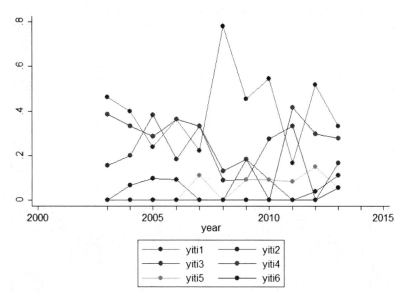

圖 4-13　《印度教徒報》（2003～2013 年）涉藏報導議題年度變化圖

政治類議題（43.3）、社會類議題（26.9%）和文化類議題（18.1%）是《印度教徒報》涉藏報導的主要議題。經濟類議題（5.8%）、軍事類議題（5.3%）和科技類議題（0.6%）相對次要。

政治類議題是《印度教徒報》涉藏報導中最主要的議題。在 2003 年至 2013 年期間，其所佔比例最低為 16.7%，最高為 78.3%，大多數時候在四成左右波動，總體上表現為下降、上升相互交替的模式。

1962 年的一場邊境戰爭，讓曾經「熱得發燙」的中印關係進入「冰點」。20 世紀 80 年代後期，印度總理在 34 年之後首次訪華，兩國關係逐漸改善。近十年來，中印高層互訪頻繁，雙邊貿易額不斷上升，文化交流不斷深入，但是，「西藏問題」仍然是兩國關係中一個十分敏感的問題。因此，對於中國官方在西藏的各種大政方針乃至一舉一動，印度媒體都非常敏感。

1959 年，達賴喇嘛帶領了 8 萬多藏人逃往印度。在印度的支持下，1960 年，達賴喇嘛糾集外逃的西藏貴族、原西藏地方政府官員等，在達蘭薩拉建

立了所謂的「西藏流亡政府」。如今，定居印度的「流亡藏人」人數已經在13萬左右。「西藏流亡政府」的舉動，不但會影響到印度國內人民的生活，也會影響到印度與中國的關係。印度媒體對此也特別關注。

因此，儘管政治類議題所佔比例有所起伏，有時候甚至波動幅度較大，但總體上，其仍然是《印度教徒報》涉藏報導中最為核心的議題。

表4-18　發表年份、報導議題與《印度教徒報》交叉製表

印度教徒報發表年份		報導議題						合計
		政治	經濟	文化	社會	軍事	科技	
2003	計數	6	0	2	5	0	0	13
	比例	46.2%	0.0%	15.4%	38.5%	0.0%	0.0%	100.0%
2004	計數	6	1	3	5	0	0	15
	比例	40.0%	6.7%	20.0%	33.3%	0.0%	0.0%	100.0%
2005	計數	5	2	8	6	0	0	21
	比例	23.8%	9.5%	38.1%	28.6%	0.0%	0.0%	100.0%
2006	計數	4	1	2	4	0	0	11
	比例	36.4%	9.1%	18.2%	36.4%	0.0%	0.0%	100.0%
2007	計數	2	0	3	3	1	0	9
	比例	22.2%	0.0%	33.3%	33.3%	11.1%	0.0%	100.0%
2008	計數	18	0	2	3	0	0	23
	比例	78.3%	0.0%	8.7%	13.0%	0.0%	0.0%	100.0%
2009	計數	5	2	1	2	1	0	11
	比例	45.5%	18.2%	9.1%	18.2%	9.1%	0.0%	100.0%
2010	計數	6	1	3	0	1	0	11
	比例	54.5%	9.1%	27.3%	0.0%	9.1%	0.0%	100.0%
2011	計數	2	0	4	5	1	0	12
	比例	16.7%	0.0%	33.3%	41.7%	8.3%	0.0%	100.0%
2012	計數	14	1	0	8	4	0	27
	比例	51.9%	3.7%	0.0%	29.6%	14.8%	0.0%	100.0%
2013	計數	6	2	3	5	1	1	18
	比例	33.3%	11.1%	16.7%	27.8%	5.6%	5.6%	100.0%
合計	計數	74	10	31	46	9	1	171
	比例	43.3%	5.8%	18.1%	26.9%	5.3%	0.6%	100.0%

　　社會類議題是《印度教徒報》涉藏報導中數量排在第二位的議題。社會類議題所佔比例最低時為 0%，最高時為 41.7%，大多數時候都在 20%～30%徘徊。從 2003 年到 2007 年，其比例多在百分之 30%以上，有三個年度是《印度教徒報》最為重要的議題。從 2008 年起的連續幾年，由於政治類報導大量增加，社會類議題所佔比例下降較大。在 2011 年，其所佔比例升高到歷史最高點 41.7%，隨後兩年，其比例維持在接近三成。總體上看，社會類議題所佔比例有小幅度下降的趨勢。

　　文化類議題在《印度教徒報》涉藏報導中也佔有重要地位。其所佔比例的變化與社會類議題比較相似。在 2008 年之前，其所佔比例多在 20%～30%搖擺。2008 年和 2009 年，其比例下降到不足一成。隨後，其比例有所上升。

2. 《印度教徒報》相鄰年份之間涉藏報導議題的變化

　　Wilcoxon 秩和檢驗發現，《印度教徒報》2007 與 2008、2010 與 2011 報導議題有著顯著差別。

　　上文所述，政治類議題是《印度教徒報》最為重要的議題，其波動幅度很大，這是導致《印度教徒報》相鄰年份之間涉藏報導議題發生顯著變化的直接原因。其數據具體為：2007 年，政治類議題所佔比例僅為 22.2%，而 2008年，這一比例上升到 78.3%；在 2010 年時，其比例為 54.5%，次年下降到 16.7%。

（二）《印度教徒報》涉藏報導傾向的分布與變化

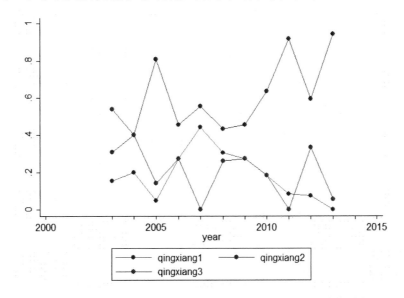

圖 4-14　《印度教徒報》（2003～2013 年）涉藏報導傾向圖

KW 檢驗發現（見表 4-17），P = 0.1525 > 0.05，整體上看，《印度教徒報》（2003～2013 年）涉藏報導傾向沒有發生顯著的變化。同時，各個相鄰年份之間，P > 0.05，表明《印度教徒報》的報導傾向一直比較穩定。

《印度教徒報》的涉藏報導中，正面、中性和負面傾向報導的比例分別為 16.4%、60.2%和 23.4%。

正面和負面傾向報導所佔的比例不高，十年來有一些波動，整體上都有下降趨勢；中性報導為其涉藏報導的主流，並且呈現上升趨勢。

20 世紀的中印關係歷經風雨，有學者將其概況為熱、冷、暖三個階段。在 1962 年邊境衝突之前，總的說來，雙邊關係「熱得發燙」。此後很長一段時間，兩國關係「冷得冰凍」。直到 1988 年，印度總理甘地訪華之後，雙邊關係才開始回暖。〔註 25〕

20 世紀 90 年代以來，中印關係發展順利，成功地實現了三個方面的超越，即「成功地超越了冷戰，成功地超越了印度核試驗危機，成功地超越了邊界爭端，不使之影響雙邊關係的全面發展。」〔註 26〕

進入新世紀之後，兩國關係駛入了快車道。尤其是在 2003 年印度總理瓦傑帕伊訪華時，中印雙方簽署了全面合作的宣言，為兩國關係的進一步發展打下了紮實的基礎。儘管還存在一些不穩定因素，但總體上兩國關係在穩步向前發展。

如前文所述，儘管兩國關係更趨於合作，但是由於雙方尚未劃定陸路邊界，戰略發展上也存在一定的競爭關係，雙方或明或暗的衝突不可避免，其中，最為核心議題的還是「西藏問題」。雖然印度官方公開承認西藏是中國領土的一部分，並且對中國做出承諾，不允許達賴集團在其境內從事損害反對中國政府的活動。但是為了自己的利益，印度仍然會不時打出「西藏牌」。「西藏問題」一方面是中印兩國關係的晴雨表，另一方面也是中印關係長期躊躇不前的根本原因。〔註 27〕

儘管印度全國約有 5000 多家報刊雜誌和 500 多家電視臺，報紙的總發行

〔註 25〕張貴洪：《中印關係的確定性和不確定性》，載《南亞研究》，2010（1），36～44 頁。
〔註 26〕宋德星：《21 世紀的中印關係：印度的根本戰略關切及其邏輯起點》，載《南亞研究》，2007（2），7 頁。
〔註 27〕陳金霞，李大國：《中國解決西藏問題的對策》，載《陰山學刊》，2006（3），93 頁。

量居全球首位，電視臺數量居全球第二，〔註 28〕但真正能影響印度精英的媒體只是為數不多的幾家主流英文新聞頻道和英文報刊。〔註 29〕

表 4-19　發表年份、報導傾向與《印度教徒報》交叉製表

印度教徒報 發表年份		報導傾向			合計
		正面	中性	負面	
2003	計數	2	4	7	13
	發表年份中的%	15.4%	30.8%	53.8%	100.0%
2004	計數	3	6	6	15
	發表年份中的%	20.0%	40.0%	40.0%	100.0%
2005	計數	1	17	3	21
	發表年份中的%	4.8%	81.0%	14.3%	100.0%
2006	計數	3	5	3	11
	發表年份中的%	27.3%	45.5%	27.3%	100.0%
2007	計數	4	5	0	9
	發表年份中的%	44.4%	55.6%	0.0%	100.0%
2008	計數	7	10	6	23
	發表年份中的%	30.4%	43.5%	26.1%	100.0%
2009	計數	3	5	3	11
	發表年份中的%	27.3%	45.5%	27.3%	100.0%
2010	計數	2	7	2	11
	發表年份中的%	18.2%	63.6%	18.2%	100.0%
2011	計數	1	11	0	12
	發表年份中的%	8.3%	91.7%	0.0%	100.0%
2012	計數	2	16	9	27
	發表年份中的%	7.4%	59.3%	33.3%	100.0%
2013	計數	0	17	1	18
	發表年份中的%	0.0%	94.4%	5.6%	100.0%
合計	計數	28	103	40	171
	發表年份中的%	16.4%	60.2%	23.4%	100.0%

〔註 28〕劉婉媛：《印度媒體怎樣報導中國》，載《中國新聞週刊》，2010（39），51 頁。
〔註 29〕唐璐：《印度主流英文媒體報導與公眾輿論對華認知》，載《南亞研究》，2010（1），3 頁。

相對於印地語媒體而言，印度英文媒體更加重視國際新聞、外交新聞的報導。近年來，在兩國官方互動頻繁，兩國關係相對平穩發展的背景下，中國在印度英文主流媒體上出現的頻率僅次於美國。

從報導傾向看，大多數印度英文媒體涉華報導的傾向是「中偏負面」為主，《印度教徒報》是罕見的「異類」。新華社《參考資料》主編、中國南亞學會理事唐璐認為，這些媒體的報導傾向在很大程度上與總編輯的中國觀有關。〔註30〕

《印度教徒報》2003年到2013年涉藏報導的傾向以中立為主，並且中立報導呈現上升趨勢，的確與其總編輯拉姆筆者的中國觀密切相關。拉姆被稱為「親華人士」，曾經十多次訪問中國，他的想法是，「作為一名記者，同時也是中國人民的老朋友，我想通過反覆的實地考察，告訴人們一個真實的西藏。」〔註31〕

在深入藏區實地採訪之後，拉姆先後發表了《處於經濟高速發展中的西藏》《西藏政治：2007年的實地考察》《西藏現實美好、前景光明》《慶祝西藏社會解放》等系列長篇評論或者新聞報導，充分展示了中國黨和政府為大力發展西藏做出的不懈努力和貢獻。

鑒於拉姆對中國抱有相對客觀和公正的態度，在拉薩「3.14」事件之後，我國相關部門邀請了包括《印度教徒報》在內的一些國外媒體到藏區實地採訪。隨後，《印度教徒報》發表的系列文章，如《現代教育是西藏社會和經濟發展的關鍵》《生活幸福是現代西藏生活的顯著特徵》等，對中國實施的西藏政策取得重大而顯著的成功給予了充分肯定，並且向印度讀者正面傳達了中國官方的觀點：達賴喇嘛的所作所為，破壞了中國的國家形象。

（三）《印度教徒報》涉藏報導框架的分布與變化

1. 《印度教徒報》涉藏報導框架的分布與整體變化

KW檢驗發現（見表4-17），$P = 0.0037 < 0.05$，整體上看，《印度教徒報》（2003～2013年）的報導框架有顯著的變化。卡方檢驗發現（$X^2 = 85.099$，$DF = 60$，$P = 0.018$）也得出相同結論。

衝突框架（42.7%）、人類興趣框架（16.4%）、發展框架（12.9%）是《印度教徒報》涉藏報導的主要框架。

〔註30〕唐璐：《印度英文媒體的生存環境及其中國報導——從2009年印度媒體「集體對華宣戰」說起》，載《對外傳播》，2010（4），53～54頁。

〔註31〕〔印〕拉姆：《在西藏，我看到了什麼》，載《人民日報海外版》，2009-03-03001。

　　衝突框架是《印度教徒報》（2003～2013 年）涉藏報導中最常用的框架，比例最低時為 11.1%，最高時為 74.1%，波動幅度很大。分析發現，2008 年和 2012 年藏區的衝突事件多發，這兩年《印度教徒報》衝突框架使用比例最高。從報導數量來看，2008 年和 2012 年也是《印度教徒報》（2003～2013 年）涉藏報導數量最大的兩年。這再次說明，涉藏衝突事件對於國外媒體具有更大的吸引力。

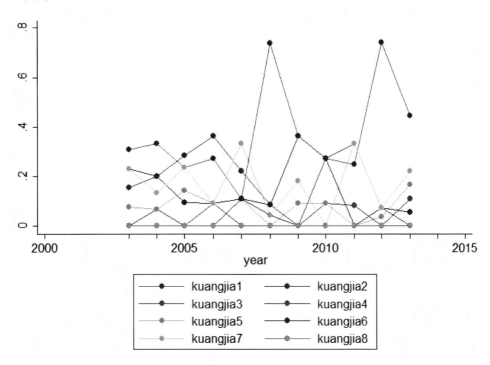

圖 4-15　《印度教徒報》（2003～2013 年）涉藏報導框架變化圖

　　如同《紐約時報》和《泰晤士報》，人類興趣框架在《印度教徒報》（2003～2013 年）涉藏報導中排位第二。在 2008 年之前，人類興趣框架所佔比例在 10%～30% 左右波動。此後，由於衝突框架比例的大幅上升，人類興趣框架所佔比例一致不大。人類興趣框架的大量採用，可以說是三家國外報紙為了吸引讀者，增加報紙銷量的一個重要舉措。

表 4-20　發表年份、新聞框架與《印度教徒報》交叉製表

印度教徒報 發表年份		新聞框架								合計
		衝突	興趣	經濟	道德	責任	和諧	發展	其他	
2003	計數	4	2	0		0	1	3	3	13
	年份中%	30.8%	15.4%	0.0%		0.0%	7.7%	23.1%	23.1%	100.0%
2004	計數	5	3	0		1	1	3	2	15
	年份中%	33.3%	20.0%	0.0%		6.7%	6.7%	20.0%	13.3%	100.0%
2005	計數	5	6	0		0	3	2	5	21
	年份中%	23.8%	28.6%	0.0%		0.0%	14.3%	9.5%	23.8%	100.0%
2006	計數	3	4	1		0	1	1	1	11
	年份中%	27.3%	36.4%	9.1%		0.0%	9.1%	9.1%	9.1%	100.0%
2007	計數	1	2	0		1	1	1	3	9
	年份中%	11.1%	22.2%	0.0%		11.1%	11.1%	11.1%	33.3%	100.0%
2008	計數	17	2	0		1	0	2	1	23
	年份中%	73.9%	8.7%	0.0%		4.3%	0.0%	8.7%	4.3%	100.0%
2009	計數	4	0	0		0	1	4	2	11
	年份中%	36.4%	0.0%	0.0%		0.0%	9.1%	36.4%	18.2%	100.0%
2010	計數	3	3	0		1	1	3	0	11
	年份中%	27.3%	27.3%	0.0%		9.1%	9.1%	27.3%	0.0%	100.0%
2011	計數	3	4	0		1	0	0	4	12
	年份中%	25.0%	33.3%	0.0%		8.3%	0.0%	0.0%	33.3%	100.0%
2012	計數	20	2	0		0	1	2	2	27
	年份中%	74.1%	7.4%	0.0%		0.0%	3.7%	7.4%	7.4%	100.0%
2013	計數	8	0	0		2	3	1	4	18
	年份中%	44.4%	0.0%	0.0%		11.1%	16.7%	5.6%	22.2%	100.0%
合計	計數	73	28	1		7	13	22	27	171
	年份中%	42.7%	16.4%	0.6%		4.1%	7.6%	12.9%	15.8%	100.0%

　　值得一提的是，雖然發展框架所佔比例不高，但是，其在《印度教徒報》（2003～2013 年）涉藏報導中也佔有比較重要的地位。《印度教徒報》採用發展框架的涉藏報導，相對客觀地展現了西藏經濟、社會等各方面取得的成就。

2. 《印度教徒報》相鄰年份之間涉藏報導框架的變化

從年份來看，2008 年和 2012 年，分別與其相鄰年份在報導框架上有顯著差異。造成這種差異的直接原因，在於衝突框架的比例發生了顯著變化。

從表 4-20 可見，在 2008 年和 2012 年，《印度教徒報》涉藏報導中採取衝突框架的比例超出七成，與相鄰年份相比，超過了 30%～40%。

分析文本後發現，2008 年「3.14」事件以及 2012 年藏區多發的自焚事件是導致《印度教徒報》採取衝突框架的直接原因。因為自焚，「對於印度來說，這是一個很大的問題，因為印度有很多藏人而且印度也發生過藏人自焚的事件」。〔註32〕

小結

在 2003 年到 2013 年，四家報紙的涉藏報導議題有一定的變化規律：第一，政治類、文化類議題和社會類議題一直是四家報紙涉藏報導的主要議題。2008 年以來，這幾類議題所佔比例波動較大。近年來，政治類、文化類議題比重有所下降，社會類議題比重上升，並逐漸佔據主導地位，成為最重要的議題；第二，經濟、科技和軍事議題長期都是四家報紙涉藏報導的次要議題，所佔比例波動很小，一直維持在較低的水平。

2007 年與 2008 年、2011 年與 2012 年，四家報紙涉藏報導議題有著顯著區別。相鄰年份之間報導議題發生變化，主要原因是由於政治類議題所佔比例的劇烈變化。

四家報紙報導三種傾向的分布比較均勻，基本上各自占到 1／3。整體上看，四家報紙報導傾向的變化規律為：三種傾向波動都比較大；近年正面報導比重有所下降，中性和負面報導出現上升趨勢。

四家報紙涉藏報導框架的分布與變化有以下規律：第一，衝突（42.0%）、發展（22.2%）和人類興趣框架（12.0%）是四家報紙涉藏報導的主要框架；第二，衝突框架一直在四家報紙的涉藏報導中佔有重要地位，並且比重呈現上升趨勢；第三，發展框架波動幅度較小，近年有下降趨勢；第四，人類興趣框架下降趨勢明顯。

2003 至 2013 年，《人民日報》涉藏報導議題有著顯著變化。政治類議題

〔註32〕《2013 兩會報導——外媒看兩會：印度教徒報阿南特》，新浪博客，http://blog.sina.com.cn/s/blog_699fbab60101ccit.html，20150226。

是《人民日報》涉藏報導中最為重要的議題，雖然在個別年份之間有較大的起伏，但是整體上看，其所佔比例在上升、下降之間相互交替。文化類議題所佔比例最低的時候為 9.1%，最高的時候為 30.0%，大多數時候，其比例在20%左右徘徊，相對而言，起伏不大。社會類議題所佔比例最低的時候為9.1%，最高的時候為 44.4%，整體上看，起伏不大。

《人民日報》（2003～2013 年）報導傾向有著顯著變化。除了 2004 年之外，正面報導始終佔據主導地位。《人民日報》涉藏報導的傾向變化很有規律，表現為：正面報導持續上升，中性報導持續下降。

《人民日報》（2003～2013 年）涉藏報導框架有著顯著變化。發展框架整體上在下降、上升之間交替，波動比較有規律。衝突框架在《人民日報》涉藏報導各框架中，所佔比例排在第二位。衝突框架在《人民日報》涉藏報導中的比例變化具有突然性，關鍵要看當年達賴集團是否有反華活動。和諧框架在很長時間內所佔比例不到一成，和諧框架呈現上升趨勢。

《紐約時報》（2003～2013 年）涉藏報導議題有著顯著變化。社會類議題所佔比例最低的時候為 12.5%，最高時為 85.7%，年度之間差異較大，總體上看，所佔比例呈現上升趨勢。政治類議題表現出「下降—上升—再下降—再上升—再下降」的特點。文化類議題所佔比例最高時為 75.0%，最低時為 0%，整體看來下降趨勢明顯。

《紐約時報》（2003～2013 年）涉藏報導傾向有著顯著的變化。負面傾向報導的比例一直最高，不過，有逐漸下降的趨勢。同時，中性傾向報導和正面傾向報導都有逐漸上升的趨勢。

《紐約時報》（2003～2013 年）涉藏報導框架有著顯著的變化。衝突框架（65.2%）、人類興趣框架（16.7%）和責任框架（10.3%）是《紐約時報》涉藏報導的主要框架。其中，衝突框架呈現持續上升的趨勢，而人類興趣框架則呈現明顯下降趨勢。衝突框架所佔比例的顯著變化直接導致了年度之間報導框架的顯著變化。

《泰晤士報》（2003～2013 年）涉藏報導議題沒有顯著變化。

《泰晤士報》（2003～2013 年）涉藏報導傾向沒有顯著的變化，一直是以負面傾向報導為主。

《泰晤士報》（2003～2013 年）報導框架沒有顯著的變化。衝突框架是《泰晤士報》（2003～2013 年）涉藏報導時最主要的框架。

　　《印度教徒報》（2003～2013 年）涉藏報導議題沒有顯著的變化。

　　《印度教徒報》（2003～2013 年）涉藏報導傾向沒有發生顯著的變化，中性報導為其涉藏報導的主流。

　　《印度教徒報》（2003～2013 年）的報導框架有顯著的變化。衝突框架是《印度教徒報》（2003～2013 年）涉藏報導中最常用的框架，波動幅度很大。人類興趣框架所佔比例在 10%～30%波動。此後，由於衝突框架比例的大幅上升，人類興趣框架所佔比例一致不大。

第五章 從新聞框架到藏區形象

本章首先採用定性的框架分析方法，闡明四家報紙如何通過新聞框架來建構藏區的形象；然後採用文本分析方法，總結出 2003 年至 2013 年四家報紙各自建構的藏區形象。

一、新聞框架

新聞敘事是新聞話語對新聞事實的建構，而不是對所謂先在的、「原初的」客觀事實的重構。所謂的「客觀事實」並不存在，因為其本身就是話語建構的結果。新聞話語通過詞語選擇、句式選擇及敘事視角選擇等方式把新聞事實敘述出來，建構起來。這就是「新聞話語的事實建構。」〔註 1〕

新聞社會學者塔奇曼也指出，「新聞是一種被構建出來的現實，其自身具有內在的合理性。就像文學中一樣，新聞報導中存在的以及新聞報導本身是一種篩選過的（selective）而不是合成的（synthetic）現實。」〔註 2〕

從建構主義的角度來看，藏區的形象是被媒體建構出來的。建構的方式是新聞框架。

本書第一章已經對新聞框架的作用機制、確定方法以及框架理論在傳播學中的具體應用進行了回顧。本章將對四家報紙，通過特定新聞框架建構藏區形象的方式進行具體闡述。

〔註 1〕李智：《對新聞事實的一種建構主義解讀——兼對客觀性新聞報導辯正》，載《現代傳播》，2014（11），56 頁。

〔註 2〕Tuchman G. Telling stories. Journal of Communication, 1976, 26（4）：93～97. 轉引自蔣寧平：《建構論視閾中的新聞生產：框架層次分析》，載《甘肅社會科學》，2010（6），94 頁。

臧國仁與陳陽，均把框架分為三個層次。臧國仁認為框架分為高層次、中層次和低層次，分別為報導主旨、主要事件（先前事件、結果、影響、歸因以及評估等等）和框架的具體表現形式（修辭或比喻）。

陳陽從適合大陸學界的角度，把這三個層次轉化為宏觀、中觀和微觀層面，即媒體框架在宏觀上主要回答這是什麼，即有關新聞主題的問題；中觀結構層面包括主要新聞事件的內容、整個新聞事件的進程、新聞事件的結果和影響、對新聞事件的評價和態度；在微觀層面上，研究者關注的是新聞報導的語言和修辭，包括用什麼字眼來描述人物，用什麼語氣來敘述事件的過程。〔註 3〕

國內許多學者，例如顏梅，莊劍峰〔註 4〕、唐佳梅，單波〔註 5〕等在各自的研究中，採用了這種方式開展研究。

本書在借鑒以上研究的基本上，同樣把框架分為三個層次：宏觀層面為議題框架；中觀層面包括報導框架和報導傾向；微觀層面包括消息來源、貼標籤、「光輝泛化」以及言外之意。

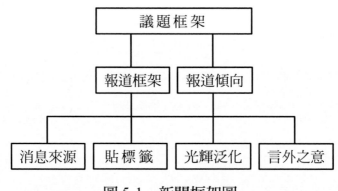

圖 5-1　新聞框架圖

本書以《紐約時報》和《印度教徒報》對一起發生在拉薩的自焚事件的報導為主，結合其他報導以及整體數據，對四家報紙採用新聞框架來建構藏區形象的方式進行具體闡述。

〔註 3〕陳陽：《大眾傳播學研究方法導論》，317 頁，北京，中國人民大學出版社，2007。
〔註 4〕顏梅，莊劍峰：《框架理論視野下的電視法制新聞報導研究——以「藥家鑫案」的報導為例》，載《國際新聞界》，2012（8），61～66 頁。
〔註 5〕唐佳梅，單波：《脫軌的新聞框架與動態的文化霸權——「9·11 事件」十週年報導的跨文化分析》，載《現代傳播》，2013（7），30～36 頁。

《拉薩：第一個自焚者死亡了》〔註6〕

　　北京——據中國官方新聞機構新華社報導，兩名男子在西藏自治區首府拉薩市中心的藏傳佛教最神聖的寺廟外引火自焚，一人死亡，另一人嚴重燒傷。反對中國統治的這種抗議活動在這座城市爆發尚屬首次。

　　自焚事件週日下午發生在大昭寺外，正值薩嘎達瓦聖月期間，這段時間是藏傳佛教信徒慶祝佛祖誕生、悟道和涅槃的時候。〔註7〕

　　他們的自焚是自 2008 年的一次起義被中國安全部隊鎮壓以來在拉薩發生的最重大的反對活動。

　　2008 年的起義之後，當局在拉薩加強了安全措施，特別是在被稱作八廓街（又名八角街）的中心市場區。朝聖之旅的目的地大昭寺，就位於八廓街的心臟地帶。

　　這兩名男子引火自焚的地點拉薩，距離西藏東部（實際是下文中的四川阿壩等地區——譯者注）較早前發生自焚事件的幾處地方很遠，並且，2008 年以來拉薩加強了保安措施。鑒於這兩個情況，此次自焚事件突顯了對中國統治的不滿在擴展。2011 年 3 月，四川省藏族地區的納巴鎮（阿壩縣——譯者根據下文著）格爾登寺一位名叫彭措的僧侶引火自焚，自此算起，至少有 36 人在中國的藏族地區自焚。

　　新華社已經確認，這兩名抗議者有一位叫達吉，來自阿壩縣，阿壩縣是納巴的中文名字；另一位叫托杰才旦，來自夏河縣（位於甘肅省——譯者注），夏河縣藏語叫拉卜楞，這裡座落著著名的拉卜楞寺，夏河縣是反對中國統治的抗議活動的中心之一。

　　這兩個縣位於傳統上被稱為安多的西藏東部地區，藏族與漢族雜居於此。由於是漢族統治中國，許多藏族人怨恨北京的西藏政策，怨恨遷移到西藏搶奪工作和商業機會的漢族人。

　　新華社說，托杰才旦死於他自己放的火，而達吉得以幸存。該新聞機構說，達吉嚴重燒傷，但狀況穩定，能夠和人說話。

〔註6〕《紐約時報》2012 年 5 月 29 日的報導。
〔註7〕「薩嘎達瓦」為藏曆四月。薩嘎有百萬的意思，據稱，在薩嘎達瓦期間，所有的活動，不管正面還是負面，其效果都要乘以 100 萬倍。

　　游說團體自由西藏組織的女發言人哈麗特·博蒙特確認，死者叫多吉才旦，19歲，來自拉卜楞縣的博拉。她說，兩名男子在寺外自焚之前喊了三聲，但無法確認他們喊的是什麼。她說，後來公安人員開始拘留藏族人，尤其是那些來自納巴縣的藏族人。

　　一位在拉薩市雅魯藏布大酒店接電話的人說，拉薩市的安全保衛已經加強，增援的警力已經調入。接電話的人自稱劉先生，他說，尚不清楚新增警力是由普通警察還是由人民武裝警察部隊組成。武警部隊是一支準軍事部隊，通常被調遣到動盪的中國西部民族地區平息暴亂和維持安全。

　　哥倫比亞大學研究現代西藏的學者羅伯特·J·巴尼特說，一位在拉薩的藏族人曾經告訴他，自焚事件之後，這座城市處於「開鍋狀態」當中。

　　巴尼特先生說，「我們現在看到的自焚事件，似乎是一種政治表達，是對較早前發生的核心事件的呼應。」

　　他說，「中國的官員們真的很擔心」，因為新近的抗議活動似乎是「受一種理念、一個政治目標所驅使。」

　　他說，相比之下，較早前發生在納巴的自焚，在很大程度是上對 2008 年起義之後格爾登寺受到安全壓制的反應。

　　納巴已經是自焚事件的中心，但藏人現在自焚的地區卻跨越了廣闊的西藏高原。大部分自焚者是僧侶。在拉薩這次自焚之前，西藏自治區只發生過一次這樣的抗議活動，是在東邊稱為昌都地區的一個在俗信徒的自焚。

　　上週日的自焚最先被自由亞洲電臺和美國之音報導，這兩家媒體與中國西部的藏人有接觸。美國之音報導稱，這兩名男子在拉薩一家名叫尼瑪嶺的飯店工作。自由亞洲電臺報導說，兩人為僧侶，點火自焚不到 15 分鐘就被警車載走。

　　今年 3 月，中國國家主席胡錦濤告訴在北京參加全國人民代表大會的西藏代表團，必須「持續努力維持社會的和諧與穩定」。官方新聞報導說，西藏自治區現任黨委書記陳全國在公開會議上重申了胡主席的話，表示官員要堅持穩定壓倒一切的思想。

譯文：自焚抗議蔓延到拉薩〔註8〕

　　兩名西藏人上週日在拉薩中心區域一個重要的藏傳佛教寺院附近自焚，這是對西藏自治區省會城市拉薩出現自焚抗議活動的第一例報導。

　　托杰才旦是來自甘肅省藏人聚居縣夏河縣的一個和尚。中國國家媒體星期一報導，托杰才旦當著眾多聚集在大昭寺紀念佛教的吉祥月——薩嘎達瓦的信徒面前自焚後死亡。

　　另一個和尚達吉，來自四川省阿壩縣。在已經報導了的過去一年發生的30例自焚抗議中，一半以上發生在阿壩縣。達吉自焚未遂後被送往醫院，現在處於穩定狀態。

　　根據西藏自治區黨委宣傳部的聲明，這兩名西藏人週日下午在大昭寺附近的繁華區域八角試圖自焚。新華社發布了這份聲明，說警察把火撲滅，把他們送到了醫院。

　　在近幾個月相鄰的藏族地區青海、甘肅和四川等省一連串的自焚事件之後，中國政府在拉薩加派了警力部署。

　　拉薩居民在最近的採訪中告訴《印度教徒報》，在2月和3月，藏曆新年與2008年3月14日騷亂週年紀念日之前，拉薩實施的安保措施是前所未有的。拉薩周邊檢查點圍成一圈，禁止沒有拉薩居住證的藏人進入市區。

（一）宏觀框架

本書的宏觀框架是指議題框架。

　　人們生活在第二手的世界裏。在人們的日常生活中，他們關於世界以及自身的形象，有一大部分越來越依賴觀察哨站、詮釋中心與再現供應站這些文化機構。這些文化機構，就是大眾媒體。〔註9〕

　　媒體把一些內容列為報導議題，而排斥其他內容，或者長期、持續關注某類議題而忽略另一類議題，通過這種主觀上的選擇與排斥，含蓄隱晦地表達出自己的觀點，即哪些是最為重要的內容，哪些是不重要的內容。

　　議題框架是報紙最為重要的框架。本書將涉藏報導的議題框架分為六類，

〔註8〕《印度教徒報》2012年5月29日的報導。
〔註9〕〔美〕愛德華·薩義德：《報導伊斯蘭》，閻紀宇譯，60～61頁，上海，上海譯文出版社，2009。

即：政治、社會、文教、經濟、軍事和科技。

　　2012 年 5 月 27 日下午，兩名藏族青年男子在拉薩市自焚。這是在拉薩發生的首例自焚事件。事件發生後，新華社做了報導。在這四家報紙中，只有《紐約時報》和《印度教徒報》進行了報導。換句話說，這次自焚事件在《人民日報》和《泰晤士報》看來並不重要，因此被「過濾」出了報導範圍。就整體而言，對於自焚事件，四家報紙中，《紐約時報》和《印度教徒報》的報導數量更多。

　　《紐約時報》和《印度教徒報》的報導，從議題框架上看，屬於社會議題。社會議題是《紐約時報》涉藏報導中最為重要的議題，報導數量 187 條，比例為 56.7%，超過報導總數的一半。社會類議題是《印度教徒報》涉藏報導中數量排在第二位的議題，所佔比例為 26.9%。

　　結合報導數量與議題框架來看，四家報紙都認為藏區的政治（39.4%）、社會（34.3%）和文教議題（18.2%）最為重要，而經濟（5.6%）、軍事（1.6%）和科技議題（1.0%）並不重要，其中，科技議題最不重要。出於對自身利益的關切，《印度教徒報》對藏區軍事議題比較關注。

　　媒體對於某區域一定數量的報導，是形成該區域媒介形象的基礎。四家報紙更為注重對藏區的政治、社會和文教形象的建構，經濟、軍事和科技議題報導數量過少，因此其形象難以為讀者所感知。

　　綜合考慮報導篇幅與報導數量，總的來看，《人民日報》對於藏區最為重視，《紐約時報》次之，隨後為《印度教徒報》，《泰晤士報》排在最後。

（二）中觀框架

　　議題框架確定之後，報導框架成為媒體的關鍵。正如前人的研究表明，同樣的議題，不同的框架體現了媒體不同的傾向，也會導致受眾對事件產生完全不同的感知。

1. 報導框架

　　《拉薩：第一個自焚者死亡了》在報導框架上採用衝突框架，強調藏人是出於政治目的，舉行自焚這種抗議活動，更具體地說，是對「漢族統治中國，北京的西藏政策以及漢人遷移到西藏地區，搶走了藏人的工作和商業機會」表示抗議。《自焚抗議蔓延到拉薩》的報導框架也是衝突框架。不過，與《紐約時報》不同，該報導只是講述了自焚這件事的進程和結果，沒有突

出藏人自焚的目的，也沒有對整個事件進行評價和表態。儘管在報導用詞、報導傾向等方面，兩篇報導有較為顯著的差異，但是衝突框架顯然會給讀者造成社會不穩定的印象。

西藏是中國領土的一部分，迄今為止，沒有一個政府公開反對這一點。藏族是中華民族的一個不可缺少的成員。但是《紐約時報》《泰晤士報》有意識地忽視社會各界維護漢族與藏族團結統一的主張，把藏族人（Tibetan）與中國人（Chinese）或漢族人（Han Chinese）對立起來，並且常常把西藏（Tibet）與中國（China）作為兩個對立的實體，從而把原本屬於中國國家內部的事務變成了西方話語中的國與國的衝突。

《紐約時報》與《泰晤士報》採用衝突框架的樣本分別占其涉藏報導總量的六成左右，《印度教徒報》採用衝突框架的樣本占其涉藏報導總量的42.7%。三家報紙的衝突框架主要出現在政治和社會議題中，具體而言，《紐約時報》在政治議題（74.5%）和社會議題（72.7%）中採用衝突框架的報導超過七成，《泰晤士報》在政治議題（80.0%）和社會議題（73.8%）中採用衝突框架的報導也都超過了七成，《印度教徒報》在政治議題採取衝突框架的比例為58.1%，社會議題中的比例為45.7%。具體數據參見表5-1。

由於《紐約時報》與《泰晤士報》等西方主流媒體在全球傳播中的主導地位，外國公眾身處其建構的「擬態環境」當中，媒體在涉藏報導中大量採用衝突框架，其「旦旦而聒之，月月而浸潤之」所形成的效果，必然是導致藏區在外國公眾心目中的形象是如同中亞、中東等熱點衝突地區。因此，《紐約時報》與《泰晤士報》等西方主流媒體建構的藏區形象，將是中國獲得世界認同並贏得良好發展環境的巨大障礙。〔註10〕

已有的民意調查也證實了這一點。CNN在一次民意調查中，提出一個問題：基於你自己閱讀或者聽到的內容，你認為西藏應該是一個國家，或者西藏應該是中國的一部分？82%的回答都是，西藏應該是一個「獨立的國家」。〔註11〕

《人民日報》沒有報導拉薩這次的自焚事件，並且整體上看，《人民日報》對自焚的報導非常少見。在《人民日報》（海外版）2011年11月25日第4版

〔註10〕莊曦，方曉紅：《全球傳播場域中的認同壁壘——從〈紐約時報〉西藏「3·14」報導透視西方媒體「他者化」新聞框架》，載《新聞與傳播研究》，2008（3），9頁。
〔註11〕劉康：《國家形象與政治傳播（第一輯）》，136頁，上海，上海交通大學出版社，2010。

《也談四川藏區年輕僧人自焚事件》一文中，可以看出其對待自焚事件的報導框架。

> 今年以來在四川省藏區發生了幾起年輕僧人和已經還俗僧人的自焚事件。自焚是一種極端的自殺行為，幾個年輕人的生命瞬間葬身火海，令人震驚和惋惜。儘管當地政府在現場盡最大努力採取了滅火救人的措施，但還是有幾位僧人沒有能夠被留住他們年輕的生命。
>
> ……
>
> 西方媒體稱幾起事件中，年輕僧人和還俗僧人在實施自焚行為之前，都高呼「西藏自由」、「西藏獨立」等口號，這明顯是一種政治的訴求。而這種政治訴求顯然並非出於這些十幾、二十幾歲，可能一生都還不曾有機會離開過自己的家鄉和寺廟的年輕人。這些年輕人入寺修行和學習藏傳佛教經典理論的時間應該還不長。這些僧人的這些政治訴求是哪裏來的呢？……正是這些被稱作宗教領導者、「上師」的人，為了實現他們個人和少數群體的利益，為了他們的「西藏獨立」夢想，不僅不出面阻止悲劇的發生，甚至還在繼續慫恿自焚行為。
>
> ……
>
> 自焚事件是企圖分裂中國，實現「西藏獨立」夢想的人玩弄的一場政治陰謀。分裂勢力不惜以年輕人的生命為代價，製造出「宗教迫害」這樣一個對中國政府殺傷力極大的話題，其目的就是企圖引發國際輿論的關注，繼續炒熱所謂「西藏問題」，推動「西藏問題國際化」，同時攻擊和抹黑中國政府民族宗教和西藏政策，為所謂「西藏獨立」製造依據。可憐幾個年輕人看不懂所謂「西藏問題」已經成為100多年以來帝國主義、反華勢力和分裂勢力手中玩弄的政治把戲，白白地成為他們的陪葬。〔註12〕

從上文可見，與《紐約時報》自焚報導強調藏族與漢族、藏人與中國政府的衝突不同，《人民日報》採用的是責任框架，認為自焚是達賴集團操縱的政治陰謀，目的是推動「西藏問題國際化」，最終實現所謂的「西藏獨立」，

〔註12〕華子：《也談四川藏區年輕僧人自焚事件》，載《人民日報海外版》，2011-11-25004。

達賴集團應該對自焚事件承擔責任。

2. 報導傾向

《拉薩：第一個自焚者死亡了》報導稱許多西藏人不滿北京的西藏政策，強調兩名男子自焚是出於政治目的，是為了反抗中國的「統治」，甚至把 2008 年 3.14 事件成為「起義」，報導傾向明顯偏於負面。

《自焚抗議蔓延到拉薩》沒有對事件的雙方——自焚者及中國官方做出評價，報導傾向為中性。

如前文所述，四家報紙的總體傾向均值分別為 0.76，-0.61，-0.64 和-0.06。《人民日報》涉藏報導的整體傾向明顯偏於正面，《紐約時報》《泰晤士報》偏於負面，《印度教徒報》比較中立。幾家報紙，有的說好，有的說壞，有的中立，同一個藏區，在各報的讀者面前，展示了完全不同的形象。

（三）微觀框架

微觀框架指的是媒體新聞框架的組成部分，也是媒體在報導中具體採取的強調方式或技巧，具體表現為消息來源的選擇、貼標籤、光輝泛化、言外之意等多種方式。

1. 消息來源

在一定意義上講，新聞報導是記者與消息來源共謀的產物。不同的消息來源對於同一個新聞事件往往有著不同的看法和傾向，最終也會影響到報導的傾向。在涉藏報導中，中國官方和達賴集團是衝突的對立方。按照西方新聞專業主義的觀點，媒體應該為衝突雙方提供一個公平的講壇。但是，《紐約時報》和《泰晤士報》在這方面存在較為嚴重的問題。

在消息來源的選擇上，《紐約時報》2012 年 5 月 29 日的報導《拉薩：第一個自焚者死亡了》充分體現了其信源廣泛的特點。這篇報導的信源包括中國媒體（新華社）、美國媒體（自由亞洲電臺和美國之音）、中國官方、支持達賴集團的組織（自由西藏組織）、美國精英（哥倫比亞大學學者）、在拉薩的匿名信源等。

表面上看，這篇報導的信源涉及方方面面，顯得比較平衡和客觀，但仔細分析後會發現，中國媒體和中國官方被眾多其他消息來源所「包圍」，勢單力薄，發出的聲音被其他消息來源同情、支持自焚者的聲音所淹沒。

　　周勇等人對 1989 年到 2012 年間，《紐約時報》涉藏報導中的信源進行了分析，發現《紐約時報》採取明顯態度消極的信源占到總量的 78.4%，積極態度的信源僅有 21.5%。〔註 13〕

　　本書將《紐約時報》（2003～2013 年）涉藏報導的消息來源分成兩類：一是達賴集團或者普遍支持達賴集團的消息來源，二是支持中國官方的信源。結果發現，前者的比例合計達到 51.87%，超出後者（22.57%）接近三成。這種情況，也同樣出現在《泰晤士報》（2003～2013 年）的涉藏報導中。

　　《紐約時報》和《泰晤士報》在涉藏報導消息來源的選擇上，可謂處心積慮，一方面要在形式上做到平衡，另一方面又要不露聲色地借消息來源之口，表達媒體自己的觀點和意見。

　　《印度教徒報》的報導《自焚抗議蔓延到拉薩》中，消息來源有兩個，分別是中國媒體和匿名消息來源（拉薩居民），沒有採用支持或者同情達賴集團的消息來源，這在一定程度上，表明了《印度教徒報》對待此事件的傾向。

　　《人民日報》在選擇消息來源時，過於倚重我國官方，在信源的構成形式上不如國外報紙，同時，信源的態度上驚人地一致，明顯偏於積極正面。例如《人民日報》2013 年 2 月 1 日的報導《操弄「自焚」必受法律嚴懲》：

　　　　1 月 31 日，四川省阿壩州中級人民法院宣布被告人羅讓貢求單獨或夥同他人煽動、引誘、教唆、脅迫 8 人自焚，致使 3 人死亡，以故意殺人罪依法判處死刑，緩期二年執行，剝奪政治權利終身，從犯羅讓才讓判處有期徒刑十年，剝奪政治權利三年；甘肅省夏河縣人民法院一審宣布被告人完麼當知等 6 人分別以故意殺人罪、尋釁滋事罪判處相應有期徒刑。

　　　　案件判決充分彰顯了法律的尊嚴和權威。通過操弄自焚殘害他人的生命，無論在中國還是在世界其他國家，都屬於犯罪行為。而達賴集團卻利用達賴的宗教影響，大肆鼓吹「自焚不違背佛法」、「自焚屬於殉教行為、是菩薩行」，達賴筆者甚至公開宣稱「自焚者是為了佛法和人民的福祉，從佛教的觀點來看，是積極的」，把這種破壞法治、危害人類的犯罪行為裝飾成佛教善舉，誘騙信眾特別是一些

〔註 13〕周勇，胡瑋，陳慧茹：《誰在控制西藏問題的話語：涉藏報導的路徑依賴與效果生成》，載《國際新聞界》，2014（4），73 頁。

閱世不深的青少年為其分裂祖國的罪惡政治圖謀而走上不歸路。

……

達賴集團操弄自焚，違反法律、違反人性、違反佛理，從一開始就受到廣大群眾和宗教界人士的強烈譴責和反對。年僅 17 歲的格白自焚身亡後，其母親突發腦溢血，整個家庭陷入失去親人的悲痛之中，他的舅姥爺悲痛地說，「誰也不願意看到自己親戚裏面有人自焚，吃得飽穿得暖，他們不懂事就做了這樣的事」。許多讀者、網民憤怒指責達賴集團「沒有人性」，並尖銳指出，如果自焚這般美好，為什麼達賴集團頭面人物自己沒有一個自焚！1 月 16 日，中國漢傳佛教、南傳佛教、藏傳佛教 40 多名高僧大德和專家學者舉行「佛教生命觀研討會」，一致指出「不殺生」為佛教根本戒律，對自焚者受人操弄而喪失生命感到痛心、惋惜。中國佛協會長傳印長老指出，勸誘、鼓勵和讚歎自殺行為與親手殺人的暴力行為無異。嘉木樣活佛表示，僧人自焚和參與、煽動他人自焚，完全違背教義和戒律，必須反對。在發生自焚事件的地方，廣大群眾更是強烈譴責這種反人類行為，要求政府果斷採取措施，將操弄者繩之以法。事實上，正是依靠廣大群眾的支持，公安機關才成功制止了多起預謀自焚案件，挽救了多個年輕生命，自焚事件也始終被侷限在數省交界狹小地區。所謂「整個藏區都燃燒起來」，始終只存在於達賴及其追隨者的夢境裏。

隨著自焚案件的逐一偵破、審理和判決，一些當事人也有所醒悟。自焚生還者桑代對記者說，「第一天（自焚當天）我想我是個英雄，後來我想我真是個笨蛋」。迄今沒有一個獲救的自焚者想去當「英雄」而第二次自焚。煽動他人自焚的罪犯羅讓才讓交待，他從來沒有看得起這些自焚者，「我沒覺得他們是藏族的英雄，我只是覺得他們太傻了」。〔註14〕

在《人民日報》這篇報導中，消息來源分為兩類：一類為達賴集團，另一類為對其批判的一方。針對達賴集團所謂「自焚不違背佛法」、「自焚屬於殉教行為、是菩薩行」等說法，應該說，《人民日報》採用自焚者的「舅姥爺」、「高僧大德」、「自焚生還者桑代」的批判以及煽動他人自焚的罪犯羅讓才讓

〔註14〕益多：《操弄「自焚」必受法律嚴懲》，載《人民日報》，2013-02-01011。

的交待，是相當有說服力的。而以「許多讀者、網民」、「廣大群眾」作為消息來源，降低了報導的可信度。

這篇報導，優點在於鮮明地表達了自己的觀點和立場，不足之處是在信息來源上，不夠廣泛和全面，同時，「許多讀者、網民」、「廣大群眾」這種消息來源，對整篇報導的可信度有負面影響。

2. 貼標籤

標籤策略，是指在新聞報導中，給所報導的事件、人物貼上人們所熟悉的，並形成了思維定勢或刻板成見的事件、人物類別標籤。戴維·巴勒特說：「對事件進行鑒別，給他們命名，下定義，與其他事件聯繫起來——例如『行兇搶劫』、『恐怖分子襲擊』，或者『虐待兒童』事件。這樣就給事件『貼了標籤』」。〔註15〕通常情況下，標籤都比較負面。

《拉薩：第一個自焚者死亡了》在詞語的選擇運用上，強調2008年3月發生在拉薩的騷亂為「起義」（uprising），自焚是為了反抗中國「統治」（rule）、支持西藏「起義」的正義之舉，給中國官方貼上了負面的標籤，把官方控制騷亂的合理舉動稱為「鎮壓」（crushed）、「壓制」（clampdowns）。

事實上，包括《紐約時報》在內的西方主流媒體，涉藏報導在用詞上已經形成定式，西藏的解放被稱為「入侵」（invasion）或「佔領」（occupation），平息騷亂或者暴亂經常會被指責為「鎮壓」（repression）或壓制（clampdown）。

在《自焚抗議蔓延到拉薩》一文中，沒有以上負面「標籤」。

毋庸諱言，在《人民日報》以及我國主流媒體的涉藏報導中，貼標籤的情況也同樣存在。比如，提到達賴一方時，常常用到「分裂分子」、「煽動者」、「披著袈裟從事分裂活動的政治流亡者」等等。

3. 光輝泛化

光輝泛化是大眾媒體常常採用以致被受眾視而不見的一種宣傳手法，即「將某事物與好字眼聯繫在一起，使我們不經證實而接受或贊同這一事物」。〔註16〕

這種方法與貼標籤截然不同。比如，「烈士」是指剛直，有高貴品格的，

〔註15〕 王勇：《從標籤策略看新聞生產的意識形態性》，載《國際新聞界》，2010（8），62頁。

〔註16〕 〔美〕賽佛林，〔美〕坦卡德著；《傳播理論——起源、方法與應用（第5版）》，郭鎮之，徐培喜等譯，100頁，北京，中國傳媒大學出版社，2006。

為正義、人民和國家而死難的人，〔註17〕而《紐約時報》和《泰晤士報》通常將自焚者稱為「烈士」（martyrs），他們的自焚是為了抗議中國政府的暴政；又如在提到達賴喇嘛時，往往稱他為「流亡藏人精神領袖」（the Tibet's exiled spiritual leader）或者「流亡藏人宗教領袖」（the exiled Tibetanreligious leader），強調其「無私」（selfless）、「和平」（peace）和「非暴力」（nonviolence）。

《紐約時報》和《泰晤士報》把這些美好的字眼與達賴喇嘛、自焚者聯繫在一起，如此一來，達賴喇嘛與自焚者的所作所為自然而然容易受到讀者的尊重或者同情。這些固定用語反覆出現，一遍又一遍地加深讀者的印象，從而極易導致刻板印象。

光輝泛化也是《人民日報》涉藏報導中較常使用的方法。從「翻天覆地新西藏」（2005 年 8 月 25 日）、「今昔巨變看拉薩」（2005 年 6 月 2 日）、「美麗的拉薩迎『五一』」（2008 年 5 月 1 日）等報導的標題中就可以看出，這些報導採用了此方法。

4. 言外之意

《拉薩：第一個自焚者死亡了》把新華社作為消息來源時，刻意強調其中國官方新聞機構的身份（the Chinese state news agency），而對自由亞洲電臺和美國之音都受到美國官方資助的背景隻字不提。

與我國的情況不同，在西方語境中，「官辦」（state-run or government-run）的機構，往往是不值得受眾信賴的。《紐約時報》刻意強調新華社的官方身份，言外之意就是其發布的消息值得懷疑。《紐約時報》和《泰晤士報》利用國外讀者對於官方機構天生不信任的特點，使得我國媒體發出的聲音不被接受。

西方人長期接受反共教育，一提「共產黨」、「共產主義」這種詞匯，他們就會聯想到獨裁和殘忍，認為共產黨不可能給人民辦好事。在《紐約時報》《泰晤士報》的涉藏報導中，「共產黨」這類詞匯頻頻出現。而對於符合記者意圖的消息來源，它們則一般會加上一兩個受人尊敬的頭銜，如「教授」、「獨立媒體」、「自由主義者」等等，言外之意，這些言論具有客觀性、合法性以及可信度。

迄今為止，沒有任何一個主權國家承認西藏獨立。但是，《紐約時報》

〔註17〕中國社會科學院語言研究所：《新華字典》，修訂本，304 頁，北京，商務印書館，1998。

《泰晤士報》在文中，常常把西藏與中國並立，如「Tibet and China」（泰晤士報，2013 年 2 月 20 日），潛臺詞為西藏是與中國相提並論的政治實體。在提及拉薩時，稱其為「藏族人的首都」（the Tibetan capital）而不是西藏自治區的首府（the capital city of the Tibet Autonomous Region）。此外，《紐約時報》和《泰晤士報》還有一些更為隱晦的方式，來表達自己的言外之意。

二、四家報紙建構的藏區形象

（一）《人民日報》中的藏區形象

根據前面的統計與分析，研究發現，《人民日報》通過對藏區報導議題的選擇、報導傾向、消息來源、報導框架等方面的綜合處理，形成和強化特有的媒介框架，建構了藏區的以下形象〔註 18〕：

1. 政治形象：黨和政府執政為民，藏族人民當家做主

政治議題是《人民日報》數量最多的議題，報導數量有 186 條，占樣本總量的 46.5%，其中，正面傾向（69.4%）的報導近七成，剩餘都是中性報導。具體數據參見表 5-2（本章最後）。

作為黨中央的機關報，《人民日報》在宣傳黨和政府的方針政策時不遺餘力，並且，對各級黨組織和政府部門執政為民的諸多舉措以及效果進行了著重報導。例如：

西藏安居工程惠及百萬農牧民〔註 19〕

「十一五」力爭使八成農牧民住上新建、改造後的住房

本報拉薩 5 月 16 日電記者徐錦庚報導：沿拉薩市區至貢嘎機場公路驅車行去，車窗前閃過一排排漂亮的藏式小樓房。這些才冒出一年多的嶄新建築，是西藏農牧民安居工程的試點成果。迄今，在拉薩、山南、林芝 3 個地市的 7 個試點縣，已有 12758 名農牧民喬遷新居。到 4 月底，全區又有 3600 戶新農房竣工。

拉薩堆龍德慶縣乃瓊鎮農民吳金一家 5 口人，原先擠在又小又暗的土木平房裏，如今住進了寬敞的兩層石砌樓房。搬進新房那天，

〔註 18〕 如前文所述，藏區經濟、科技和軍事類議題的報導數量較少，難以有效建構相應形象。因此，下文僅對藏區的政治、社會和文化形象進行分析。

〔註 19〕 徐錦庚：《西藏安居工程惠及百萬農牧民》，載《人民日報》，2006-05-17 第 1版。

他老伴樂得直抹淚，說做夢也沒有想到還能享到這個福，多虧共產黨政策好。乃瓊鎮鎮長群培算了筆賬：自治區給每戶補助 1 萬元、拉薩市補助 5000 元、縣裏補助 1 萬元，這樣每戶蓋新房可以拿到補助金 2.5 萬元。

從今年起，西藏採取政府主導、民辦公助的方式，全面實施農牧民安居工程，計劃在「十一五」期間，整合、安排資金 27.26 億元，爭取使 80% 以上的農牧民住上安全適用的新房。今年將安排資金 4.92 億元，完成 4 萬戶農房的新建或改造任務。

西藏自治區黨委代理書記張慶黎在接受記者採訪時說：「建設社會主義新農村，老百姓最盼的是住上安全適用的房，喝上乾淨衛生的水，治好折磨人的病，走上寬敞平坦的路，用上方便充足的電，聽到黨中央的聲音。一句話，就是『安居樂業』4 個字，安居才能樂業。」

西藏現有人口 270 餘萬，其中農牧民占 80%。「十五」期間，在國家的大力支持下，西藏分別在拉薩、日喀則、昌都、那曲、阿里等地市的 19 個縣，建設住房面積 65 萬平方米，修建牲畜棚圈、人畜飲水井等，共解決 8000 戶、4.09 萬游牧民的定居問題，大大改善了當地農牧民的生產、生活條件。

……

這篇報導，強調了在全面實施安居工程之後，藏區人民生活得到顯著的改善，採用的報導框架為發展框架，報導傾向積極正面。

在消息來源方面，這篇報導既有現場目擊的記者，又有受益群眾、基層幹部以及西藏自治區黨委代理書記張慶黎，並且，通過張慶黎之口，指出西藏實施這項工程的目是為了群眾安居樂業。報導採用多種方式，充分展現了黨和政府在西藏實施的造福百萬藏族群眾的惠民工程。

「中南海的關懷與西藏巨變」、〔註20〕「西藏廣闢途徑促進農牧民增收」、〔註21〕「四川啟動甘孜富民安康工程」〔註22〕等文，普遍採用發展框架，正面報導了藏區在黨中央、國務院的關懷下，在全國人民的大力支持和藏區各

〔註20〕鄭少忠，徐錦庚，何勇：《中南海的關懷與西藏巨變》，載《人民日報》，2005年 8 月 24 日第 1 版。

〔註21〕劉亮明：《西藏廣闢途徑促進農牧民增收》，載《人民日報》，2003-06-12。

〔註22〕劉裕國：《四川啟動甘孜富民安康工程》，載《人民日報》，2007-09-10 第 10版。

族人民的團結奮鬥下，經濟和社會各項建設事業所取得的巨大成就。

藏區的黨員幹部，是《人民日報》報導的另一個重點。《人民日報》在這一系列人物報導中，大量採用「光輝泛化」的方式，如「不忘承諾」、〔註23〕「藏族同胞的挖井人」、〔註24〕雪域高原的「那扎草」〔註25〕，塑造了一批始終不忘黨的宗旨，始終不忘對西藏人民的承諾，用自己的青春、熱血甚至生命，在遼闊藏區無私奉獻的共產黨員幹部的群像。

大力培育少數民族幹部，是黨和國家的一項重要政策，是促進少數民族和民族地區發展、鞏固和發展社會主義民族關係、解決民族問題的關鍵。〔註26〕《人民日報》對保障藏族人民當家做主，做好藏區少數民族幹部工作做了大量報導。

　　例子1：西藏各級人大代表中，藏族和其他少數民族占94.4%；
　　自治區現職省級領導幹部中，藏族和其他少數民族幹部占70.42%；
　　縣、鄉兩級主要領導幹部中，藏族和其他少數民族占86%。〔註27〕
　　例子2：1965年9月1日，西藏自治區第一屆人民代表大會第一次會議召開，標誌著人民代表大會制度在西藏全面建立，迎來了人民當家作主的新時代。
　　民族區域自治制度的貫徹實施，從制度和組織上保障了西藏人民的政治權利。據統計，全區3.4萬多名自治區、市、縣、鄉級人大代表中，藏族占94%以上。其中，自治區人大代表中藏族占70%以上。〔註28〕
　　例子3：記者從西藏自治區黨委組織部10日召開的新聞發布會上獲悉：西藏大力培養使用藏族和其他少數民族幹部，截至2010年底，藏族等少數民族幹部已達7.7萬人。〔註29〕

〔註23〕徐錦庚，鄭少忠：《不忘承諾》，載《人民日報》，2005-05-13要聞。
〔註24〕郅振璞：《藏族同胞的「挖井人」》，載《人民日報》，2005-05-28綜合。
〔註25〕申琳，張帆：《雪域高原的「那扎草」》，載《人民日報》，2008-11-10第1版。
〔註26〕吳仕民：《中國民族理論新編》，303頁，北京，中央民族大學出版社，2008。
〔註27〕中共西藏自治區委員會，西藏自治區人民政府：《偉大的轉折　光輝的歷程——紀念西藏和平解放60週年》，載《人民日報》，2011-05-22第4版。
〔註28〕張帆，扎西，劉文波：《雪域六十載　跨越上千年——西藏政治制度歷史性變革綜述》，載《人民日報》，2011年-05-23第1版。
〔註29〕韓俊傑，扎西：《西藏少數民族幹部突破7.7萬人》，載《人民日報》，2011-06-13第11版。

　　《人民日報》通過這些報導，使黨和政府執政為民，藏族人民當家做主的形象得以樹立。

2. 社會形象：人民生活水平不斷提高，生態環境得到妥善保護

　　《人民日報》社會議題報導 77 篇，88.3%的報導傾向為正面，其餘報導的傾向為中性。在《人民日報》的報導中，藏區人民的生活水平不斷提高。具體數據參見表 5-2。

　　　　例子 1：2002 年，西藏農牧民人均收入達到 1570 元，比 2001 年的 1404 元增加 166 元。〔註30〕

　　　　例子 2：2006 年，西藏自治區全區生產總值達到 290.05 億元，連續 6 年保持 12%以上的增長速度。農牧民人均純收入達到 2435 元，連續 4 年保持兩位數增長。〔註31〕

　　　　例子 3：芬蘭自然歷史博物館專家艾瑞克‧格蘭奎斯特教授認為，西藏人民的生活水平相當高，很多建設項目也讓他印象深刻。

　　他說：「西藏呈現著一幅美好的生活圖景！」〔註32〕

　　西藏自治區既是南亞、東南亞地區的「江河源」和「生態源」，也是中國乃至東半球氣候的「啟動器」和「調節區」，但是，西藏的生態環境十分脆弱，一旦破壞便難以恢復。〔註33〕藏區的生態環境問題，經常成為西方批評中國政府的一個重要議題。在《人民日報》的報導中，藏區的生態環境不斷得到改善。

　　　　例子 1：「拉薩河是拉薩人的母親河，也是拉薩市環境質量的晴雨表，每次回去我都要到河邊看一看。2001 年 10 月看到的景象至今讓人興奮：由於市裏實施禁漁、禁獵等環保措施，拉薩河河水碧綠清澈，天鵝、野鴨，還有一些我叫不出名字的鳥兒，自由自在地在水面上游弋，一派祥和美景。這是先前我在拉薩工作時沒有見過的！」〔註34〕

　　　　例子 2：「對，西藏就是一個真正的大香格里拉！」多吉代表自

〔註30〕邊巴次仁：《西藏農牧民人均增收超百元》，載《人民日報》，2003-02-04。
〔註31〕朱虹：《西藏已進入推進跨越式發展新階段》，載《人民日報》，2007-06-21002。
〔註32〕張慧中：《「西藏人民生活幸福」》，載《人民日報》，2008-04-19003。
〔註33〕徐錦庚、鄭少忠：《西藏：自然保護區覆蓋面積超三成》，載《人民日報》，2005-06-21。
〔註34〕李新彥，趙永新：《西藏的明天會更美》，載《人民日報》，2003-03-12。

豪地說：「與其他地區相比，西藏的生態環境還保持著自然狀態。」
〔註 35〕

《人民日報》通過以上類似報導，建構出藏區人民生活水平不斷提高，生態環境得到妥善保護的社會形象。

3. 文化形象：藏族傳統文化得到保護和弘揚

《人民日報》文化類議題報導 88 篇，占總量的 22%，其中，71.6%的報導傾向為正面，其餘都為中性。具體數據參見表 5-2。

藏族是中國 56 個民族之一，藏族文化是中華文化不可或缺的重要組成部分。西方國家與達賴集團，常常指責中國政府沒有保護好藏區的傳統文化，甚至鼓吹藏區面臨「文化滅絕」的局面。〔註 36〕對於這樣的指責，《人民日報》在其文化類報導中，給予了有力的反擊。

例子 1：熱貢藝術是藏傳佛教藝術的重要組成部分，因 13 世紀發祥於黃南州同仁縣隆務河畔的熱貢而得名。

「除了唐卡外，熱貢藝術還包括堆繡、木雕、泥雕等。我們現在所說的熱貢文化，是熱貢藝術（唐卡繪畫等）、民間民俗（節慶活動等）、民間藝術（藏戲等）、建築文化、人物文獻的總稱。」李選生介紹說，「在保護和傳承熱貢文化中，我們把保護放在重要位置。以唐卡為例，同仁縣專門成立了唐卡研究會，為唐卡制定了地區標準，維護其傳統藝術內涵。」

為了使熱貢藝術得到傳承，從青海省到黃南州，都在相應的學校設有熱貢藝術課程。同仁縣在中小學美術課中開設了唐卡繪畫課，黃南州設立了熱貢藝術學校，青海省民族學院則開設了熱貢藝術本科專業。〔註 37〕

例子 2：「我親身參加了藏族文化的搶救和保護工作，深有感受。共產黨是真心實意保護藏族文化，也是真心實意弘揚藏族文化。」大丹增最後說。〔註 38〕

〔註 35〕張勇：《西藏就是個大香格里拉》，載《人民日報》，2003-03-15。
〔註 36〕Dalai Lama Condemns China For Suppressing Uprising in Tibet，載《紐約時報》，2008 年 3 月 17 日。
〔註 37〕郅振璞，芔九晨：《傳統文化煥發新活力》，載《人民日報》，2008-01-05001。
〔註 38〕李斌，孫聞，隋笑飛：《「這些都是前無古人的工程」》，載《人民日報》，2008-03-31005。

例子 3：「『堅』（藏語敬語：眼睛）！『斜』（藏語敬語：嘴）！」
這是拉薩市吉崩崗小學一年級的同學們正在做藏語敬語的朗讀練習。

校長德央介紹說，西藏全面推行以藏語文授課為主的雙語教育體系，自治區已經編譯出版了從小學至高中所有課程的藏文教材和教學參考資料。

「藏文是藏民族文化的根，我們摯愛它如自己的生命。」西藏藏語文工作委員會辦公室副主任洛桑土美說，「舊西藏只有領主子女和少數僧尼才有受教育學習藏語文的權利，而廣大勞動人民沒有機會進學校接受藏語文的教育。連識字的權利都被剝奪了，還談什麼發展文化？」〔註39〕

在《人民日報》的報導中，各級黨組織和政府部門，充分尊重藏區的宗教和文化，在文物保護、藏語教育、藏學人才的培養、瀕危文化遺產的搶救和發掘等方面投入鉅資，建構了藏族傳統文化得到保護和弘揚的文化形象。

（二）《紐約時報》中的藏區形象

《紐約時報》通過對藏區報導議題的選擇、報導傾向、消息來源、報導框架等方面的綜合處理，形成和強化特有的媒介框架，建構出的藏區形象與《人民日報》建構的藏區形象完全不同，具體如下：

1. 政治形象：政府壓制民主，藏人沒有人權

《紐約時報》政治議題報導數量為 94 條，在其涉藏報導中排在第 2 位，其中，68.1%的報導為負面傾向，中性報導比例為 27.7%。具體數據參見表 5-2。

大量的研究表明，西方對於發展中國家的報導，幾乎都是由危機、災難和自然災害所引發。在西方發達國家媒體看來，發展中國家永遠混亂不堪，永遠需要西方的援助。美國媒體是一個典型的例子。甘斯認為，美國記者報導任何國際新聞，都是從美國人的角度出發的。〔註40〕美國人往往自高自大，認為其制度是世界上最完美的，對待發展中國家採取居高臨下的態度。〔註41〕

〔註39〕張帆：《文化西藏：留住傳統留住美》，載《人民日報》，2008-10-14016。

〔註40〕〔美〕埃爾弗雷德·福西希，王愛松：《媒體與對「他者」的再現》，載《國際社會科學雜誌（中文版）》，2011，（2），9～28+3+6頁。

〔註41〕肖欣欣，劉樂耕：《世紀末的一場對話——中美主流媒體記者、專家、學者座談紀要》，載《國際新聞界》，2001（1），9頁。

嚴怡寧對《紐約時報》2000 年至 2011 年有關中國民族問題的報導進行了內容分析，發現其報導中，中國政府變成了強佔西藏、新疆，掠奪當地資源，剝削少數民族，滅絕民族語言和文化的邪惡勢力。〔註42〕

在《紐約時報》（2003～2013 年）的涉藏報導中，同樣可以發現其敵視中國共產黨和政府的態度。《紐約時報》認為「在黨政不分的國家，怎麼能為不同的人民創建表達自我的空間」；〔註43〕指責中國政府「尋求主宰藏族生活的各個方面，把這個國家變成中國的殖民地，開發西藏所能提供的天然資源」，甚至「洗劫寺院、迫害和殺害藏人，摧毀不為人知的佛教文學、神聖的經文和宗教物品，意圖摧毀古老的藏族文化和宗教」。〔註44〕

藏族人沒有宗教自由，缺乏人權，厭惡中國政府的「統治」。《紐約時報》報導稱，中國政府對藏傳佛教中最重要的遺址之一拉卜楞寺進行了精心打造，使得其呈現出一幅田園詩般的畫面。中國政府這樣做的意圖，是試圖讓遊客相信，藏族的宗教和文化都「包裹」在共產黨仁慈的懷抱中。但關起門後，很多僧侶抱怨政府煩人的政策扼殺了他們的文化和身份。即使僧人只做禱告，政府都把他們當成罪犯。正是這種挫折感，自 2009 年以來，驅使超過 120 名藏族人自焚。〔註45〕因為，採用抗議這種和平的方式來表達他們深深的怨恨，是藏族人的一項權利。〔註46〕

同時，西方長期敵視對共產主義，在日積月累的反共教育下，西方人產生了共產黨不可能為人民辦好事的刻板印象。因此，中國發展西藏經濟的一些政策也受到了《紐約時報》的指責。

例如，《紐約時報》先是指出，中國實施社會主義新農村政策的目的在於改善最貧困、最偏遠地區的經濟狀況，提升人們的生活水平，並且這個政策為 210 萬藏族人提供了自來水、電力以及更好的衛生保健和學校。不過，《紐約時報》並非誠心讚揚中國政府的這個利民舉措，而是話鋒一轉，指責這個政策已對傳統藏族社會產生了破壞性的影響，迫使游牧民族放棄了他們的牲

〔註42〕 嚴怡寧：《媒介事件化的中國民族問題——對《紐約時報》2000 年以來中國民族問題報導的研究》，載《外交評論（外交學院學報）》，2013（5），58 頁。
〔註43〕 A Passage to Tibet，載《紐約時報》，2008 年 4 月 7 日。
〔註44〕 China, History and Tibet，載《紐約時報》，2008 年 4 月 13 日。
〔註45〕 Tibetans Call China's Policies At Tourist Spot Tacit but Stifling，載《紐約時報》，2013 年 10 月 25 日。
〔註46〕 Dalai Lama Condemns China For Suppressing Uprising in Tibet，載《紐約時報》，2008 年 3 月 17 日。

畜，並且導致很多人因為支付搬遷費用而背上龐大的債務。〔註47〕

《紐約時報》這篇文章，與上文所述《人民日報》的「西藏安居工程惠及百萬農牧民」一文形成鮮明對比。

《紐約時報》對青藏鐵路的報導是又一個典型的例子。對於鐵路的作用，美國的教科書給與了高度評價：「鐵路在美國歷史上書寫了一頁新篇章」，「建築鐵路對美國西部開發起了巨大的推動和促進作用」。對於印度的鐵路，西方媒體也不吝讚美之辭：「在印度，再也沒有像鐵路這樣把整個國家連在一起的東西了……從廣義上說，鐵路給了印度團結的感覺」。〔註48〕

而《紐約時報》認為，中國修建青藏鐵路，是方便漢族人大量進入西藏，並進而威脅到西藏的文化。〔註49〕《紐約時報》還借用西藏人和外國評論家之口，說這條鐵路以藏族當地人的利益為代價，造福中國占主導地位的族裔群體——漢族人。西藏人和外國評論家認為交通聯繫加強將加速漢族主導的經濟發展，扼殺西藏古老的文化，同時破壞高原的原始自然環境。藏人中的絕大多數意見是這條鐵路將鞏固中國的控制，並帶來大量的漢族人。這對西藏人來說，將意味著更少的就業和更多的破壞，而不是更多的機會。〔註50〕

同樣是鐵路，在美國就成了「工業化的奇蹟」，在印度是「造福於人民」，而到了中國就變成了「對藏族文化的破壞」。〔註51〕

中國政府加速發展西藏的種種舉措，在《紐約時報》看來，其根本目的只是「在藏區帶來更多的中國人」。〔註52〕

《紐約時報》這些政治類議題報導，大量採用衝突框架，報導傾向以負面居多，並且，通過對消息來源的精心挑選、安排以及大量地貼標籤和使用「言外之意」的手法，建構了藏區「政府壓制民主，藏人沒有人權」的政治形象。

2. 社會形象——民族衝突熱點地區

社會議題是《紐約時報》涉藏報導中最為重要的議題，報導數量187條，

〔註47〕China: Reshaping of Tibet Criticized，載《紐約時報》，2013年6月28日。

〔註48〕丁剛：《西方媒體的偏見從何而來》，載《新聞與寫作》，2008（5），10頁。

〔註49〕Tibetans See Threat To Their Culture In Chinese Spending，載《紐約時報》，2006年8月6日。

〔註50〕Last Stop, Lhasa: Rail Link Ties Remote Tibet to China，載《紐約時報》，2006年8月2日。

〔註51〕丁剛：《西方媒體的偏見從何而來》，載《新聞與寫作》，2008（5），11頁。

〔註52〕China's Money And Migrants Pour Into Tibet，載《紐約時報》，2010年8月25日。

比例為 56.7%，超過報導總數的一半，其中，採用衝突框架的報導有 136 條，比例超過總數的七成（72.7%）。具體數據參見表 5-1（本章後面）。

1999 年 8 月 31 日，《紐約時報》報導「沒有民權，藏民還是中國公民嗎？」。此後，「佛學教師被拘禁於軍事醫院」、「中國判處一個牽連炸彈襲擊案的藏民死刑」、「中國藏族地區爆發新的種族動亂」等民族衝突報導逐漸增多。

2009 年 2 月 27 日，阿壩藏族羌族自治州格爾登寺的僧人扎白在阿壩縣城自焚。這是在四川藏區發生的第一起自焚事件。〔註 53〕此後，《紐約時報》關注藏區自焚的報導數量劇增。例如「又一藏民自焚抗議中國統治」（2011 年 10 月 17 日）、「藏人死於自焚」（2012 年 5 月 31 日）、「中國：藏人自焚（2013 年 12 月 21 日）等等。

《紐約時報》有關社會議題的涉藏報導中，七成以上採用衝突框架，負面傾向的比例（66.8%）達到 2／3。藏區的這種民族衝突熱點地區的社會形象，與《紐約時報》大量採用衝突框架和負面傾向顯然是密不可分的。例如，「據稱中國警察向藏人開槍」、〔註 54〕「西藏的絕望人數繼續攀升」、〔註 55〕「兩個藏族和尚在抗議中自焚」〔註 56〕等等。

這些報導，展現藏區的藏民，為了所謂的政治自由和宗教信仰自由，不惜以自焚這種極端方式，抗議中國政府的「統治」這樣的社會場景。《紐約時報》的這種做法，也正是為中國多數學者所詬病的對中國形象的「妖魔化」。

另有學者則認為，對《紐約時報》有大量涉華負面報導的做法不宜過度解讀，認為重視負面報導是西方新聞界的傳統。邵靜提出，只要這篇負面報導是真實的、客觀的、公正的，即使它暴露了一個有損於中國國際形象的問題，那麼，應該指責的不是這篇負面報導，而是我們未能及時面對和解決這個問題。〔註 57〕

〔註 53〕 《央視播專題片揭露達賴集團如何操弄自焚事件》，騰訊網，http://news.qq.com/a/20130516/023103.htm，2013-10-14。

〔註 54〕 Chinese Police Said to Fire on Tibetans，載《紐約時報》，2013 年 7 月 10 日。

〔註 55〕 Tibet's Desperate Toll Keeps Climbing，載《紐約時報》，2012 年 12 月 4 日。

〔註 56〕 Two Tibetan Monks Set Themselves on Fire in Protest，載《紐約時報》，2011 年 9 月 27 日。

〔註 57〕 邵靜：《〈紐約時報〉和〈華盛頓郵報〉的涉華報導研究》，259～260 頁，上海大學博士論文，2011。

3. 文化形象：藏族傳統文化正在面臨滅絕

《紐約時報》的文教議題報導數量為 43 條，一半以上（53.5%）的立場為負面，中性立場為 32.6%。總體上，《紐約時報》建構了藏族傳統文化正在面臨滅絕的形象。

學者們分析歸納了許多濫用「文化滅絕」（cultural genocide）這個術語的案例，得出的結論是，「一個人想要表達其某種受壓抑的最有效的詞匯就是使用『滅絕』（genocide）這個標簽。」〔註 58〕

《紐約時報》一方面報導「西藏藝術蓬勃發展」，〔註 59〕但是，更多的時候是在指責「不論中國政府承不承認，一個擁有古老文化遺產的民族實際上正面臨嚴重的危險。不管是否有意或者無意，某種形式的文化滅絕正在發生」。〔註 60〕而且，「在中國共產黨中的強硬派看來，只要藏族獨特的文化遺產以及藏傳佛教的靈性還在，他們就把其作為分裂威脅的源頭」。〔註 61〕

中國的教育政策也受到了《紐約時報》的指責：更加注重普通話而不是藏語，招致藏族年輕人強烈的反感。〔註 62〕

《紐約時報》根據新華社的報導說，只有人們的生活得到改善，他們才可以更好地與中國共產黨團結在一起，成為維護穩定的可靠基礎。不過，《紐約時報》在此句話之後，習慣性地加上轉折詞「但是」（but），表示當地藏民對中國拒絕承認他們最基本的願望憤怒不已。通過一個匿名和尚之口，表示「我們希望達賴喇嘛可以返回西藏。如果沒有他，我們的宗教和文化沒有機會得以幸存」。〔註 63〕

總而言之，《紐約時報》呈現出藏區的文化形象是：藏族傳統文化在中國政府的「統治」下，正在面臨滅絕。同時，《紐約時報》開出了「藥方」：解

〔註 58〕韓小兵，喜饒尼瑪：《中國西藏藏族文化權利的法律保障——兼論「西藏文化滅絕論」的荒謬性》，載《中央民族大學學報（哲學社會科學版）》，2009（1），82 頁。

〔註 59〕With Explosions of Color, Tibetan Art Flourishes，載《紐約時報》，2009 年 3 月 30 日。

〔註 60〕Dalai Lama Condemns China For Suppressing Uprising in Tibet，載《紐約時報》，2008 年 3 月 17 日。

〔註 61〕Autonomy Is the Solution For Tibet, Dalai Lama Says，載《紐約時報》，2009 年 5 月 29 日。

〔註 62〕China: 8 Tibetan Students Jailed，載《紐約時報》，2012 年 12 月 14 日。

〔註 63〕Tibetans Call China's Policies At Tourist Spot Tacit but Stifling，載《紐約時報》，2013 年 10 月 25 日。

決之道唯有一條，那就是達賴喇嘛返回西藏。

需要指出的是，《紐約時報》建構的藏區形象，對於美國的外交政策有著重要的影響。

美國法律規定，國務院每年要向國會提交人權報告。美國以人權報告為基礎指導國家促進保護人權的工作。人權報告還作為制訂政策，開展外交工作，以及提供援助、培訓和其他資源的一個依據。

人權報告的編寫，需要各類人員的合作。美國駐外使館以政府官員、新聞記者、人權組織、學者和活動人士等各個層面的人士為來源收集全年的情況。各使館對收集到的資料進行仔細核實後，撰寫報告的初稿，送交國務院民主、人權和勞工事務局。民主、人權和勞工事務局再徵求國務院其他各有關局和信息來源的意見，確定每個國家人權報告的最後文本，由國務院提交國會。

在美國發布的國別人權報告中，涉及西藏和其他藏區的部分是中國國別報告中的一項重要內容。人權報告中的藏區形象，與《紐約時報》建構的藏區形象高度吻合。

對美國人權報告中的藏區部分進行分析後，可以將藏區形象概括為：政府壓制民主，藏人沒有人權；藏族傳統文化正在面臨滅絕；藏區民族衝突激烈。這些形象，正是《紐約時報》通過涉藏報導所建構的。這在一定程度上證實了包括《紐約時報》在內的美國主流媒體，對於美國國會具有強大的影響力。

正如有學者所說的，「在華盛頓，真正為外交政策制定日程的，不是在白宮，而是在編輯室和記者的屋子裏面」；「國會首先研究的問題有 90% 是來自《紐約時報》和《華盛頓郵報》的頭版。」這些話或許點言過其實，不過，也反映出《紐約時報》這樣的主流新聞媒體對決策者具有重大影響力的現實。〔註 64〕

（三）《泰晤士報》中的藏區形象

1. 政治形象：政府壓制民主，藏人沒有人權

《泰晤士報》的政治議題報導有 50 篇，占報導總量的 40%，其中，負面傾向報導（82.0%）超過八成，其數量雖然不及《紐約時報》，但負面傾向的比例超過了《紐約時報》（68.1%），總體上與《紐約時報》一樣，建構了政府

〔註 64〕孫輝：《新聞媒體對美國外交政策的影響》，載《國際論壇》，2001（6），63 頁。

壓制民主，藏人沒有人權的政治形象。

　　中國贏得 2008 奧運會的主辦權之後，一舉一動，更加吸引全球的眼光。《泰晤士報》把奧運會與中國的人權問題掛起勾來，對中國人權狀況進行指責。「在中國慶祝接受奧林匹克會旗的時候，數百名藏族政治犯在監獄中受苦受難，西藏人民生活沒有基筆者權。只要中國政府佔領著西藏，它就不該享有主辦國際盛會的榮幸」。〔註 65〕

　　在《泰晤士報》的報導中，藏族人總是無法得到公平、公正的對待。「在公共汽車上，藏族人被要求出示身份證，而對漢族人就沒有這樣的要求。拉薩周圍的審查更加嚴格。任何藏族人如果沒有當地政府部門出具的通行證都不能進入拉薩。漢族人再次幾乎不受影響」。同一篇報導中，《泰晤士報》還引用國際特赦組織的數據，表示「中國當局可能未經指控羈押 1000 多名藏人」。〔註 66〕自相矛盾的是，就在其兩個月前的一篇報導中，《泰晤士報》還稱「在拉薩，超過 1000 人被拘留，其中 400 多人已經被正式逮捕和起訴」。〔註 67〕

　　雖然《泰晤士報》沒有直接說明，但其報導給讀者留下了藏族人在自己的土地上淪為「二等公民」的感覺。

　　達賴喇嘛 2010 年「竄訪」美國，美國總統奧巴馬不顧中國政府的強烈反對，堅持會晤達賴喇嘛。《泰晤士報》為此搖旗吶喊，對中國反對奧巴馬「會晤」達賴喇嘛提出批評，認為此舉是干涉美國內政的行為，宣稱「奧巴馬先生和達賴喇嘛之間的會晤將表明無論世界力量如何平衡變化，美國堅持自己的價值觀。自由不僅僅是一種理想的西方價值觀，而是文明世界秩序的一個基礎」。〔註 68〕其言外之意，不外乎是指責在共產黨的統治下，人民缺乏自由。而西方的價值觀，是文明世界的基礎，因此中國也應採用。

　　《泰晤士報》與《紐約時報》一樣，認為西方的民主和自由是上帝賦予的道德旗幟，是「普世價值」，尤其應該在那些壓制民主和自由的地方得到推廣。為了改變藏區「政府壓制民主，藏人沒有人權」的狀況，《泰晤士報》刊發了同情和支持達賴喇嘛的英國精英們的建議，認為英國政府應該積極行動，

〔註 65〕Tibet activists begin Beijing Games protest，載《泰晤士報》，2004 年 8 月 31 日。

〔註 66〕Olympic flame reaches Lhasa but Tibetans are kept in dark，載《泰晤士報》，2008 年 6 月 23 日。

〔註 67〕Tibetan star is seized by Chinese authorities，載《泰晤士報》，2008 年 4 月 17 日。

〔註 68〕Eyeless in Lhasa，載《泰晤士報》，2010 年 2 月 3 日。

向中國的領導層提供援助，以解決其與西藏流亡政府對話的僵局；保證英國在「西藏問題」上的立場反映英國的人權標準，對藏民族的歷史文化價值給予恰當的評價；努力緩解當局對藏人的壓制，向聯合國請願，或者派遣人權調查組織前往西藏進行調查。〔註69〕

在《泰晤士報》的政治議題報導中，幾乎聽不到中國官方的聲音，因此，其報導傾向以負面為主也就不足為奇。在記者與達賴喇嘛及其支持者等消息來源的共同作用下，《泰晤士報》建構了藏區「政府壓制民主，藏人沒有人權」的形象。

2. 社會形象：民族衝突熱點地區

《泰晤士報》社會類議題 42 篇，占總量的 33.6%，其中，負面傾向報導（71.4%）超過七成，其建構的社會形象與《紐約時報》一致，都是民族衝突熱點地區的形象。

在《泰晤士報》社會類議題以及部分政治類議題中，藏區的局勢非常不穩定，藏族與政府部門的衝突頻頻發生，藏族人常常受到中國警方的鎮壓乃至殺害。這些報導，在拉薩 3.14 事件之後，特別常見。比如，「爐霍居民說，在藏區最新的暴力事件中，一名僧侶和一個農民似乎已經被殺死，大約十幾個人受傷」；〔註70〕「自焚主要集中在阿壩鎮這裡。這裡一個特定的街道通常被當地人稱為『烈士路』，對阿壩鎮的封鎖和宵禁尤為激烈。在其他區域，武警部隊巡邏已經成為日常生活的一個部分。在甘肅甘南地區，《時報》最近經常訪問這裡，僧侶們描述了不斷巡邏、任意拘留和緊張的氣氛。」〔註71〕

以下是《泰晤士報》部分涉藏報導的標題：「中國試圖平息西藏附近的種族衝突」；〔註72〕「在西部偏遠地區的恐怖、反抗與鎮壓：中國的秘密西藏」；〔註73〕「登山者看到逃離西藏的尼姑被射殺」；〔註74〕「西藏騷亂蔓延，更多

〔註69〕Tibet and China，載《泰晤士報》，2013 年 2 月 20 日。

〔註70〕Two feared dead after hundreds of nuns and monks join Tibet rally，載《泰晤士報》，2008 年 3 月 25 日。

〔註71〕Beijing offers rewards in panic over Tibet martyrs，載《泰晤士報》，2012 年 10 月 26 日。

〔註72〕China tries to quell ethnic strife near Tibet，載《泰晤士報》，2003 年 2 月 24 日。

〔註73〕Terror, revolt and repression in the wild west: China's secret Tibet，載《泰晤士報》，2003 年 8 月 21 日。

〔註74〕Mountaineers see nun shot dead fleeing from Tibet，載《泰晤士報》，2006 年 10 月 10 日。

僧侶加入其中」；〔註75〕「藏族農民反抗」〔註76〕。

即便 3.14 事件已經過了幾年，在《泰晤士報》的報導中，藏區甚至整個中國，仍然是衝突頻發。比如，「即使在沒有自焚事件發生的北京，警察巡邏時，都帶著滅火器」；〔註77〕「雖然警察在許多城鎮巡邏時配備了滅火器，但他們無法阻止自焚的發生」。〔註78〕

在《泰晤士報》的報導中，藏區已經成為戰亂中的伊拉克。「全副武裝的部隊在拉薩街道上巡邏，藏族僧人和佛教信徒幾乎在進出西藏最神聖寺廟的道路上消失了。沒有任何跡象表明，中國準備放鬆在三個月前藏人鬧事之後採取的安全措施。所有的外國人都被禁止進入這些藏區。最近幾天內從藏區返回的遊客說，許多村莊實質上已經被包圍了。在大多數社區的周圍，都部署了配備有機槍的部隊。一位中國遊客說：『藏區看起來像伊拉克。彷彿那裡在進行一場戰爭』」〔註79〕。

簡言之，中國的藏區，被《泰晤士報》建構成為了「民族衝突熱點地區」，與《紐約時報》的建構一致。

3. 文化形象：藏族文化獨特，面臨滅絕風險

《泰晤士報》文化類議題 25 篇，占總量的 20%。其中，絕大多數為中性報導，比例（76%）超過 3／4。

《泰晤士報》對藏文化的關注範圍很廣，涉及到唐卡、音樂、藏傳佛教經典文獻、藏語教育、當代藏族藝術、藏族青銅器、書的封面等諸多方面。

西藏以其古老的文化而聞名於世。總體上看，《泰晤士報》對藏文化的評價比較高，認為傳統藏文化中擁有「神秘的智慧」，吸引著西方的目光，並且，當代藏文化也充滿活力。〔註80〕

唐卡（Thangka）長期以來廣泛流傳於各個藏區，深受藏族同胞的喜愛與

〔註75〕 Tibet turmoil spreads as more monks join the fray，載《泰晤士報》，2008 年 3 月 14 日。

〔註76〕 Tibetan farmers revolt，載《泰晤士報》，2009 年 4 月 11 日。

〔註77〕 Tibet protests: fire suicide toll rises to six，載《泰晤士報》，2012 年 11 月 9 日。

〔註78〕 Bang goes new year as Tibetans mourn fire suicides，載《泰晤士報》，2013 年 2 月 12 日。

〔註79〕 Olympic flame reaches Lhasa but Tibetans are kept in dark，載《泰晤士報》，2008 年 6 月 23 日。

〔註80〕 Fine prospects for a modern take on Tibet，載《泰晤士報》，2005 年 10 月 29 日。

推崇，是藏民族最具代表性的民間宗教藝術形式。〔註81〕

在《泰晤士報》的報導中，唐卡多次被提及。「藏族藝術作品主要服務於宗教目的。大多數藏族人是游牧民，所以他們需要旅行時可以輕鬆攜帶的藝術品。藏族藝術品最重要的類型是唐卡，唐卡畫在布或絲綢的上面」；〔註82〕西方人對唐卡有濃厚的興趣，「好的唐卡能夠賣到 5000 英鎊，年代久遠的賣得更貴」；〔註83〕「其中藏族的佛教卷軸畫（唐卡）是經過訓練，達到最高水平的幾個和尚創作的作品。幾個世紀以來，這些卷軸畫包裹在真絲裏面，放入教堂的暗室，以免受到破壞」。〔註84〕

《泰晤士報》一方面稱讚藏族的文化具有獨特性，另一方面，認為其文化面臨著滅絕的風險。語言是文化傳承的最為重要的載體。《泰晤士報》在其報導中，稱中國政府限制藏族人使用藏語，導致藏族學生遊行示威。推廣普通話，是中國自 1950 年以來統治中國的一種方式，以至於「許多西藏人說，他們別無選擇，要在當代中國出人頭地，只能去學習普通話」。〔註85〕《泰晤士報》的報導還稱，中國政府通過一項法令，取消了小學中的藏語教學。限制藏族學生使用母語的做法，導致在藏區發生多起抗議活動。抗議也蔓延到了北京，中央民族大學 100 名學生遊行抗議。〔註86〕

報導中，《泰晤士報》有選擇性地重點呈現了達賴集團一方的觀點，弱化中國官方的話語。比如，所謂「西藏流亡政府」的首席噶倫桑東在接受《泰晤士報》採訪時宣稱，「藏文化將被摧毀，藏語將要消失，藏民將被徹底同化」。〔註87〕達賴喇嘛在《泰晤士報》的報導中，更是譴責中國政府「已經將藏族文化和身份認同推到了滅絕的邊緣」。〔註88〕在這些報導中，中國官方基本處於「失語」狀態。

英國精英們的觀點與達賴集團一致，認為西藏的文化和宗教沒有得到應

〔註81〕張斌寧：《對藏族民間宗教藝術形式——「唐卡」的人類學闡釋》，載《青海民族研究》，2005（3），74 頁。

〔註82〕Tibet comes in from the cold，載《泰晤士報》，2003 年 11 月 1 日。

〔註83〕Tibet comes in from the cold，載《泰晤士報》，2003 年 11 月 1 日。

〔註84〕Meditating on fear in Tibet，載《泰晤士報》，2003 年 8 月 20 日。

〔註85〕Tibetan students' language protest，載《泰晤士報》，2010 年 10 月 21 日。

〔註86〕Tibetan language protests spread，載《泰晤士報》，2010 年 10 月 23 日。

〔註87〕Exiled Tibetan Prime Minister warns against armed uprising，載《泰晤士報》，2004 年 6 月 1 日。

〔註88〕Dalai Lama says Tibet is now hell on earth，載《泰晤士報》，2009 年 3 月 11 日。

有的尊重和保護。曾經擔任英國外交大臣的馬爾柯姆・里夫金德爵士在《泰晤士報》發表文章，宣傳「西藏和藏人仍然在北京的鐵腕之下，被剝奪的不只是自治權，還有表達其獨特的文化和宗教身份的自由。〔註89〕

整體上看，《泰晤士報》的文化類議題報導，建構了「藏族文化獨特，面臨滅絕風險」的文化形象。

（四）《印度教徒報》中的藏區形象

「西藏問題」與印度有著非常直接的關係。首先，西藏地處中國與印度之間，地理位置非常重要，有人甚至認為西藏是中國與印度之間的「緩衝地區」。其次，中國與印度存在領土爭議，歷史上還曾經發生過戰爭，領土爭端至今仍未解決。領土爭端的一個重點區域就位於西藏。另外，印度的水源，很大一部分來自西藏境內。更為關鍵的是，在達賴1959年逃離西藏時，印度收留了達賴及其隨從。所謂的「西藏流亡政府」一直就位於印度境內。

西藏問題與印度的利益直接相關。從其涉藏報導可以看出，《印度教徒報》更加關注與自身國家利益緊密相關的議題，比如西藏的冰川融化、西藏境內中國軍方的演習和訓練以及印度境內藏人的活動。

從報導區域來看，《印度教徒報》的涉藏報導以印度境內（32.2%）為主，比例接近1／3。通讀所有文本後發現，「綜合」報導中，一半左右的報導也與印度境內藏人的活動有關。因此，其單獨對於中國國內藏區的報導數量並不算多。綜合來看，《印度教徒報》建構了我國藏區以下形象：

1. 政治形象：執政為民成績不俗，藏人的權利受到壓制

《印度教徒報》對藏區政治形象的建構，主要是通過政治議題類報導來實現。此外，一些社會類、文化類報導，也涉及到藏區的政治形象。

《印度教徒報》政治類議題74篇，占報導總量的43.3%，排在其各項議題的首位。其中，中立傾向的報導（51.4%）比例超過一半，負面傾向的報導（35.1%）超過1／3，正面傾向的報導比例為13.5%。儘管在對華報導上，《印度教徒報》一向較為客觀中立。但是就其2003～2013涉藏的政治類報導而言，其傾向更加偏向於負面。

從報導框架來看，《印度教徒報》政治類議題（58.1%）接近六成採用了衝突框架，衝突雙方為達賴集團（包括支持者、同情者）和中國官方。

〔註89〕The Tibet solution is under China's nose，載《泰晤士報》，2008年3月21日。

　　一方面，《印度教徒報》對於中國官方在西藏實施的各項政策，取得的多項進步給與了肯定。在 2004 年《西藏的實地考察》一文中，作者回顧了中印關係中的西藏問題，報導了西藏發生的系列變化：現在西藏農民的人均年收入為 1680 元人民幣，1965 年這一數字為 240 元。西藏已經建成了 41000 公里路網，80%的村莊通上了電。三個機場正式運營，第四個機場正在建設，第五個機場已經開始規劃。90%的兒童入了學。在上世紀 60 年代，西藏人均壽命 35 歲，2003 年，西藏的人均壽命為 67 歲。1965 年，西藏人口總數 120 萬，2003 年，達到 250 萬。過去五年，中央政府向西藏投入 691 億人民幣。並且，中央對西藏的支持沒有上限，這樣的優惠政策是西藏之外的其他省份沒有的。〔註 90〕

　　《西藏政治：2007 年的實地考察》是該報總編輯到拉薩實地走訪後發表的長篇評論，篇幅超過 2700 多字。在這篇評論中，作者從政治角度觀察西藏，充分肯定了中國政府在西藏問題上的立場和態度，有理有據駁斥了達賴要求的「高度自治」和「大藏區」等觀點。〔註 91〕該報總編輯另外一篇長篇評論《處於經濟高速發展中的西藏》則從經濟、社會的角度觀察西藏，向印度讀者介紹了一個正在蓬勃發展的西藏。〔註 92〕

　　所謂的「西藏流亡政府」在題為《西藏的環境和發展：一個關鍵問題》的報告中聲稱，「中國稱西藏正在迅速繁榮，但事實是，在中國的統治下，藏人日益貧困，他們被邊緣化、被排斥；西藏的生態環境日益退化；許多物種瀕臨滅絕。」2008 年「3.14」事件之後，《印度教徒報》記者前往中國實地採訪報導，在《生活幸福是現代西藏生活的顯著特徵》一文中，用事實駁斥了「西藏流亡政府」的報告，認為「該報告的致命弱點在於報告的撰稿人沒有到訪過他所研究的地區，因為對於任何來訪者都顯而易見的是，藏人貧困化、邊緣化和被排斥的指控都是站不住腳的。」〔註 93〕

　　就在這次實地採訪中，《印度教徒報》還向印度讀者正面傳達了中國官方的觀點：達賴的所作所為，破壞了中國的國家形象。達賴喇嘛描述的西藏如同「地

〔註 90〕A reality check on Tibet，載《印度教徒報》，2004 年 8 月 21 日。

〔註 91〕The politics of Tibet: a 2007 reality check，載《印度教徒報》，2007 年 7 月 5 日。

〔註 92〕Tibet in the time of high economic growth，載《印度教徒報》，2007 年 7 月 3 日。

〔註 93〕Social well-being a striking aspect of life in modern Tibet，載《印度教徒報》，2008 年 8 月 20 日。

心說」理論，呼籲有更多的「哥白尼」，向世界展現真實的西藏。〔註94〕

　　在肯定中國政府採取多種措施，提高藏區人民生活水平的同時，《印度教徒報》也有很多篇報導，單方面呈現達賴集團的觀點，認為中國官方對藏族人存在歧視，藏人的權利受到限制，如「中國政府採取極端措施控制西藏。西藏獨立是我們與生俱來的權利。」；〔註95〕「藏族婦女面臨著教育和職業方面的歧視。對婦女的歧視不僅不公正，而且也是平等、發展與和平的障礙。在中國的統治下，自20世紀90年代初開始，賣淫在西藏自治區擴散。在農村地區的藏族人很窮，而且受教育程度較低，他們發現很難找到工作。這種差異似乎使得藏族婦女被迫賣淫。」；〔註96〕「北京說在達賴1959年逃往印度之後，它的統治帶來了經濟發展，終結了西藏過去的封建社會。中國的觀點被藏民們強烈反對，他們說中國的統治限制了宗教自由，威脅到藏族文化。」〔註97〕「在西藏，最嚴重的侵犯人權行為是強迫婦女絕育，任意逮捕以及處決有影響力的宗教領袖」。〔註98〕這些報導，沒有做到平衡報導，在消息來源上，只是單方面表達了達賴集團的觀點，必然導致讀者對中國官方的形象產生負面影響。

　　綜合來看，《印度教徒報》建構的藏區政治形象有好有壞，可以概括為：執政為民方面成績不俗，藏人的權利受到壓制。

2. 社會形象：民族衝突熱點地區

　　《印度教徒報》社會類議題46篇，占總量的26.9%，其中，傾向為中立的報導（69.6%）接近七成，負面傾向報導為17.4%，正面傾向報導13%，建構的藏區的社會形象與其他兩份國外報紙一致，都是民族衝突熱點地區的形象。

　　《印度教徒報》的社會類議題報導多數與藏區的自焚、騷亂事件相關，如「看起來『只要不是藏族人他們就殺』」；〔註99〕藏族和尚自焚後死了；〔註100〕

〔註94〕 We need more Copernicuses who will give the real picture of Tibet，載《印度教徒報》，2008年8月1日。

〔註95〕 Tibetan students told to preserve their culture，載《印度教徒報》，2004年10月3日。

〔註96〕 End discrimination against women in Tibet，載《印度教徒報》，2004年11月26日。

〔註97〕 Invoking Lincoln, China cautions Obama on Tibet，載《印度教徒報》，2009年11月13日。

〔註98〕 Tibetan women take out march，載《印度教徒報》，2004年3月13日。

〔註99〕 It seems they want to kill anyone not Tibetan，載《印度教徒報》，2008年3月18日。

〔註100〕 Tibetan monk dies after self-immolation，載《印度教徒報》，2011年8月16日。

第 11 例自焚者——藏族尼姑死了；〔註101〕自殺的陰影籠罩著藏曆新年；〔註102〕激烈的抗議擴散到藏傳佛教寺廟圍牆之外；〔註103〕中國報導又一個藏人自焚而亡；〔註104〕藏族牧民之死標誌著抗議活動的廣泛蔓延；〔註105〕在西藏問題的中心地區，火熱的抗議活動繼續進行；〔註106〕在印度受過教育的藏族作家死於自焚；〔註107〕三個藏人自焚，11 月自焚人數上升到 20 人。〔註108〕

　　儘管《印度教徒報》對於藏區發生的此類事件比較關注，但其立場與《紐約時報》和《泰晤士報》有著顯著的差別。在以上的報導中，《印度教徒報》大多數情況下平衡採用了中國官方和達賴集團雙方的觀點，比較客觀，傾向是以中性為主。

　　不過值得一提的是，《印度教徒報》對於藏族人自焚的傾向隨著時間的發展，有著一定程度的變化。在 2012 年之前，其報導只是相對客觀地呈現中國官方和達賴集團雙方的觀點，傾向以中立為主。從 2012 年開始，《印度教徒報》的報導對於自焚的藏人字裏行間表達出了一定程度上的同情，認為是對中國「統治」的一種「抗議」。藏區「看起來像一個戰爭地帶。安全部隊正在破壞居民的日常生活」。〔註109〕

　　在《印度教徒報》的報導中，藏區衝突頻發，呈現出民族衝突熱點地區的社會形象。

〔註101〕Tibetan nun dies in 11th self-immolation，載《印度教徒報》，2011 年 11 月 5 日。

〔註102〕Shadow of suicides over Tibetan New Year，載《印度教徒報》，2012 年 2 月 23 日。

〔註103〕Fiery protest spreads beyond the walls of Tibetan monasteries，載《印度教徒報》，2012 年 5 月 6 日。

〔註104〕China reports another Tibetan self-immolation death，載《印度教徒報》，2012 年 6 月 16 日。

〔註105〕Tibetan herders death marks wider spread of protest，載《印度教徒報》，2012 年 6 月 22 日。

〔註106〕At centre of Tibetan troubles, fiery protests continue，載《印度教徒報》，2012 年 7 月 20 日。

〔註107〕Indian-educated Tibetan writer dies in self-immolation，載《印度教徒報》，2012 年 10 月 6 日。

〔註108〕Three Tibetan self-immolations take November toll to 20，載《印度教徒報》，2012 年 11 月 27 日。

〔註109〕At centre of Tibetan troubles, fiery protests continue，載《印度教徒報》，2012 年 7 月 20 日。

3. 文化形象：藏族文化得到較為妥善的保護

《印度教徒報》文化類議題 31 篇，占總量的 18.1%，其中，傾向為中立的報導（58.1%）接近六成，負面傾向報導為 16.1%，正面傾向報導 25.8%。另外，其他類議題如政治類和社會類議題中，也有涉及文化方面的報導。

從上面的數字上看，《印度教徒報》建構的文化形象相對偏於正面。細讀文本之後，再綜合報導篇幅、報導區域等因素，發現其建構的藏區文化形象基本上與《人民日報》建構的文化形象一致，即：藏族傳統文化得到保護和弘揚。

《印度教徒報》的總編輯那拉希姆漢・拉姆 2007 年 6 月訪問中國拉薩，發表了多篇長篇報導。在長達 2400 多字的《處於經濟高速發展中的西藏》一文中，拉姆對於西藏的發展給與了高度評價，認為西藏有很多地方值得印度學習和借鑒，教育就是其中一個方面。「西藏在教育方面的迅速、協調和健康發展是西藏解放尤其是 1979 年改革後取得的巨大成就。官方數字表明，西藏的成人文盲率不到 10%，大大低於印度。另外，中央政府實行優惠政策，使大約 1.4 萬藏族學生能夠在中國各個省市的高中和大學讀書。到今年 1 月，除了向西藏派去 2000 名教師和教育官員外，這些省市為支持西藏教育事業提供的『漢藏情』愛心基金達 7400 萬美元。這一點顯然值得印度借鑒」。〔註 110〕

「3.14」事件發生之後，我國邀請了印度和意大利等國家的媒體到藏區採訪，《印度教徒報》記者在邀請之列。《印度教徒報》記者多方採訪後發現，教育已經成為「西藏社會和經濟進步的關鍵」。這篇報導，展現了西藏在教育方面取得的成績：西藏的現代教育在 1951 年以後才開始。2007 年，小學入學率達到 98.2%，初中和高中的入學率分別為 90.97% 和 42.96%，高等院校為 17.4%。1951 年之前，西藏 92% 的人口是文盲。現在文盲的比例為 44%，而且主要是年紀較大的人。〔註 111〕

對於中國在藏區實施的「藏漢」雙語教學，《印度教徒報》也通過中國國內藏族人之口，予以了肯定，認為「要使得西藏不落後於其他地區，藏族學生學習普通話，是必須的」。〔註 112〕

〔註 110〕Tibet in the time of high economic growth，載《印度教徒報》，2007 年 7 月 3 日。

〔註 111〕Modern education a key to Tibet's social and economic progress Inside Tibet，載《印度教徒報》，2008 年 8 月 21 日。

〔註 112〕China hints at new development approach to Tibet，載《印度教徒報》，2011 年 3 月 14 日。

　　此外，中國政府對西藏文化的保護和弘揚，在《印度教徒報》中也得到了正面的報導。比如，溫家寶總理「保證民族區域自治制度在今後將繼續實施，同時，政府會做出更大的努力來改善藏族同胞的生活、保護藏區的生態環境和文化傳統，以及西藏人民的宗教自由」；〔註113〕「佛教在西藏生機勃勃。寺廟對外開放，僧侶正在學習經文，藏人在朝拜釋迦牟尼。除此之外的一切都是宣傳。如果說拉薩布達拉宮的出色狀態可以作為預測中國對待宗教自由政策的櫥窗，那麼參觀西藏最早的寺廟——公元八世紀修建的桑耶寺，可以證明眼見為實」；〔註114〕「中國致力於保護西藏的文化和歷史文物。通過提供巨額資金，幫助恢復和開放了1700個以上的廟宇和寺院，保護了大批珍貴的文物」。〔註115〕

　　與《紐約時報》和《泰晤士報》報導「西藏面臨文化滅絕」不同，總體上看，《印度教徒報》與《人民日報》較為一致，展現的藏區文化形象為「藏族文化得到了較為妥善的保護」。

小結

　　新聞是一種被構建出來的現實。從建構主義的角度來看，藏區的形象是被媒體建構出來的。建構的方式是新聞框架。

　　本書在借鑒以上研究的基本上，把框架同樣分為三個層次：宏觀層面為議題框架；中觀層面包括報導框架和報導傾向；微觀層面包括消息來源、貼標簽、光輝泛化以及言外之意。

　　議題框架是報紙最為重要的框架。本書將涉藏報導的議題框架分為六類，即：政治、社會、文教、經濟、軍事和科技。四家報紙更為注重對藏區的政治、社會和文教形象的建構，經濟、軍事和科技議題報導數量過少，因此其形象難以為讀者所感知。

　　議題框架確定之後，報導框架成為媒體的關鍵。同樣的議題，不同的框架往往影響到媒體不同的傾向，也會導致受眾對事件產生完全不同的感知。《人民日報》涉藏報導的整體傾向明顯偏於正面，《紐約時報》《泰晤士報》偏於負面，《印度教徒報》比較中立。幾家報紙，有的說好，有的說壞，有的

〔註113〕Wen strikes a markedly different tone on Tibet，載《印度教徒報》，2012 年 2 月 11 日。

〔註114〕Where India, Tibet and China come together，載《印度教徒報》，2004 年 7 月 25 日。

〔註115〕Preserving Tibetan culture，載《印度教徒報》，2006 年 11 月 8 日。

中立，同一個藏區，在各報的讀者面前，展示了完全不同的形象。

　　微觀框架指的是媒體報導框架的組成部分，也是媒體在報導中具體採取的強調方式或技巧，諸如消息來源的選擇、貼標籤、言外之意等等。

　　根據前面的統計與分析，研究發現，《人民日報》通過對藏區報導議題的選擇、報導傾向、消息來源、報導框架等方面的綜合處理，形成和強化特有的媒介框架，建構了藏區的以下形象：（一）政治形象：黨和政府執政為民，藏族人民當家做主；（二）社會形象：人民生活水平不斷提高，生態環境得到妥善保護；（三）文化形象：藏族傳統文化得到保護和弘揚。

　　《紐約時報》建構了藏區的以下形象：（一）政治形象：政府壓制民主，藏人沒有人權；（二）社會形象——民族衝突熱點地區；（三）文化形象：藏族傳統文化正在面臨滅絕。

　　《泰晤士報》建構了藏區的以下形象：（一）政治形象：政府壓制民主，藏人沒有人權；（二）社會形象——民族衝突熱點地區；（三）文化形象：藏族文化獨特，面臨滅絕風險。

　　《印度教徒報》建構了藏區的以下形象：（一）政治形象：執政為民成績不俗，藏人的權利受到壓制；（二）社會形象：民族衝突熱點地區；（三）文化形象：藏族文化得到較為妥善的保護。

　　在幾家報紙建構的藏區形象中，《人民日報》呈現的藏區形象極為正面；而《紐約時報》和《泰晤士報》高度一致，呈現了一個非常負面的藏區形象；《印度教徒報》呈現的形象，與其他三家報紙各有相似之處。

表 5-1　報導議題、新聞框架與報紙編號交叉製表

報紙編號			新聞框架								合計
			衝突	興趣	經濟	道德	責任	和諧	發展	其他	
人民日報報導議題	政治	計數	54	3	0	16	5	13	71	24	186
		比例	29.0%	1.6%	0.0%	8.6%	2.7%	7.0%	38.2%	12.9%	100.0%
	經濟	計數	0	0	0	0	0	0	38	0	38
		比例	0.0%	0.0%	0.0%	0.0%	0.0%	0.0%	100.0%	0.0%	100.0%
	文化	計數	2	4	1	0	0	11	58	12	88
		比例	2.3%	4.5%	1.1%	0.0%	0.0%	12.5%	65.9%	13.6%	100.0%
	社會	計數	3	11	0	9	5	19	26	4	77
		比例	3.9%	14.3%	0.0%	11.7%	6.5%	24.7%	33.8%	5.2%	100.0%

	軍事	計數	1	0	0	2	0	1	1	0	5
		比例	20.0%	0.0%	0.0%	40.0%	0.0%	20.0%	20.0%	0.0%	100.0%
	科技	計數	0	1	0	0	0	0	3	2	6
		比例	0.0%	16.7%	0.0%	0.0%	0.0%	0.0%	50.0%	33.3%	100.0%
	合計	計數	60	19	1	27	10	44	197	42	400
		比例	15.0%	4.8%	0.3%	6.8%	2.5%	11.0%	49.3%	10.5%	100.0%
紐約時報報導議題	政治	計數	70	6	2	0	9	2	4	1	94
		比例	74.5%	6.4%	2.1%	0.0%	9.6%	2.1%	4.3%	1.1%	100.0%
	經濟	計數	0	2	1	0	1	0	1	0	5
		比例	0.0%	40.0%	20.0%	0.0%	20.0%	0.0%	20.0%	0.0%	100.0%
	文化	計數	9	24	1	0	5	0	2	2	43
		比例	20.9%	55.8%	2.3%	0.0%	11.6%	0.0%	4.7%	4.7%	100.0%
	社會	計數	136	23	2	1	19	1	1	4	187
		比例	72.7%	12.3%	1.1%	0.5%	10.2%	0.5%	0.5%	2.1%	100.0%
	科技	計數	0	0	0	0	0	0	0	1	1
		比例	0.0%	0.0%	0.0%	0.0%	0.0%	0.0%	0.0%	100.0%	100.0%
	合計	計數	215	55	6	1	34	3	8	8	330
		比例	65.2%	16.7%	1.8%	0.3%	10.3%	0.9%	2.4%	2.4%	100.0%
泰晤士報報導議題	政治	計數	40	5	0		2		0	3	50
		比例	80.0%	10.0%	0.0%		4.0%		0.0%	6.0%	100.0%
	經濟	計數	1	1	1		0		0	1	4
		比例	25.0%	25.0%	25.0%		0.0%		0.0%	25.0%	100.0%
	文化	計數	9	11	2		1		1	1	25
		比例	36.0%	44.0%	8.0%		4.0%		4.0%	4.0%	100.0%
	社會	計數	31	4	1		1		0	5	42
		比例	73.8%	9.5%	2.4%		2.4%		0.0%	11.9%	100.0%
	軍事	計數	2	0	0		0		0	0	2
		比例	100.0%	0.0%	0.0%		0.0%		0.0%	0.0%	100.0%
	科技	計數	0	0	1		1		0	0	2
		比例	0.0%	0.0%	50.0%		50.0%		0.0%	0.0%	100.0%
	合計	計數	83	21	5		5		1	10	125
		比例	66.4%	16.8%	4.0%		4.0%		0.8%	8.0%	100.0%

印度教徒報報報導議題	政治	計數	43	7	0		3	7	5	9	74
		比例	58.1%	9.5%	0.0%		4.1%	9.5%	6.8%	12.2%	100.0%
	經濟	計數	1	0	1		0	1	6	1	10
		比例	10.0%	0.0%	10.0%		0.0%	10.0%	60.0%	10.0%	100.0%
	文化	計數	4	16	0		0	3	3	5	31
		比例	12.9%	51.6%	0.0%		0.0%	9.7%	9.7%	16.1%	100.0%
	社會	計數	21	5	0		3	2	6	9	46
		比例	45.7%	10.9%	0.0%		6.5%	4.3%	13.0%	19.6%	100.0%
	軍事	計數	4	0	0		0	0	2	3	9
		比例	44.4%	0.0%	0.0%		0.0%	0.0%	22.2%	33.3%	100.0%
	科技	計數	0	0	0		1	0	0	0	1
		比例	0.0%	0.0%	0.0%		100.0%	0.0%	0.0%	0.0%	100.0%
	合計	計數	73	28	1		7	13	22	27	171
		比例	42.7%	16.4%	0.6%		4.1%	7.6%	12.9%	15.8%	100.0%
合計	政治	計數	207	21	2	16	19	22	80	37	404
		比例	51.2%	5.2%	0.5%	4.0%	4.7%	5.4%	19.8%	9.2%	100.0%
	經濟	計數	2	3	3	0	1	1	45	2	57
		比例	3.5%	5.3%	5.3%	0.0%	1.8%	1.8%	78.9%	3.5%	100.0%
	文化	計數	24	55	4	0	6	14	64	20	187
		比例	12.8%	29.4%	2.1%	0.0%	3.2%	7.5%	34.2%	10.7%	100.0%
	社會	計數	191	43	3	10	28	22	33	22	352
		比例	54.3%	12.2%	0.9%	2.8%	8.0%	6.3%	9.4%	6.3%	100.0%
	軍事	計數	7	0	0	2	0	1	3	3	16
		比例	43.8%	0.0%	0.0%	12.5%	0.0%	6.3%	18.8%	18.8%	100.0%
	科技	計數	0	1	1	0	2	0	3	3	10
		比例	0.0%	10.0%	10.0%	0.0%	20.0%	0.0%	30.0%	30.0%	100.0%
	合計	計數	431	123	13	28	56	60	228	87	1026
		比例	42.0%	12.0%	1.3%	2.7%	5.5%	5.8%	22.2%	8.5%	100.0%

表 5-2　報導議題、報導傾向與報紙編號交叉製表

報紙編號			報導傾向			合計
			正面	中性	負面	
人民日報報導議題	政治	計數	129	57		186
		比例	69.4%	30.6%		100.0%
	經濟	計數	34	4		38
		比例	89.5%	10.5%		100.0%
	文教	計數	63	25		88
		比例	71.6%	28.4%		100.0%
	社會	計數	68	9		77
		比例	88.3%	11.7%		100.0%
	軍事	計數	5	0		5
		比例	100.0%	0.0%		100.0%
	科技	計數	4	2		6
		比例	66.7%	33.3%		100.0%
	合計	計數	303	97		400
		比例	75.8%	24.3%		100.0%
紐約時報報導議題	政治	計數	4	26	64	94
		比例	4.3%	27.7%	68.1%	100.0%
	經濟	計數	0	2	3	5
		比例	0.0%	40.0%	60.0%	100.0%
	文教	計數	6	14	23	43
		比例	14.0%	32.6%	53.5%	100.0%
	社會	計數	3	59	125	187
		比例	1.6%	31.6%	66.8%	100.0%
	科技	計數	0	1	0	1
		比例	0.0%	100.0%	.0%	100.0%
	合計	計數	13	102	215	330
		比例	3.9%	30.9%	65.2%	100.0%

泰晤士報報導議題	政治	計數	1	8	41	50
		比例	2.0%	16.0%	82.0%	100.0%
	經濟	計數	0	1	3	4
		比例	0.0%	25.0%	75.0%	100.0%
	文教	計數	0	19	6	25
		比例	0.0%	76.0%	24.0%	100.0%
	社會	計數	2	10	30	42
		比例	4.8%	23.8%	71.4%	100.0%
	軍事	計數	0	0	2	2
		比例	0.0%	0.0%	100.0%	100.0%
	科技	計數	0	1	1	2
		比例	0.0%	50.0%	50.0%	100.0%
	合計	計數	3	39	83	125
		比例	2.4%	31.2%	66.4%	100.0%
印度教徒報報報導議題	政治	計數	10	38	26	74
		比例	13.5%	51.4%	35.1%	100.0%
	經濟	計數	3	7	0	10
		比例	30.0%	70.0%	0.0%	100.0%
	文教	計數	8	18	5	31
		比例	25.8%	58.1%	16.1%	100.0%
	社會	計數	6	32	8	46
		比例	13.0%	69.6%	17.4%	100.0%
	軍事	計數	1	8	0	9
		比例	11.1%	88.9%	0.0%	100.0%
	科技	計數	0	1	0	1
		比例	0.0%	100.0%	0.0%	100.0%
	合計	計數	28	104	39	171
		比例	16.4%	60.8%	22.8%	100.0%

合　計	政治	計數	144	129	131	404
		比例	35.6%	31.9%	32.4%	100.0%
	經濟	計數	37	14	6	57
		比例	64.9%	24.6%	10.5%	100.0%
	文教	計數	77	76	34	187
		比例	41.2%	40.6%	18.2%	100.0%
	社會	計數	79	110	163	352
		比例	22.4%	31.3%	46.3%	100.0%
	軍事	計數	6	8	2	16
		比例	37.5%	50.0%	12.5%	100.0%
	科技	計數	4	5	1	10
		比例	40.0%	50.0%	10.0%	100.0%
	合計	計數	347	342	337	1026
		比例	33.8%	33.3%	32.8%	100.0%

第六章　涉藏報導的影響因素分析

　　同樣的藏區，在這四家報紙不同的「框架」下，呈現出完全不同的形象，中外主流報紙上的藏區形象幾乎完全對立。那麼，有哪些因素影響和制約了這幾家報紙涉藏報導的框架？

　　許多學者對影響媒介框架的因素進行了研究，其中，有學者歸納了五個影響新聞框架形成的因素，分別為：新聞媒體組織的自主性，或是受政府控制的程度；社會事件的信息提供者（消息來源）；新聞組織的流程或常規；新聞工作者的意識形態；社會事件受到原始組織影響的程度。還有學者認為，一些重要的媒介框架影響因素包括新聞常規、組織內部的控制機制、消息來源、記者個人框架、讀者個人框架、政治情境、歷史文化脈絡等等。〔註 1〕

　　媒體不能在真空中存在。社會學的觀點認為，要真正瞭解媒體所作所為背後的原因，必須考慮其身處的大環境，具體地說，要考慮三種關係：機構之間的關係，例如媒介產業與政府部門的關係；機構內部的關係；機構和個體之間的關係，例如媒體和受眾的關係。〔註 2〕

　　綜上所述，本書認為，影響四家報紙涉藏報導框架的主要因素具體分為兩類，一種為外部因素，如國家利益、經濟力量、意識形態、讀者、達賴集團、國際非政府組織；一種為內部因素，諸如職業倫理。

〔註 1〕邵靜：《〈紐約時報〉和〈華盛頓郵報〉的涉華報導研究》，225 頁，上海大學博士論文，2011。

〔註 2〕〔美〕克羅圖，霍伊尼斯：《媒介·社會——產業、形象與受眾》，邱凌譯，23 頁，北京，北京大學出版社，2009。

一、國家利益

　　庫克是威廉姆斯學院政治學教授，專門從事新聞傳媒在美國政治中的影響與作用方面的研究。庫克認為，美國的主流新聞媒體實質上是非官方的「中介性政治機構」。〔註3〕同樣，美國著名政治傳播學者戴維.帕雷茲在其《美國政治中的媒體：內容和影響》一書中，從理論和實踐上揭露了沒有超越階級的媒介，只有政治化的媒介。〔註4〕在一項對美國主流媒體上阿富汗形象的實證研究中，學者得出的結論是美國主流媒體在增進國際間的相互瞭解方面沒有盡到應盡的義務，其報導基於國際利益，作為與美國外交方針一致。〔註5〕

　　呂曉勳和崔宇寧曾經對《紐約時報》和《泰晤士報》（1978～2008）有關中國國內民族問題的報導進行了內容分析，最終得出結論：從根本上說，西方主流媒體的利益與其國家利益是完全一致的。在觀察西方媒體的時候，必須看到他們「公正、客觀、自由」的理念背後所堅持的是國家利益優先的原則。〔註6〕

　　儘管《紐約時報》《泰晤士報》以及《印度教徒報》都不是各自國家的「官方媒體」，而是為資本財團所控制的媒體機構，但在涉及其國家根本利益的情況下，它們必然會與官方保持高度一致。這一點已經多次被歷史事實所證實。

　　美國藏學家戈爾斯坦認為，美國的西藏政策分為兩個層面：在戰略層面，美國始終支持西藏是中國的一部分；然而在戰術層面，美國卻抱著機會主義的搖擺態度。〔註7〕國內學者利用解密的美國外交文件，研究美國的西藏政策，得出了相似的結論：美國對中國西藏的政策一直奉行實用主義原則和雙重標準，既承認中國對西藏的主權地位，又支持達賴分裂勢力的藏獨活動。〔註8〕美國西藏政策的變化或者搖擺，毫無疑問取決於美國對自身利益的考慮，同

〔註3〕Cook, T. E. Governing with the news: The news media as a political institution〔M〕. University of Chicago Press, 1998.

〔註4〕〔美〕帕雷茲著：《美國政治中的媒體：內容和影響》，宋韻雅，王璐非譯，南京，南京大學出版社，2010.

〔註5〕Shabir G, Ali S, Iqbal Z. US Mass Media and Image of Afghanistan: Portrayal of Afghanistan by Newsweek and Time, 載 South Asian Studies, 2011, 26（1）：83 ～101.

〔註6〕呂曉勳，崔宇寧：《國外媒體是怎樣建構中國形象的》，載《中國民族報》，2009-04-24（006）。

〔註7〕勵軒：《美國的西藏政策：達賴喇嘛和中國的反應》，載《中國民族報》，2013-11-22008。

〔註8〕程早霞：《中國學界對美國插手西藏問題的研究》，載《世界歷史》，2011（5），96頁。

時，也對主流媒體的涉藏報導產生了重要而且直接的影響。

1950 年到 1972 年，是美國對中國感到「恐懼的時期」。〔註 9〕新中國成立前後，中共採取了「一邊倒」的外交方針。西方國家出於冷戰需要，把「西藏問題」作為制約中國的一個工具。此後，在美國的操縱下，聯合國通過三個西藏問題的決議，粗暴干涉中國內政。在這種情況下，美國傳統主流媒體拋開了其一向標榜的所謂「客觀」、「公正」和「獨立」的立場，緊隨美國政府身後，成為美國官方的「傳聲筒」。其涉藏報導，不管是內容、觀點還是立場等方面，都反映出美國政府在西藏問題上的政治訴求。以《紐約時報》為代表的美國主流媒體的西藏話語或多或少地都打上了美國政府對華政策的烙印。〔註 10〕郭永虎對 1949～1959 十年間《紐約時報》的涉藏報導進行了分析。他的研究發現，在對華遏制的冷戰語境下，《紐約時報》涉藏報導的基調是以負面消息為主，醜化中央人民政府在西藏的形象，歪曲了中國的西藏政策和西藏的本來面目，也在一定程度上誤導了西方公眾對西藏的認知。〔註 11〕

1972 年，中美開始接觸，美國進入了對中國「尊重的時期」。基於反對蘇聯稱霸的共同利益，美國的對華政策發生了顯著改變，大幅減少對達賴集團的經濟和軍事支持。達賴集團一度在國際上形同棄兒，煢煢孑立，形影相弔。〔註 12〕中美關係正常化以後直到 20 世紀 80 年代，美國媒體對中國的報導呈現出「浪漫化」和「天使化」的特點。〔註 13〕在相當長的一段時間裏，「西藏問題」幾乎被歐美官方及媒體所遺忘，以至於達賴喇嘛成了「冷戰孤兒」。〔註 14〕從中美關係的正常化直到 1986 年，西藏問題在中美關係中沒有佔據一席之地，因此，《紐約時報》的涉藏報導相當少見。〔註 15〕歐美主流媒體的漠視，

〔註 9〕 邵靜：《〈紐約時報〉和〈華盛頓郵報〉的涉華報導研究》，249 頁，上海大學博士論文，2011。

〔註 10〕 程早霞，張博強：《新中國成立前後〈紐約時報〉對中國西藏的報導剖析》，載《黨的文獻》，2013（2），80 頁。

〔註 11〕 郭永虎：《1949～1959 年美國〈紐約時報〉涉藏報導初探》，載《當代中國史研究》，2011（2），113～118，128 頁。

〔註 12〕 朱維群：《對抗沒有出路——涉藏涉疆問題的西方立場剖析》，載《江蘇省社會主義學院學報》，2014（2），5 頁。

〔註 13〕 邵靜：《〈紐約時報〉和〈華盛頓郵報〉的涉華報導研究》，249 頁，上海大學博士論文，2011。

〔註 14〕 思楚：《「西藏問題」國際背景的歷史回顧》，載《統一論壇》，2013（6），19 頁。

〔註 15〕 黃敏：《擴散與激活：〈紐約時報〉涉藏報導的議題發展（1980～2010）》，載《新聞與傳播研究》，2013（9），25 頁。

直接導致達賴喇嘛 1979 年首次到紐約時，基本上沒有什麼人能認出達賴。在沒有記者尾隨的情況下，達賴向宗教、佛教界的 1000 來人發表了講話，並未產生較大的反響。〔註16〕

在二十世紀八十年代末期以後，由於眾所周知的原因，加上九十年代初期蘇聯解體，中國變成社會主義陣營的「領頭雁」，而美國成為唯一的超級大國，中美之間對抗增多。「西藏問題」再度成為美國制約中國的一張王牌。美國主流媒體涉藏話語的「風向」再次轉變。二十世紀九十年代，以《紐約時報》為代表的美國主流新聞媒體的西藏報導，成為「妖魔化」中國的組成部分。〔註17〕類似的研究發現，二十世紀八十年代末期和九十年代初，《紐約時報》對西藏進行了大量的歪曲和不實報導，對美國民眾乃至國際輿論產生了嚴重的負面影響。〔註18〕

進入新世紀以後，中美關係更加錯綜複雜，「中美之間的戰略懷疑從來沒有減弱」。〔註19〕中國的綜合國力不斷提升，在國際上的影響力越來越大。在解決許多國際性問題時，美國需要中國的支持和合作。不過，中國的崛起，給包括美國在內的其他傳統強國造成了極大的壓力，「中國威脅論」隨之出爐。美國總統奧巴馬公開宣稱，美國絕不甘心做「老二」。為了維持自己唯一超級大國的地位，美國或公開或暗中打壓、遏制中國。繼續打「西藏問題」的牌，仍然是美國遏制中國的策略之一。

在從事國際新聞報導時，美國媒體總是「團結在星條旗周圍」，與華盛頓官方聲氣相通。〔註20〕這個時期，《紐約時報》的涉藏報導負面立場高達六成也就不足為奇。《紐約時報》（2003～2013 年）建構的「藏區形象」與美國人權報告中的「藏區形象」高度吻合，據此可以得出結論，《紐約時報》的涉藏報導是符合其國家利益的。

因此，通過縱向對比可以清晰地發現，國家利益以及基於國家利益基礎

〔註16〕 范士明：《政治的新聞——美國媒體上的西藏和「西藏問題」》，載《太平洋學報》，2000（4），50 頁。

〔註17〕 范士明：《政治的新聞——美國媒體上的西藏和「西藏問題」》，載《太平洋學報》，2000（4），45～61 頁。

〔註18〕 張素姍，程早霞：《20 世紀 80 年代末 90 年代初〈紐約時報〉涉藏報導剖析》，載《黨的文獻》，2014（6），54～62 頁。

〔註19〕 阮宗澤：《習近平訪美：深化共識同舟共濟》，載《人民日報海外版》，2012 年 02 月 10 日。

〔註20〕 〔美〕庫蘭：《大眾媒介與社會》，楊擊譯，287 頁，北京，華夏出版社，2006。

上的兩國關係才是《紐約時報》等美國主流媒體對西藏報導的晴雨表。越是到了中美關係產生微妙變化的時候，往往就是美國主流媒體報導西藏最頻繁的階段。〔註21〕

如上文所述，檢驗發現，《泰晤士報》與《紐約時報》涉藏報導的傾向高度一致。可以這樣說，同樣是基於國家利益的考量，《泰晤士報》的涉藏報導也在一定程度上充當了英國官方涉藏話語的「傳聲筒」。

二戰之後，英國的外交政策長期緊跟美國，在國際問題上往往唯美國馬首是瞻。不過，雖然美國和英國是傳統盟友，二者與中國的關係還是有所區別。對於美國來說，中國既不是敵人，也不是朋友，而是「利益攸關方」。由於近年來中國發展勢頭迅猛，已經對美國一家獨霸的地位有所威脅。儘管美國官方並不承認有「遏制中國」的意圖，但中美之間存在戰略競爭確實不爭的事實。因此，中美關係之間更容易發生衝突。「西藏問題」既是中美發生衝突的一個「導火索」，同時也是美國事實上打壓中國的一張牌。《紐約時報》對於涉藏題材有著大量的、負面的報導，與美國官方的涉藏態度與行為有著不可分割的關係。

英國曾經是世界上最強大的帝國。不過，如今的「日不落」帝國早已沒有了當年的風采。中國GDP比重不斷上升，2010年已經超過日本，在全球僅次於美國，同時，對全球經濟增長的貢獻率也迅速提高。為了維護自己傳統大國的地位，保持經濟上較快的增長是英國必須著重考慮的問題，搭上中國經濟的「快車」就成為英國的一個發展策略。因此，出於國家現實利益的考慮，英國政府制定了優先與中國發展經濟關係的政策，其對華政策的第一個支柱即為「從中國的增長中得到最大限度的利益」。〔註22〕在這種大背景下，「人權外交」降到了相對次要的位置。儘管基於傳統以及國內各種利益集團的壓力，歷屆英國首相都要會見達賴，但是，英國大部分時候，在「西藏問題」上並非肆無忌憚，往往還是不得不顧忌中國政府的態度。《泰晤士報》涉藏報導數量僅為《紐約時報》的1／3，很難說就沒有基於國家利益的現實考慮。

同樣，對《印度教徒報》的涉藏報導進行分析，發現其報導同樣深受國家利益的影響。

〔註21〕張逸飛：《論外國媒體涉藏報導中的西藏形象構建》，載《新聞知識》，2013（4），31頁。

〔註22〕江時學：《中英關係的回顧與展望》，載《中國社會科學院研究生院學報》，2014（2），121頁。

　　印度是第一個正式承認新中國的非社會主義國家。建立外交關係以來，中印關係大致可以分為蜜月期、停滯期、回暖以及全面發展幾個階段。進入21世紀以後，中印關係步入了健康發展的軌道，雙方高層互訪頻繁，經濟關係持續改善，雙邊貿易額不斷創出新高。中印關係的恢復與發展，也使得印度在對西藏的態度上有了明確的變化。

　　從推動「西藏問題」的產生和發展，到接收達賴及其追隨者到印度「避難」；從鼓吹西藏獨立，到公開承認西藏是中國領土的一部分，可以說，印度對西藏的態度很大程度上要視印度與中國之間的關係而決定。〔註23〕

　　「西藏問題」會影響中印關係，反之，中印關係也會影響印度在「西藏問題」上的行為和態度。儘管兩國關係更趨於合作，但是由於雙方存有戰略競爭關係，或明或暗的衝突不可避免，其中，雙方最為核心議題的還是「西藏問題」。中印之間圍繞「西藏問題」，產生了邊界問題、水資源分配等諸多懸而未決的問題。因此，尼赫魯大學的斯瓦蘭·辛格強調，「西藏問題」仍是印中關係之間長期以來最具有決定性質的議題。〔註24〕

　　在「西藏問題」的產生和發展過程中，印度起著重要的作用。在關鍵時候，通過打西藏牌來制衡中國，是印度的一種戰略意圖。比如，印度政府允許達賴2009年底，「訪問」中印兩國之間存在爭議的藏南地區。倫敦國王學院防務研究系潘特博士對此認為，「德里在中印關係中處於不利地位，利用此次訪問向北京傳達一個信息：它確實還有一張可以有效利用的牌——西藏。」〔註25〕

　　《印度教徒報》（2003～2013年）涉藏報導的傾向以中性為主（60.8%），正面和負面基本相當，應該說是體現了這一階段印度官方的涉藏態度，涉藏報導的傾向受到印度國家利益的制約。

　　從《人民日報》建構的藏區形象中，可以看出與我國官方對西藏的態度是完全一致的。

　　任何新聞業的生存都要依賴一定的政治制度，它們不能沒有自己的政治

〔註23〕〔印〕沙拉德·K.索尼，〔印〕麗娜·瑪爾瓦，吳宗翰：《影響印度對中國研究的西藏因素》，載《國外社會科學》，2010（3），78頁。

〔註24〕Singh, S. India–China Relations Perception, Problems, Potential. South Asian Survey, 2008, 15（1）：87.

〔註25〕楊值珍：《印度製造中印關係不和諧音原因探析》，載《南亞研究》，2010（3），33頁。

立場和政治利益。〔註 26〕總而言之，在國家利益的制約下，四家中外主流報紙涉藏報導的傾向與官方涉藏政策一致，體現出這些報紙在某種程度上看都是「講政治」的媒體。〔註 27〕

二、經濟力量

《人民日報》是黨的機關報，首要任務是「講政治」。因此，經濟方面的力量對其新聞採編活動幾乎沒有影響。〔註 28〕而《紐約時報》《泰晤士報》和《印度教徒報》則不一樣，這三家報紙都是私營媒體。作為私營媒體，這幾家報紙本質上就是以盈利為目的的商業組織。經濟力量對《紐約時報》《泰晤士報》和《印度教徒報》的涉藏報導有比較重要的影響，其直接的影響力有時候甚至超過政治的影響力。

從理想主義的角度來講，媒體應該是公眾利益的代言人，不應該服務於金錢和權力。但是，無論人們怎麼強調這幾家國外報紙在政治和社會生活中的意義，也不能掩蓋它們本質上是企業這一根本事實。美國著名傳播學者威爾伯·施拉姆的觀點，「經濟控制遠比政府的政治控制對美國大眾媒體施加的影響更為有力」〔註 29〕，同樣適用於英國和印度的媒體。

在美國、英國和印度，政府對新聞媒體的控制程度相對較輕，媒體的自主程度更高。由於其收入來源，不是來自於官方撥款，而主要是來自廣告以及讀者的訂閱費用，其中，尤其以廣告收入最為重要。報紙通過報導，贏得讀者的關注，取得一定的賣報收入，這只是報紙獲取回報的第一步。關鍵在於第二步，即報紙通過將具有購買力、影響力的讀者群體「販賣」給廣告客戶，才能取得更為豐碩的回報。比如，《紐約時報》的廣告收入曾經達到賣報收入的三倍。〔註 30〕不過，這個收入在動態的變化當中，讀者訂閱報紙的收入比重在不斷增大。

〔註 26〕黃旦：《新聞專業主義的建構與消解》，99 頁，上海，復旦大學出版社，2005。

〔註 27〕喬木在其《鷹眼看龍：美國媒體的中國報導與中美關係》一書中，指出，政治化是美國媒體對華報導中存在的第一個問題，就是說不管報導什麼領域的問題，報導時總能和政治聯繫起來。美國媒體同樣講政治。

〔註 28〕鄧備，楊露：《四川藏區的媒介形象建構——基於〈紐約時報〉〈人民日報〉的比較研究》，載《西華師範大學學報（哲學社會科學版）》，2014（6），111 頁。

〔註 29〕羅娟麗：《美國媒體對中國問題報導的傾向性分析》，39 頁，中國政法大學博士論文，2013。

〔註 30〕陳力丹：《世界新聞傳播史（第二版）》，185 頁，上海，上海交通大學出版社，2007。

　　由此，經濟力量的影響力甚至超過了官方部門。經濟力量對報紙的採訪報導具備了話語權。報紙的報導，不能冒犯廣告主和其身後利益集團的利益。在西方國家，「審查更有可能來自廣告商和與廣告相關的壓力（集團），而且更有可能被商業支持的媒體所容忍」。〔註31〕

　　美聯社北京分社社長韓村樂強調，有爭議的新聞的確有助於提高報紙的銷量，儘管必須忠實地報導新聞，但是發行商要把報紙賣出去，媒體就是要報導那些引起爭議的報導。《華盛頓郵報》北京分社社長潘文同樣認為，引起大辯論的新聞就是好新聞，而好新聞才能提高報紙的銷量，實現商業利益。這恰恰就是這個行業的經濟動力。〔註32〕

　　因此，儘管《紐約時報》以品位高雅、言論權威著稱，但是，即便如此，它也無法擺脫經濟力量的衝擊。30多年前，《紐約時報》的記者們對自己報紙的工商報導曾經提出過尖銳批評，認為這些報導展示的是一個脫離真實的神話世界。工商業非常和諧，基本上沒有黑暗面。〔註33〕

　　美國一位大學新聞學教授認為，對於任何一家新聞機構來說，在應當報導新聞的位置刊登廣告是一條很危險的路，這表現出對讀者的不尊重和對產品的不信任。而就在2009年1月，《紐約時報》已經開始在頭版刊登廣告。〔註34〕

　　如今，商業化已經成為媒體的一個顯著特徵，經濟力量的影響逐步遍及到了媒介高層以及普遍的編輯和記者。高度的商業化，可能會導致媒體的職業倫理與商業壓力之間發生衝突。在商業利益的驅動下，個別媒體甚至鋌而走險，違背新聞倫理。典型例子就是新聞集團旗下的《世界新聞報》「竊聽醜聞」。為了追求獨家新聞，追求轟動效應，《世界新聞報》不惜雇傭私家偵探，竊聽王室、政要、社會名流乃至普通老百姓的隱私生活。

　　在面臨激烈市場競爭的情形下，媒體不斷加大技術更新和人力成本等方面的資金投入，對廣告的依賴不斷加大。廣告收入一旦下滑，就會危及媒體的生存。

〔註31〕〔美〕克里斯琴斯等：《媒體的良心》，孫有中等譯，130頁，北京，中國人民大學出版社，2014。

〔註32〕肖欣欣，劉樂耕：《世紀末的一場對話——中美主流媒體記者、專家、學者座談紀要》，載《國際新聞界》，2001（1），7頁。

〔註33〕〔美〕莫里斯：《〈紐約時報〉「工商版」「報喜不報憂」——〈紐約時報〉記者們的尖銳批評》，李臻譯，載《國際新聞界》，1982（1），7頁。

〔註34〕〔美〕克里斯琴斯等：《媒體的良心》，孫有中等譯，143頁，北京，中國人民大學出版社，2014。

正是抓住了媒體本質上是以盈利為目的的商業組織這一特徵，寬裕的團體會聘用公關顧問或公司，甚至不惜支付高額費用，來影響媒體，獲得對它們有利的報導或至少能夠改善他們的公眾形象。這些策略時常能夠奏效。〔註35〕有研究者考察了代表外國政府（尤其是那些在國際上存在負面形象的政府）針對《紐約時報》開展的專業公關活動，結果發現這些公關活動至少在兩個方面取得成功：一方面《紐約時報》對這些政府的總體報導減少，意味著媒介聚光燈照到這些政府的次數減少；另一方面，在剩下的新聞報導中，正面報導又增加了。〔註36〕

由於本質上是商業性的機構，盈利或者至少不虧本是其底線。因此，《紐約時報》《泰晤士報》和《印度教徒報》的涉藏報導，在「講政治」的前提下，必須考慮到廣大讀者以及看中這些讀者錢包的諸多廣告主的需要，要講述他們感興趣的、符合其口味的「西藏問題」。藏區頻繁發生的「自焚」等多種衝突事件，無疑具有轟動性，因此也就成為這些報紙吸引讀者的「猛料」。至於藏區人民生活水平不斷提高，政府管理不斷改善，這些內容即使報導出來，也不具備商業價值，因此，正面報導非常罕見並不令人意外。同時，三家報紙的多數涉藏報導並沒有到達採訪現場，而是依託於公開或者匿名信息來源的「報料」，部分原因或許也正是想降低報導的經濟成本。

三、意識形態

意識形態是勝過任何一種文化的更為系統的信仰體系。意識形態包括了諸如自由民主、共產主義、法西斯主義等政治哲學、宗教乃至非常清晰的和系統的世界觀的民族和文化。每種意識形態的實質都是一種價值體系，它決定了社會行為、組織、目標和政策的主導模式。〔註37〕

在解釋國內事務，美國的意識形態通常被分為兩大類：保守主義和自由主義。而在國際事務中，最典型的是「冷戰」意識形態——「將世界任何地

〔註35〕〔美〕帕雷茲著：《美國政治中的媒體：內容和影響》，宋韻雅，王璐非譯，223頁，南京，南京大學出版社，2010。

〔註36〕Manheim J B, Albritton R B. Changing national images: International public relations and media agenda setting, The American Political Science Review, 1984: 641～657.

〔註37〕〔美〕內斯特：《國際關係：21世紀的政治與經濟》，北京，北京大學出版社，2005年。轉引自羅娟麗：《美國媒體對中國問題報導的傾向性分析》，147頁，中國政法大學博士論文，2013。

方出現的社會主義和共產主義看作是對民主、自由和美國的生活方式的天敵。」〔註38〕

美國著名學者喬姆斯基與赫曼發現美國媒體傳播中有五個「過濾器」，其中一個與意識形態相關，即「反共過濾器」。媒體不僅針對社會主義國家，還把任何反對現存美國制度的行為貼上反共標籤。「反共」成為美國媒體界的一種宗教，大多數人對這一宗教已經是完全內化。〔註39〕

國家利益與意識形態有著緊密的聯繫，意識形態從屬於國家利益。〔註40〕

新中國成立至今，中美兩個國家的意識形態並沒有發生根本性的變化，但是，兩國關係卻因為國家利益而跌宕起伏。在面對蘇聯的威脅時，兩個國家為了共同的利益，可以忽略雙方意識形態之間的差異，走在一起；當蘇聯解體後，美國成為唯一的超級大國，中國則是社會主義陣營的「領頭雁」，雙方意識形態之間的差異凸顯出來，雙邊關係惡化；進入新世紀以後，中美的國家利益既有合作的一面，也用衝突的地方，國家利益與意識形態交織在一起，相互影響。

美國、英國和印度，都是民主國家，媒體從業人員往往認為他們的制度是世界上最好的制度，社會主義國家的人民沒有人權和自由，並且，由於長期接受反共教育，他們對共產主義有著根深蒂固的反感。有學者曾經對美國民眾做了一次實地調查，發現美國人對「共產主義者」這個詞語的敵視態度，僅次於「基地組織成員」。〔註41〕

基於這樣的意識形態，「共產主義國家的政治動盪是新聞，但在其他國家類似的動盪卻不是。」〔註42〕由於聲稱自己的「獨立」、「公正」和「客觀」，這些主流媒體的意識形態性在新聞報導中並不容易被察覺。但是，一旦遇到涉藏這種「大是大非」的問題，其意識形態就一定會出來「透氣」。〔註43〕

〔註38〕Lance W Bennett. News: the Politics of Illusion,（2ed）〔M〕. N. Y.: Longman Inc., 1988: 148～149. 轉引自羅娟麗：《美國媒體對中國問題報導的傾向性分析》，147頁，中國政法大學博士論文，2013。

〔註39〕劉瑞生：《涉藏報導與美國主流媒體的意識形態性》，載《新聞與傳播研究》，2008（3），19頁。

〔註40〕劉建飛：《美國與反共主義——論美國對社會主義國家的意識形態外交》，94頁，北京，中國社會科學出版社，2001。

〔註41〕王晨燕：《〈紐約時報〉涉華報導中的消息來源與新聞話語分析》，載《新聞界》，2014（22），29頁。

〔註42〕劉曉玉：《美國主流報紙涉藏報導分析》，33頁，河北大學碩士論文，2012。

〔註43〕劉瑞生：《涉藏報導與美國主流媒體的意識形態性》，載《新聞與傳播研究》，2008（3），19頁。

　　比如拉薩「3.14」事件，原本是極少數人進行的打、砸、搶、燒等破壞活動，擾亂了社會秩序，危害了人民群眾生命財產安全。〔註44〕

　　而《紐約時報》的相關報導稱，對於藏族人和他們的同情者來說，拉薩事件是反抗中國統治的起義。原因在於他們對中國政府干涉佛教宗教儀式、嚴格的政治控制以及破壞被藏人視為神聖之地的喜馬拉雅地區的環境等行為早已心存怨恨。〔註45〕同時，暴力行為也被其美化為「和平抗議」。而且，「採用抗議這種和平的方式來表達他們深深的怨恨，是藏族人的一項權利。」〔註46〕

　　同樣，達賴喇嘛被中國視為「披著袈裟的政治流亡者」，而當《紐約時報》《泰晤士報》提及達賴喇嘛時，一向稱之為是「流亡藏人精神領袖」、「諾貝爾和平獎獲得者」，把他包裝成為了「和平使者」、「精神大師」和「人權衛士」。〔註47〕

　　由於反共意識形態的制約，在《紐約時報》《泰晤士報》的涉藏報導裏面，中國就是一個集權專制的國家，藏族人沒有民主和自由，沒有人權。中國政府在藏區實施的一切惠及民生的政策，都會被認為是別有用心。比如中國為了改善藏族群眾落後的生產生活條件，在藏區啟動實施了建設社會主義新農村的政策。《紐約時報》並不否認這個政策為 210 萬藏族人提供了自來水、電力以及更好的衛生保健和學校。但是，這篇名為《中國：重塑西藏遭到批評》報導的主要目的在於指責這個政策已對傳統藏族社會產生了破壞性的影響。〔註48〕

　　另外，如上文所述，《紐約時報》對青藏鐵路的報導是一個更加典型的例子。對於鐵路在美國和印度發揮的作用，西方的教科書和媒體都不吝讚美之辭。

　　把鐵路修到拉薩，是黨的三代中央領導集體和黨中央非常關心並著力解決的重大問題，也是青藏高原各族幹部群眾追求幸福生活的美好願望。〔註49〕

〔註44〕新華社記者：《達賴集團破壞西藏社會穩定注定要失敗》，載《人民日報》，2008年 3 月 17 日第 4 版。

〔註45〕Simmering Resentments Led To Tibetan Backlash at China，載《紐約時報》，2008年 3 月 18 日。

〔註46〕Dalai Lama Condemns China For Suppressing Uprising in Tibet，載《紐約時報》，2008 年 3 月 17 日。

〔註47〕畢華：《達賴喇嘛挾洋人自重必將被中國人民所唾棄》，載《中國民族報》，2010-02-26005。

〔註48〕China: Reshaping of Tibet Criticized，載《紐約時報》，2013 年 6 月 28 日。

〔註49〕徐錦庚：《青藏鐵路建設成就報告會在拉薩舉行》，載《人民日報》，2006 年 9月 29 日第 2 版。

但是《紐約時報》和《泰晤士報》都對此進行了質疑和批評。其中,《紐約時報》認為,中國修建青藏鐵路,是方便漢族人大量進入西藏,會進而威脅到西藏的文化。〔註50〕

同樣是鐵路,在美國就是「工業化的奇蹟」,在印度是「造福於人民」,而到了中國就變成了「對藏族文化的破壞」。造成《紐約時報》《泰晤士報》如此報導的原因,除了意識形態之外,很難有其他更加合理的解釋。

四、讀者

早期美國新聞理論的代表作《新聞學原理》指出,一張有價值的報紙,必須擁有讀者,且擁有繼續不斷的讀者。要得到這些讀者,它必須有吸引力,使讀者樂於購閱,而且樂於繼續不斷地購閱。一張人們不願讀的報紙,當然不會有銷路,也不會受人尊敬,這種理論已經屢試屢驗。〔註51〕讀者就是上帝的觀念逐漸深入人心。

對於多數媒體而言,廣告是其收入的主要來源。媒體要從廣告商那裡獲取收入,交換的「商品」就是讀者。因此,不管是從盈利的角度還是從為公眾利益服務的角度來看,報紙都必須高度重視讀者的需求。

在皮尤中心2005年的一次民意調查中,69%的公眾認為新聞機構的目的是「為了吸引更多的受眾而娛樂大眾」,遠遠超過了認為新聞機構是「為了服務於公共利益而為公眾提供信息」的民眾(22%)。〔註52〕

如前所述,在全球化、工業化和商業化的衝擊下,人類社會面臨著各種問題,人們產生了很多困惑。在這種大背景下,大家開始注重尋求精神的歸宿,神秘的東方文明迷住了西方的眼睛。歷史悠久、絢麗多姿的藏文化更是由此成了人們精神上的避風港灣。由於地理、文化和語言的阻隔,西方人眼中的西藏和西藏文明如霧中花,水中月,難見本質和真諦。這反而使得西藏對西方人更具吸引力和誘惑力,由此在西方形成了一個解不開的「西藏情結」

〔註50〕Tibetans See Threat To Their Culture In Chinese Spending,載《紐約時報》,2006年8月6日。

〔註51〕〔美〕約斯特:《新聞學原理》,9頁,北京,中國人民大學新聞系,1960年內部版。轉引自童兵:《在上帝和僕人之間——解讀中西受眾觀》,載《新聞記者》,2002(2),12頁。

〔註52〕羅娟麗:《美國媒體對中國問題報導的傾向性分析》,39頁,中國政法大學博士論文,2013。

和「香格里拉情結」。〔註53〕

　　讀者對藏區、藏文化濃厚的興趣正是西方報紙有大量涉藏報導的一個直接的原因。同時，在新聞的「消費」上，那些轟動性的、衝突性的題材更受讀者青睞。因此，「3.14」事件、自焚、抵制北京奧運會、藏人不過春節、藏族農民為了抗議政府而在春耕季節不播種等內容，在《紐約時報》和《泰晤士報》等西方主流媒體上頻頻亮相，以至於藏區被建構成了「人間地獄」。〔註54〕這些報導符合西方公眾關於西藏的東方主義想像：西藏是最後的一塊精神淨土，她正在受到中國政府的破壞：西藏人是受害者。〔註55〕

　　如上文所述，由於《人民日報》自身具有的特殊地位和性質，經濟力量對於《人民日報》的影響力很有限。同樣，普通讀者對於《人民日報》涉藏報導的影響，相對三家國外報紙而言並不算大。

五、達賴集團

　　不可否認的是，達賴集團也是影響幾家報紙，尤其是西方報紙涉藏報導的一個重要因素。

　　幾十年在世界各地穿梭的達賴喇嘛對歐美的政治公關技巧爛熟於心。他既能通過演說打動普通民眾，滿足他們的後現代訴求，又能操著滿口的「自由」、「民主」、「人權」、「環保」等西式標準語言，大打悲情牌，不僅得到西方反華勢力的垂青，而且獲取了一些不明真相的人的同情。〔註56〕

　　美國華倫威爾大學政治系教授、政治學博士韓東屏曾經見到達賴，並提出了比較尖銳的問題，而達賴喇嘛的坦誠，讓他心服口服。當沒有記者在場的時候，達賴可以完全開載布公，毫不掩飾自己的見解，並且，達賴對「西藏問題」的看法，基本上是中肯的和正確的。〔註57〕在什麼場合說什麼話，從這件事也可以看出達賴高超的溝通技巧。

　　媒體面前的達賴喇嘛通常身披猩紅色長袍，雙手合十舉過頭頂，不停地

〔註53〕杜永彬：《西方人眼中的西藏（之一）》，載《中國西藏（中文版)》，2001（2），9～12頁。

〔註54〕Dalai Lama says Tibet is now hell on earth，載《泰晤士報》，2009年3月11日.

〔註55〕古俊偉：《〈中國日報〉和〈紐約時報〉構建的西藏和藏人形象》，430頁，《全國第二屆對外傳播理論研討會論文集》，2011。

〔註56〕楊明清：《西藏問題研究》，載《理論學刊》，2009（12），108～109頁。

〔註57〕韓東屏：《親身感受若干美國人對於中國西藏問題認知上的偏狹態度》，載《北大馬克思主義研究》，2013（00），263～271頁。

向身邊的人群作揖行禮，臉上總是掛著標誌性的微笑，憨態可掬，時不時會停下腳步與身邊的人親切攀談，讓人倍感親切。為了增強演講的吸引力，達賴喇嘛經常會為聽眾「講故事」。其幽默風趣的言辭，和大膽的調侃十分具有感染力。〔註58〕

達賴集團為了獲得「高曝光率」，爭取各界對他提出的所謂「中間道路」的支持，採取了類似於恐怖分子的媒介策略，先後策劃和宣傳煽動了拉薩「3.14」、衝擊我國駐外使館、抵制北京奧運會、自焚等一系列轟動性的事件。

2011 年以來在四川藏區發生了幾起年輕僧人和已經還俗僧人的自焚事件。令人驚訝的是，流亡在國外的達賴喇嘛和一些海外藏人社團組織對事件的反應速度驚人，他們在第一時間發布自焚事件的現場照片和自焚者的生前生活照片及相關信息。速度驚人的背後，是達賴集團為了向媒體提供「猛料」，早已做了精心準備。在 2011 年 3 月 16 日的自焚事件事發前兩周，一個製造系列自焚事件的格爾登寺僧人組織已經就提前進行了自焚拍照、買油等工作分工，並提前將自焚僧人照片傳到「西哇扎倉」。正是如此，事件發生 2 小時後，「挪威西藏之聲」、「美國之音」等就播出消息、播放視頻了。〔註59〕

此外，境外的「藏獨」分子，尤其是在印度境內的「藏獨」分子，通過舉行遊行抗議、絕食、拍電影、舉辦西藏電影節、研討會、「西藏節」、展覽等各種宣傳方式，也吸引了國際輿論的關注。〔註60〕

正如本書之前的分析發現，幾家報紙的涉藏報導都一定程度上存在「焦點事件」驅動的特點。達賴集團宣傳煽動和策劃的一系列活動，事實上達到了其吸引媒體曝光的目的。尤其是藏人自焚事件，在三家國外報紙的涉藏報導中，都得到了大量、持續的報導。

六、國際非政府組織

近幾十年來，國際非政府組織發展迅猛，逐漸成為國際舞臺上不可忽視的重要力量。

〔註58〕 侯曉素.《〈紐約時報〉再現的十四世達賴喇嘛》，47 頁，中國青年政治學院碩士論文，2012。

〔註59〕 華子：《也談四川藏區年輕僧人自焚事件》，載《人民日報海外版》，2011-11-25004。

〔註60〕 對外傳播研究中心輿情室：《近年國際涉藏輿論特點與走向》，載《對外傳播》，2009（3），28 頁。

　　國際非政府組織通常比較善於與媒體打交道，通過媒體傳播，提升自己的影響力。在《紐約時報》和《泰晤士報》的消息來源中，國際非政府組織所佔比例分別為 6.23%和 2.91%，排在第六位和第七位。這些非政府組織，大致可以分為三類：第一類如「國際西藏支持組織協調委員會」、「國際聲援西藏運動」、「西藏之友」，第二類如「大赦國際組織」、「人權觀察」、「記者無疆界組織」；第三類有「國際紅十字會」、「世界自然基金會」等。相對而言，前兩類非政府組織是《紐約時報》和《泰晤士報》較常採用的消息來源，而作為消息來源時，這兩類非政府組織都支持達賴集團，指責中國的西藏政策。

　　第一類非政府組織從其名字上就可以看出，是以支持達賴喇嘛為其宗旨。比如成立於 1988 年的「國際聲援西藏運動」，聲稱致力於促進西藏人民的人權和民主自由，其從事的工作有：監督與報告西藏的人權、環境及社會經濟狀況；維護因政治或宗教信仰而被囚禁的藏族人；與政府合作制定幫助藏族人之政策與計劃；捍衛藏族人的人道與發展援助；動員個人以及國際社會參與支持藏族人的行動；借由中國政府與達賴喇嘛對談，促成藏族人民民族自決。〔註61〕

　　第二類非政府組織，雖然不以支持達賴集團為其活動的主要目標，但是在涉藏問題上也經常對中國發難。比如作為最有影響力的人權組織之一的「人權觀察」，指責中國破壞西藏的生態環境，消滅了西藏的文化和民族特性，要求中國政府與達賴集團開展對話。〔註62〕由於其立場和觀點往往和美國的外交政策一致，因此受到了國際上眾多專家學者的批評。〔註63〕

　　這兩類非政府組織對於大眾媒體在當代社會中的重要性有著清醒的認識，認為「媒體是人權運動的可靠盟友」，〔註64〕並且，它們對於西方主流媒體追逐衝突的特點瞭解得很清楚，因此，它們常常組織各種抗議示威活動，或者發布各種所謂的中國政府侵犯藏人人權的報告，投其所好地為西方媒體提供了各種涉藏的「故事」，與媒體共同製造了「新聞」。

　　由於其本身具備的「非官方」色彩，它們在涉藏問題上的發言和表態，

〔註61〕Our mission.International Campaign for Tibet, http://www.savetibet.org/about-ict/our-mission/, 20150310.

〔註62〕孫茹：《人權觀察》，載《國際資料信息》，2003（2），40 頁。

〔註63〕龐西哲：《「人權觀察」：失信的評論者》，載《人民日報海外版》，2015 年 2月 4 日第 8 版。

〔註64〕孫茹：《人權觀察》，載《國際資料信息》，2003（2），39 頁。

迷惑性很強，在讀者中具備較高的可信度，因此，給藏區的國際形象帶來了較為明顯的負面影響。

七、職業倫理

新聞職業倫理就是新聞工作者和媒介機構在新聞職業道德體系中的諸個因素發生衝突時的理性抉擇原則。〔註65〕簡單地說，新聞職業倫理就是媒體機構及其從業人員從事新聞採編活動的行為規範和準則。

三家國外報紙，都有著百年以上的悠久歷史，其中，《泰晤士報》創刊距今已逾 200 年。三家報紙能夠在眾多的媒體中脫穎而出，發展成為在國內精英階層具有重要影響力，並且在全球範圍有廣泛影響的主流媒體，與其自身秉持的新聞專業主義、新聞價值觀等職業倫理密不可分。

雖然創刊的年代不同，區域也不一樣，但三家報紙的職業倫理卻驚人的相似。1803 年，小沃爾特接掌《泰晤士報》。他認識到，人們需要一張獨立而可信的報紙。因此，小沃爾特拒絕了政府的津貼，申明報紙獨立的基本原則：「報紙繼續支持當權的人，但是不容許他們以捐助來報償報紙的偏袒，因為主編認識到，那樣，對於任何他可能認為有害於公眾福利的行為，他就會喪失了譴責的權利」。〔註66〕

1851 年 9 月 18 日，雷蒙德與人合作創辦《紐約每日時報》（即《紐約時報》前身）。其辦刊方針指出：我們不打算假裝情感衝動地寫作，除非某些事情確實使我們衝動起來；而我們將努力做到盡可能不使自己衝動。〔註67〕創刊於 1878 年的《印度教徒報》則稱自己的辦報宗旨為「不左傾、不反動、不進步，但信仰自由」。

儘管如前文所述，媒體沒有也不可能生活在真空當中，因此，永遠不可能完全避免政治、經濟權力的制約，但是，新聞專業主義、新聞價值觀可以在一定程度上消滅政治、經濟力量甚至媒介擁有者對新聞的控制和影響。這三家報紙在力所能及的情形下，盡可能堅持獨立、自主的辦報方針，追求新聞報導的質量，成為媒體行業的表率。

〔註65〕 展江：《新聞職業倫理四大爭議問題評析》，載《中國地質大學學報（社會科學版）》，2010（2），49 頁。

〔註66〕 湯耀國：《〈泰晤士報〉：通向精英之路》，載《中華新聞報》，2005-06-01F03。

〔註67〕 〔美〕埃默里等：《美國新聞史：大眾傳播媒介解釋史》，展江，殷文譯，128 頁，北京，新華出版社，2001。

　　雖然不管西方還是中國，對新聞專業主義概念的內核缺乏統一的認識，但是相對其他媒體而言，這三家報紙報導中體現出的職業倫理，還是能夠得到業界和學術界一定程度的認同。即便是對美國媒體進行過深入批判的薩義德，在談到《紐約時報》時，也對其報導的覆蓋面、專業報導水準和可信度有極高的評價，認為其因此已經成為一個極為強大的機構，力量幾乎可以與國家分庭抗禮。〔註68〕

　　西方的新聞職業倫理認為，新聞媒體是獨立於政治、經濟權力之外的第四種權力，其作用在於：1. 提供有關事件的信息；2. 提供意見，包括對有關事件的指導和建議；3. 為不同觀點和政治宣傳提供論壇；4. 為公民與政府之間的雙向溝通提供通道；5. 監督政府機構。〔註69〕

　　國內一些學者通過實證研究，發現職業倫理對於媒體的報導的確有重要的影響。有學者以《泰晤士報》和《紐約時報》（1978～2008）作為主要研究對象，對其中國民族問題報導的涵蓋方面、態度以及趨向進行了分析。研究結果發現，這兩份報紙都特別關注負面報導。作者將首要原因歸結為新聞理念的差異。〔註70〕

　　美國學者帕雷茲採用內容分析法剖析了2008年6月以來《紐約時報》對中國的報導，同樣發現《紐約時報》的涉華報導的確存在一定的偏見。他也認為《紐約時報》偏見的產生主要是與職業倫理相關，具體與派遣的記者、新聞選取的標準、消息來源的渠道、記者的價值觀、記者的個性及報導數量的限制等「新聞專業性」相關。〔註71〕

　　因此，新聞職業倫理是影響這幾家報紙涉藏報導議題選擇以及報導傾向的一個重要因素。儘管《紐約時報》和《泰晤士報》的涉藏報導，並不為大多數中國學者所認可，甚至被認為是誤導輿論，給兩國關係的正常發展造成阻礙。但是，從事採訪報導的這些記者，並不會認為這些報導有值得指責之

〔註68〕〔美〕愛德華.薩義德：《報導伊斯蘭》，閻紀宇譯，115～116頁，上海，上海譯文出版社，2009。

〔註69〕de Mooij M. Mass Media, Journalism, Society, and Culture〔M〕//Human and Mediated Communication around the World. Springer International Publishing, 2014: 309～353.

〔註70〕呂曉勳，崔宇寧：《國外媒體是怎樣建構中國形象的》，載《中國民族報》，2009-04-24（006）。

〔註71〕劉康：《國家形象與政治傳播（第一輯）》，206頁，上海，上海交通大學出版社，2010。

處，而是覺得這些報導是符合西方新聞職業規範的。「我們所受的訓練、我們被反覆灌輸的新聞價值觀和我們從編輯那裡得到的反饋等都在鼓勵我們尋找麻煩、尋找失敗、尋找醜聞，最重要的是尋找矛盾和衝突。」〔註72〕

正如第四章所述，印度主流媒體涉華輿論偏向負面，《印度教徒報》是一個「異類」，原因在於其總編輯拉姆是「親華人士」。研究表明，《印度教徒報》2003年到2013年涉藏報導的傾向以中立為主。這與拉姆的新聞倫理有非常直接的關係。因為拉姆的想法是，「作為一名記者，同時也是中國人民的老朋友，我想通過反覆的實地考察，告訴人們一個真實的西藏。」〔註73〕

《人民日報》的涉藏報導傾向，以正面為主，中性次之，與三家國外報紙有顯著差異，同樣也和我國新聞職業倫理有密切關係。從新聞職業倫理的角度來看，中外媒體差異巨大。西方新聞界因為監督政府而感到自豪，但是在中國這樣的儒家文化社會中，政府被認為是照顧人民，人民應該尊重政府。〔註74〕

我國黨報通常被認為是黨和政府態度的體現者，肩負著穩定民族地區輿論導向的重大責任，因此其少數民族報導多採取正面或者中立態度。〔註75〕《人民日報》涉藏報導的立場，再次印證了這個觀點，也充分體現了我國媒體的職業倫理觀。

根據調查，在上世紀50年代到70年代中，我國媒體上的正面報導占整個報導的70%到80%以上。〔註76〕

在1989年11月召開的全國新聞工作研討班上，時任中央政治局常委李瑞環做了題為《堅持以正面宣傳為主的方針》的講話。以正面宣傳為主的新聞方針，成為我國新聞業界的一種倫理規範，並在媒體的工作中得到貫徹和堅持。原新華社社長穆青曾經有過如下表述：

〔註72〕呂曉勳，崔宇寧：《國外媒體是怎樣建構中國形象的》，載《中國民族報》，2009-04-24（006）。
〔註73〕〔印〕拉姆：《在西藏，我看到了什麼》，載《人民日報海外版》，2009-03-03001。
〔註74〕Yin J. Beyond the four theories of the press: A new model for the Asian & the world press, 載 Journalism & Communication Monographs, 2008, 10（1）: 3～62.
〔註75〕張媛：《模糊的「他者」：非民族地區的少數民族媒介形象再現——基於〈北京日報〉少數民族報導的分析（1979～2010）》，載《浙江傳媒學院學報》，2013（1），21頁。
〔註76〕張咸：《中西比較：正面報導和負面報導》，載《國際新聞界》，1999（1），52頁。

「對於黨的新聞輿論工具來說，謳歌好的和批判壞的，正面宣傳和揭露問題，哪個為主？哪個為次？我們應該有個清醒的認識。如果我們揭露性的報導太多，反映陰暗面的內容太過突出，讓人看了不但不能提高信心，反而產生一種灰色的、失望的情緒，那就是我們的失職」。〔註77〕

因此，《人民日報》涉藏報導以正面報導為主也就不足為奇。

小結

任何新聞業的生存都要依賴於一定的政治制度，它們不能沒有自己的政治立場和政治利益。在國家利益的制約下，四家中外主流報紙涉藏報導的傾向與官方涉藏政策一致，體現出這些報紙在某種程度上看都是「講政治」的媒體。

媒體本質上是商業性的機構，盈利或者至少不虧本是其底線。因此，《紐約時報》《泰晤士報》和《印度教徒報》的涉藏報導，在「講政治」的前提下，必須考慮到廣大讀者以及看中這些讀者錢包的諸多廣告主的需要，要講述他們感興趣的、符合其口味的「西藏問題」。

由於聲稱自己的「獨立」、「公正」和「客觀」，西方主流媒體的意識形態性在新聞報導中隱藏較深，不容易被輕易察覺。但是，只要遇到涉藏這種「大是大非」的問題，其意識形態就一定會出來「透氣」。

讀者對藏區、藏文化濃厚的興趣正是西方報紙有大量涉藏報導的一個直接的原因。同時，在新聞的「消費」上，那些轟動性的、衝突性的題材更受讀者青睞。

幾家報紙的涉藏報導都一定程度上存在「焦點事件」驅動的特點。達賴集團宣傳煽動和策劃的一系列活動，事實上達到了其吸引媒體曝光的目的。達賴集團也是影響幾家報紙，尤其是西方報紙涉藏報導的一個重要因素。

國際非政府組織千方百計在國際主流媒體上散佈各種所謂的中國政府侵犯藏人人權的消息，由於其本身具備的「非官方」色彩，它們在涉藏問題上的發言和表態，迷惑性很強，在讀者中具備較高的可信度，給藏區的國際形象帶來了較為明顯的負面影響。

新聞職業倫理就是媒體機構及其從業人員從事新聞採編活動的行為規範和準則。從新聞職業倫理的角度來看，中外媒體差異巨大。西方新聞界因為

〔註77〕穆青：《新聞散論》，442頁，北京，新華出版社，1996。

監督政府而感到自豪，但是在中國這樣的儒家文化社會中，政府被認為是照顧人民，人民應該尊重政府。新聞職業倫理是影響這幾家報紙涉藏報導議題選擇以及報導傾向的一個重要因素。

第七章　改善藏區國際形象的建議

　　一項人文社科研究，其意義並不見得非得提出對策和建議，研究材料以及研究發現本身就具有一定的價值。但是，針對研究的發現，不提出一些建議，似乎也不大合適。

　　因此，筆者也儘量在前文定量和定性研究的基礎上，借鑒他人的研究成果，針對改善藏區國際形象，提出一些思路，旨在起到拋磚引玉的作用。

一、當前藏區的國際形象主要由西方主流媒體建構

　　有調查顯示，全世界百分之八十的重大新聞來源於西方幾家主要媒體。〔註1〕由於國際傳播中長期「西強我弱」，因此，中國的國際形象在很大程度是由西方主流媒體建構的。藏區在國際上的形象，實際上也是由《紐約時報》和《泰晤士報》這樣的西方主流媒體建構的。

　　在媒介化時代，人們頭腦當中百分之九十以上關於這個世界的認識都來源於媒介傳播的「塑型」，對於自身的形象構建而言，被感知的事實永遠比事實本身更重要。〔註2〕因此，正如緒論中提到的，筆者在周莊遇到的中年男子，將電視法制節目中看到的「四川」當成四川的「現實」也就不令人意外了。

　　喻國明提出，如果我們不善於利用傳播手段，外界對我們的形象感知與我們真實的形象和主張會有著極大的差距，這種差距有時會讓我們在發展中

〔註1〕牛雨辰等：《西方媒體如何寫中國經濟類話題明顯增多》，中國經濟網，http://www.ce.cn/xwzx/gnsz/gdxw/200606/30/t20060630_7570372_1.shtml，2013-8-30.

〔註2〕喻國明：《「關係革命」背景下的媒體角色與功能》，載《新聞大學》，2012（2），27頁。

付出更多的成本與代價。〔註 3〕

在藏區國際形象的建構和傳播上，就出現了這種情況。

中華人民共和國國務院新聞辦公室 2011 年 7 月 11 日發布了白皮書《西藏和平解放 60 年》。白皮書裏說，和平解放 60 年來，在中央人民政府領導和全國各族人民大力支持下，經過西藏各族人民艱苦奮鬥，西藏實現了由封建農奴制度到社會主義制度、由封閉貧窮落後到開放富裕文明的兩大「歷史性跨越」，在各方面取得了舉世矚目的偉大成就。這些成就具體有：（一）政治建設成就斐然，社會制度實現歷史跨越；（二）經濟建設實現跨越式發展，人民生活得到大幅改善；（三）社會建設全面進步，各項事業呈現欣欣向榮的局面；（四）文化建設空前繁榮發展，宗教信仰自由受到尊重和保護；（五）生態建設取得長足發展，環境保護全面加強。〔註 4〕

這就是我國官方主張的西藏和平解放 60 年以來的形象。《人民日報》（2003～2013 年）建構的藏區形象為：黨和政府執政為民，藏族人民當家做主；人民生活水平不斷提高，生態環境得到妥善保護；藏族傳統文化得到保護和弘揚。

我國官方和官方主流媒體主張的藏區形象，可以說是政治、經濟、社會事業、文化建設、生態建設全面進步的正面形象。而《紐約時報》和《泰晤士報》建構的藏區形象大同小異：在中國的「高壓統治」下，藏區是民族衝突的熱點地區；政府壓制人權，藏族人沒有宗教和信仰自由；藏族的傳統文化面臨滅絕危險。總而言之，這兩份西方主流媒體上的藏區形象比較負面。可以說，這些西方主流媒體上的藏區與我們的主張基本上是針鋒相對的。

西方主流媒體在國際輿論環境中具有支配性地位，在它們大量的、持續的負面報導作用下，國際上支持和同情達賴集團的公眾數量眾多，甚至有很多人認為西藏應該是一個「獨立的國家」。〔註 5〕媒體輿論對於許多國家官方的西藏政策產生了一定程度的影響，以至於其國家領導人往往會迫於國內政治、輿論等壓力，會見達賴喇嘛，從而導致其國家與中國的關係受到極大的

〔註 3〕喻國明：《「關係革命」背景下的媒體角色與功能》，載《新聞大學》，2012（2），27 頁。

〔註 4〕中華人民共和國國務院新聞辦公室：《西藏和平解放 60 年》，載《人民日報》，2011-07-12015。

〔註 5〕劉康：《國家形象與政治傳播（第一輯）》，136 頁，上海，上海交通大學出版社，2010。

衝擊。《泰晤士報》（2003～2013 年）的一些涉藏報導向英國政府施加壓力，明確呼籲首相會見達賴喇嘛，而且還為美國總統奧巴馬會見達賴喇嘛搖旗吶喊。《印度教徒報》也有報導認為，印度政府在中國官方和達賴集團之間「走鋼絲」，它不敢得罪前者，不過，對於後者它有神聖的義務。在一些西方國家反華政治勢力以及西方主流媒體的共同作用下，達賴集團在國際上有了大批的所謂「同情者」，以至於當前中國領導人出訪遇到最多和最大的示威群體，往往都和「西藏問題」有關。〔註 6〕

二、改善藏區的國際形象，需要佔領涉藏輿論制高點

　　輿論宣傳作為一種戰略武器和「軟實力」，在古今中外都起過重大作用。在蘇伊士運河事件、匈牙利事件、古巴導彈危機、越南戰爭、阿以戰爭、福克蘭群島之戰、兩伊戰爭甚至前蘇聯解體等歷史事件中，輿論宣傳都功不可沒。因此，原國務院新聞辦公室主任趙啟正認為，誰佔領了輿論的制高點，誰就有可能贏得國際社會和廣大公眾的理解和支持，把握先機和主動。所謂制高點就是人家相信你的觀點和消息。〔註 7〕

　　由於輿論宣傳具有重要的作用，我們必須千方百計在國際涉藏輿論中傳播好中國官方的聲音，向全世界多方位、多角度展示藏區，改變目前非常負面的藏區國際形象。要達成這一目標，中國必須爭奪涉藏國際輿論的制高點，讓全球公眾相信中國官方的觀點和消息，相信中國官方建構的藏區形象。

　　雖然我國的涉藏對外傳播取得了一定的效果，但是從當前藏區的國際形象來看，情況並不令人樂觀，部分原因在於我國官方的涉藏對外傳播還存在許多問題和不足。

　　以拉薩「3.14」事件為例。3 月 14 日下午的 17 時 12 分 42 秒，新華社對外發布第一條英文快訊，「拉薩發生商店遭暴力縱火事件：拉薩市 14 日下午發生商店遭暴力縱火事件。目擊者看到，有幾家商店被燒，附近商店已暫時停業。」17 時 58 分 08 秒，新華社對外部接著發出了第二條英文短消息。〔註 8〕

　　次日，《人民日報》在第四版的位置，發布了如下報導：

〔註 6〕楊明清.西藏問題研究，載《理論學刊》，2009（12）：110.

〔註 7〕趙啟正：《努力建設有利於我國的國際輿論環境》，載《外交學院學報》，2004
　　　　（1），1～6 頁。

〔註 8〕劉笑盈，賀文發等：《俯視到平視：外國媒體上的中國鏡象》，21 頁，北京，
　　　　中國傳媒大學出版社，2009。

就拉薩極少數人打、砸、搶、燒破壞活動

西藏自治區負責人答新華社記者問

新華社拉薩 3 月 14 日電西藏自治區負責人今天就拉薩極少數人打、砸、搶、燒破壞活動回答了新華社記者的提問。

西藏自治區負責人說，近日，拉薩極少數人進行打、砸、搶、燒破壞活動，擾亂社會秩序，危害人民群眾生命財產安全。有足夠證據證明這是達賴集團有組織、有預謀、精心策劃的，已引起西藏各族群眾的強烈憤慨和嚴厲譴責。西藏有關部門正在依法採取有效措施予以妥善處置。我們完全有能力維護西藏社會穩定，維護西藏各族群眾生命財產安全。極少數人破壞西藏安定和諧的圖謀不得人心，是注定要失敗的。〔註 9〕

由於民族問題的極端重要性、敏感性，各級宣傳部門對於我國媒體涉及民族問題的新聞報導有嚴格的約束。在這種背景下，出於確保準確性以及「報導安全」等多方面因素的考慮，我國媒體在進行涉及民族問題的報導時，消息來源渠道一向嚴重依賴官方，在重大事件發生時，更要嚴格遵守宣傳紀律，不得隨意發布消息。

拉薩「3.14」事件實際上從 3 月 10 日開始發生，次日，即有國外媒體進行報導。由於我國官方在搶佔國際傳播的制高點上，起步慢了，以致讓西方傳媒的報導先聲奪人，搶得了輿論制高點，以後扭轉局面就顯得非常被動。〔註 10〕造成如此局面，部分原因是由於我國媒體方面在傳播實力、能力和技巧方面與西方主流媒體存在一定差距，但是最主要的恐怕還是我國官方對突發事件的輿論應對能力不強。

不可否認的是，在應對西方主流媒體的涉藏報導方面，我國官方有一些成功的經驗。不過，整體上看，在突發事件的輿論引導中，我們更多的恐怕還是教訓。從拉薩「3.14」事件以及藏區隨後發生的系列衝突事件來看，有關部門仍然固守傳統思維，不願意正視問題的存在，甚至繼續搞「新聞封鎖」。〔註 11〕對於西方媒體而言，政府越是隱瞞的東西，它們往往就越覺得其中有

〔註 9〕《西藏自治區負責人答新華社記者問》，載《人民日報》，2008-03-15004。
〔註 10〕陳力丹：《突發事件報導貴在「先聲奪人」》，載《當代傳播》，2008（3），98頁。
〔註 11〕《紐約時報》在 3 月 14 日的報導中，直言中國媒體有關拉薩遊行的新聞被刪除了，外國記者未經允許不得進入拉薩。

「貓膩」，事件越有報導價值。因此，在一個信息傳播如此方便快捷的時代，再繼續搞「新聞鴕鳥」政策那一套沒有出路。在國內幾乎見不到自焚事件報導的情況下，《紐約時報》《泰晤士報》等西方主流媒體仍然有大量、持續的相關報導，就是明證。

我國的外交官們長期與西方媒體打交道，在應對突發事件的國際傳播方面，有著比較豐富的經驗。

時任中國駐英國大使傅瑩曾經說過，世界上沒有完美的國家，中國在當前發展階段也存在這樣那樣的問題，應該讓外界不僅瞭解我們的成就，也能看到我們正視和解決問題的積極態度；公共外交需要早說話，多說話，說明白話，讓國際社會在第一時間聽到中國的聲音，及時瞭解到事態的真實情況，這就有利於外界形成客觀平衡的看法。〔註12〕

曾經擔任中國駐阿爾巴尼亞大使的葉皓也認為，在國內突發事件的處理中，不說不如說；遲說不如早說；被動說不如主動說。〔註13〕

《中華人民共和國政府信息公開條例》從 2008 年 5 月 1 日起施行。《條例》規定，行政機關對符合下列基本要求之一的政府信息應當主動公開：（一）涉及公民、法人或者其他組織切身利益的；（二）需要社會公眾廣泛知曉或者參與的；（三）反映本行政機關機構設置、職能、辦事程序等情況的；（四）其他依照法律、法規和國家有關規定應當主動公開的。同時，《條例》還規定，行政機關不得公開涉及國家秘密、商業秘密、個人隱私的政府信息。但是，經權利人同意公開或者行政機關認為不公開可能對公共利益造成重大影響的涉及商業秘密、個人隱私的政府信息，可以予以公開。〔註14〕

發生在藏區的種種衝突事件，似乎都被行政機關當成了國家機密。而事實上，這種衝突事件，放眼全球可以說是比比皆是。因此，行政機關完全沒有必要封鎖此類消息，而是應該根據《條例》的規定主動公開。

美國傳播學者研究中發現，當受眾面對兩種相互衝突的信息時，兩種信息的不同呈現順序會影響受眾對信息的接受。即當先呈現信息 A，緊接著呈現信息 B，且在信息呈現後延遲一段時間再測試態度的改變，受眾就會傾向於接

〔註12〕 李詩佳等：《「要早說話，要多說話，說明白話」》，載《新華每日電訊》，2009-07-27005。
〔註13〕 葉皓：《公共外交與國際傳播》，載《現代傳播》，2012（6），11～19 頁。
〔註14〕 《中華人民共和國國務院令第 492 號　中華人民共和國政府信息公開條例》，中國政府網，http://www.gov.cn/zwgk/2007-04/24/content_592937.htm，2015/3/3。

受信息 A，這就是所謂「首因效應」。〔註 15〕

這個發現其實並不新鮮，也就是我們通常說的「先入為主」。因此，突發事件發生後，官方應該在第一時間公布消息，把握先機和主動，這對於影響輿論具有至關重要的作用。

正如第六章所言，國家利益、經濟力量、意識形態、讀者以及達賴集團等等因素影響了幾家報紙的涉藏報導，最終導致西方主流媒體建構了一個異常負面的藏區形象。達賴集團名義上爭取「高度自治」，實際上企圖「獨立」；國際上一些勢力將達賴集團作為牽制中國發展的一張牌；西方公眾、媒體、政界對於「西藏問題」的偏見根深蒂固，這種偏見不會輕易隨著中國實力的上升和與西方國家關係改善而迅速消失。〔註 16〕

鑒於藏區的國際形象更多地受制於西方主流媒體而不是藏區自身的進步，那麼它的改變就不在中國的掌控當中，但是中國不能因此無所作為。雖然在短時間內，通過佔領涉藏輿論制高點來改善藏區的國際形象，並不是件容易的事情。不過，在掌握國際涉藏輿論現狀的基礎上，通過動員各方面力量，採取切實有效的應對措施，能夠對藏區國際形象的改善起到一定的作用。

三、改善藏區國際形象的措施

（一）維護藏區穩定，減少衝突事件的發生

建構藏區良好國際形象的最好方法是國外主流媒體更多地關注和報導我國藏區取得的各項進步，但是，要實現這一點的難度太大，當前只能退而求其次，採取有效措施，盡可能使得國外主流媒體不要過多地關注藏區，以此改善其比較負面的形象。

前面的研究發現，三家國外報紙的涉藏報導，都體現出「焦點事件」驅動的特點。拉薩地區發生騷亂、達賴喇嘛訪問美國、中國領導人訪問美國和好萊塢製作涉藏電影這四類事件最容易引發《紐約時報》的報導。〔註 17〕後三類事件，實際上發生的頻率較小，藏區的騷亂是引發西方主流媒體涉藏報

〔註 15〕趙士林：《傳播學實證研究：假設檢驗與理論建構》，71 頁，上海，上海交通大學出版社，2012。

〔註 16〕思楚：《「西藏問題」國際背景的歷史回顧》，載《統一論壇》，2013，（6），20頁。

〔註 17〕黃敏：《擴散與激活：〈紐約時報〉涉藏報導的議題發展（1980～2010）》，載《新聞與傳播研究》，2013（9），29 頁。

導的最直接原因。

　　達賴喇嘛在回答美國華倫威爾大學政治系教授、政治學博士韓東屏的提問時，開載布公地說，達賴離開西藏以後，西藏的農奴在共產黨的民主改革中分到了土地、房屋和牲口。這是一個根本性的問題。這就是達賴喇嘛今天回不了西藏的主要原因。不是北京政府不讓他回西藏，而是西藏的窮人不可能讓他回去。因為他們不想把分到的土地和牲口交出來，也不想把獲得的權利交出來。〔註18〕

　　由此可見，藏區的繁榮與發展、穩定與和諧，既是全藏區人民的福祉，也是全中國人民的心願，但這與「西藏流亡政府」的利益有著根本性的衝突，因此是他們所不願意看到的。

　　「西藏流亡政府」認為，他們在歷史上長期處於孤立狀態，才會導致被中國佔領。因此，必須要提高知名度，讓外界知道他們的問題。越多人知道達賴喇嘛，藏人獲得自由的可能性就越大。〔註19〕因此，為了引起國際上的廣泛關注，製造各種類型的衝突事件就成了其非常重要的策略。這也正是藏區乃至全球頻繁發生各種涉藏衝突事件的重要原因。事實上，他們通過炮製這些衝突事件，進而「推動西藏問題國際化，向中國政府施加壓力，損害中國的國際形象」的目的已經達到。儘管「西藏流亡政府」未被任何主權國家所承認，但卻贏得了西方對西藏爭取「自治」的同情。〔註20〕

　　由於有了「西藏流亡政府」及其支持者的煽風點火乃至直接參與，藏區的衝突事件很難避免。

　　從三家國外報紙 2003 到 2013 年的涉藏報導來看，藏人自焚事件的報導最為常見。2009 年 2 月，藏區發生了第一起藏人自焚事件，隨後，自焚事件有所蔓延。2011 年 8 月 8 日，所謂「西藏流亡政府」產生了新頭目。這位新頭目來自哈佛大學，實際上是生在印度、長在印度的藏族人，在 1995 年進入哈佛大學之前，一直是「藏青會」的骨幹，而「藏青會」是各種流亡藏人組織中暴力傾向最嚴重的一個。新頭目上任伊始就提出要「創新非暴力鬥爭」，

〔註18〕　韓東屏：《親身感受若干美國人對於中國西藏問題認知上的偏狹態度》，載《北大馬克思主義研究》，2013（00），267 頁。

〔註19〕　侯曉素：《〈紐約時報〉再現的十四世達賴喇嘛》，48 頁，中國青年政治學院碩士論文，2012。

〔註20〕　高有祥：《西藏對外傳播的艱巨性和有效性》，載《現代傳播》，2011（8），30頁。

後來，更是公然宣稱「自焚是非暴力鬥爭的最高形式」。〔註 21〕在「西藏流亡政府」的宣傳煽動和精心策劃下，藏人自焚越演越烈。

《紐約時報》對這些自焚事件有著濃厚的興趣，僅以 2011 年其涉藏報導為例，在 28 篇報導中，有 10 篇與自焚相關，分別是：《中國：和尚自焚》（2011 年 3 月 17 日）、《藏族人自焚後死亡》（3 月 18 日）、《第二個藏族和尚在抗議中自焚而亡》（8 月 16 日）、《兩個藏族和尚自焚抗議》（9 月 27 日）、《中國：四個藏族和尚自焚》（10 月 4 日）、《兩個藏族少年在中國西南地區自焚》（10 月 8 日）、《另一個西藏人自焚抗議中國統治》（10 月 17 日）、《藏族領袖為 9 名自焚者禱告》（10 月 20 日）、《在中國又一名藏族尼姑自焚而亡》（11 月 4 日）、《第 12 個藏族自焚者，自焚後幸存》（12 月 3 日）。

有「檔案記錄報」之稱的《紐約時報》，對於我國藏區，尤其是西藏在和平解放 60 多年來的進步方面「選擇性失明」，不過在藏區乃至發生在國外的藏人自焚事件上，確實是起到了「檔案記錄」的作用。「西藏流亡政府」所謂的「創新的非暴力鬥爭」取得的「成效」通過《紐約時報》的持續報導而廣為人知。

此外，由於西方媒體的特性，其他衝突性的事件，比如「藏族學生因為學校推廣使用普通話而進行示威活動」（《泰晤士報》2010 年 10 月 23 日）、「藏族人因為緬懷自焚者而不過春節」（《泰晤士報》2013 年 2 月 12 日）等等，也成為《泰晤士報》關注的焦點。

新中國成立以來至今，縱向上看，藏區的經濟和社會發展很快，但是，與我國其他地區橫向相比，其經濟和社會發展還處在相對落後的狀態。進入新世紀以後，藏區處在經濟社會加速發展時期，各種社會問題凸顯，人民內部矛盾日漸顯現。正如亨廷頓所言，由於經濟和社會的落後是政治動亂的根源，現代化是通向穩定的康莊大道。但是，現代性孕育著穩定，而現代化過程卻滋生著動亂。〔註 22〕

一方面，藏區在實現現代化的過程中容易產生動亂，另一方面，在外部，「西藏流亡政府」與國際反華勢力出於自身利益，不斷煽風點火。在內外因素的共同作用下，雖然中央政府和各藏區政府採取了許多措施，也取得了明

〔註 21〕《媒體稱去年發生 76 起藏人自焚事件方式異常恐怖》，中國民族宗教網，http://www.mzb.com.cn/html/Home/report/366995-20001.htm，2015/3/3。
〔註 22〕〔美〕亨廷頓：《變化社會中的政治秩序》，王冠華等譯，37～38 頁，北京，生活·讀書·新知三聯書店，1989。

顯成效，但是，藏區的社會穩定還面臨著極大的挑戰。

因此，要粉碎西方反華勢力和「西藏流亡政府」分裂中國，實現「西藏獨立」的企圖，就必須在藏區各項社會事業全面進步的基礎上，讓廣大藏族人民享受到發展取得的成果，進一步加強藏族人民與其他各民族之間的聯繫與溝通，在尊重和保護藏民族特殊性的同時，保持藏區的穩定與和諧。〔註23〕在鞏固內部的前提下，再針鋒相對地展開與達賴集團的鬥爭。這既是解決「西藏問題」的根本之策，同時也是釜底抽薪，從源頭上減少引發西方主流媒體關注的「焦點事件」，從而改善藏區國際形象的關鍵舉措。因為，記者們終歸不能佔用電臺、電視臺的時段和報紙的版面來告訴讀者「一件沒有發生的事情」。〔註24〕

（二）提升中國官方話語在國外媒體消息來源中的比例

如前所述，在涉藏報導的消息來源上，《紐約時報》《泰晤士報》採用達賴集團及其支持者的比例，超過採用中國官方和中國媒體的比例達到三成左右，存在著嚴重的偏向。而消息來源為中國官方或者是達賴集團，對報紙涉藏報導的傾向有顯著影響。因此，必須盡可能提高中國官方話語在國外媒體消息來源中的比例。

雖然存在國家利益、經濟力量、利益集團等多重因素的影響和制約，但不可否認的是，職業倫理對於國外主流媒體還是有一定的約束力。因此，國外的主流媒體在涉藏報導時至少在表面上也需要做到平衡，反映出雙方的觀點，也就是說需要在衝突的兩端找到合適的位置。

而在各種涉藏衝突事件發生之後，中國官方還是傾向於傳統思維，常常拒絕回應媒體採訪。中國官方拒絕採訪、對於事件不予評論或者電話一直無應答等等，此類文字在《紐約時報》等報紙的涉藏報導中經常出現。

我國官方的這種做法，實質上是放棄了涉藏事件中的話語權，從而把涉藏輿論的主導權主動交到了達賴集團及其支持者手中。

駐華外國記者的首要任務是及時發回相關報導，但是，他們在中國的採訪會面臨許多障礙，要順利完成任務並不容易。缺乏中國官方消息源是駐華外國記者普遍遇到的困難，因此，新聞發布會是他們可以直接接觸和採訪到

〔註23〕楊明清：《西藏問題研究》，載《理論學刊》，2009（12），110頁。
〔註24〕錢進：《作為流動的職業共同體：駐華外國記者研究》，127頁，復旦大學博士論文，2012。

中國官員的為數不多的機會。〔註 25〕目前，國務院新聞辦、中央和國家有關部門、各省區市三個層次的新聞發布會每年達 2000 次以上。〔註 26〕不過，當前我國的新聞發言人普遍存在兩個大問題：一是不敢說、不願說；二是不會說，說錯話。〔註 27〕有外國駐華記者認為，「中國的新聞發言人大多數回答模棱兩可，或者迴避問題。此外，發言人的級別不高，不敢談論級別比他們高的政府官員，政府官員也不相信級別比他低的新聞發言人，這樣，新聞發言人的處境就很尷尬」。〔註 28〕因此，國外媒體記者對於我國新聞發布會的效果並不大認可。

改善藏區的國際形象，需要提升中國官方話語在國外主流媒體涉藏報導消息來源中的比例。

首先，需要將現有的新聞發布會制度落到實處，讓發布會真正成為外國駐華記者瞭解中國，獲取官方涉藏消息的重要信息平臺。

當前，在全國「兩會」以及地方「兩會」期間，西藏自治區以及其他四省藏區，都會有一些新聞發布會，介紹藏區的最新情況。這些發布會，對於駐外記者瞭解藏區的整體情況而言，會有一些幫助，但是，發布會次數畢竟較少，難以滿足駐華記者的需求。因此，各藏區應該將新聞發布會制度化，定期發布相關消息，回應外國記者需求。如果發生突發事件，則應在最短時間內召開發布會，對外發布相關信息，表明官方的態度和立場。

其次，明確界定新聞發言人的責任、權利和義務，用制度來保障新聞發言人在涉藏信息發布上的積極性、主動性。英國《衛報》北京社社長 John Watts 認為，建立良好的新聞發言人制度，來堅定地表達政府立場，而不是運用各種資源阻止記者去調查和批評，只有這樣中國政府的利益才能更好地實現。〔註 29〕因此，一要從制度上做好設計，創造充足的條件，讓新聞發言人對於其權

〔註 25〕錢進：《作為流動的職業共同體：駐華外國記者研究》，79 頁，復旦大學博士論文，2012。

〔註 26〕《我國逐步建成了全方位寬領域多層次的大外宣格局》，中國政府網，http://www.gov.cn/gzdt/2008-12/10/content_1173305.htm，2015/3/4。

〔註 27〕敬一山：《用制度讓新聞發言人「必須說」》，載《時代人物》，2015（1），32 頁。

〔註 28〕瞿旭晟，張志安：《從駐華外國記者的困惑反思外宣之道》，載《青年記者》，2009（31），70 頁。

〔註 29〕張志安，葉柳：《中國事件與世界報導──外國記者眼中的 2008》，愛思想，http://www.aisixiang.com/data/25096.html，2015/3/5。

限範圍的事務有足夠的瞭解；二要加強培訓，不斷提高新聞發言人的能力和水平，解決其不敢說、不會說、說錯話的問題。

（三）善用國外主流媒體

為了爭奪國際傳播中的話語權，為中國的發展營造良好的國際輿論環境，我國加快了媒體「走出去」的步伐，但是，在境外落地的媒體，其讀者群體仍然是以海外華人為主，這些媒體對於西方主流人群的影響力相當有限。我國媒體的傳播能力不足，導致西方主流人群對藏區形象的感知，主要還是來自於西方媒體。現有的各項研究結果表明，從二十世紀八十年代末期以來，藏區的國際形象並不令人樂觀，並且，在較長的一段時間內還看不見有改善的趨勢。

不過，研究發現，三家外國報紙 2003 年到 2013 年的涉藏報導也有好的一面：其一，《紐約時報》的負面傾向報導總體上呈現下降趨勢；其二，雖然《泰晤士報》涉藏報導一直以負面為主，但是其報導總量並不算多，篇幅也不算長；其三，《印度教徒報》的立場比較中立。

通常情況下，如果一個國家媒體的總體實力大於外國媒體的總體實力，這個國家往往會利用本國的媒體直接傳播；如果本國媒體的總體實力小於外國媒體的總體實力，則更多地要依賴外國媒體。〔註 30〕鑒於在國際傳播中「西強我弱」的實際情況，在改善藏區國際形象方面，善用國外主流媒體尤為重要。

在眾多的涉藏衝突事件中，中國官方和「西藏流亡政府」是對立的雙方。二者對待西方主流媒體的態度截然不同。對於西方主流媒體而言，要獲得中國官方的「說辭」是一件比較困難的事情，而「西藏流亡政府」則是唯恐西方主流媒體不報導他們的觀點。也就是說，對手比我們更加善於利用西方主流媒體。

達賴流亡幾十年，熟知西方傳媒特點，他本身就是個「公關大師」，非常善於利用西方媒體包裝和推銷自己。就在我國獲得 2008 年奧運會主辦權之後，達賴集團及其支持者就開始利用媒體，發動了「公關攻勢」。《紐約時報》在 2008 年 4 月 14 日發表的文章《西藏支持者們向中國展示了公關的價值》一文中，詳細介紹了達賴集團及其支持者們，為了吸引媒體的注意而採用的公關

〔註 30〕 李智：《國際政治傳播：控制與效果》，172 頁，北京，北京大學出版社，2007。

技巧，包括好的發音、巧妙地回答記者提問甚至攀登技巧（用於懸掛示威標語）。與此同時，該文稱，儘管中國在經濟上獲得了成功，軍事實力有了增長，但在處理西方式的公共關係時，手法尚顯幼稚。因此，中國駐紐約總領事館發言人感歎，中國官方的聲音無法被西方聽到。〔註31〕

而是否善用媒體，會對媒體的報導傾向產生影響。對巴以衝突報導進行的內容分析表明，在以色列和巴勒斯坦中，西方媒體報導傾向於偏向前者。有學者認為，政府是親以色列的，媒體反映了政府的觀點。不過，有學者提出了不一樣的觀點，認為衝突雙方對於媒體是否配合以及配合程度，也對報導傾向有影響。

媒體很容易接觸到以色列發言人，他們總是為發表聲明和上電視做好了準備，積極宣傳他們的觀點。而在巴勒斯坦，被佔領的現狀、宵禁、封城、檢查站，當然還有以色列軍隊對記者的蓄意騷擾，都使與巴勒斯坦人的接觸變得極其困難。〔註32〕

西方媒體報導「3.14」事件之所以不顧事實和客觀性要求，部分原因是因為中國不開放媒體採訪。中國在新聞報導領域如果能夠更加開放，將有利於佔據國際輿論的道德制高點，這是打破西方媒體對中國妖魔化報導的重要途徑。〔註33〕

總而言之，除去國家利益、意識形態、達賴集團等客觀因素外，我國官方應對西方媒體的方式、態度和能力也助長了西方主流媒體對藏區形象的扭曲和誤讀。為了改善藏區形象，我國官方應該在與西方媒體的互動中有所作為。

1. 理性對待西方主流媒體的涉藏負面報導，避免做出過激反應

對於西方主流媒體涉華報導的傾向，我們一向是以中國官方和中國人的角度和立場來看。採寫這些報導的西方記者，刊發這些報導的西方媒體，或許自身並不一定覺得其中一些報導具有負面傾向。同時，由於受到多種因素

〔註31〕Tibet Backers Show China Value of P. R.，載《紐約時報》，2008 年 4 月 14 日。

〔註32〕〔美〕克里斯琴斯等：《媒體的良心》，孫有中等譯，62 頁，北京，中國人民大學出版社，2014。

〔註33〕《環球華報》編輯部：《西藏暴動報導事件的思考》，環球華報網，http://www.gcpnews.com/articles/2008-04-04/C1063_21787.html。轉引自趙月枝：《為什麼今天我們對西方新聞客觀性失望？——謹以此文紀念「改革開放」30 週年》，載《新聞大學》，2008（2），14 頁。

的影響和制約，西方主流媒體追逐負面報導是其傳統做法，不管是對中國政府還是西方國家的政府，西方主流媒體都會有負面報導，儘管或許在程度上有著較大的差別。因此，我國需要更加理性地對待西方主流媒體的涉藏負面報導。

西方媒體的涉藏負面報導導致中國懷疑其意圖，中國批評西方媒體，招致西方媒體更多的負面報導，在一定程度上形成了惡性循環。有學者建議，中國應該鼓勵在西藏實際存在的問題及解決方案上更多的對話，而非應對西方媒體的挑釁攻擊。〔註 34〕在妥善應對西方主流媒體的涉藏負面報導方面，我國外交部門有過不少成功的先例。

針對「3.14」事件後，英國部分媒體存在妖魔化中國的情況，我國時任駐英大使傅瑩主動出擊，先後在 BBC、《泰晤士報》和《星期日電訊報》等英國主流媒體接受電視採訪、發表文章，反擊不實報導，表達我國官方的立場。尤其是她在《星期日電訊報》上發表的文章《如果西方能夠傾聽中國》，以個人觀感的形式、非常感性的筆觸寫就的文章，既不留情面地批評了妖魔化中國的西方媒體，又動之以情，表達了「今天中國也有耐心等待世界認識中國」的觀點。文章具有真情實感，而且情緒張弛有度，打動了不少讀者，被西方通訊社和報紙廣泛引述和報導。〔註 35〕

2008 年 7 月 18 日，《泰晤士報》一篇報導引用匿名信源稱，甘孜州德格縣兩個和尚在 7 月 12 日與武警的衝突中被殺害。我國相關部門事發後的調查發現，這兩個和尚是因為寺院違規儲藏的 50 公斤黑火藥爆炸引發房屋倒塌而被壓死。駐英國使館參贊劉為民給《泰晤士報》寫了封信，說明了事件真相。《泰晤士報》在 8 月 4 日，刊發了他的信件，實際上糾正了之前的不實報導。〔註 36〕

總之，如果西方主流媒體涉藏報導裏面提到的問題和不足，確實是我們自身工作中現實存在的，相關部門可以據此改進。如果西方主流媒體的報導存在新聞失實的地方，我們完全可以通過正常的交涉，促使其更正。情緒上的過激反應，往往不利於問題的解決。

〔註 34〕Lee A W M. Tibet and the Media: Perspectives from Beijing, Marq. L. Rev., 2009（93），209.

〔註 35〕周兆呈：《東西方一再錯過的夢》，英中網，http://www.ukchinese.com/News/2013-10-22/357.html，2015/3/3。

〔註 36〕Tibetan monks had stored "black powder"，載《泰晤士報》，2008 年 8 月 4 日。

2. 降低國外媒體到藏區採訪的准入門檻，為其正常採訪報導創造條件

拉薩「3.14」事件之後，我國不准外國媒體進入藏區進行採訪報導。不過，這並沒有能夠阻止《紐約時報》《泰晤士報》等媒體持續進行涉藏報導。為了突破由於無法接近第一現場帶來的對維持權威性闡釋的困境，駐華記者在空間上和時間上擴展了對騷亂事件的報導活動，從而將騷亂現場的報導放置到更大的報導框架中。〔註37〕

在3月14日之後到月底，僅《泰晤士報》的涉藏報導就有《西藏騷亂的圖片》（3月17日）、《西藏與中國》（3月20日）、《西藏問題的解決方案就在中國的眼皮底下》（3月21日）等十篇之多，而且，這些報導的立場比較負面。《紐約時報》的多篇報導，如《西藏爆發騷亂後，中國政府動搖了》（3月24日）、《親西藏的示威者擾亂奧運會開幕式》（3月25日），傾向同樣多為負面。

對此，陳力丹認為，拉薩事件發生後的初期，應該讓外國記者留在那裡進行報導，儘管他們的報導中可能會帶有某些偏見和歪曲，但他們畢竟是專業記者，也會有職業規範的制約。〔註38〕

事實上，在騷亂發生的當天，在拉薩還有一位國外媒體的記者，即英國《經濟學人》雜誌的記者James Miles。在騷亂發生前，James Miles得到我國官方許可，在拉薩進行採訪。「3.14」事件發生後，他盡最大努力還原親身經歷的騷亂現場，提供歷史背景幫助讀者理解所發生的事件。整個報導中，James Miles盡可能地保持冷靜、平衡和克制。也正因如此，他對騷亂的報導也得到中國方面的讚許。〔註39〕

《紐約時報》在其報導《迫於西藏事件的壓力，中國斥責外媒》中稱，中國官方堅持認為，國外媒體並不暸解藏區或者說中國官方為藏區帶來繁榮的各項努力。而國外記者則抱怨，他們根本沒有辦法進入藏區暸解實際情況。〔註40〕

在反思2008年的涉華報導時，新加坡《聯合早報》北京首席特派員葉鵬飛認為，中國官方沒有在第一時間開放讓記者入藏實地採訪，外國記者只能

〔註37〕錢進：《作為流動的職業共同體：駐華外國記者研究》，120頁，復旦大學博士論文，2012。

〔註38〕陳力丹：《突發事件報導貴在「先聲奪人」》，載《當代傳播》，2008（3），98頁。

〔註39〕錢進：《作為流動的職業共同體：駐華外國記者研究》，118頁，復旦大學博士論文，2012。

〔註40〕Pressed on Tibet, China Berates Foreign Media，載《紐約時報》，2008年3月25日。

在外圍報導。那些從西藏出來的藏人成為消息主要來源，自然就會產生官方所謂的不客觀現象，因為官方已經主動把消息來源拱手讓出。〔註41〕

我國黨和政府在藏區的各項政策總體上看是很成功的，藏區取得了全面進步和發展，人民群眾的生產生活不斷改善。

對此，我們應該有充分的自信心。因此，降低國外媒體到藏區採訪的准入門檻，為其正常的採訪報導創造條件，逐步與國外主流媒體記者建立合作甚至信任關係，應該成為改善藏區形象的一項重要舉措。

3. 對國外主流媒體開展公關活動

我國有過不少對國外主流媒體開展公關活動，取得積極效果的先例。

在2000年美國將就延長中國最惠國待遇表決之前，中國政府在美國開展了「中華文化美國行」活動。中國政府首次重金雇傭美國著名的公關公司，針對美國主流媒體開展公關活動，內容包括在《紐約時報》上刊登廣告，向各大主流媒體散發新聞稿，邀請其參與相關活動的採訪報導。這次活動被《紐約時報》稱為是中國政府對美國最大的一次公關活動。活動產生了積極的效果。短時間內，這些美國主流媒體對於中國官方在美國活動的報導比較正面或者中立，同時，較大幅度地減少了對中國的負面報導。〔註42〕

在「非典」事件前期，由於中國官方在消息的公布上存在不透明的情況，國外媒體的相關報導非常負面。為此，中國政府放開了新聞管制，對國外媒體開展公關活動，邀請其參與實地採訪。結果，在隨後國際媒體對中國「非典」的報導中，中性和正面報導的比例達到90%。〔註43〕

在涉藏事件中，我國對國外主流媒體開展的公關活動也取得了一定效果。拉薩「3.14」事件發生之後，當月底，我國政府邀請部分國外媒體到拉薩採訪。其中，《印度教徒報》在實地採訪之後，發表了一系列報導，比較客觀地介紹了西藏的真實情況，在一定程度上改善了藏區和中國的國際形象。

在2009年拉薩舉行「雪頓節」之際，西藏自治區有關部門主動邀請周邊國家——印度、尼泊爾的主流媒體記者到藏區實地採訪。這些記者回國以後，發

〔註41〕張志安，葉柳：《中國事件與世界報導——外國記者眼中的2008》，愛思想，http://www.aisixiang.com/data/25096.html，2015/3/5。

〔註42〕李智：《國際政治傳播：控制與效果》，176頁，北京，北京大學出版社，2007。

〔註43〕李智：《國際政治傳播：控制與效果》，176～177頁，北京，北京大學出版社，2007。

表了大量報導，客觀展示了藏族普通群眾的生活以及我國對藏族傳統文化的保護與發展等多方面情況，有效增進了這些國家公眾對西藏情況的瞭解。〔註44〕

應該說，這些國家的主流媒體在改善藏區國際形象方面起到的效果是我國媒體無法達到的。

帕雷茲認為，由於美國媒體針對國外重大事件和一般新聞事件的報導極其有限，美國公眾對國外的情況並不知情，因此，外國對美國媒體實施的公關活動會相對有效。〔註45〕

西方社會能夠理解和接受正常的公關行為。在涉藏問題已經成為中國和許多國家關係友好發展一大障礙的情況下，正如《紐約時報》發表的文章《西藏支持者們向中國展示了公關的價值》一樣，中國官方需要在涉藏問題上向整個世界展示公關的價值。

正如先前的研究表明，那些在國際上存在負面形象的政府針對《紐約時報》開展專業公關活動，結果發現這些公關活動至少在兩個方面取得成功：一方面《紐約時報》對這些政府的總體報導減少，意味著媒介聚光燈照到這些政府的次數減少；另一方面，在剩下的新聞報導中，正面報導又增加了。〔註46〕

鑒於涉藏突發事件頻頻發生，國外主流媒體持續報導的現狀，有必要考慮聘請國際知名公關公司，針對這些主流媒體開展系列公關活動，對其報導的數量以及報導的角度，合理施加影響，以改善藏區形象。

（四）發揮民間力量對國外主流媒體的影響力

民間力量對於國外主流媒體的影響力不可小視。以 CNN 辱華事件為例，北京奧運聖火 2008 年 4 月 9 日在美國傳遞時，CNN 主播卡弗蒂在一檔節目裏稱，「我想，我們與中國的關係真的是改變了。我想他們基本上還是那群過去50 年間一直沒有什麼改變的暴民和匪徒。」

從 4 月 15 日到 17 日，中國外交部連續三天三次要求 CNN 和卡弗蒂收回言論，並向全體中國人民道歉，但是，CNN 根本不為所動。從 4 月 19 日晚開始，歐美數萬華人發起抗議遊行，同時，國內 500 萬網民參與「反對 CNN 報

〔註44〕毛娜：《展示新西藏良好形象》，載《西藏日報》，2010-01-31002。

〔註45〕〔美〕戴維.帕雷茲：《美國政治中的媒體：內容和影響》，宋韻雅，王璐非譯，223 頁，南京，南京大學出版社，2010。

〔註46〕Manheim J B, Albritton R B. Changing national images: International public relations and media agenda setting, The American Political Science Review, 1984: 641～657.

導北京奧運」的大型簽名活動。在中國民間強大的壓力之下，5 月 6 日，CNN
正式向中國人民道歉。〔註 47〕

同樣，拉薩「3.14」事件發生後，我國民間力量在反擊國外主流媒體的不
實報導中起到了非常重要的作用。一些西方媒體將這起打砸搶燒事件定性為
藏族人不滿中國「統治」而進行的抗議活動，歪曲報導、不實報導甚囂塵上。
西方媒體這種做法，違背了其一向標榜的「準確」、「客觀」、「公正」的原則，
激發了國內外廣大華人的憤慨，國內外廣大華人紛紛自發加入到駁斥西方媒
體偏見報導、不實報導的行列當中。

一些網友自發搜集證據，如保存對方的報導頁面，拍攝下對方的歪曲報導
的電視畫面，並製作成視頻和網頁，以英文的形式在西方主流網絡上傳播。〔註
48〕由於 CNN 在「3.14」事件報導中存在明顯的偏見行為，網民建立了一個反
對 CNN 涉藏報導的網站。該網站大量收集了西方媒體在拉薩「3.14」事件中存
在偏見的報導，並予以反駁。該網站創建以後，日訪問量達 10 萬人。〔註 49〕

中國民間力量的反擊，讓國外媒體大為吃驚，也引起了它們的重視。《紐
約時報》在一篇報導中也提到了這點。〔註 50〕一些媒體還對自己的失實報導
做了道歉。民間力量起到了我國官方以及官方媒體無法起到的作用，成為影
響國外主流媒體涉藏報導的一支重要力量。

民間力量有別於官方，是中西矛盾的「中立方」或者「第三方」，具有得
天獨厚的傳播中國形象的「合法性」。〔註 51〕因此，如果今後再次發生涉藏突
發事件，怎麼樣動員和發揮民間力量來對西方主流媒體的涉藏報導施加影響，
是值得中國官方思索的重要問題。

（五）提高我國媒體在涉藏對外傳播上的公信力、傳播力

我國媒體的涉藏報導，即便是用漢語，也具有雙重功能，即既是對內傳

〔註 47〕《CNN 正式向中國人民道歉 稱對華人懷有最崇高敬意》，中國網，http://www.
china.com.cn/international/txt/2008-05/15/content_15257122.htm，2015/3/4。

〔註 48〕《全球華人攜手網絡 反擊西方媒體歪曲報導》，中國信息產業網，http://www.
cnii.com.cn/20080308/ca458240.htm，2015/3/5。

〔註 49〕李大玖：《西藏騷亂激發網絡傳播勃興成為影響西方輿論重要力量》，載《新
聞戰線》，2008（5），64 頁。

〔註 50〕Pressed on Tibet, China Berates Foreign Media，載《紐約時報》，2008 年 3 月
25 日。

〔註 51〕高有祥：《西藏對外傳播的艱巨性和有效性》，載《現代傳播》，2011（8），32
頁。

播，同時也是對外傳播。

我國媒體的性質決定了其在涉藏報導上必須與官方的立場一致，《人民日報》2003 至 2013 年的涉藏報導充分反應了這一點。幾家國外報紙在無法獲得中國官方消息來源的情況下，往往會直接引用我國媒體的相關報導作為佐證，因此，我國媒體是三家國外報紙涉藏報導的重要消息來源。在 2003 年到 2013 年的涉藏報導中，我國媒體分別在《紐約時報》《泰晤士報》和《印度教徒報》的消息來源中，排在第 2 位、第 6 位和第 7 位。

我國媒體的涉藏對外傳播，一方面要向海外藏族同胞展現藏區的新貌，另一方面，也要向國際公眾展示藏區的新形象，傳播的目的在於贏取民心，為藏區的繁榮、穩定和發展營造良好的外部輿論環境。毋庸置疑，我國媒體在涉藏對外傳播上做出了不少探索與努力，但是總體看來，還存在公信力差、傳播力弱等諸多問題，沒有掌握涉藏國際輿論的主導權。究其原因，在於我國的傳媒體制、傳播理念、傳播技巧方面還不能適應國際涉藏話語權競爭的需要。

因此，為了提高我國媒體在涉藏對外傳播上的公信力、傳播力，需要在以下幾個方面進行變革。

1. 改革傳媒體制，提高媒體公信力

國外媒體對於各種官方機構有種天生的不信任，對中國也不例外。國外報紙在引用我國媒體的涉藏報導作為消息來源時，一般都會刻意強調我國媒體為官方所辦的身份，言外之意，我國的媒體只能是政府的「哈巴狗」（lapdog）而不能成為監督政府的「看門狗」（watchdog），因此，我國媒體發布的這些消息缺乏公信力。從傳播效果的角度來說，官方所辦的身份就先入為主地損害了媒體的可信度。媒體作為獨立實體的基本特質不復存在，官媒不分、官媒一家，民眾難免會感到被疏離、被忽視。〔註 52〕

儘管西方國家公眾對於我國媒體公信力的評價不高，但是事實上，國外同行對於我國記者的素質和能力卻有相當高的評價。英國電視第四頻道駐京記者 Lindsey Hilsum 認為，在四川「5.12」汶川特大地震中，中國記者第一時間趕到災區進行了報導，工作非常出色，證明了中國記者可以躋身世界最優

〔註 52〕杜平：《沒有痕跡的宣傳是最好的宣傳──中國如何說服世界》，載《同舟共進》，2008（6），9 頁。

秀記者的行列。〔註53〕

在某種意義上講，傳媒體制問題是使得我國媒體在涉藏話語權的競爭中處於不利地位的重要因素。

為了提升中國媒體在涉藏信息上的國際傳播能力，有必要考慮在傳媒體制上嘗試雙軌制或者多軌制。「一方面有國家的媒體，另一方面，也需要一些代表中國立場的半官方的甚至是獨立的媒體。我們也需要有這樣一個能夠被國際傳播體系接納的媒體。」〔註54〕鳳凰衛視在全球華人圈的影響力，很大程度上也正是與其作為獨立媒體的性質密不可分。

因此，如果沒有進行體制的變革，即使中國傳媒「走出去」，由於其官方媒體的身份，其報導必然會導致國外公眾的懷疑，難以發揮應有的效果。

2. 為傳統媒體鬆綁，保障編採自主權

在西方發達國家，媒介與政府的關係通常為「媒政分立」，媒體擁有較大的自由。在我國，傳媒與政府的關係表現為「媒政合一」，媒體嚴重依附於政治，媒體不得發布不利於國家穩定和發展的信息，否則將受到嚴厲的懲罰，包括被整頓、查封、取締或關閉。〔註55〕有學者將我國當前對媒體的管理機制和領導方式概括為直接、全面、隨意。「直接」就是上級黨組織可以直接任免所轄媒體的主要領導，直接指揮具體的新聞生產過程；「全面」就是不管媒體的性質、種類、生產內容統統都管；「隨意」就是沒有具體的制度和規章，甚至違背國家法律。〔註56〕

在爭奪國際涉藏輿論制高點的過程中，中國媒體面臨的主要競爭對手都是擁有相當程度傳播自主權的新聞媒體。要想讓中國媒體與西方媒體一較高下，必須首先要為其鬆綁，科學、合理界定政府與媒體的關係，讓中國媒體在不違背相關法律的基礎上，成為有著相當自主權的新聞機構。〔註57〕

〔註53〕張志安，葉柳：《中國事件與世界報導──外國記者眼中的2008》，愛思想，http://www.aisixiang.com/data/25096.html，2015/3/5。

〔註54〕王建峰，呂莎：《媒体「走出去」：提升中国媒体国际传播能力》，載《中国社會科學報》，2009-08-27001。

〔註55〕李智：《國際政治傳播：控制與效果》，63～64頁，北京，北京大學出版社，2007。

〔註56〕芮必峰：《政府、市場、媒體及其他》，127頁，復旦大學博士論文，2009。

〔註57〕吳立斌：《中國媒體的國際傳播及影響力研究》，495～496頁，中共中央黨校博士論文，2011。

在發展中國家媒體與發達國家媒體競爭的過程中，半島電視臺為發展中國家提供了一個成功範例。半島電視臺成功原因是多方面的，其中，最為重要的原因在於政府的大力支持，這種支持表現為經費上予以一定的保障，更為關鍵的是給與了電視臺極大的自由。事實上，在阿拉伯世界對新聞媒體嚴加控制的大環境下，半島電視臺是惟一一家能夠不經當局新聞審查而自主播出新聞節目並發表評論的電視臺。〔註58〕

改革開放以來，我國新聞媒體發展迅速，經濟實力不斷增強。以中央電視臺為例，在 2009 年，其一年的總收入就達到 200 億元人民幣以上，從收入上看已經躋身全世界電視臺前 50 強。〔註59〕顯然，經濟因素不再是我國媒體在國際競爭中面臨的主要障礙，在涉及民族、宗教等問題時，管理部門對媒體的管理過多過細，這在一定程度上削弱了我國媒體在國際傳播中的競爭力。拉薩「3.14」事件發生後，國內媒體縮手縮腳，痛失先機，教訓不可謂不深。對此，學界和業界有同樣的體會。

《中國青年報》一個記者說，中國政府必須明白，在應對西方媒體上，一個獨立和自由的中國新聞界要比政府的發言人更可能贏得信任。〔註60〕

新加坡《聯合早報》時事評論員杜平認為，拉薩「3.14」事件中，中國涉藏對外傳播工作的教訓主要在於政府對國內媒體管得過死，媒體變成了政府的化身。他提出，如果中國的媒體管理體制不求新、求變，在關鍵時候，擁有千軍萬馬的龐大新聞機構，所發出的聲音和傳播信息的效果，連一個異議人士都比不上。〔註61〕

海南大學傳播學研究中心畢研韜提出，中國政府必須順應歷史潮流，「解放媒體，復興中華」。〔註62〕

中國新聞文化促進會會長、中國報業協會副會長李東東今年 3 月 10 日，在全國政協十二屆三次會議第三次全體會議上發出呼籲：管理部門應鬆綁傳

〔註58〕 蘇克軍，趙彬：《小國家，大媒體──卡塔爾半島電視臺的成功及其對發展中國家的啟示》，載《聲屏世界》，2003（3），50～52 頁。

〔註59〕 《央視一年收入 230 億元 躋身於世界電視臺前 50》，網易娛樂，http://ent.163.com/09/0927/15/5K7RRMMO00031GVS.html，2015/3/10。

〔註60〕 劉笑盈，賀文發等：《俯視到平視：外國媒體上的中國鏡象》，133 頁，北京，中國傳媒大學出版社，2009。

〔註61〕 杜平：《沒有痕跡的宣傳是最好的宣傳──中國如何說服世界》，載《同舟共進》，2008（6），11 頁。

〔註62〕 畢研韜：《解放媒體 復興中華》，載《青年記者》，2008（18），14～16 頁。

統媒體，鼓勵其對重大事件早發聲、發強聲，引導輿論。〔註63〕

其實早在1987年，中宣部、中央對外宣傳小組、新華社在《關於改進新聞報導若干問題的意見》中就明確提出：「突發事件凡外電可能報導或可能在群眾中廣為流傳的，應及時作公開的連續報導，並力爭時效趕在外電、外臺之前。」〔註64〕

雖然有著若干規定，但是，不可否認的是，遇到突發事件，「封、堵、刪」仍然是許多部門對待媒體時經常使用的做法。比如，對於藏區發生的衝突事件，《人民日報》很少涉及，從某種意義上看，沒有滿足讀者知情的需求，同時，也有損媒體的公信力。

2014年10月，中共十八屆四中全會審議並通過了《中共中央關於全面推進依法治國若干重大問題的決定》，依法治國成為改革之本。今後或許只有通過出臺「新聞法」，以法律的形式賦予媒體一定的編輯採訪自主權，才能真正為傳統媒體鬆綁，使其在爭奪國際涉藏輿論制高點的「戰鬥」中發揮更大的作用。

3. 重視對新媒體的利用

在今天的美國，網絡媒體的地位和影響力日益提高。不僅有越來越多的網絡作品獲得新聞領域的最高獎項——普利策獎，而且，調查表明，美國人已經將互聯網作為他們最重要的新聞來源。〔註65〕同時，奧巴馬政府已經把Twitter等新媒體技術視為「外交箭袋中的一支新箭」。〔註66〕在英國、印度等國家，互聯網同樣成為公眾獲取新聞的重要來源。

對於新媒體在涉藏輿論中的重要作用，中國官方的認識和重視程度還遠遠不夠。李維克戰略傳播公司危機公關專家基恩·格拉博夫斯基認為，中國政府對於微博、網站等新媒體在信息傳播中的作用還並不理解或者重視。〔註67〕

相反，新媒體的傳播優勢已經被達賴集團所認識並且早已付諸實施。達

〔註63〕 李東東：《鬆綁傳統媒體 鼓勵對重大事件早發聲發強聲》，中國青年網，http://news.youth.cn/gn/201503/t20150310_6515793.htm，2015/3/2.

〔註64〕 張斌：《從拉薩「3·14」事件檢視對外傳播的缺失》，載《中國廣播》，2009（7），20。

〔註65〕 王哲平：《新媒體時代影響美國傳媒公信力的三要素》，載《編輯之友》，2013（9），108～112頁。

〔註66〕 鄒建華：《如何利用新媒體做好國際輿論工作》，載《國際公關》，2012（6），86頁。

〔註67〕 Tibet Backers Show China Value of P. R.，載《紐約時報》，2008年4月14日。

賴集團搶先註冊了與西藏有關的國際頂級域名，主辦的網站超過一百多個，其中，知名度高、影響力大的就有十多個，使用英語、藏語、漢語多種語言文字，傳播了大量的分裂國家、歪曲真相的信息。〔註68〕並且，這些網站，根據西方受眾的特點，針對性很強地設計了一套廣受西方公眾認可的傳播模式。〔註69〕新媒體在達賴集團爭取國際社會的支持上發揮了重要作用。

同樣，新媒體也是反「藏獨」的利器。拉薩「3‧14」事件之後，一名加拿大的華裔中學生在互聯網上發布了自己製作的視頻資料，主題為「西藏過去是、現在是、將來是、永遠是祖國不可分割的領土」。視頻雖然僅有7分鐘的長度，但是在短短的時間內，就獲得了幾百萬的點擊率，在世界範圍內引起震撼。新媒體在反擊「藏獨」中發揮的獨特效果和顯著作用，得到了中國負責涉藏對外傳播官員的認可。曾經擔任國務院新聞辦公室七局局長的董雲虎認為，由於意識形態偏見，我們傳統媒體傳出去的聲音不大，但是改變人們思維和生活方式的互聯網，卻在解決這一問題的關鍵處另闢蹊徑、力拔頭籌。〔註70〕

目前，我國主辦的涉藏網站有中國西藏網、中國藏學網、西藏自治區人民政府網、西藏人權網等。在與達賴集團爭奪國際互聯網上話語權的鬥爭中，我國主辦的網站沒有形成合力，整體上還處於下風。不過，可喜的是，我國已經開始認識到利用新媒體進行涉藏信息傳播的重要性，並已經投入實踐。

比如，北京週報社利用APP的傳播特點，開發製作了涉藏新媒體產品。截至2014年1月初，共有來自五大洲65個國家和地區的讀者進行了下載，下載量突破了3000。〔註71〕

西藏在線網創建了「西藏在線」微博，全天24小時不間斷地使用漢、英、德、法4種語言傳播信息，已經發布微博近1000條，其中三成內容為涉藏新聞，基本上每條信息都配有圖片，重要信息還附上了相關鏈接，最大限度地滿足網民的需求。目前，「西藏在線」的「粉絲」數量近50萬，其中不乏《華

〔註68〕高有祥：《西藏對外傳播的艱巨性和有效性》，載《現代傳播》，2011（8），32頁。

〔註69〕李希光，郭曉科，王晶：《「達賴集團」對西方網絡宣傳的文本研究》，載《現代傳播》，2010（5），27～30頁。

〔註70〕平揚：《董雲虎話新時期涉藏外宣鬥爭》，南開大學校報電子版，http://nkweekly.cuepa.cn/show_more.php?doc_id=231292，2015/3/10。

〔註71〕陳姍：《App：涉藏對外傳播的新嘗試——以Faces of Tibet為例》，載《對外傳播》，2014（3），46～47頁。

爾街日報》這樣的西方主流媒體和西方網民。〔註72〕

　　今後，我們不但要發揮好微信、微博、TWITTER、FACEBOOK、YOUTUBE等新媒體在涉藏信息傳播中的作用，讓這些新媒體成為展示藏區形象的重要平臺和陣地，而且還要學習、借鑒西方國家乃至達賴集團在利用新媒體進行信息傳播方面的經驗和技巧，使我們傳播的信息不但能夠入眼、入耳，還能夠入心。總之，為了改善藏區形象，今後需要更加重視對新媒體的利用，使新媒體成為我國打破西方主流媒體在涉藏信息上的壟斷地位，奪取涉藏話語權的一個突破口。

（六）加強涉藏智庫的建設

　　改善藏區國際形象，需要對藏區的國際形象怎麼樣以及為什麼會這樣有所瞭解和掌握。在這個方面，我國官方及學術界與達賴集團及其支持者有著不小的差距。一方面，國內學術界對於國際涉藏輿論的實證研究並不多見，另一方面，涉藏對外傳播部門的各種工作彙報，儘管會涉及到西方主流媒體的涉藏報導，不過往往過於重視「講成績」。而反觀對手，負責協調援藏組織的國際援助西藏網絡組織，極其重視涉藏輿情，每天都會向其 153 個成員組織發送涉藏新聞簡報。〔註73〕

　　國外的涉藏智庫高度關注現實，積極為其政府解決「西藏問題」出謀劃策。同時，這些涉藏智庫也是《紐約時報》和《泰晤士報》等主流媒體涉藏報導重要的消息來源。比如，哥倫比亞大學東亞研究所現代西藏研究項目就是其中一個重要的涉藏智庫。其項目主任羅伯特·J·巴尼特多次成為《紐約時報》和《泰晤士報》（2003～2013 年）涉藏報導的新聞來源。其專家的身份，無疑提高了《紐約時報》相關報導的可信度。

　　知己知彼，百戰不殆。通過量化的分析，梳理出西方主流媒體在涉藏傳播方面的行為模式，就能為我國在涉藏問題的對外傳播提供堅實的學術基礎。〔註74〕因此，我們也需要有中國特色新型智庫的積極參與，為反對「藏獨」，改善藏區國際形象的實踐活動提供理論支撐。

〔註72〕鄒建華：《如何利用新媒體做好國際輿論工作》，載《國際公關》，2012（6），87 頁。
〔註73〕Tibet Backers Show China Value of P. R.，載《紐約時報》，2008 年 4 月 14 日。
〔註74〕陸航，張翼：《整合各方資源推動西藏對外傳播研究》，載《中國社會科學報》，2013-07-01（A02）。

據統計，中國目前各類智庫機構將近 2500 家，其中 95%是官方智庫，民間智庫僅占 5%，官方智庫人員編制龐大。總數上看，中國智庫的數量居全球第二位，但是中國的官辦智庫大而不強、高校智庫曲高和寡、民間智庫弱而無力。〔註 75〕

我國涉藏的智庫以黨政機關智庫為主，學術界及民間涉藏智庫的力量相對薄弱。〔註 76〕前者對於黨政機關的依附性很強，自身的獨立性差，建議今後重點加強學術界及民間涉藏智庫的建設，充分發揮其作用，為改善藏區國際形象獻計獻策。一是依託中國社科院、中國藏學研究中心等機構，建立全國性的涉藏智庫；二是在各藏區，依託各個社科院、民族高校等學術機構建立地方性的涉藏智庫；三是鼓勵建立民間涉藏智庫。

對於國際涉藏輿論的研究，我國之前主要集中在對西方發達國家，尤其是美國主流媒體的涉藏報導上。在今後，首先應該加強對英國、法國、德國、澳大利亞等主要國家的主流媒體以及亞洲鄰國如印度、日本等國家主流媒體涉藏報導的研究，重點關注其報導的角度、傾向以及變化規律；其次，要加強與國外涉藏智庫的交流，一方面邀請其成員到藏區實地參觀考察，另一方面，我國涉藏智庫成員也要「走出去」，增加雙方的瞭解與互信；第三，要重點加強對主要國家受眾的研究；第四；在黨政機關的涉藏傳播智庫中，組建專門隊伍，每天關注並收集國外主流媒體的涉藏言論，及時掌握其動向，第一時間向相關黨政部門通報，提供輿論應對的具體建議。

小結

由於國際傳播中長期「西強我弱」，因此，中國的國際形象在很大程度是受由西方主流媒體建構的。藏區在國際上的形象，實際上也是由《紐約時報》和《泰晤士報》這樣的西方主流媒體建構的。

我國官方和官方主流媒體主張的藏區形象，可以說是政治、經濟、社會事業、文化建設、生態建設全面進步的正面形象。而《紐約時報》和《泰晤士報》建構的藏區形象大同小異：在中國的「高壓統治」下，藏區是民族衝突的熱點地區；政府壓制人權，藏族人沒有宗教和信仰自由；藏族的傳統文化面臨滅絕危險。總而言之，這兩份西方主流媒體上的藏區形象比較負面。

〔註 75〕湯瑜：《智庫非政策傳聲筒》，載《民主與法制時報》，2015-02-08005。
〔註 76〕周偉：《亟需加強涉藏涉疆智庫建設》，載《社會科學報》，2014-06-19001。

可以說，這些西方主流媒體上的藏區與我們的主張基本上是針鋒相對的。

西方公眾、媒體、政界對於「西藏問題」的偏見根深蒂固，這種偏見不會輕易隨著中國實力的上升和與西方國家關係改善而迅速消失。短時間內難以改善藏區的國際形象。通過動員各方面力量，採取切實有效的措施，能夠對藏區國際形象的改善起到一定的作用。

本書建議如下：一、維護藏區穩定，減少衝突事件的發生。二、提高中國官方在國外主流媒體涉藏報導消息來源中的比例。三、善用西方主流媒體。四、發揮民間力量對西方主流媒體的影響力。五、提高我國媒體在涉藏對外傳播上的公信力、傳播力。六、加強涉藏智庫的建設。

結　語

一、中外四家主流報紙涉藏報導的特點及變化

在第二章具體研究思路部分，筆者提出的研究問題有中外四家主流媒體的涉藏報導有何特點和變化？通過實證研究，筆者發現：

從報導數量與報導篇幅這兩個關鍵性指標來看，在三家外報中，《紐約時報》最為重視涉藏報導，《印度教徒報》次之，最後為《泰晤士報》。

四家報紙的涉藏報導受到焦點事件的驅動，其中，《紐約時報》《泰晤士報》更加容易受衝突性事件的驅動。

在報導區域上，四家報紙的涉藏報導存在嚴重的不平衡情況，西藏自治區是幾家報紙重點關注的區域，而對其他四省藏區，四家報紙關注不多。

三家外國報紙的涉藏報導都是以自採為主。《人民日報》大量採用新華社的報導，這從一個側面反映出涉藏事件在我國具有顯著的地位。

政治、社會和文化類議題是幾家報紙報導數量最多的議題，因而，藏區的政治、社會和文化形象相對清晰可見。經濟類議題、文化類議題的報導傾向相對偏向正面；軍事和科技類議題的報導傾向偏向中性；社會類議題的報導傾向偏向於負面；政治類議題的報導傾向分布比較均勻。

《人民日報》的報導框架以發展框架與和諧框架為主，而三家外國報紙的報導框架以衝突框架為主。這一定程度上體現出中外媒體新聞觀的不同，即：中國媒體更加重視和諧，而國外媒體重視衝突。

在消息來源上，《泰晤士報》與《紐約時報》採用達賴集團及其支持者作為消息來源的比例占到總量的一半以上，遠遠高於中國官方與中國媒體所佔

比例的總和，顯然，這兩家報紙存在著嚴重的偏向，沒有為衝突雙方提供公平的講壇。

在四家報紙涉藏報導的報導傾向中，正面、中性和負面，各自占到 1/3 的比例。其中，《人民日報》涉藏報導的傾向明顯偏於正面；《紐約時報》《泰晤士報》在報導傾向方面比較一致，偏於負面；《印度教徒報》比較中立。

研究證實，在此期間，《紐約時報》和《泰晤士報》這兩份西方主流媒體的涉藏報導立場高度一致，其涉藏報導確實存在一定程度的「妖魔化」現象。這兩份報紙，著力於報導（cover）各種涉藏衝突事件，與此同時，遮蔽（cover）了藏區的發展與進步。《印度教徒報》的涉藏報導較為全面，立場也相對中立。《人民日報》與《紐約時報》《泰晤士報》的涉藏報導截然相反，比較深入、全面和系統地報導了我國藏區經濟社會的種種進步與發展。

分析發現，報紙類型、報導框架、稿件來源為中國媒體、消息來源為中國官方、消息來源為達賴集團對報導傾向有影響；報導議題、發稿地點為中國對報導傾向沒有影響。

研究發現，四家報紙在 2003～2013 年期間，報導議題、報導傾向與報導框架都有顯著變化。

四家報紙的涉藏報導議題有一定的變化規律：第一，政治類、文化類議題和社會類議題一直是四家報紙涉藏報導的主要議題。2008 年以來，這幾類議題所佔比例波動較大。近年來，政治類、文化類議題比重有所下降，社會類議題比重上升，並逐漸佔據主導地位，成為最重要的議題；第二，經濟、科技和軍事議題長期都是四家報紙涉藏報導的次要議題，所佔比例波動很小，一直維持在較低的水平。

整體上看，四家報紙報導傾向的變化規律為：三種傾向波動都比較大；近年正面報導比重有所下降，中性和負面報導出現上升趨勢。

四家報紙涉藏報導框架的分布與變化有以下規律：第一，衝突、發展和人類興趣框架是四家報紙涉藏報導的主要框架；第二，衝突框架比重呈現上升趨勢；第三，發展框架波動幅度較小，近年有下降趨勢；第四，人類興趣框架下降趨勢明顯。

《紐約時報》涉藏報導傾向有著顯著的變化。負面傾向報導的比例一直最高，近年有逐漸下降的趨勢。同時，中性傾向報導和正面傾向報導都有逐漸上升的趨勢。中美兩國關係的變化，以及當年發生的涉藏「焦點事件」，對

《紐約時報》涉藏報導傾向的改變會有一定影響。

《泰晤士報》與《印度教徒報》的涉藏報導傾向在這十年間都沒有顯著的變化，二者的區別在於前者以負面傾向為主，而後者以中性立場為主。

《人民日報》涉藏報導的傾向為正面報導持續上升，中性報導持續下降。

二、藏區的媒介形象是媒介對藏區社會現實主觀建構的產物

不管是李普曼所說的「擬態環境」，還是米爾斯提出的「二手世界」，這兩種提法都強調了媒介在公眾認識社會現實中的中介作用和重要地位。

有學者認為，現實可以分為三種，即客觀現實、符號現實和主觀現實。「擬態環境」、「二手世界」實質上就是符號現實。同樣，藏區的媒介形象也是符號現實，本質上講，是大眾媒介對藏區的客觀現實建構的產物，是連接客觀現實（藏區）與主觀現實（藏區在公眾心目中形象）的中介。

研究發現，同樣的藏區，在幾家主流報紙上呈現出完全不同的形象。其中，《人民日報》中的藏區形象為：（一）政治形象：黨和政府執政為民，藏族人民當家做主；（二）社會形象：人民生活水平不斷提高，生態環境得到妥善保護；（三）文化形象：藏族傳統文化得到保護和弘揚。《紐約時報》中的藏區形象為：（一）政治形象：政府壓制民主，藏人沒有人權；（二）社會形象——民族衝突熱點地區；（三）文化形象：藏族傳統文化正在面臨滅絕。《泰晤士報》中的藏區形象為：（一）政治形象：政府壓制民主，藏人沒有人權；（二）社會形象——民族衝突熱點地區；（三）文化形象：藏族文化獨特，面臨滅絕風險。《印度教徒報》中的藏區形象為：（一）政治形象：執政為民成績不俗，藏人的權利受到壓制；（二）社會形象：民族衝突熱點地區；（三）文化形象：藏族文化得到較為妥善的保護。

《人民日報》呈現的藏區形象極為正面；而《紐約時報》和《泰晤士報》高度一致，呈現了一個非常負面的藏區形象；《印度教徒報》呈現的形象，與其他三家報紙各有相似之處。在一定程度上講，《人民日報》的涉藏報導存在「浪漫化」，而《紐約時報》和《泰晤士報》的涉藏報導則存在「妖魔化」。

媒體報導能否反映「真實」世界或者「現實」？事實上，無數的研究已經表明，媒體無法完成這個「不可能的使命」。儘管這四種報紙都堅信自己的涉藏報導反映了藏區的「現實」或者「真相」，本書認為，它們的報導，如同盲人摸象，只能是反映了藏區諸多「現實」中的部分側面。如果將這些側面

當成藏區的「現實」，也就犯了盲人一樣的錯誤。

媒體的再現，也再現了再現者。同樣的藏區，在幾家報紙上呈現出完全不同的形象，主要是由於這幾家報紙在涉藏報導中有意識地「選擇」和「強調」，也就是說採取了不同的新聞框架。這些媒體這樣做的原因，在於國家利益、經濟力量、意識形態、讀者、達賴集團、國際非政府組織和職業倫理等內外部因素的共同影響。

值得一提的是，框架理論在媒介形象分析方面確實能夠發揮獨特的作用，但是，西方學者歸納總結的常用框架，並不完全適用於我國的主流媒體。

三、研究不足與展望

本書還存在以下不足：首先是改善藏區國際形象的建議，雖然建立在實證研究的基礎上，針對性還比較強，但是原創的地方並不多。其次，在研究對象的選擇上，儘管《人民日報》《紐約時報》《泰晤士報》和《印度教徒報》在各自國家都具有一定的代表性和典型性，但是，由於本書本質上還屬於個案研究，得出的結論無法推廣到國外主流媒體的涉藏報導中。第三，對於影響幾家報紙新聞框架因素的分析，也不盡如人意。存在這些不足的原因，主要由於研究能力、時間和研究條件等多方面因素的制約，這也是筆者覺得頗為遺憾的地方。

在可以預計的時間內，「西藏問題」仍然將是中國與許多國家關係友好發展的一大障礙。國際主流媒體在「西藏問題」的發展過程中扮演了重要的角色，因此，今後有必要繼續對此深入研究。

本書建議，在今後的研究中，除了繼續關注美國、英國等西方發達國家的主流媒體之外，還要將更多的目光投向中國的鄰國，比如印度、日本以及東南亞諸國的主流媒體。同時，除了報紙、電視等傳統媒體之外，這些國家新媒體上的涉藏消息也不容忽視，有必要加強研究。此外，還有必要從受眾的角度來展開研究，為改善藏區的國際形象提供最直接、最可靠的證據。

主要參考文獻

一、中文

（一）專著

1. （荷）迪克著；曾慶香譯，作為話語的新聞〔M〕，北京：華夏出版社，2003。

2. （美）埃斯波西托，（美）莫格海德著；晏瓊英，王宇潔，李維建譯，誰為伊斯蘭說話：十幾億穆斯林的真實想法〔M〕，北京：中國社會科學出版社，2010。

3. （美）波普諾著；李強等譯，我們身處的世界：波普諾社會學〔M〕，北京：中國人民大學出版社，2014。

4. （美）波茲曼著；章豔譯，娛樂至死〔M〕，桂林：廣西師範大學出版社，2004。

5. （美）伯傑著；張晶，易正林譯，媒介研究技巧（第2版）〔M〕，北京：中國人民大學出版社，2009。

6. （美）戈爾茨坦，（美）比爾著；肅文譯，今日西藏牧民 美國人眼中的西藏〔M〕，上海：上海翻譯出版公司，1991。

7. （美）赫斯著；陳沛芹，吳國秀譯，國際新聞與駐外記者〔M〕，北京：中國時代經濟出版社，2010。

8. （美）基頓，（中）鄧建國，張國良著，傳播研究方法〔M〕，上海：復旦大學出版社，2009。

9. （美）吉特林著；張銳譯，新左派運動的媒介鏡象 M〕，北京：華夏出版社，2007。

10. （美）克里斯琴斯等著；孫有中等譯，媒體的良心〔M〕，北京：中國人民大學出版社，2014。

11. （美）克羅圖，霍伊尼斯著；邱凌譯，媒介. 社會——產業、形象與受眾〔M〕，北京：北京大學出版社，2009。

12. （美）雷納德著；李本乾等譯，傳播研究方法導論（第三版）〔M〕，北京：中國人民大學出版社，2008。

13. （美）李普曼著；閻克文，江紅譯，公眾輿論〔M〕，上海：上海人民出版社，2002。

14. （美）里夫，（美）萊斯，（美）菲克著；嵇美雲譯，內容分析法——媒介信息量化研究技巧（第 2 版）〔M〕，北京：清華大學出版社，2010。

15. （美）魯賓等著；黃曉蘭等譯，傳播研究方法：策略與資料來源〔M〕，北京：華夏出版社，2000。

16. （美）洛厄裏，（美）德弗勒著；劉海龍等譯：大眾傳播效果研究的里程碑（第三版）〔M〕，北京：中國人民大學出版社，2004。

17. （美）麥庫姆斯著；郭鎮之，徐培喜譯，議程設置：大眾媒介與輿論〔M〕，北京：北京大學出版社，2008。

18. （美）帕雷茲著；宋韻雅，王璐非譯，美國政治中的媒體：內容和影響〔M〕，南京：南京大學出版社，2010。

19. （美）普羅瑟著；何道寬譯，文化對話：跨文化傳播導論〔M〕，北京：北京大學出版社，2013。

20. （美）薩義德著；閻紀宇譯，報導伊斯蘭〔M〕，上海：上海譯文出版社，2009。

21. （美）賽佛林，（美）坦卡德著；郭鎮之，徐培喜等譯，傳播理論——起源、方法與應用（第 5 版）〔M〕，北京：中國傳媒大學出版社，2006。

22. （美）沈已堯，西藏問題探索〔M〕，廣州：中山大學亞太研究中心，2002。

23. （美）斯特林著；王家全等譯，媒介即生活〔M〕，北京：中國人民大學出版社，2014。

24. （美）維曼，（美）多米尼克著；金兼斌等譯，大眾媒介研究導論〔M〕，北京：清華大學出版社，2005。

25. （英）埃爾德里奇主編；張威，鄧天穎主譯，獲取信息：新聞、真相和權力〔M〕，北京：新華出版社，2003。

26. （英）貝爾著；馬經標主譯，社會科學研究的基本規則〔M〕，北京：北京大學出版社，2008。

27. （英）伯頓著；史安斌主譯，媒體與社會——批判的視角〔M〕，北京：清華大學出版社，2007。

28. （英）斯托克斯著；黃紅宇，曾妮譯，媒介與文化研究方法〔M〕，上海：復旦大學出版社，2006。

29. （英）泰勒，（英）威利斯著；吳靖，黃佩譯，媒介研究：文本、機構與受眾〔M〕，北京：北京大學出版社，2005。

30. （英）屠蘇著；董關鵬譯，國際傳播：延續與變革，〔M〕北京：新華出版社，2004。

31. 蔡尚偉，百年「雙城記」：成都，重慶的城市文化與傳媒〔M〕，成都：四川大學出版社，2005。

32. 陳力丹，輿論學——輿論導向研究〔M〕，上海：上海交通大學出版社，2012。

33. 陳陽，大眾傳播學研究方法導論〔M〕，北京：中國人民大學出版社，2007。

34. 胡曉明，國家形象〔M〕，北京：人民出版社，2011。

35. 胡穎，傳播學調查研究方法〔M〕，北京：中國傳媒大學出版社，2010。

36. 胡正榮，李繼東，姬德強，中國國際傳播發展報告 2014〔M〕，北京：社會科學文獻出版社，2014。

37. 柯惠新，祝建華，孫江華編著，傳播統計學〔M〕，北京：北京廣播學院出版社，2003。

38. 李希光，周慶安主編：軟力量與全球傳播〔M〕，北京，清華大學出版社，2005。

39. 李智，中國國家形象：全球傳播時代建構主義的解讀〔M〕，北京：新華出版社，2011。

40. 劉虎，國家利益與媒體國際報導：以《聯合早報》中美關係報導為例（1999～2006）〔M〕，廣州：暨南大學出版社，2009。

41. 劉繼南，何輝，鏡象中國：世界幾家主流印刷媒體中的中國形象〔M〕，北京：中國傳媒大學出版社，2006。

42. 劉繼南，何輝等著，中國形象：中國國家形象的國際傳播現狀與對策〔M〕，北京：中國傳媒大學出版社，2006。

43. 劉康，國家形象與政治傳播（第一輯）〔M〕，上海：上海交通大學出版社，2010。

44. 劉笑盈，賀文發等著，俯視到平視：外國媒體上的中國鏡象〔M〕，北京：中國傳媒大學出版社，2009。

45. （美）巴蘭，（美）戴維斯著；曹書樂譯，大眾傳播理論：基礎、爭鳴與未來〔M〕，北京：清華大學出版社，2004。

46. 彭增軍，媒介內容分析法〔M〕，北京：中國人民大學出版社，2012。

47. 戚鳴等編著，新聞傳播類學術論文寫作〔M〕，杭州：杭州大學出版社，2010。

48. 喬木，鷹眼看龍：美國媒體的中國報導與中美關係〔M〕，北京：中共中央黨校出版社，2006。

49. 隨新民，中印關係研究：社會認知視角〔M〕，北京：世界知識出版社，2007。

50. 王晨，中國西藏白皮書彙編〔M〕，北京：人民出版社，2010。

51. 王紅續，七十年代以來的中英關係〔M〕，哈爾濱：黑龍江教育出版社，1996。

52. 吳飛，新聞專業主義研究〔M〕，北京：中國人民大學出版社，2009。

53. 夏雨禾，改革開放以來《人民日報》「三農」問題議程設置研究〔M〕，北京：新華出版社，2008。

54. 薛薇，統計分析方法與 SPSS 的應用（2 版）〔M〕，北京：中國人民大學出版社，2007。

55. 楊擊，傳播・文化・社會——英國大眾傳播理論透視〔M〕，上海：復旦大學出版社，2006。

56. 張國良，20 世紀傳播學經典文本〔M〕，上海：復旦大學出版社，2003。

57. 張寧，日本媒體上的中國：報導框架與國家形象〔M〕，長春：吉林人民出版社，2006。

58. 張植榮，美中關係與西藏問題〔M〕，北京：中國文藝出版社，2009。

59. 趙士林，傳播學實證研究：假設檢驗與理論建構〔M〕，上海：上海交通大學出版社，2012。

60. 周鴻鐸，區域傳播學導論〔M〕，北京：中國紡織出版社，2005。

61. 周翔，傳播學內容分析研究與應用〔M〕，重慶：重慶大學出版社，2014。

（二）論文

1. 薄旭，董玉潔，傳瑩：當「軟實力」遭遇「硬障礙」〔J〕，世界知識，2010（4）：15～21。

2. 畢研韜.西藏事件與國際輿論引導〔J〕，青年記者，2008（13）：64～65。

3. 曾海芳，真實與謊言的又一次博弈——透視西方媒體對「3・14」事件的虛假報導〔J〕，新聞記者，2008（5）：12～15。

4. 曾曉陽，李冬蓮，我國涉藏問題國際話語權芻議〔J〕，大理學院學報，2014（5）：50～53。

5. 陳金霞，李大國，中國解決西藏問題的對策〔J〕，陰山學刊，2006（3）：93～97。

6. 陳力丹，試論大眾傳媒與輿論的互動〔J〕，北京理工大學學報（社會科學版），2003（4）：3～8。

7. 陳力丹，突發事件報導貴在「先聲奪人」〔J〕，當代傳播，2008（3）：98。

8. 陳鵬，讓世界認識真實的西藏——如何把握涉藏外宣話語權的思考〔J〕，中國國情國力，2010（2）：9～11。

9. 陳姍，App：涉藏對外傳播的新嘗試——以 Faces of Tibet 為例〔J〕，對外傳播，2014（3）：46～47。

10. 陳薇，媒體話語中的權力場：香港報紙對中國大陸形象的建構與話語策略〔J〕，國際新聞界，2014（7）：20～37。

11. 陳勇，張昆，對美國媒體關於西藏問題報導的思考——兼論如何改善中國對外傳播策略〔J〕，新聞記者，2008（8）：25～28。

12. 陳勇，國家利益、意識形態與新聞理念的糾結〔D〕，華中科技大學，2010。

13. 程瑞聲，近年來中印關係的回顧與展望〔J〕，東南亞南亞研究，2009（1）：20～23+92。

14. 程早霞，美國插手西藏問題的來龍去脈〔J〕，長春師範學院學報，2007（1）：48～50。

15. 程早霞，美國對中美關係中「西藏問題」的研究評介〔J〕，中國藏學，2003（2）：94～96。

16. 程早霞，中國學界對美國插手西藏問題的研究〔J〕，世界歷史，2011（5）：95～103。

17. 戴元光，倪琳，孫健，《紐約時報》的專業主義與價值偏見——以「7.5」事件報導為例〔J〕，當代傳播，2010（1）：57～61。

18. 丁剛，誰的聲音——全球傳媒的話語權之爭〔J〕，新聞記者，2007（12）：13～16。

19. 杜平，沒有痕跡的宣傳是最好的宣傳——中國如何說服世界〔J〕，同舟共進，2008（6）：9～11。

20. 杜永彬，中國藏學研究對西藏發展的獨特貢獻〔J〕，西藏大學學報（社會科學版），2012（2）：70～78。

21. 對外傳播研究中心輿情室，近年國際涉藏輿論特點與走向〔J〕，對外傳播，2009（3）：28～29。

22. 范士明，政治的新聞——美國媒體上的西藏和「西藏問題」〔J〕，太平洋學報，2000（4）：45～61。

23. 甘露，盧天玲，石應平，西方和中國學者對西方西藏形象認識的批評〔J〕，西南民族大學學報（人文社會科學版），2014（4）：26～32。

24. 高有祥，西藏對外傳播的艱巨性和有效性〔J〕，現代傳播（中國傳媒大學學報），2011（8）：29～33。

25. 古俊偉，紐約時報涉藏報導使用專有名詞的傾向性〔J〕，青年記者，2013（15）：69～70。

26. 古俊偉，《中國日報》和《紐約時報》構建的西藏和藏人形象〔C〕，／／全國第二屆對外傳播理論研討會論文集，2011：424～432。

27. 郭可，西方三報涉華國際輿情研究（1992～2010 年）（上）〔J〕，新聞大學，2013（6）：16～33。

28. 郭永虎，1949～1959 年美國《紐約時報》涉藏報導初探〔J〕，當代中國史研究，2011（2）：113～118+128。

29. 郭永虎，近代《泰晤士報》涉藏報導初探〔J〕，西藏研究，2010（6）：91～100。

30. 郭永虎，美國國會與中美關係中的「西藏問題」研究（1987～2007）〔D〕，東北師範大學，2007。

31. 韓春麗，鄭璐，媒體報導與地區形象塑造——以上海三家紙媒關於河南的報導為例〔J〕，新聞愛好者，2007（7）：4～5。

32. 韓東屏，親身感受若干美國人對於中國西藏問題認知上的偏狹態度〔J〕，北大馬克思主義研究，2013（00）：263～271。

33. 韓小兵，喜饒尼瑪，中國西藏藏族文化權利的法律保障——兼論「西藏文化滅絕論」的荒謬性〔J〕，中央民族大學學報（哲學社會科學版），2009（1）：80～95。

34. 何磊，改革開放以來美國主要報紙涉藏報導政治導向性研究〔D〕，哈爾濱工程大學，2012。

35. 侯姍姍，主流媒體構建的政治景觀〔D〕，陝西師範大學，2011。

36. 侯曉素，《紐約時報》再現的十四世達賴喇嘛〔D〕，中國青年政治學院，2012。

37. 后東升，中國政府與達賴集團在涉藏外宣上的比較和分析〔J〕，重慶社會主義學院學報，2012（6）：27～30。

38. 胡岩，19 世紀末至 20 世紀中葉中美關係中的西藏問題〔J〕，民族研究，2001（1）：52～62+108。

39. 胡岩，美國對中國西藏政策的歷史演變〔J〕，中共中央黨校學報，2002（1）：108～114。

40. 胡油志，奧巴馬政府對藏政策研究（2009～2013）〔D〕，外交學院，2013。

41. 黃敏，擴散與激活：《紐約時報》涉藏報導的議題發展（1980～2010）〔J〕，新聞與傳播研究，2013（9）：21～32。

42. 江根源，媒介建構現實：理論溯源、建構模式及相關機制〔D〕，浙江大學，2013。

43. 江禮云，政府形象與外國媒體公共關係之研究〔D〕，復旦大學，2011。

44. 江時學，中英關係的回顧與展望〔J〕，中國社會科學院研究生院學報，2014（2）：119～124。

45. 姜運倉，印度對中國西藏政策的利益取向〔J〕，西藏大學學報（社會科

學版），2011（4）：26～31。

46. 蔣曉麗，認同的距離——基於三家報紙近五年來涉藏報導的內容分析〔J〕，西藏大學學報（社會科學版），2013（3）：82～89+103。

47. 蔣英，美國利用人權干涉「西藏問題」淺析〔J〕，四川大學學報（哲學社會科學版），2004（S1）：148～149+173。

48. 柯惠新，鄭春麗，吳彥，中國媒體中的俄羅斯國家形象——以對《中國青年報》的內容分析為例〔J〕，現代傳播（中國傳媒大學學報），2007（5）：31～34。

49. 黎慈，英國政府應對突發事件的媒體政策與啟示〔J〕，黨政論壇，2008（2）：45～47。

50. 李大玖，西藏騷亂激發網絡傳播勃興成為影響西方輿論重要力量〔J〕，新聞戰線，2008（5）：63～65。

51. 李海波，郭建斌，事實陳述 vs 道德評判：中國大陸報紙對「老人摔倒」報導的框架分析〔J〕，新聞與傳播研究，2013（1）：51～66。

52. 李海波，揪出幽靈：新聞文本框架之概念及辨識方法〔D〕，雲南大學，2013。

53. 李峻，美國干涉與所謂「西藏問題」〔J〕，南京社會科學，2001（8）：56～60。

54. 李珊珊，2008 西方涉藏報導中的國際輿論〔D〕，上海外國語大學，2009。

55. 李濤，王新有，20 世紀中葉以來印度對華政策中涉藏行為分析〔J〕，南亞研究季刊，2009（4）：6～13+112。

56. 李希光，郭曉科，王晶，「達賴集團」對西方網絡宣傳的文本研究〔J〕，現代傳播（中國傳媒大學學報），2010（5）：27～30。

57. 李彥冰，荊學民，國家形象傳播研究的幾個問題〔J〕，國際新聞界，2010（6）：118～122。

58. 李曄，王仲春，美國的西藏政策與「西藏問題」的由來〔J〕，美國研究，1999（2）：52～76。

59. 李正國，當前國內學術界對國家形象的研究現狀〔J〕，四川行政學院學報，2005（6）：52～55。

60. 劉海韻，當前紙媒中的西藏形象研究〔D〕，南昌大學，2013。

61. 劉暉，試析中國對外媒的公關效果——以主流外媒構建西藏與新疆事件框架為例〔J〕，國際新聞界，2011（9）：89～95。

62. 劉建平，「西藏問題」視野中的西方與中國〔J〕，中國圖書評論，2008（7）：106～110。

63. 劉康，西方視角中的西藏形象與話語〔J〕，中國藏學，2010（1）：3～8。

64. 劉康，如何打造豐富多彩的中國國家形象？〔J〕，新聞大學，2008（3）：1～6。

65. 劉朋，中國共產黨涉藏外宣的策略、效果及啟示——以中國政府涉藏白皮書為例〔J〕，雲南社會科學，2012（2）：100～104。

66. 劉瑞生，涉藏報導與美國主流媒體的意識形態性〔J〕，新聞與傳播研究，2008（3）：17～22。

67. 劉少華，唐潔瓊，中國國家形象：問題與思考〔J〕，湖南師範大學社會科學學報，2010（4）：39～43。

68. 劉天驕，《紐約時報》西藏報導研究及對外傳播策略分析：以 1989～2011《紐約時報》的西藏報導為例〔D〕，中國人民大學，2012。

69. 劉曉玉，美國主流報紙涉藏報導分析〔D〕，河北大學，2012。

70. 劉穎，法國媒體報導中的西藏印象——以法國《世界報》為例〔J〕，中國藏學，2006（4）：67～73。

71. 羅娟麗，劉長敏，美國媒體眼中的中國人權問題——以《紐約時報》和《華盛頓郵報》的報導為例〔J〕，內蒙古大學學報（哲學社會科學版），2013（3）：98～105。

72. 羅娟麗，美國媒體對中國問題報導的傾向性分析〔D〕，中國政法大學，2013。

73. 羅以澄，司景新，製造認同：大眾傳媒對國際衝突的再現〔J〕，新聞與傳播研究，2006（1）：58～63+95。

74. 羅以澄，夏倩芳，他國形象誤讀：在多維視野中觀察〔J〕，新聞與傳播研究，2002（4）：14～23+94。

75. 呂曉勳，崔宇寧，國外媒體是怎樣建構中國形象的〔N〕，中國民族報，2009-04-24（006）。

76. 馬正義，美國媒體與美國國會在美國外交政策形成過程中的相互作用探悉〔D〕，暨南大學，2006。

77. 麥考姆斯，顧曉方，製造輿論：新聞媒介的議題設置作用〔J〕，國際新聞界，1997（5）：61～65。

78. 明安香，關於國家形象傳播的思考〔J〕，對外大傳播，2007（9）：38～41。

79. 錢進，作為流動的職業共同體：駐華外國記者研究〔D〕，復旦大學，2012。

80. 喬兆紅，美國與中國的西藏問題〔J〕，歷史檔案，2008（4）：102～107。

81. 秦永章，近年來我國的涉藏外宣工作成效及啟示〔J〕，西北民族大學學報（哲學社會科學版），2014（3）：1～5。

82. 卿志軍，標籤化：負面新聞對事件形象污名化的策略〔J〕，當代傳播，2014（5）：101～103。

83. 瞿旭晟，張志安，從駐華外國記者的困惑反思外宣之道〔J〕，青年記者，2009（31）：70～72。

84. 冉繼軍，中國在西方的形象研究綜述（上）〔J〕，新聞知識，2010（7）：34～36。

85. 冉繼軍，中國在西方的形象研究綜述（下）〔J〕，新聞知識，2010（8）：54～56。

86. 芮必峰，政府、市場、媒體及其他〔D〕，復旦大學，2009。

87. 沙拉德·K，索尼，麗娜·瑪爾瓦，吳宗翰，影響印度對中國研究的西藏因素〔J〕，國外社會科學，2010（3）：75～78。

88. 邵靜，《紐約時報》和《華盛頓郵報》的涉華報導研究〔D〕，上海大學，2011。

89. 史志欽，劉力達，英國：中國在西方的最有力的支持者？——現階段中英關係特徵及未來十年間走向預判〔J〕，人民論壇·學術前沿，2014(3)：6～15。

90. 思楚，「西藏問題」國際背景的歷史回顧〔J〕，統一論壇，2013（6）：17～20。

91. 宋德星，21 世紀的中印關係：印度的根本戰略關切及其邏輯起點〔J〕，南亞研究，2007（2）：3～8。

92. 蘇非，美國國別人權報告的前世今生〔J〕，學習月刊，2011（9）：36～37。

93. 蘇克軍，趙彬，小國家，大媒體——卡塔爾半島電視臺的成功及其對發展中國家的啟示〔J〕，聲屏世界，2003（3）：50～52。

94. 孫輝，新聞媒體對美國外交政策的影響〔J〕，國際論壇，2001（6）：61～65。

95. 談悠，主流媒體在危機傳播中的輿論緩釋作用〔J〕，南京理工大學學報（社會科學版），2004（2）：33～35。

96. 譚夢玲，美國媒體如何建構中國形象〔D〕，暨南大學，2004。

97. 唐佳梅，區域對外傳播共識的補充與修正——《紐約時報》《泰晤士報》《海峽時報》十年涉穗報導分析〔J〕，現代傳播（中國傳媒大學學報），2010（5）：153～154。

98. 唐璐，印度主流英文媒體報導與公眾輿論對華認知〔J〕，南亞研究，2010（1）：1～14。

99. 唐璐，印度英文媒體的生存環境及其中國報導——從 2009 年印度媒體「集體對華宣戰」說起〔J〕，對外傳播，2010（4）：53～54。

100. 唐聞佳，3·14 西藏報導中的國際媒體分化現象分析〔J〕，國際新聞界，2008（5）：38～42。

101. 童兵，潘榮海，「他者」的媒介鏡象——試論新聞報導與「他者」製造〔J〕，新聞大學，2012（2）：72～79。

102. 王晨燕，《紐約時報》涉華報導中的消息來源與新聞話語分析〔J〕，新聞界，2014（22）：28～32。

103. 王恩銘，大眾媒體與美國外交政策〔J〕，國際觀察，1999（2）：19～22。

104. 王芳，美國國會與西藏問題（1980～2003）：一種歷史的考察〔J〕，國際觀察，2004（2）：19～24。

105. 王海騰，中國對美公共外交研究〔D〕，中共中央黨校，2014。

106. 王海洲，「國家形象」研究的知識圖譜及其政治學轉向〔J〕，政治學研究，2013（3）：3～16。

107. 王力雄，西藏：二十一世紀中國的軟肋〔J〕，戰略與管理，1999（1）：21～33。

108. 王鳴鳴，公眾輿論與美國對外政策〔J〕，世界經濟與政治，2002（5）：75～80。

109. 王希恩，三月西藏的兩個政治符號〔J〕，南風窗，2009（7）：52～53。

110. 王雄軍，焦點事件與政策間斷——以《人民日報》的公共衛生政策議題變遷為例〔J〕，社會科學，2009（1）：45～50+189。

111. 王秀麗，韓綱，「中國製造」與國家形象傳播——美國主流媒體報導 30 年內容分析〔J〕，國際新聞界，2010（9）：49～55。

112. 王異虹等，德國主流媒體重構的「西藏問題」——德國媒體涉藏報導內容分析〔J〕，新聞與傳播研究，2010（2）：31～40+109。

113. 王勇，從標籤策略看新聞生產的意識形態性〔J〕，國際新聞界，2010（8）：62～66。

114. 王哲平，新媒體時代影響美國傳媒公信力的三要素〔J〕，編輯之友，2013（9）：108～112。

115. 衛絨娥，「西藏問題」與中印關係〔J〕，西藏大學學報（社會科學版），2008（3）：59～64。

116. 文婷，西方媒體涉華突發事件報導的中國形象建構〔D〕，武漢大學，2011。

117. 吳飛，陳豔，中國國家形象研究述評〔J〕，當代傳播，2013（1）：8～11。

118. 吳立斌，中國媒體的國際傳播及影響力研究〔D〕，中共中央黨校，2011。

119. 夏鞍寧，博弈論視角下中美關係中的「西藏問題」〔D〕，電子科技大學，2013。

120. 肖歡，媒體在美國外交中的作用與影響——兼評中美關係中的媒體因素〔J〕，國際論壇，2000（5）：73～77。

121. 肖濤，自塑與他塑：從《人民日報海外版》和《紐約時報》看西藏形象

建構〔D〕，中國人民大學，2012。

122. 肖欣欣，劉樂耕，世紀末的一場對話——中美主流媒體記者、專家、學者座談紀要〔J〕，國際新聞界，2001（1）：5～12。

123. 徐振偉，公共外交與中國對西方的涉藏宣傳〔J〕，思想戰線，2014（2）：49～55。

124. 薛可，梁海，基於刻板思維的國家形象符號認知——以《紐約時報》的「西藏事件」報導為例〔J〕，新聞與傳播研究，2009（1）：13～18+107。

125. 嚴怡寧，媒介事件化的中國民族問題——對《紐約時報》2000 年以來中國民族問題報導的研究〔J〕，外交評論（外交學院學報），2013（5）：51～64。

126. 閻學通，對中美關係不穩定性的分析〔J〕，世界經濟與政治，2010（12）：4～30+152。

127. 楊明清，西藏問題研究〔J〕，理論學刊，2009（12）：104～110。

128. 葉皓，公共外交與國際傳播〔J〕，現代傳播（中國傳媒大學學報），2012（6）：11～19。

129. 弋睿仙，《洛杉磯時報》和《南華早報》涉藏報導比較〔J〕，青年記者，2014（11）：89～90。

130. 余紅，新聞內容分析的信度和效度〔J〕，華中科技大學學報（社會科學版），2004（4）：107～110。

131. 余錦龍，中印關係中的西藏問題〔D〕，中央民族大學，2011。

132. 喻國明，「關係革命」背景下的媒體角色與功能〔J〕，新聞大學，2012（2）：27～29。

133. 張斌，從拉薩「3·14」事件檢視對外傳播的缺失〔J〕，中國廣播，2009（7）：20～22。

134. 張成良，偏見比無知距離真相更遠——西方媒體對拉薩「3·14」事件報導解析〔J〕，新聞記者，2008（5）：7～11。

135. 張冠男，態度和意識形態：中英媒體關於西藏問題報導的對比研究〔D〕，上海交通大學，2010。

136. 張靜，《紐約時報》「3.14」報導中信源處理方式探析〔J〕，焦作師範高等專科學校學報，2009（3）：17～23。

137. 張昆，陳雅莉，地緣政治衝突報導對中國形象建構的差異性分析——以《泰晤士報》和《紐約時報》報導「釣魚島」事件為例〔J〕，當代傳播，2014（4）：38～41。

138. 張逸飛，論外國媒體涉藏報導中的西藏形象構建〔J〕，新聞知識，2013（4）：30～31。

139. 張玉，日本報紙中的中國國家形象研究（1995～2005）——以《朝日新聞》和《讀賣新聞》為例〔J〕，新聞與傳播研究，2007（4）：75～83+97。

140. 張媛，官方媒體中的少數民族形象建構——基於《人民日報》少數民族報導的分析（1979～2010）〔J〕，國際新聞界，2013（8）：16～25。

141. 張植榮，李昀，美國主流媒體《紐約時報》涉藏報導分析〔J〕，對外大傳播，2006（12）：43～45。

142. 張植榮，探索西藏問題研究的新思路——國際關係與西藏問題研討會述評〔J〕，中國西藏（中文版），2001（1）：57～59。

143. 趙光銳，西方學人反思西藏認知的研究述評〔J〕，民族研究，2011（6）：93～100+110。

144. 趙泓，《每日電訊報》中的中國形象研究——基於2003～2013年對華報導的內容分析〔J〕，新聞大學，2014（4）：35～43。

145. 趙晉，從政策網絡視角看駐華外國媒體和外國記者管理政策〔J〕，國際新聞界，2010（11）：61～66。

146. 趙磊，張環環，從CNN對華報導傾向看中國的國際形象〔N〕，學習時報，2013-03-25第2版。

147. 趙萍，中國西藏的周邊形勢與戰略地位〔J〕，西藏研究，2005（3）：6～9。

148. 趙啟正，努力建設有利於我國的國際輿論環境〔J〕，外交學院學報，2004（1）：1～6。

149. 趙啟正，中國面臨的國際輿論環境〔J〕，世界知識，2004（5）：54～57。

150. 趙志，對「3,14事件」以來「西藏問題」的回顧與反思〔J〕，陰山學刊，2009（2）：81～86。

151. 周宏剛，印度英文主流報紙的中國形象研究〔D〕，華中科技大學，2013。

152. 周建明，歐美媒介涉藏涉疆報導偏見的成因分析〔A〕，中國少數民族地區信息傳播與社會發展論叢（2009年刊）〔C〕，2010：11。

153. 周寧，美國四大日報涉華報導分析〔J〕，新聞記者，2007（11）：58～60。

154. 周亭，大陸國際傳播研究的現狀和問題〔J〕，國際新聞界，2005（6）：57～60。

155. 周偉，亟需加強涉藏涉疆智庫建設〔N〕，社會科學報，2014-06-19001。

156. 周興維，解決「西藏問題」的柔性思考〔J〕，民族學刊，2010（2）：126～129+166。

157. 周勇，胡瑋，陳慧茹，誰在控制西藏問題的話語：涉藏報導的路徑依賴與效果生成〔J〕，國際新聞界，2014（4）：68～81。

158. 朱維群，對抗沒有出路——涉藏涉疆問題的西方立場剖析〔J〕，江蘇省社會主義學院學報，2014（2）：4～9。

159. 資中筠，緩慢的解凍——中美關係打開之前十幾年間美國對華輿論的轉
　　　變過程〔J〕，美國研究，1987（2）：7～35+3。

160. 鄒建華，如何利用新媒體做好國際輿論工作〔J〕，國際公關，2012（6）：
　　　86～87。

二、英文

1. Bajpai K P, Mattoo A. The Peacock and the Dragon: India-China relations in the 21st century〔M〕. Har Anand Pub, 2000.

2. Beaudoin C E, Thorson E. Value representations in foreign news〔J〕. International Communication Gazette, 2001, 63（6）：481～503.

3. Cook T E. Governing with the news: The news media as a political institution〔M〕. University of Chicago Press, 1998.

4. Davis M C. Tibet and China's "National Minority" Policies〔J〕. Orbis, 2012, 56（3）：429～446.

5. de Mooij M. Mass Media, Journalism, Society, and Culture〔M〕//Human and Mediated Communication around the World. Springer International Publishing, 2014: 309～353.

6. Entman R M. Framing: Toward clarification of a fractured paradigm〔J〕. Journal of communication, 1993, 43（4）：51～58.

7. Fogarty A S, Chapman S. Advocates, interest groups and Australian news coverage of alcohol advertising restrictions: content and framing analysis〔J〕. BMC public health, 2012, 12（1）：727.

8. Gladney D C. Representing nationality in China: Refiguring majority/minority identities〔J〕. The Journal of Asian Studies, 1994, 53（01）：92～123.

9. Goffman E. Frame analysis: An essay on the organization of experience〔M〕. Harvard University Press, 1974.

10. Golan G J. Determinants of international news coverage〔J〕. International media communication in a global age, 2010: 125～144.

11. Goldstein M C. The snow lion and the dragon: China, Tibet, and the Dalai Lama〔M〕. University of California Press, 1997.

12. Kavalski E. The Peacock and the Dragon: How to Grapple with the Rising Global Ambitions of India and China〔J〕.The China Quarterly, 2010, 203: 719～724.

13. Lee, A. W. M. Tibet and the Media: Perspectives from Beijing. Marq. L. Rev., 2009（93）：209～229.

14. Li H, Tang L. The representation of the Chinese product crisis in national and local newspapers in the United States〔J〕. Public Relations Review, 2009, 35

（3）：219～225.

15. Luther C A, Zhou X. Within the boundaries of politics: News framing of SARS in China and the United States〔J〕. Journalism & Mass Communication Quarterly, 2005, 82（4）：857～872.

16. Manheim J B, Albritton R B. Changing national images: International public relations and media agenda setting〔J〕. The American Political Science Review, 1984: 641～657.

17. Mercille J. Media effects on image: The case of Tibet〔J〕. Annals of Tourism Research, 2005, 32（4）：1039～1055.

18. Odijk D, Burscher B, Vliegenthart R, et al. Automatic thematic content analysis: Finding frames in news〔M〕.//Social Informatics. Springer International Publishing, 2013: 333～345.

19. Peng Z. Framing the Anti-War Protests in the Global Village A Comparative Study of Newspaper Coverage in Three Countries〔J〕. International Communication Gazette, 2008, 70（5）：361～377.

20. Sautman B. The Tibet issue in post-summit Sino-American relations〔J〕. Pacific Affairs, 1999: 7～21.

21. Seiter E. Stereotypes and the media: A re-evaluation〔J〕. Journal of communication, 1986, 36（2）：14～26.

22. Semetko H A, Valkenburg P M. Framing European politics: A content analysis of press and television news〔J〕. Journal of communication, 2000, 50（2）：93～109.

23. Shabir G, Ali S, Iqbal Z. US Mass Media and Image of Afghanistan: Portrayal of Afghanistan by Newsweek and Time〔J〕. South Asian Studies, 2011, 26（1）：83～101.

24. Shou, Xiangyi, "Framing Tibet: A Comparative Study of Chinese and American Newspapers, 2008～2011"（2012）. Graduate Theses and Dissertations. Paper 12461.

25. Ten Eyck T A, Williment M. The National Media and Things Genetic Coverage in the New York Times（1971～2001）and the Washington Post（1977～2001）〔J〕. Science Communication, 2003, 25（2）：129～152.

26. Valkenburg P M, Semetko H A, De Vreese C H. The effects of news frames on readers' thoughts and recall〔J〕. Communication research, 1999, 26（5）: 550～569.

27. Van Dijk T A. Racism and the European press〔J〕. Presentation for the European Commission against Racism and Intolerance（ECRI）, Strasbourg, 2006, 16.

28. Wang H. National image building and Chinese foreign policy〔J〕. China: An International Journal, 2003, 1（01）: 46～72.

29. Wei C. The Image of China in Hong Kong Media: Content Analysis of the Coverage in Hong Kong Newspapers〔J〕. Image, 2012.

致　謝

　　本文的寫作，異常艱辛。雖然不時在堅持與放棄之間煎熬，好在最後終於完成。

　　要感謝的人太多太多。

　　首先要感謝我的碩士同門師兄、博士生導師、四川大學蔡尚偉教授。蔡尚偉教授眼光獨到，視野廣闊，常常強調要站在整個宇宙和人類的高度來看待和解決問題，給我很深刻的啟迪。

　　感謝在四川大學新聞學院攻讀博士學位期間給我諸多指導的邱沛篁教授、蔣曉麗教授、歐陽宏生教授、張小元教授、徐新建教授，其中，邱沛篁教授和蔣曉麗教授還是我在四川大學攻讀碩士學位期間的老師，他們對我的關心，不僅僅限於學業，讓我受益很多。

　　感謝朱天教授、操慧教授。朱天教授是我碩士導師吳信訓教授的開山弟子，對門下弟子的生活、工作和學習都頗多關照，深受大家愛戴。操慧教授一針見血，為我的論文提了許多寶貴意見。

　　感謝碩士師兄弟李立、黃順銘、徐沛；碩士同學劉林沙、吳小玲以及西南民族大學的同事彭立教授、李謝莉、李東平、馮劍俠等對我論文的批評和指正。

　　感謝博士同門的李暉、劉銳、莊廷江、葉非、婁孝欽、沈艾娥、吳聞鶯、龍莉、馮結蘭、帥志強、應厚非等同學，他們給了我各種幫助。

　　感謝西南財經大學統計學院的張術林、蘭偉博士，他們及其指導的研究生團隊為我論文的數理統計部分提供了技術指導和支撐。

　　感謝參與了論文編碼的學生，他們來自四川大學及西南民族大學。

感謝匿名評審的專家學者，謝謝他們對論文的肯定。

最後，我要特別感謝妻子楊露和父母、妹妹，正是有了他們的辛勤付出，我才能心無旁騖地投入到論文的寫作當中。還需要對兒子鄧壹歡說一聲抱歉，無數次地要求我陪他玩，無數次地被我拒絕。本書定稿時，家庭又迎來了新的成員女兒鄧壹笑。希望今後能更多地陪伴他們的成長。

鄧備
2020 年 2 月